sous la direction de
Robert Muchembled,
professeur à l'Université Paris-XIII

Histoire de la France : Absolutisme et Lumières 1652-1783

Joël Cornette

HACHETTE

Document de couverture : Van der Meulen, Versailles, l'Orangerie. © Josse.

Mise en pages : Édidom, Colombes.

ISBN 2-01-021185-5

43, quai de Grenelle, 75905 Paris Cedex 15.

Introduction

Un volume précédent s'est attaché à décrire les cheminements qui, pendant près d'un siècle et demi, de François Ier à la minorité de Louis XIV, ont conduit à forger l'État absolu, le plus souvent dans la douleur et l'« espouvantement ». A l'intérieur de la « frontière de fer », construite sous les ordres de Vauban, au lendemain de la paix de Nimègue (1678), le long règne de Louis XIV, qui s'étend du 14 mai 1643 au 1er septembre 1715, capitalise la somme des inventions et des acquis des règnes précédents. Car, bien sûr, rien ne commence en 1643, à la mort de Louis XIII, ou au lendemain des « troubles domestiques » de la Fronde, en 1652, le moment où débute le présent ouvrage. Rien ne commence non plus le 10 mars 1661, le lendemain de la mort du cardinal de Mazarin, quand un jeune roi de vingt-deux ans annonça, à Fontainebleau, à la surprise des membres de son Conseil, sa décision de gouverner désormais par lui-même. Comme on l'a vu dans le volume précédent, *L'Affirmation de l'État absolu*, l'absolutisme « louisquatorzien » ne peut se comprendre sans les multiples crises, les violents débats sur l'autorité qui ont divisé et parfois ensanglanté le royaume pendant plusieurs générations. Il ne peut se comprendre, surtout, sans les réponses, judiciaires, financières, administratives, que les hommes du roi, le roi lui-même et son « Principal ministre », Richelieu, puis Mazarin, ont apporté aux problèmes posés par une situation d'extrême tension politique et de guerre permanente, depuis 1635 : imposées par la guerre, les solutions conjoncturelles, souvent prises dans l'urgence et pensées comme provisoires, devinrent les structures mêmes de l'absolutisme.

Il n'en demeure pas moins que le règne de celui que l'on nomma, après la guerre de Hollande (1672-1678), « Louis le Grand », par référence à Alexandre, le vainqueur de Darius, marque un changement majeur dans l'exercice de l'autorité. Ce changement est perceptible jusque dans la tenue et la forme des archives, devenues, pour le chercheur, plus lisibles, mieux ordonnées. En effet, dans le cadre de leurs généralités, les intendants, puis les subdélégués enquêteurs et administrateurs, ont remplacé les tumultueuses chevauchées des « commissaires départis » du règne de Louis XIII. Ces derniers, le plus souvent flanqués d'hommes de guerre, le mousquet sur l'épaule, « balle en bouche », considéraient alors les provinces, les villages et les villes, comme autant de territoires rebelles à contrôler et à conquérir, par la force s'il le fallait : « Il convient de faire main basse à cette canaille », écrivait, en 1643, l'intendant Denis de Heere au chancelier Pierre Séguier, évoquant des paysans insurgés contre l'impôt car, poursuivait-il, « si on continue à les épargner, je prévois une révolte générale, et je vous certifie qu'on ne veut plus rien payer partout qu'avec la force ». Au temps de Louis XIV, les révoltes des travailleurs de terre sont devenues plus rares, puis se sont apaisées : en 1707, les fureurs des paysans du Quercy, les « tard avisés » comme significativement on les appela alors, semblaient déjà appartenir à une autre époque. Au même moment, nombre de gentilshommes, hier encore aristocrates fiers et « malcontents », s'étaient convertis en dévots courtisans, prêts à se disputer le privilège convoité de tenir le bougeoir à Versailles, lors du coucher du prince, dans la chambre du vieux monarque, cœur du rituel de la cour, un rituel entièrement centré sur la personne du « Roi Soleil ».

Le premier objet de ce livre sera de comprendre et d'expliquer les raisons, les étapes et les formes de ce processus de « réduction à l'obéissance » dont témoigne le second XVIIe siècle. Il se propose aussi d'analyser le fonctionnement de l'absolutisme auquel le nom et l'image de Louis XIV restent attachés. Cette compréhension est d'autant plus nécessaire que l'on oublie parfois, qu'au-delà de la courte expérience de la polysynodie (gouvernement par Conseils), tentée au début de la régence de Philippe d'Orléans, pendant la minorité de Louis XV, l'absolutisme s'est maintenu, pour l'essentiel, dans ses structures et son fonctionnement, jusqu'à la Révolution.

Par contraste avec le « sombre XVIIe siècle », le « Siècle des Lumières » fut marqué par une série de mutations majeures, des révolutions pacifiques, souterraines et silencieuses, pour la plupart. Il conviendra d'en mesurer l'ampleur, les manifestations et les conséquences, souvent déstabilisatrices.

Ces révolutions furent avant tout transformation et redistribution des données démographiques, sociales et culturelles qui jusqu'alors organisaient les relations entre les hommes. Peu à peu, en effet, dans la plupart des villes comme dans nombre de villages, les conditions de vie de bien des sujets du roi ont été transformées. Stimulées par une croissance économique sans précédent, ces transformations concernèrent les façons de se vêtir et d'être ensemble, les habitudes d'écrire et de penser, les manières de croire et de revendiquer.

Si le siècle des Lumières fut celui d'une expansion inédite, porteuse de tensions et de ruptures, il fut aussi le siècle d'une croyance optimiste et créatrice, essentiellement partagée par les élites urbaines, dans les vertus du progrès : progrès des connaissances, progrès des techniques, mais aussi, pour paraphraser le titre de la dernière œuvre de Condorcet, « progrès de l'Esprit humain ». Surtout, peut-être, en érigeant la « Raison » en instrument de critique et de jugement, l'opinion publique fut l'invention politique majeure des Lumières. Face au roi et à ses représentants, stimulée par de nombreuses crises et tensions qui mirent à l'épreuve les ressorts de l'autorité, elle construisit un espace concurrent de discussion et de débat. A terme, elle permit un transfert de la souveraineté, cette « puissance absolue et perpétuelle » dont parlait Jean Bodin dans *La République,* en 1576, de la Couronne à la Nation.

Bien avant la chute de ce que les révolutionnaires de 1789 baptisèrent « l'Ancien Régime », le « Siècle des Lumières » fut l'inventeur de notre modernité.

Première partie

Le règne personnel de Louis XIV

1

Une monarchie administrative ?

Dans l'histoire de la monarchie, les années 1660-1680 se distinguent par l'importance des réformes et des innovations entreprises à l'instigation du roi et de Colbert, Contrôleur général des finances à partir de 1665. Certains historiens y ont vu une inflexion majeure dans le fonctionnement de l'autorité : une « monarchie administrative » aurait été mise en place, symbolisée par l'action enquêtrice et organisatrice des intendants ou encore par les grandes ordonnances qui produisirent une classification et une clarification du droit.

Il convient de nuancer cette perspective. D'abord en la déplaçant chronologiquement : en effet, les « années-Colbert » ont été possibles grâce à la politique de pacification intérieure et extérieure menée par Mazarin et même, dans une certaine mesure, dans le domaine économique, par Nicolas Fouquet, le Surintendant général des finances à partir de 1653. Ce dernier envisagea, en particulier, dans la ligne des idées soutenues par Richelieu, un développement maritime novateur au lendemain de la paix des Pyrénées qui mettait fin, en 1659, à une longue et épuisante guerre contre l'Espagne.

Soutien militant des dévots de la Compagnie du Saint-Sacrement, dénigré par Colbert, Fouquet fut arrêté le 5 septembre 1661, quelques mois après la prise du pouvoir personnel par Louis XIV le lendemain même de la mort de Mazarin.

DE LA FRONDE AU RÈGNE PERSONNEL : LES ANNÉES MAZARIN

Dans l'été de l'année 1653, les derniers bastions de la Fronde, en Guyenne, se rendaient aux troupes royales. Le désordre, alors, « régnait partout », suivant les mots mêmes du roi dans les *Mémoires* qu'il destinait à son fils, le Dauphin et qu'il rédigea (ou fit rédiger) dans la seconde moitié des années 1660. Il dressait, à cette occasion, un tableau particulièrement sombre de la situation intérieure et extérieure de la France, tout en esquissant un autoportrait qui annonçait quelques aspects de sa pratique de l'autorité après la mort de Mazarin.

> [...] Il faut se représenter l'état des choses : des agitations terribles par tout le royaume avant et après ma majorité ; une guerre étrangère, où ces troubles domestiques avaient fait perdre à la France mille et mille avantages ; un prince de mon sang [Condé] et d'un très grand nom à la tête des ennemis ; beaucoup de cabales dans l'État ; les parlements en possession et

en goût d'une autorité usurpée ; dans ma cour, très peu de fidélité sans intérêt, et par là mes sujets en apparence les plus soumis, autant à charge et autant à redouter pour moi que les plus rebelles ; un ministre [Mazarin] rétabli malgré tant de factions, très habile, très adroit, qui m'aimait et que j'aimais, qui m'avait rendu de grands services, mais dont les pensées et les manières étaient naturellement très différentes des miennes, que je ne pouvais toutefois contredire ni lui ôter la moindre partie de son crédit sans exciter peut-être de nouveau contre lui, par cette image quoique fausse de disgrâce, les mêmes orages qu'on avait eu tant de peine à calmer ; moi-même, assez jeune encore, majeur à la vérité de la majorité des rois [le roi est devenu majeur à 13 ans, en 1651] mais non pas de celle où les simples particuliers commencent à gouverner librement leurs affaires ; qui ne connaissais entièrement que la grandeur du fardeau sans avoir pu jusques alors bien connaître mes propres forces [...].

Je ne laissais pas cependant de m'éprouver en secret et sans confident, raisonnant seul et en moi-même sur tous les événements qui se présentaient, plein d'espérance et de joie quand je découvrais quelquefois que mes premières pensées étaient celles où s'arrêtaient à la fin les gens habiles et consommés, et persuadé au fond que je n'avais point été mis et conservé sur le trône avec une aussi grande passion de bien faire, sans en devoir trouver les moyens [...].

Un ordre neuf aurait-il subitement transformé, quelques années plus tard, suivant un mot de Louis XIV lui-même, « tout le royaume » ? Et par quels « moyens » ?

Le ralliement des provinces

On a coutume de dater la période du « règne personnel » de Louis XIV de l'année 1661, au lendemain de la mort de Mazarin. Il est vrai qu'elle offre un singulier contraste avec la période de Louis XIII et de Richelieu, marquée, on l'a vu, par de multiples « malcontentements » et révoltes qui unissaient, contre la politique royale, de larges fractions de la population. Pourtant le processus de « réduction à l'obéissance » est antérieur à la date de 1661. Comment comprendre l'acceptation par une part majoritaire de la société, à commencer par les élites urbaines, d'un système d'autorité qualifié, peut-être un peu vite, d'« absolutisme », un terme qui fut inventé à la fin de la Révolution ? Le cas provençal apporte une première réponse.

❑ ***L'exemple provençal.*** Tardivement rattachée à la France (1481), la Provence fut une province qui manifesta, pendant longtemps, un vif désir d'indépendance face à la lointaine autorité royale : à Marseille, par exemple, une inscription, comportant le mot *Libertas*, trônait fièrement au-dessus de la Porte royale, l'entrée principale de la ville, cette « orgueilleuse porte, qui faisait jurer les rois entre deux guichets », comme l'écrira le chevalier de Clerville à Mazarin, le 27 janvier 1660.

En 1657-1658, encore, une nouvelle crise éclata à propos d'une ordonnance royale réglant la subsistance des troupes pendant les quartiers d'hiver : les communautés devaient fournir des prestations en argent. Plusieurs villes témoignèrent alors leur mécontentement, comme Aix-en-Provence ou Draguignan. A Marseille, des troubles complexes, mêlant intérêts locaux et opposition aux représentants du roi, divisèrent différentes factions concurrentes ; des barricades furent dressées le 19 juillet 1658 ; un ordre royal fut lacéré par un groupe de jeune gens... La réplique royale fut rapide et Louis XIV, qui se rendait à la frontière espagnole pour rencontrer Marie-Thérèse d'Autriche, sa future jeune épouse, se chargea lui-même d'un châtiment qu'il voulut exemplaire contre une ville qui se prenait pour une république.

La punition se déroula en quatre étapes, méthodiquement préparées et exécutées. D'abord, au début du mois de janvier de l'année 1660, vingt compagnies d'élites occupèrent la cité phocéenne, et la population fut désarmée. Ensuite, le 22 janvier, une Chambre de justice (un tribunal d'exception) était mise en place pour juger des « séditieux », alors que le Conseil de ville était suspendu. Versant symbolique de la punition, le monarque, en personne, ordonna de faire abattre la Porte royale, avec une partie des murailles, symboles des libertés urbaines, et, le 2 mars, il entra solennellement par la brèche. La construction d'une forteresse, la citadelle Saint-Nicolas, destinée à surveiller la ville, fut ordonnée. Enfin, quatrième et dernière étape : le régime municipal subit une profonde transformation. La noblesse était déclarée exclue du conseil au profit des marchands, et le pouvoir royal se réservait le droit de regard sur les nominations des magistrats municipaux qui perdaient en même temps leur prestigieux titre de consuls pour celui, plus modeste, d'échevins. Et il leur fut ordonné de ne plus ajouter à leur titre, comme le faisaient leurs prédécesseurs, celui de « gouverneurs et défenseurs des libertés, franchises et privilèges de la ville ».

Désormais, la ville pacifiée était administrée par des échevins dociles à la volonté du roi.

Pourtant, ce châtiment spectaculaire et exemplaire de Marseille fut, dans une large mesure, une exception : l'étude des révoltes populaires et urbaines en Provence a permis de constater la diffusion d'une sorte de « contagion de l'obéissance », sans nécessaire intervention des hommes du roi. L'historien qui analyse ce phénomène précise que c'est par le haut, c'est-à-dire à partir des classes dirigeantes, que la docilité s'est peu à peu diffusée dans le corps social. En effet, la soumission des factieux du parlement d'Aix-en-Provence, qui fut l'un des plus turbulents, ainsi que la soumission des villes les plus remuantes de la province après la Fronde, ont convaincu les officiers royaux, les bourgeois et les notables, qu'il était désormais vain de contester les décisions du souverain ou de ses représentants, et dangereux de s'agiter. Aussi, en Provence, le dernier mouvement de contestation dirigé contre le gouverneur de la province (le représentant du roi) se produisit-il en 1665, à Toulon, et cette contestation fut-elle le fruit d'un ensemble de circonstances tout à fait particulières. Et l'intendant ne fut aucunement inquiété.

❑ ***Agenais et Normandie.*** On a observé dans le Languedoc le même phénomène de pacification civile. En Agenais aussi, une étude a montré la quasi-unanimité du ralliement des « gens de bien » à la loi du prince, après la Fronde et au début des années 1660. Dans cette dernière province, à l'issue d'un siècle de contestation (Agen s'était ralliée à la Ligue, un grand soulèvement antifiscal avait ensanglanté la province en 1635), on assista à un effondrement de la résistance locale. Au temps du « Roi soleil », nulle part on ne rencontra une opposition fortement structurée consacrée à la défense des privilèges locaux face aux agents du roi comme ce fut le cas au temps de Louis XIII et de Richelieu.

Plus au Nord, dans la Normandie traditionnellement et anciennement contestataire (Ligue dans la seconde moitié du XVIe siècle, Nu-Pieds en 1639, Fronde...), quelques assemblées de gentilshommes, plus ou moins secrètes, furent organisées dans les années 1657-1659 ; ainsi, par exemple, à Trun, à Conches et à Lieurey dans l'actuel département de l'Eure, le 29 mars 1658, en juillet 1658 et en août 1659. D'autres provinces, comme l'Anjou, furent aussi touchées par ces mouvements de contestation nobiliaire. Les aristocrates réclamaient, en particulier, l'arrêt des enquêtes de noblesse, la réunion annuelle des États provinciaux, une convocation des États généraux qui n'avaient plus été réunis depuis 1614. Ils tentèrent, en vain, d'obtenir l'aide de Gaston d'Orléans, le frère de Louis XIII. Mais faute de soutien, en particulier de la part des Grands, leurs assemblées furent vite dispersées par le pouvoir royal qui unit la force (quelques arrestations) à la souplesse : Mazarin concéda la ratification de tous les anoblissements contre finances, et toute agitation spécifique du second ordre cessa. La Normandie ne disposait plus d'organisme officiel pour exprimer son mécontentement : constitués de représentants des trois ordres, les États provinciaux furent, en effet, officiellement supprimés en 1665. Ils étaient suspendus, de fait, dès leur dernière session en 1655.

On le voit avec ces quelques exemples : le temps des grandes révoltes armées des « malcontents », contemporaines de Louis XIII et de Richelieu, était bel et bien révolu.

❑ ***Obéissance imposée, obéissance consentie ?*** Comment expliquer cette « production d'obéissance » dans une majorité de provinces ?

Grégory Hanlon, qui a étudié l'attitude politique des classes dirigeantes de l'Agenais, écrit qu'« après la Fronde, l'acceptation soudaine de l'absolutisme par les élites locales constitue un des grands mystères politiques du XVIIe siècle ». Au début de ce siècle, l'historien Ernest Lavisse parlait de « réduction à l'obéissance ». Il suggérait ainsi l'imposition autoritaire de l'ordre royal aux communautés et aux territoires du royaume : provinces, villes, villages. Mais le pouvoir royal disposait-il d'assez d'hommes pour imposer ainsi partout sa loi ? Quelques milliers, voire quelques dizaines de milliers d'officiers pouvaient-ils « tenir » 22 millions de Français ? Des études récentes, en particulier sur les finances, nous permettent aujourd'hui de nuancer cette interprétation et de montrer que l'obéissance fut plus acceptée qu'imposée. Nous essaierons d'en comprendre les manifestations et les raisons.

L'autorité du roi : la soumission du Parlement

Comme le démontre l'épisode spectaculaire de la punition de Marseille en 1660, la personne et la personnalité du roi, fortement marqué par le souvenir des troubles et des violences de la Fronde, ne doivent pas être négligées pour comprendre la nature du processus de « réduction à l'obéissance ». En 1673, dans ses *Mémoires*, Jean-Baptiste Primi Visconti, un aventurier italien bien introduit dans la bonne société parisienne, présentait Louis XIV comme un souverain voulant tout savoir : il avait recours aux ministres pour connaître les affaires d'État, aux présidents des parlements pour les affaires concernant les cours souveraines, aux juges « pour les moindres choses », aux dames pour les galanteries.

Nombre d'événements paraissent confirmer cette idée d'un souverain voulant « tout savoir », et réussissant, en un violent contraste avec la période des « troubles domestiques » du milieu du siècle, à imposer à tous l'obéissance et le respect. L'exemple de la soumission du Parlement de Paris, qui fut à l'origine de l'éclatement de la Fronde, le démontre clairement : le 13 avril 1655, le jeune roi, alors qu'il n'avait pas encore dix-sept ans, fit irruption dans la grande salle du Parlement. Il venait d'apprendre, à Vincennes, que les hommes de justice avaient décidé de délibérer sur des édits fiscaux déjà enregistrés lors d'un lit de justice, c'est-à-dire lors d'une assemblée de toutes les chambres du Parlement présidée par le roi en personne. Inopinément, face aux juges, en tenue de chasse (grosses bottes, justaucorps rouge, feutre gris) et, suivant ce qui fut rapporté ensuite, un fouet à la main, Louis XIV exprima son mécontentement et sa fureur. Dans une société si respectueuse des formes, cette arrivée royale si peu protocolaire traumatisa les « bonnets carrés », hier encore arrogants frondeurs. Il s'agissait bien désormais de leur signifier la toute-puissance de la volonté souveraine.

Cette politique à l'égard des hommes de justice fut poursuivie et renforcée tout au long du règne. Ainsi, en 1665, fut institué le lit de justice sans la présence du roi, et le Parlement perdit le titre de « cour souveraine », pour celui de « cour supérieure ». L'ordonnance civile de 1667 n'autorisa les remontrances que dans un délai très bref, et une seule fois. A partir de la Déclaration du 24 février 1673, le Parlement fut contraint d'enregistrer les édits, les ordonnances, les lettres patentes, sans même « opiner », avant de rédiger d'éventuelles remontrances « dans la huitaine par nos cours de notre bonne ville de Paris [...] et dans six semaines par nos autres cours de province ». Désormais, les parlements cessèrent de remontrer. « Les bruits de parlements ne sont plus de saison », déclara Colbert en 1679.

Comme on le voit avec cet exemple de la soumission du parlement, une soumission entreprise dès le lendemain de la Fronde, la période inaugurée par la « prise de pouvoir » de 1661 ne doit pas masquer l'importance des années qui la précédèrent, des années dominées par la pacification intérieure et extérieure entreprise par le Principal ministre, le cardinal de Mazarin.

Cette politique fut, pour le futur « Roi Soleil », un apprentissage pratique des choses de l'État, et elle lui permit de capitaliser une série d'atouts, en particulier en matière de diplomatie.

Les conditions de la « prépondérance française »

❑ ***1659. Le traité des Pyrénées.*** La guerre contre l'Espagne se poursuivait depuis 1635, épuisante pour les finances des deux États. Après de nombreuses batailles indécises, Turenne fut le principal artisan de plusieurs victoires militaires, en particulier celle de la bataille des Dunes, le 14 juin 1658, gagnée sur Condé et les Espagnols commandés par Don Juan d'Autriche. Le traité des Pyrénées, signé le 7 novembre 1659, assurait une paix durable et une série d'avantages territoriaux à la France.

La France conservait l'Artois (à l'exception des deux villes d'Aire et de Saint-Omer), la Cerdagne, le Roussillon, plus quelques places dans les Flandres. A propos de la frontière entre la France et l'Espagne, l'article 41 du traité précisait que ce « sont les monts Pyrénées qui doivent diviser à l'avenir les deux royaumes et signaleront les limites qu'ils doivent avoir ». La Lorraine, occupée par les troupes françaises depuis 1633, était restituée à son duc, Charles IV, à l'exception de quelques petits territoires à l'ouest. Un traité particulier, signé à Vincennes, en février 1661, annulait le contentieux séparant la France et la Lorraine.

Le traité des Pyrénées réglait aussi les détails du mariage entre Louis XIV et Marie-Thérèse, l'infante d'Espagne : cette dernière renonçait à ses droits à la succession d'Espagne « moyennant le paiement effectif fait à Sa Majesté Très Chrétienne » d'une dot de 500 000 écus en or, en trois versements. Mazarin avait tenu particulièrement à cette clause, car il savait que l'Espagne, en raison de son épuisement financier, aurait de grandes difficultés à payer.

Le traité précisait aussi que le prince de Condé, prince du sang, passé au service de l'Espagne pendant la Fronde, était pardonné.

Le 26 août 1660, une solennelle entrée royale à Paris consacrait la victoire militaire de la France et du jeune roi : de nombreux arcs de triomphe furent édifiés au long du parcours. L'un portait l'inscription *Ludovico pacifico*. Au Marché Neuf, un arc de triomphe était dédié à *Ludovico pacatori terrarum* (« A Louis qui a donné la paix à la terre »). On y voyait, en particulier, le souverain représenté en Hercule recevant une branche d'olivier.

❑ ***Le système des alliances françaises.*** Mazarin avait aussi patiemment élaboré un système d'alliances destiné à affaiblir la puissance des Habsbourg, l'ennemi principal de la France depuis Charles Quint, et à renforcer la puissance de Louis XIV en Europe. En 1655, le traité de Westminster, signé avec la République anglaise de Cromwell, réglait les difficultés en suspens entre les deux pays. Un an plus tard, une alliance militaire était conclue, puis renouvelée en mars 1657.

Surtout, une Ligue du Rhin fut constituée en juillet 1658. Cette année-là, en effet, après la mort de l'empereur, Mazarin avait pensé pouvoir faire élire Louis XIV au trône impérial. En réaction à l'élection de Léopold, le jeune fils de Ferdinand III, la Ligue du Rhin fut conçue par le cardinal-ministre pour maintenir dans le Saint Empire l'ordre instauré par les traités de Westphalie qui mettaient fin à la guerre de Trente Ans en 1648. Elle regroupait à la fois des catholiques et des protestants, un prince étranger (la Suède). Elle plaçait sous une sorte de protectorat français l'Allemagne rhénane et une partie des territoires de l'Allemagne du Nord : en 1665, le Brandebourg de Frédéric-Guillaume, puissance montante, adhéra à la Ligue. Le but visé par Mazarin était toujours le même : l'isolement des Habsbourg.

Comme on le voit, en partie grâce au cardinal-ministre, tant à l'intérieur qu'à l'extérieur du royaume, les conditions se révélaient particulièrement favorables pour faciliter le travail du roi et de Colbert, et cela bien avant 1661.

Dans l'histoire du règne, ces « années Colbert » se distinguent parce qu'elles s'identifient à une période marquée par de profondes transformations dans le fonctionnement de l'autorité centrale. Et si l'on excepte la courte guerre de Dévolution en 1667 et 1668, qui ne remit pas en cause les équilibres financiers ni les réformes entreprises par Colbert, ces transformations furent facilitées par une assez longue période de paix, entre 1659 et 1672.

L'ORDRE ROYAL AU TEMPS DE COLBERT (1661-1683)

1661 : une « révolution » ?

❑ ***10 mars 1661. Le Conseil décisif.*** On a souligné, à maintes reprises, l'importance de la « révolution » du 10 mars 1661 : l'expression, sans doute un peu forcée, a été proposée par l'historien Michel Antoine.

Mazarin mourut le 9 mars. Le jeune roi avait alors vingt-deux ans. A Fontainebleau, le lendemain même du décès du cardinal ministre, Louis XIV annonça aux princes sa décision de gouverner seul, c'est-à-dire sans sa mère, Anne d'Autriche, ni Monsieur, le frère de Louis XIII, ni aucun Grand. Loménie de Brienne était alors Secrétaire d'État. Il assista à ce Conseil décisif, et il nous a transmis un témoignage précis des gestes et des paroles du roi.

> Nous étions huit en tout [...]. Le roi se découvrit, puis remit son chapeau et, se tenant debout devant sa chaise, adressa la parole à M. le Chancelier [Pierre Séguier] :
> « Monsieur, je vous ai fait assembler avec mes ministres et secrétaires d'État pour vous dire que jusqu'à présent j'ai bien voulu laisser gouverner mes affaires par feu M. le Cardinal ; il est temps que je les gouverne moi-même. Vous m'aiderez de vos conseils quand je vous les demanderai [...]. Je vous prie et vous ordonne, M. le chancelier, de ne rien sceller en commandement que par mon ordre, et sans m'en avoir parlé, hors qu'un secrétaire d'État ne vous les porte de ma part [...]. »
> Ensuite, le roi se tourna vers nous et nous dit :
> « Et vous, mes secrétaires d'État, je vous défends de rien signer, pas une sauvegarde, pas un passeport, sans mon ordre, de me rendre compte chaque jour à moi-même et de ne favoriser personne [...]. »
> Et vous, Monsieur le Surintendant [Fouquet], je vous ai expliqué mes volontés ; je vous prie de vous servir de Colbert, que feu M. le Cardinal m'a recommandé [...]. »
> Puis le roi ajouta :
> « La face du théâtre change ; j'aurai d'autres principes dans le gouvernement de mon État, dans la régie de mes finances et dans les négociations au dehors que n'avait feu M. le Cardinal. Vous savez mes volontés ; c'est à vous maintenant Messieurs, à les exécuter. »
> Plus n'en dit, et le Conseil se sépara.
>
> Loménie de Brienne, *Mémoires.*

Fouquet, puis Colbert, Le Tellier, et Lionne qui désormais entouraient le roi au Conseil, étaient tous de souche robine : la haute noblesse se trouvait écartée des grandes responsabilités politiques. « Je crus qu'il n'était pas dans mon intérêt, explique le roi dans ses *Mémoires*, de chercher des hommes d'une qualité plus éminente, parce qu'ayant besoin sur toutes choses d'établir ma propre réputation, il était important que le public connût, par le rang de ceux dont je me servais, que je n'étais pas en dessein de partager avec eux mon autorité, et qu'eux-mêmes, sachant ce qu'ils étaient, ne conçussent pas de plus hautes espérances que celles que je leur voudrais donner. »

Cette année-là fut aussi marquée par l'arrestation de Nicolas Fouquet, le Surintendant général des finances depuis 1653.

❑ ***La chute de Fouquet.*** On a longtemps pensé que la fête dispendieuse que Fouquet offrit au roi, dans son splendide château de Vaux, le 17 août 1661, avait provoqué la fureur du prince : trop de richesses affichées, trop d'ostentation proclamée, trop de pouvoir affirmé. En fait, depuis longtemps déjà, Colbert, intendant de Mazarin, avait entrepris auprès du roi un travail de sape, dénigrant et noircissant systématiquement la politique du Surintendant : « Il a voulu mettre ses créatures dans toutes les charges de la cour et de la robe, et, pour cet effet, il a donné une partie du prix de toutes celles qui ont été à vendre, et qui n'étaient pas remplies de gens à lui. » On accusa même

Fouquet, qui avait acquis Belle-Ile, de vouloir former une faction militaire qui visait à s'assurer l'empire des mers. En fait, le Surintendant avait entrepris, dès la signature de la paix des Pyrénées, une audacieuse politique navale et coloniale, centrée sur le golfe du Morbihan : il s'agissait de mettre en place des compagnies de commerce destinées à travailler avec les Indes occidentales, les Antilles, Terre-Neuve...

La chute de Fouquet était programmée bien avant la fête de Vaux (sans doute dès la mort de Mazarin), d'autant que le Surintendant était aussi un militant actif du « parti dévot », le courant ultracatholique qui continuait, depuis la Ligue (1584-1598), à exercer un pouvoir en partie occulte et souterrain, notamment par la médiation de la Compagnie du Saint-Sacrement. Or, le jeune roi tenait absolument à en limiter la puissance. C'est donc bien Louis XIV, autant que Colbert, qui est responsable de la chute de Fouquet. La date à laquelle le roi décida de faire arrêter le Surintendant n'est pas indifférente : le 5 septembre, c'est-à-dire le jour anniversaire de sa naissance (Louis XIV est né le 5 septembre 1638), comme pour signifier la seconde naissance, politique, du monarque. « J'avais la plus grande impatience du monde que cela fut achevé », écrivit le roi à sa mère au soir de l'événement, « n'y ayant plus autre chose qui me retint en ce pays ». L'arrestation du Surintendant à Nantes, par d'Artagnan, capitaine des mousquetaires du roi, était bien le complément logique de la « révolution » du 10 mars 1661 : désormais, pour le « public » qu'évoquait le souverain dans ses *Mémoires*, aucune méprise n'était plus possible sur la source, unique, de la souveraineté.

Au lendemain de l'enfermement de Fouquet, Louis XIV créa un Conseil royal des finances qu'il présida, en personne, deux fois par semaine. Mais Colbert assumait, en fait, la responsabilité des affaires financières : admis comme intendant des finances au Conseil dès sa constitution, le 15 septembre 1661 – il le dirigea réellement dès le début, sans disposer d'une présidence « nominale » –, il fut officiellement nommé Contrôleur général des Finances en décembre 1665.

❑ ***Qui est Colbert ? L'exemplaire réussite d'une parentèle bourgeoise.*** L'histoire, la personnalité et l'œuvre de Colbert ont été déformées par l'historiographie. En effet, le Contrôleur général des Finances a longtemps été présenté comme le modèle du grand commis sorti de l'ombre, le symbole de la réussite sociale conçue comme un exploit individuel. Et depuis Ernest Lavisse, au début de ce siècle, la France de la République bourgeoise a revendiqué en lui un de ses héros, en lui attribuant une somme impressionnante de qualités, présentées comme exemplaires : compétence, acharnement au travail, application au bien public, esprit d'économie, probité.

Nous savons aujourd'hui que Colbert fut avant tout un homme de son temps : grâce à la richesse des fonds notariés, en reconstituant, depuis l'origine, l'histoire du lignage Colbert, Jean-Louis Bourgeon a montré que l'exploit apparemment individuel de Jean-Baptiste fut avant tout la lente et patiente conquête de la fortune et du pouvoir, menée par tout un lignage pendant plusieurs générations.

Les Colbert surent, en effet, s'adapter aux conjonctures favorables de chaque siècle : ils furent « massons » au temps des forteresses (XIVe, XVe siècles), « marchands » au siècle des Fugger (XVIe siècle), officiers du roi et financiers au temps de la construction de l'État.

C'est ainsi qu'à Reims, Jehan II Colbert (mort en 1512) s'enrichit à l'occasion de la reconstruction de la ville, en vendant des matériaux et en accumulant des capitaux. Les générations suivantes (Gérard I, puis Oudard I) furent des marchands non spécialisés, mais qui ont su étendre leurs affaires. Peu à peu, le réseau de la parentèle s'est agrandi géographiquement et il s'est diversifié et enrichi socialement : à la fin du XVIe siècle, les Colbert apparaissaient comme des bourgeois conquérants, marchands et banquiers, à Paris, à Reims, à Troyes. Ils achetaient des offices, des terres anoblissantes, et par les mariages de leurs filles, ils s'alliaient à des familles fortunées, voire nobles.

Nicolas Colbert, sieur de Vandières (1590-1661), le père du futur Contrôleur général, bénéficia du capital de réussite accumulé par tout le lignage : à Reims d'abord, associé à sa mère et à son frère, il dirigea une vaste entreprise, épousa la fille d'un riche négociant et gravit tous les échelons du cursus des honneurs urbains (échevin, conseiller de la ville). La possession du petit fief de Vandières lui permit de s'agréger à la noblesse locale. Mais l'économie rémoise connaissait des difficultés. Il partit alors s'installer à Paris où il pratiqua le change, le crédit (à de très grands seigneurs) et surtout, il acquit l'office de receveur général des rentes de l'Hôtel de ville de Paris assignées sur les aides. Il s'engagea progressivement dans les traités signés avec le roi : il devint un financier, un traitant. En 1636, il acheta la charge de « Conseiller et maître d'hôtel du roi », en 1652 celle de « conseiller du roi ». Mais il ne parvint pas à réaliser à Paris la fortune qu'il ambitionnait, car l'épreuve de la Fronde compromit les affaires financières du partisan. Il assura cependant à ses enfants une formation capable de les armer dans la société de la marchandise et des offices.

Né le 29 août 1619, Jean-Baptiste, l'aîné (notre futur Contrôleur général), après avoir été mis en pension au collège jésuite de sa ville natale, Reims, fut placé par son père, en 1634, comme employé chez le riche banquier lyonnais Mascranny, l'associé de Lumagne : il y apprit la correspondance commerciale, la tenue des livres, la complexité des changes et des rechanges, un apprentissage essentiel pour sa future carrière auprès du roi. Un stage dans l'étude d'un procureur au Châtelet, Biterne, apporta au jeune homme quelques rudiments de droit. Il acheta ensuite, en 1640, l'office de « Commissaire ordinaire des guerres », avant de devenir, en 1645, commis de Michel Le Tellier, le secrétaire d'État à la Guerre. Trois ans plus tard, il consolida sa position par un riche mariage : il épousa Marie Charron, fille de « Messire Jacques Charron, Conseiller du Roy en ses Conseils » et intendant d'armée ; la dot s'élevait à la somme considérable de 100 000 livres. Grâce à la protection du ministre Michel Le Tellier, Jean-Baptiste Colbert obtint un brevet de conseiller d'État. Il devint ensuite, en 1651, intendant des affaires du cardinal de Mazarin qui découvrit un homme – il avait alors trente-deux ans – « né pour le travail à un point incroyable ».

Cette ascension fulgurante a surtout été permise par les relations sociales et politiques du clan Colbert. Un membre de ce clan, en particulier, disposait d'un réseau particulièrement puissant, mettant en jeu des hommes clés du pouvoir : l'oncle de Jean-Baptiste, Oudart Colbert, riche marchand-banquier était, en effet, en relation d'affaires avec Mazarin. Et le fils de cet oncle, Colbert de Saint-Pouanges, avait épousé la sœur de Michel Le Tellier, le nouveau secrétaire d'État à la Guerre.

On le voit, la réussite de Colbert n'est nullement le résultat d'une ascension individuelle. Sa place au Conseil, auprès du roi, est au contraire le produit d'une patiente conquête, conduite pendant plusieurs siècles, par toute une famille toujours prête à se reconvertir, à s'adapter, à éviter toute spécialisation qui pourrait limiter l'expansion. Les qualités réelles de Colbert seraient restées dans l'ombre s'il n'avait été doté d'un clan influent, et déjà bien introduit dans les affaires du souverain. On comprend que Jean-Louis Bourgeon puisse conclure que, contre une histoire moralisante qui présente la réussite de Colbert comme un exploit individuel, récompense de vertus « bourgeoises », il faut reconnaître que des succursales des grands banquiers parisiens ou lyonnais (Lumagne, Mascranni, Particelli), aux bureaux de Michel Le Tellier, puis au service domestique de Mazarin, les débuts du « Grand Colbert » ne relevèrent en rien d'un accident.

L'organisation du gouvernement central : « Tout l'État est en lui. » (Bossuet)

Les institutions et les rouages de l'État royal, tels qu'ils furent mis en place alors, à partir de 1661, subsistèrent, avec quelques modifications, jusqu'à la fin du XVIIIe siècle.

Par définition même, puisque tous les pouvoirs procédaient du roi, et que celui-ci n'était responsable que devant Dieu, la monarchie conduisait naturellement à la centralisation de l'autorité, et le roi était investi d'un rôle capital car en dernière analyse, le fonctionnement de l'autorité reposait, du moins en théorie, sur lui seul : « Tout l'État est en lui », écrivait Bossuet.

❑ ***Un mécénat d'État : Colbert puis Louvois, ministres de l'« image du roi ».*** Il ne s'agissait pas seulement pour le souverain de détenir la réalité du pouvoir, il lui fallait aussi l'apparence, la représentation de ce pouvoir. Car le prestige royal fut un instrument, et non le moins puissant, de la définition et du fonctionnement de l'absolutisme : l'entreprise de propagande dont Colbert puis Louvois furent les maîtres d'œuvre et qui se cristallisa sur l'image du roi, était partie constitutive du système de l'autorité et du gouvernement. Et cette propagande royale, instrument politique, ne fut jamais aussi manifeste qu'au temps de Louis XIV, en particulier dans les deux premières décennies du règne personnel. Parallèlement à une censure renforcée, le roi encouragea, en effet, la mise en place d'un véritable mécénat d'État : subventionnés par le pouvoir, encadrés par un réseau d'académies et de publications à la solde du gouvernement, Corneille, Molière, Racine, et avec eux, bien d'autres créateurs, placèrent leur talent au service de la gloire du prince.

Colbert, on l'oublie parfois, fait figure de « ministre de l'image » par l'importance des fonctions qu'il assuma dans ce domaine : il fut nommé surintendant des bâtiments à partir de 1664, il supervisa l'Académie de peinture et de sculpture (fondée en 1648), l'Académie de France à Rome, fondée en 1666, l'Académie d'architecture en 1671, l'Imprimerie royale, les ateliers du Louvre, la manufacture des Gobelins (1664), l'Académie des sciences (1666), la « Petite Académie » (1663) qui se réunissait pour élaborer et discuter les programmes de représentation du roi. Cette dernière fut investie de la mission d'élaborer des inscriptions et des médailles commémorant les grands événements du règne. Par ailleurs, en facilitant la parution, à partir de 1665, du *Journal des savants* puis, en 1672, du *Mercure galant*, l'État royal développait la politique que Richelieu avait inaugurée au début des années 1630 en créant la *Gazette*, dirigée alors par Théophraste Renaudot.

Aussi, au début des années 1670, Colbert était-il en mesure de mettre en place un véritable « département ministériel de la gloire », caractérisé par un partage et une spécialisation des charges assumées par des fidèles du ministre : Jean Chapelain pour la littérature, Charles Le Brun pour la peinture et la sculpture, Charles et Claude Perrault pour l'architecture, Lully pour la musique (ce dernier bénéficiait, toutefois, d'une totale indépendance vis-à-vis de Colbert).

Sollicité en 1662 par Colbert, Jean Chapelain dressa un recensement des gens de lettres susceptibles d'être pensionnés : la liste enregistra quatre-vingt-dix noms. Les distributions de subsides commencèrent en 1664, à la fin de l'été : trente-huit écrivains touchèrent alors des subventions. Elles furent accordées de manière solennelle, en présence du roi ; chaque écrivain recevait son dû dans une bourse de cuir brodée. Les bénéficiaires étaient des savants, comme les Hollandais Nicolas Heinsius et Isaac Vossius, des historiens, comme Eudes de Mézeray, dont la monumentale *Histoire de France* était alors unanimement célébrée (Louis XIV enfant s'était souvent endormi à l'écoute d'un passage que La Porte, son valet, lui lisait), des hommes de théâtre et des écrivains, comme le vieux Corneille (2 000 livres), Racine (600 livres – c'était encore, en 1664, un débutant –), Molière (1 000 livres) et, plus tard, Boileau (2 000 livres). La Fontaine fut exclu parce qu'il avait été un des fidèles de Fouquet, le surintendant déchu. Ce système de gratifications fonctionna jusqu'en 1690. A cette date, le budget de la Guerre avait dévoré les crédits assignés à la propagande du roi, déjà fortement diminués depuis 1674, en raison des dépenses de la guerre de Hollande.

Nous ne devons pas juger ce mécénat d'État selon nos propres critères et valeurs, en concluant à une aliénation des écrivains et des créateurs : en effet, l'indépendance de la création n'était pas concevable dans la société du XVIIe siècle, car chaque créateur devait alors s'assurer du soutien financier d'un protecteur (Grand, ministre, prélat...). Aussi, servir le roi apparaissait-il avant tout comme un honneur et une faveur. Le paradoxe est qu'en visant à contrôler le système de création, Colbert et Louvois apportèrent aux créateurs une légitimation sociale accrue, et sans doute, dans leur métier, une plus grande liberté émulatrice : Molière aurait-il pu écrire et faire jouer *Tartuffe* sans la protection du roi ? Au grand scandale du « parti dévot », les premiers actes furent présentés en mai 1664, à Versailles, lors de la fête des *Plaisirs de l'Ile enchantée.*

❑ ***Un exemple de propagande royale : le programme de statues équestres du roi (après 1685).*** A la mort de Colbert, en 1683, Louvois, ministre de la Guerre, artisan de la « royalisation » de l'armée, assuma à son tour l'essentiel de la direction des arts et des productions destinées à diffuser dans le royaume l'image d'un roi de gloire et de puissance. Ainsi, par exemple, à partir de 1685, une douzaine de projets de représentations équestres du souverain virent-ils le jour. Ces monuments, dédiés à la gloire de Louis XIV, devaient être élevés au milieu des places publiques de villes importantes du royaume. Certains projets furent achevés, comme ceux de Paris, de Rennes, de Montpellier, de Dijon, de Lyon ; d'autres sont restés à l'état d'ébauche, faute de financement suffisant, comme à Besançon, à Grenoble, à Toulouse, à Lille, à Aix-en-Provence, à Marseille.

Cette géographie du roi de pierre et de bronze n'est pas indifférente. On remarquera en effet que les villes à places royales étaient celles qui commandaient des territoires éloignés de la capitale, appartenant, sauf Lyon, à des pays d'États, ou demeurés longtemps rétifs à l'autorité centrale incarnée par le prince : le Languedoc, la Provence, la Bretagne. Ainsi, les sculptures démultipliaient-elles l'image d'un roi de guerre et de triomphe, paradant et serein, cuirassé à l'antique, lauré et perruqué, le glaive au côté, tenant à la main droite un sceptre ou un bâton de commandement.

Cette représentation spectaculaire de la toute-puissance d'une autorité à la fois souveraine et victorieuse s'inscrivait au cœur des villes au moment même où la monarchie s'était sédentarisée à Versailles, en mai 1682 ; elle coïncide également (et ce n'est sans doute pas un hasard) avec l'abandon par le roi du vieux rituel des entrées royales. D'une certaine façon donc, les statues monumentales du monarque en majesté, installées au centre de places nouvelles, remarquables par leur unité architecturale et leur ampleur, nouveau symbole d'un État supérieur et unifiant, se substituaient à la présence physique du roi pour imposer aux yeux de tous la surpuissance d'un pouvoir que nul ne pouvait ni ne devait contester. On pouvait lire ces mots, dans l'officieux *Mercure Galant*, en août 1686 : « De pareils mouvements d'honneur engagent les

Peuples à un amour plus tendre et à une obéissance plus prompte en leur proposant continuellement l'image des vertus du Prince. »

❑ ***La structure du gouvernement.*** L'historien Emmanuel Le Roy Ladurie écrit que l'absolutisme au temps de Louis XIV, « même procédant d'un grand arbitre éventuellement arbitraire, est loin d'être le simple fait d'une seule et royale personne. Il surgit tout autant d'une espèce de roi collectif, éclaté, démultiplié en groupes de discussion, voire de décision [...]. L'acte même de la délibération, qui aujourd'hui encore, restera typique de nos jurys de tribunaux ou de cours d'assises, était le pain quotidien des divers conseils. »

Dans ce système de gouvernement par conseils, les ministres étaient peu nombreux, ce qui n'excluait pas l'existence de dynasties ministérielles, ainsi, par exemple, au secrétariat d'État à la Guerre : tour à tour se succédèrent Michel Le Tellier (de 1643 à 1677), son fils Louvois (associé dès 1662 puis titulaire de 1677 à 1691), son petit-fils Barbézieux (de 1691 à 1701). De même, malgré l'opposition du clan Louvois, le fils de Colbert, le marquis de Seigneulay, succéda à son père au secrétariat d'État de la maison du roi, de Paris, du clergé et de la marine : il occupa cette fonction de 1683 jusqu'à sa mort, en 1690.

Le roi recevait souvent les ministres séparément, en dehors du Conseil, pour examiner avec eux les dossiers. Cette entrevue fut longtemps appelée « la liasse » : chaque ministre s'y présentait avec un portefeuille rempli de documents. On parla ensuite, au temps de Louis XV, du « Travail du Roi ». Les documents qui étaient proposés au souverain étaient le plus souvent présentés en deux colonnes : le texte rédigé par le ministre (ou son secrétariat) à gauche, à droite une partie laissée en blanc, destinée aux remarques manuscrites du roi.

❑ ***Le Chancelier***, revêtu de la pourpre royale, était le dernier survivant des grands dignitaires de l'époque féodale depuis la suppression par Richelieu des offices d'amiral de France (1626) – ce dernier fut rétabli en 1669, mais placé dans la dépendance directe du roi – et de connétable (1627). « Contrôleur et correcteur de toutes les affaires de France », selon la définition qu'en proposa Charles Loyseau en 1609, le chancelier était le seul à être inamovible, car attaché à la monarchie plus qu'à la personne du roi, le seul à être entouré d'un apparat presque royal parce qu'il incarnait la pérennité de l'État; il était aussi le seul personnage du royaume, avec le nouveau roi, à ne pas assister aux funérailles du monarque et il ne portait pas le deuil. Le chancelier dirigeait en théorie l'administration de la justice et il gardait le sceau du roi (peu à peu la signature l'emporta sur le sceau). Mais en fait, son pouvoir était surtout honorifique ; Colbert le fit écarter de toute participation au maniement des finances auquel il était associé depuis le Moyen-Age, et il ne participait même plus aux séances du conseil d'En Haut. Pourtant, le chancelier Pierre Séguier, qui occupa cette fonction de 1635 à 1672, fut invité à la préparation des premières grandes ordonnances de Louis XIV, même si le « clan Colbert » y joua un rôle prépondérant. Après Pierre Séguier, Étienne d'Aligre (1674-1677), Michel Le Tellier (1677-1685), Louis Boucherat (1685-1699), Louis Phélypeaux, comte de Pontchartrain (1699-1714), Daniel-François Voysin (1714-1717) assumèrent successivement cette fonction.

Un renouveau de prestige accompagna la chancellerie au temps de Louis XV. Ce renouveau fut provoqué en partie, nous le verrons, par les conflits avec le Parlement et la forte personnalité de deux chanceliers qui se distinguèrent alors par la vigueur des réformes qu'ils proposèrent : Henri François d'Aguesseau et surtout René Nicolas Charles Augustin de Maupeou.

❑ ***Le Contrôleur général des Finances*** a vu au contraire son autorité grandir sous le règne de Louis XIV. Tour à tour, Jean-Baptiste Colbert à partir de décembre 1665, puis Claude Le Peletier de 1683 à 1689, Louis Phélypeaux de Pontchartrain de 1689 à 1699, Michel Chamillart de 1699 à 1708, Nicolas Desmarets de 1708 à 1715, assumèrent cette fonction. Le Contrôleur général ne s'occupait pas seulement des finances, mais aussi des travaux publics, de l'industrie, du commerce, de la police, de l'administration générale du royaume. C'était un véritable ministre de l'Intérieur, dans la mesure où il faisait mouvoir la majeure partie des ressorts de l'administration du royaume par la médiation des intendants qui étaient pour la plupart nommés par lui et placés sous sa dépendance directe. Les lettres de commission instituant Colbert Contrôleur général en 1665 lui donnaient pouvoir « de faire rapport en notredit Conseil de toutes les affaires qui concernent notre service et de toutes autres indifféremment ».

❑ ***Les quatre secrétaires d'État*** étaient devenus des rouages essentiels de l'organisation gouvernementale. Ils ont été créés, on l'a vu ailleurs, par Henri II en 1547. Un règlement de 1644 précisa le partage de leur compétence, mais le roi pouvait distribuer les tâches comme il l'entendait. L'ordre ici proposé, qui indique leur spécialisation la plus courante, était celui de leur préséance habituelle au Conseil du roi.

1. La Guerre et les huit provinces frontières
Michel Le Tellier (1647-1677) ; François Michel Le Tellier, marquis de Louvois (associé dès 1662 ; secrétaire d'État de 1677 à 1691) ; Louis-François-Marie Le Tellier de Barbézieux (1691-1701) ; Michel Chamillart (1701-1709) ; Daniel François Voysin (1709-1715).
2. La Maison du roi, Paris, le clergé, la marine
Henri de Guénégaud (1643-1669) ; Jean-Baptiste Colbert (1669-1683) ; Jean-Baptiste Colbert, marquis de Seigneulay (1683-1690) ; Louis Phélypeaux de Pontchartrain (1690-1699) ; Jérôme Phélypeaux, comte de Pontchartrain (1699-1715).

3. Les Affaires étrangères
Henri-Auguste de Loménie de Brienne (1643-1663) ; Hugues de Lionne (1663-1671) ; marquis de Louvois (1671-1672) ; Simon Arnauld de Pomponne (1672-renvoyé en 1679) ; Charles Colbert, marquis de Croissy (1679-1696) ; Jean-Baptiste Colbert, marquis de Torcy (1696-1715).
4. Les Affaires de la Religion prétendue réformée et les pays d'États
Louis Phelypeaux de la Vrillière (1629-1681) ; Balthazar Phelypeaux, marquis de Châteauneuf (1681-1700) ; Louis Phelypeaux, marquis de la Vrillière (1700-1725).

Ces quatre secrétaires d'État disposaient, en plus de la direction de leur service, de la responsabilité d'une partie du royaume, ce que l'on appelait un « département ».

De Henri II à 1715, les secrétaires d'État furent surtout des techniciens du droit et de l'administration, des hommes issus de lignées de la robe et du monde des finances.

❏ ***Les Conseils.*** Il s'agissait à l'origine de la *Curia Regis* qui s'était peu à peu, au cours des siècles, démembrée en sections spécialisées. En théorie, le Conseil resta un et indivisible jusqu'à la Révolution. A la fin du règne, la plupart des réunions se tenaient à Versailles dans le « cabinet du Conseil », une pièce immédiatement voisine de la chambre du roi. Une fois le conseil assemblé, on fermait les portes qui étaient soigneusement gardées, afin que nul ne puisse pénétrer le secret des discussions et des délibérations : elles faisaient partie des « mystères de l'État ». Les membres des conseils siégeaient autour d'une table longue. A l'un des « hauts bouts » prenait place le souverain. Lui seul disposait du privilège d'un fauteuil. Le reste de l'assistance se contentait de tabourets en forme de pliants, pour signifier que le conseil devait suivre le roi, où qu'il soit.

La discussion avait alors lieu. Chacun, suivant un ordre précis de préséance, devait « opiner ». Ensuite, le roi, seul, tranchait. Mais Louis XIV s'imposa comme règle de suivre la majorité des avis exprimés. En 1673, puis en 1676, Primi Visconti, un observateur italien, écrivait : « Il écoute tout le monde, reçoit les mémoires et répond toujours avec grâce et majesté : “Je verrai”, et chacun se retire satisfait [...]. Le secret du Roi pour les affaires d'État est incomparable ; les ministres vont au conseil, mais il ne leur confie l'exécution de ses projets qu'après les avoir mûrement examinés et après avoir pris une décision. » En 1690, rédigeant pour l'Électeur du Brandebourg une *Relation sur la cour de France,* l'ambassadeur Ezéchiel Spanheim mettait l'accent, lui aussi, sur l'absolu secret qui présidait à la direction des affaires et aux délibérations importantes de l'État après que le roi eut décidé, au lendemain de la mort de Mazarin, de « régner par lui même » : « Maître, comme je l'ai déjà dit, de son secret et jaloux qu'on lui le garde, il s'en est heureusement servi comme d'un des principaux instruments du succès de ses entreprises. »

❑ ***Le Conseil d'État ou d'En Haut***, baptisé ainsi depuis 1643, était composé de très peu de membres (trois ou quatre en général, jamais plus de sept), portant seuls le titre de « ministres d'État » : en 1661, Fouquet, Lionne, Le Tellier ; en 1715, Torcy, le Contrôleur général Desmarets, le Chancelier Voysin, le maréchal de Villeroy. On devenait ministre d'État par simple ordre verbal du souverain. Il s'agissait de véritables confidents du roi qui délibéraient avec lui, dans le plus grand secret, des grandes affaires du royaume, intérieures ou extérieures. Le Conseil d'en Haut se réunissait en moyenne un matin sur deux (le plus souvent le dimanche, le mercredi et le jeudi) dans la chambre du roi. Au temps de Louis XV, gens d'Église et d'épée y accédèrent un peu plus facilement, mais leur nombre resta limité (entre quatre et sept).

❑ ***Le Conseil des dépêches*** était celui des quatre secrétaires d'État, un conseil que le roi présidait en général le lundi. L'usage a fait que les ministres d'État siégeaient aussi à ce conseil qui avait la particularité de se tenir debout. Spécialisé dans les affaires de police (administration) du royaume, ce conseil centralisait les rapports envoyés par les agents provinciaux (les intendants et les subdélégués) et il jouait aussi le rôle de tribunal administratif suprême : il examinait en particulier les plaintes formulées par les sujets du roi contre les officiers royaux. Il avait aussi pouvoir de cassation des arrêts du Parlement. Ce conseil vit son importance croître au temps de Louis XV, en particulier au moment des conflits avec les parlements.

❑ ***Le Conseil des finances*** fut mis en place par Louis XIV, on l'a noté, en septembre 1661, après l'arrestation de Fouquet. Réuni deux fois par semaine en moyenne, il s'occupait plus particulièrement des impôts : les revenus des domaines du roi, l'établissement et l'application du brevet général de la taille, l'affermage, les traités, les offices, les doléances des communautés. Il décidait aussi, du moins en théorie, car dans ce domaine il était en concurrence avec les « grands » conseils, de la haute politique financière, économique et fiscale de la monarchie.

❑ ***Le Conseil des Parties (ou Conseil d'État ou Conseil d'État privé)*** ne bénéficiait que rarement du privilège de la visite du roi. Ce conseil de techniciens du droit se tenait dans une salle spéciale, au rez-de-chaussée du château de Versailles. Son rôle était surtout judiciaire, et il rappelait celui de l'actuelle cour de cassation. Il examinait les affaires que les parties (les plaideurs) portaient en dernier ressort devant la « justice retenue » du roi. Ce conseil pouvait aussi casser les décisions des parlements. Siégeant sans relâche, sauf quinze jours par an aux environs de Pâques, c'était à la fois le plus occupé des conseils royaux, et celui qui comprenait le plus grand nombre de membres : quatre-vingts « maîtres des requêtes ordinaires de l'hôtel du roi » étudiaient les causes présentées et ils rédigeaient les rapports. Il y avait aussi vingt-quatre conseillers qui jugeaient.

De leur institution primitive au Moyen-Age, subsistait le rite voulant que les dimanches et jours de fête, deux maîtres des requêtes accompagnaient le roi à la messe. Ils se tenaient près de son prie-Dieu, et ils le reconduisaient ensuite à son cabinet, pour recevoir en chemin les placets et les suppliques des sujets. Le souverain assumait ainsi sa fonction primordiale de roi de justice, traitant lui-même, du moins en théorie, les litiges opposant les particuliers, comme au temps du mythique chêne de Saint Louis, à Vincennes.

❑ ***Le Conseil de conscience***, conformément au concordat de Bologne (1516), avait pour principale fonction de désigner les titulaires des grandes charges ecclésiastiques : le roi examinait les dossiers de ceux qui prétendaient à un bénéfice. Ce conseil était aussi consulté en matière religieuse. Il se réunissait le plus souvent le vendredi et les veilles des jours de communion.

❑ ***Le Conseil de la R.P.R.*** s'occupait des affaires de la « Religion prétendue réformée », c'est-à-dire des protestants, jusqu'à la révocation de l'édit de Nantes en 1685.

❑ ***Le Conseil du commerce*** fut créé en 1664. Il disparut vers 1676, pour réapparaître en 1700. Il fut régulièrement réuni à partir de 1703. Il était alors composé de deux conseillers d'État, du Contrôleur général des Finances, du secrétaire d'État à la marine, de deux maîtres des requêtes, et surtout de douze députés des principales villes de commerce (Rouen, Marseille, Bordeaux...), indice d'une ébauche d'« opinion économique ». Le conseil recevait de multiples placets, lettres, mémoires de marchands du royaume.

Autour de tous ces conseils, gravitaient de multiples bureaux et commissions qui préparaient les dossiers, regroupaient les correspondances, rédigeaient des enquêtes, etc. Les bureaux des secrétaires d'État et du contrôle général étaient établis dans les deux ailes dites des ministres, construites dans les années 1670, à l'entrée du château de Versailles, de part et d'autre de la cour d'honneur. Ces bâtiments étaient peuplés de conseillers d'État, de maîtres des requêtes, d'intendants des finances et du commerce, d'administrateurs des Domaines, d'employés des gabelles, des fermes, de centaines de secrétaires, employés et commis griffonnant, recopiant dépêches, arrêts, rapports, à la lueur d'une bougie et avec des plumes d'oie... A la mort de Louis XIV, le secrétariat de la Guerre, par exemple, comportait dix bureaux et autant de premiers commis. De nombreux services étaient disséminés à Versailles et à Paris.

Le temps des réformes

La période 1661-1673 fut, de toute l'histoire de l'État monarchique, une de celles qui vit la plus grande addition de « réformations » comme les appelaient les textes du temps. On retrouve en ces années la tentation de la monarchie pendant les courts moments de paix (exceptons l'intermède de la guerre de Dévolution en 1667-1668 qui apporta au roi Lille et quelques villes du Nord) de mettre en place une réforme générale des institutions, voire de l'organisation économique et sociale du royaume. Ce fut déjà le cas avant la « journée des Dupes » (11 novembre 1630), quand les dévots proposèrent, on l'a vu dans le volume précédent, un vaste programme de réformes, dont le « code Michau » se faisait l'écho.

❑ ***De la décision à l'application : la publicité de la politique royale.*** La plupart des actes (ordonnances, édits, déclarations, lettres patentes) portaient la mention : « De notre pleine et entière autorité souveraine. » Ils indiquaient ainsi l'origine royale de la décision prise. L'acte était alors porté par le Chancelier ou son représentant pour enregistrement dans la Grand Chambre des anciennes cours « souveraines », devenues simplement « supérieures » pendant le règne personnel de Louis XIV.

A partir de 1673, les parlements devaient enregistrer immédiatement l'acte royal, c'est-à-dire l'inscrire sur les registres, et éventuellement « remontrer ». Ensuite, la décision était envoyée dans chacun des bailliages et sénéchaussées du royaume, avant d'être diffusée « à son de trompe et cri public », puis affichée aux « carrefours ordinaires, marchés et places publiques » sur un poteau ou un mur par un juré-crieur, pour être soumise à la connaissance de tous les sujets. Et dans chaque village, il appartenait aux curés de faire part à leurs paroissiens des décisions royales. Toutefois, à partir d'un édit publié en avril 1695, portant règlement pour la juridiction ecclésiastique, ces décisions furent affichées à la porte de l'église et non plus lues lors du prône du dimanche : il s'agit là d'un moment important dans l'histoire de la frontière entre l'espace religieux et l'espace « civil ».

Comme l'écrit Nicolas Delamare dans son *Traité de police,* paru en 1725 : « Trois choses concourent ordinairement à rendre les lois publiques et à les conserver à la postérité : l'enregistrement, les publications et les affiches. »

Dans ses *Mémoires*, Louis XIV prend bien soin de détailler les dix-sept mesures d'autorité qu'il décida lors de la seule année 1661. Et en 1667, Charles Canto, le « juré-crieur » de Paris, préposé à l'annonce et à l'affichage des édits et décisions royales, proclama et publia, accompagné de ses trois trompettes, onze règlements portant sur l'organisation de la production et du commerce : horaires de travail, salaires, prix, poids et mesures, types de marchandises...

❑ ***Un « colbertisme » ?*** Colbert fut fortifié par la condamnation de Fouquet (1664) dont il a été, on l'a noté, en partie responsable. Le Contrôleur général était placé à la tête d'un réseau de fidélités et de capitaux dont nous connaissons, grâce aux travaux de Daniel Dessert, l'ampleur et les ramifications dans toutes les provinces du royaume, en particulier dans les villes maritimes. Maître des Finances, mais aussi, nous le savons, de bien d'autres ministères,

Colbert fut l'ordonnateur principal du vaste programme de « réformations » entrepris dans les années 1660-1680.

On a souvent quelque peu systématisé les conceptions de Colbert, et on a parfois présenté sa politique comme le résultat d'un programme novateur, défini sous le terme générique de « mercantilisme » ou encore de « colbertisme ». Il convient de rappeler que les idées énoncées par le Contrôleur général étaient déjà bien connues depuis un siècle, au moins : l'historien Henri Hauser les a relevées dans les délibérations des États généraux ou les assemblées des notables en 1614, en 1596, en 1576. Beaucoup plus tôt, en 1456, au lendemain de la Guerre de Cent Ans, dans *Le Débat des hérauts d'armes de France et d'Angleterre*, on pouvait lire ces lignes : « Il y a une ordonnance ancienne en Angleterre, que jamais les marchans ne emportent en estrange [étranger] pays ne [ni] or, ne argent hors du dit royaume, ou bien peu, maiz largement peuvent emporter des marchandises [...]. Si ce n'est pas de merveille s'il y a de grant richesse en Angleterre d'or et d'argent, car l'on en apporte tousjours et on n'en laisse point emporter. » En 1597, Barthélemy de Laffemas publiait *Les Trésors et richesses de la France pour mettre l'Estat en splendeur et monter au vray la ruine des François par le traffic et négoce des estrangers.* Et en 1615, à partir d'une observation des pratiques hollandaises et anglaises, Antoine de Montchrestien, dans son *Traité de l'œconomie politique*, développait les principaux thèmes du « colbertisme » : la puissance de l'État, c'est-à-dire du roi, suppose qu'il soit riche. Cette richesse dépend de la quantité d'or et d'argent amassée. Le seul moyen de l'obtenir est de vendre plus, d'acheter moins. Il convient donc de surveiller, contrôler, protéger le commerce et la production des biens. Le grand ressort de toutes ces entreprises est le travail, un travail dont l'État royal sera l'ordonnateur. Aussi, le roi de justice devra-t-il être remplacé par un roi gestionnaire, et la potence par une manufacture : « L'heur des hommes pour en parler à notre mode, consiste principalement dans la richesse, et la richesse dans le travail [...]. L'homme plus entendu en fait de police n'est pas celuy qui, par supplice rigoureux, extermine les brigands et voleurs, mais celuy qui, par l'occupation qu'il donne à ceux qui sont commis à son gouvernement, empesche qu'il n'en soit point. Ce que l'on peut obtenir, dressant dans chaque province de ce royaume plusieurs divers ateliers de diverses manufactures selons qu'elles s'y trouvent commodes. Et cela sans doute fera faire de belles pépinières d'artisans qui causeront la plus grande richesse du pays. Et cela sans doute fera jeter à bas mille roues et mille potences, sans y employer les foudres de la justice, dont les spectacles ne sont pas moins horribles que nécessaires » (Antoine de Montchrestien).

❑ ***Colbert présente son projet.*** Dans les nombreux rapports et mémoires qu'il ne cessa d'adresser au roi (Pierre Clément publia, au siècle dernier, dix volumes de ses « Lettres, Instructions et Mémoires »), le Contrôleur général a dessiné les linéaments d'une politique dont il fait ressortir la cohérence : il désirait avant tout réduire les dettes et le déficit de l'État; il voulait assainir le « budget » pour diminuer et peut-être supprimer le décalage constant entre les recettes et les dépenses, les secondes anticipant les premières; il appelait sans cesse à une amélioration du potentiel productif de l'économie, à une diminution du rythme de création des offices. Il voulait aussi abaisser le montant des impôts « directs » (la taille), augmenter celui des impôts « indirects » (la gabelle, les aides, les traites). Le tout formait, suivant ses propres termes, un vaste ensemble de « vérités arithmétiques et démonstratives » apparemment inspirés d'un souci d'ordre et de rationalité économiques. Le but avoué était d'enrichir le royaume, c'est-à-dire l'État, donc le roi, à partir « de l'argent comptant que les sujets amassent par leur travail, par les fruits qu'ils recueillent de la terre et celuy que leur industrie leur procure ».

Le Contrôleur général présenta son programme au roi en 1670 dans un *Mémoire*. Ce dernier constitue en quelque sorte la charte de ce que certains appelèrent le « colbertisme » (voir texte en fin de chapitre). Comme beaucoup d'autres, Colbert était convaincu qu'« il n'y a qu'une même quantité d'argent qui roule dans toute l'Europe ». En conséquence, « il faut augmenter l'argent dans le commerce public en l'attirant des pays d'où il vient, en le conservant au-dedans du royaume, empêchant qu'il n'en sorte et en donnant des moyens aux hommes d'en tirer profit [...] Il n'y a que le commerce seul et tout ce qui en dépend qui puisse procurer ce grand effet ».

❑ ***Les premières applications concrètes.*** La création, ou la « royalisation » de manufactures répondirent à cet objectif prioritaire : fabriquer des produits jusque-là importés, augmenter la production, renforcer la qualité, et œuvrer, en même temps, pour la gloire du monarque.

Ainsi, Saint-Gobain (fabrique de miroirs) ou les Gobelins (meubles destinés aux résidences royales, tapisseries célébrant le souverain), « manufactures du roi », furent-elles un peu les vitrines industrielles du colbertisme. Louis XIV se rendit à plusieurs reprises aux Gobelins, dès 1663; la manufacture de Saint-Gobain, grâce à un procédé exclusif de laminage sur table, permit d'obtenir des glaces plus épaisses, plus grandes, moins chères surtout que par soufflage, car les miroirs, « à la façon de Venise », étaient alors un luxe réservé à quelques-uns. Orgueil du roi, la Grande Galerie des Glaces, à Versailles, bénéficia en priorité de sa production. En même temps, le Contrôleur général multipliait les règlements concernant toutes les activités économiques, dont celles des manufacturiers qu'il favorisa particulièrement, à l'exemple de Van Robais à Abbeville. Ce dernier, un marchand hollandais, bénéficia en 1665 de conditions exceptionnelles (le pouvoir royal finança une partie de l'installation) pour mettre en place une manufacture de « draps fins façon d'Espagne et de Hollande ». En 1680, la manufacture Van Robais comptait 80 métiers et 1 690 ouvriers.

38 règlements et 150 édits se succédèrent en quelques années. Un grand règlement général, daté de septembre 1669, déterminait « les longueurs, lar-

geurs et qualités des draps, serges et autres étoffes de laines et de fils ». Quatre mois étaient accordés aux intéressés pour rompre les anciens métiers et les construire, conformément aux nouvelles dimensions prescrites. En 1670, des inspecteurs des manufactures furent créés, afin de surveiller la bonne application du cadre réglementaire. Ces inspecteurs étaient 38 en 1715, 64 au milieu du XVIIIe siècle : établis par généralités, ils étaient chargés de rédiger des rapports réguliers.

❑ ***Les compagnies commerciales et maritimes*** visaient le même but : conquérir des marchés, protéger l'activité économique du royaume, attirer le numéraire.

Richelieu avait déjà tenté, sans succès, la mise en place de compagnies sous patronage royal : ainsi, par exemple, la Compagnie du Morbihan, ou encore, la Compagnie de la Nacelle Saint-Pierre fleurdelysée. Une Compagnie des Indes occidentales fut créée par Colbert en 1662, une Compagnie des Indes orientales en 1664, une Compagnie du Nord en 1669, une Compagnie du Sénégal en 1673, de Guinée en 1685 ; ces deux dernières étaient spécialisées dans les activités de la traite des esclaves.

Le soutien du gouvernement fut important : par exemple, l'État appela des techniciens étrangers et il fournit 6 000 000 de livres à la Compagnie des Indes orientales dont le principal entrepôt devait se situer à Madagascar. Il incita aussi les classes dirigeantes à investir, tout en assurant la noblesse qu'elle ne risquait aucune dérogeance si elle s'impliquait dans des affaires de négoce. Pourtant, malgré d'importantes aides fiscales, en particulier des remises sur les droits concernant les marchandises transportées, les résultats furent loin de correspondre aux ambitions de Colbert, en raison, en partie, de la concurrence étrangère mais aussi de la contradiction entre l'étatisme de l'entreprise et la part nécessaire d'initiative privée laissée aux particuliers. Ainsi, la Compagnie des Indes occidentales cessa-t-elle ses activités dès 1672. En 1673, alors que la guerre de Hollande se prolongeait, Colbert écrivait : « Sa Majesté ne peut donner assistance au Canada cette année, par les grandes et prodigieuses dépenses qu'Elle a été obligée de faire pour l'entretènement de plus de 200 000 hommes et de 100 vaisseaux. »

❑ ***Les tarifs douaniers*** que Colbert mit en place visaient les mêmes buts protectionnistes que la création des manufactures ou des compagnies maritimes.

Un premier édit, en 1664, taxait les produits transportés par les navires anglais et surtout hollandais, comme la cire, l'étain, l'huile, le savon, certains tissus. En 1667, un nouveau tarif fut établi : les taxes de 1664 étaient doublées, parfois triplées. Il s'agissait là d'une véritable déclaration de guerre à la Hollande qui répliqua par une augmentation des droits sur les produits venus de France, comme le sel ou le vin. La « guerre des tarifs » se poursuivit jusqu'au conflit militaire avec les Provinces-Unies en 1672.

La réalisation de la politique colbertienne supposait aussi de multiples interventions, à l'intérieur du royaume, en matière fiscale, économique, administrative.

❑ ***La tentative d'assainissement fiscal.*** Le changement en matière fiscale fut, dans un premier temps, spectaculaire.

1. Colbert augmenta fortement les impôts portant sur la circulation et la consommation : le montant théorique des baux des fermes passa de 26 600 000 livres dans les années 1657-1661 à 55 221 000 livres dans les années 1676-1680, avant de culminer à 63 000 000 livres en 1687-1691.

Mais cette politique provoqua bien des mécontentements, en Bretagne par exemple, lorsqu'un papier timbré fut imposé sur tous les actes civils : la révolte des *Torreben* (« casse-tête » en breton), au printemps et à l'été de l'année 1675, en fut la conséquence directe. Dans le même temps, la politique de concentration des fermes fut poursuivie et encouragée par le pouvoir royal. Elle avait commencé au XVIe siècle, pour unifier la gestion et en diminuer les frais. En 1668, François Legendre concentra entre ses mains plusieurs fermes importantes, embryon de la Ferme générale qui naquit en 1681, sous l'impulsion de Colbert. Elle regroupait les aides, les gabelles, les domaines, les traites et les entrées (les « cinq grosses fermes »).

2. La taille vit une évolution inverse. Pour stimuler la consommation, et donc rendre plus productifs la société mais aussi les fermes, Colbert décida d'une forte baisse, tout en remettant des arriérés impayés.

La taille passa ainsi de 52 000 000 livres, niveau atteint au temps de Fouquet, à 33 306 000 livres. Mais elle remonta à 40 000 000 livres dès 1676, en raison de la poursuite de la guerre de Hollande devenue, nous le verrons, une guerre européenne.

3. La grande enquête sur la noblesse participait, elle aussi, à cette entreprise de meilleure rentabilité fiscale. Pendant plus d'un siècle, de 1668 à 1770, se succédèrent une série de « recherches des usurpateurs de la noblesse ». La principale fut la grande réformation de 1668-1672, prolongée par des réformations ultérieures, de 1696 à 1727. Mais cette fois encore, Colbert n'innovait pas : la réformation fut à l'ordre du jour dès le lendemain de la Fronde. Peut-être même était-elle l'un des moyens préventifs mis en œuvre pour en éviter le renouvellement ? Ainsi, une déclaration du 15 mars 1655, proclamait-elle la réformation pour la Normandie, puis celle du 30 décembre 1656 la généralisait dans le ressort de toutes les cours des aides. Mais ces mesures se révélèrent de peu d'efficacité, aussi Colbert reprit-il la procédure : de 1664 à 1668, 27 textes législatifs organisaient une vaste entreprise de réformation couvrant tout le royaume (à l'exception de la Navarre et du Béarn).

Désormais, tout aristocrate devait justifier de son état, non plus par une réputation ou un mode de vie (« vivre noblement »), mais par des preuves écrites (généalogies, actes notariés, chartes, lettres royales...) qui seules feraient foi. Cette politique visait en priorité les anoblis, parce que ces derniers étaient riches : « Les dits usurpateurs, précisait la Déclaration du Roy du 2 juin 1665 destinée à la Provence, sont d'ordinaire les plus puissants des villes, bourgs et vigueries [...]. »

Si, dans certaines provinces, un tiers des lignages prétendus nobles se trouvèrent ravalés au rang de simples bourgeois, les résultats furent loin de correspondre aux vœux de Colbert, d'autant que la guerre de Hollande contraignit le ministre à suspendre les procédures de vérification : le 6 janvier 1674, un arrêt du Conseil révoquait la recherche de la noblesse. L'arrêt du Conseil du 30 octobre 1696, qui ordonnait la reprise de la procédure, était une forme d'aveu de l'échec relatif de l'entreprise colbertienne : « Nous aurions reconnu que la plus grande partie de ceux qui avaient été condamnez ont continué leur usurpation [...]. »

Et les effets ne furent sans doute pas non plus ceux qui étaient attendus par le ministre. En Bretagne, par exemple, une province qui comportait, avant la réformation, environ 6 000 maisons nobles (soit peut-être 40 000 personnes), Jean Meyer, qui a étudié en détail le processus de réformation, a constaté que la politique d'enquête a contribué à renforcer la survie de la vieille noblesse (environ 30 % des maisons nobles) en la rigidifiant, « dans ce que nous serions tentés d'appeler plaisamment le “syndicat des maintenus”. Elle fut un facteur de stabilité nobiliaire, et disons le mot, de rigidité sociale, avec tout ce que cela comporte de force durant les périodes de calme et de moindres difficultés, avec tout ce que cela signifie aussi de dangereuses inadaptations face aux transformations profondes d'une époque mouvante, face à la montée des villes et d'une bourgeoisie nombreuse et plus sûre d'elle » (Jean Meyer).

❑ ***Les grandes ordonnances.*** Une simple liste des édits, des ordonnances, des lettres patentes, des règlements décidés pendant le ministère de Colbert occuperait tout un volume. Aussi ne retiendrons nous ici que les principales ordonnances. Elles demeurèrent officiellement en vigueur jusqu'à la Révolution.

Dans l'esprit du Contrôleur général, qui remit à Louis XIV un plan de travail, le 16 mai 1665, ces grandes ordonnances devaient s'intégrer dans un processus d'ensemble de réformation générale du royaume : il s'agissait, suivant ses propres termes, de « réduire en un seul corps d'ordonnances tout ce qui est nécessaire pour établir la jurisprudence fixe et certaine ». Pour ce travail d'enquête, de clarification, de classification, Colbert s'entoura de quelques collaborateurs fidèles : des conseillers d'État comme son oncle Pussort, ou Barillon de Morangis ; des maîtres des requêtes comme Hotman ou Le Vayer de Boutigny ; des avocats comme Auzanet, Gomont, Billaire, Foucault...

L'ordonnance sur la procédure civile, dit « Code Louis », publiée en avril 1667, précisait les formes de procédures, les formalités à suivre, afin de « rendre l'expédition des affaires plus prompte, plus facile et plus sûre ».

L'ordonnance contribuait aussi à simplifier les écritures, afin d'établir « un style uniforme dans toutes nos cours et sièges ». La conclusion révélait clairement la volonté unificatrice de l'entreprise de réforme.

L'ordonnance des Eaux et Forêts, en août 1669, un véritable monument législatif divisé en 32 chapitres, visait à reconstituer le domaine royal, mais aussi à réorganiser les forêts, conçues comme un modèle et un laboratoire de la politique sylvicole du gouvernement. Toute une police de conservation des forêts royales était mise en place. Elle visait à la protection des peuplements contre les usurpations. Les dispositifs répressifs (titre XXXII) étaient particulièrement sévères. L'ordonnance contribua à porter un coup d'arrêt à la décadence de la forêt, entamée depuis plusieurs siècles.

L'ordonnance sur la procédure criminelle d'août 1670 produisait la première réforme de la justice depuis l'ordonnance de Villers-Cotterêts en 1539. Comme l'indique le préambule, il s'agissait de contenir « par la crainte des châtiments ceux qui ne sont pas retenus par la considération de leur devoir ». Comme pour l'ordonnance sur la procédure civile, Colbert et son oncle Pussort, conseiller d'État, jouèrent un rôle majeur dans son élaboration. Mais de nombreux magistrats au parlement furent aussi invités à participer à la rédaction : les présidents de Maisons, de Novion, de Mesmes, de Coigneux, de Bailleul...

L'ordonnance sur le commerce, dite encore « Code Savary », de 1673, du nom de son inspirateur, Jacques Savary, voulait, suivant les mots de son préambule, contribuer à « l'abondance publique et la richesse des particuliers ». Elle rassemblait les prescriptions relatives aux commerçants, à leurs comptes, aux sociétés, aux transactions, aux faillites et aux juridictions consulaires. Tous ces éléments étaient jusque-là épars parmi des coutumes et des règlements divers que le pouvoir royal se proposait d'unifier.

L'ordonnance de la marine d'août 1681 visait à établir une bonne police dans les ports, et à fixer « les principaux devoirs des gens de mer ». Trois phases furent nécessaires pour aboutir à la publication de cette dernière ordonnance qui recueillit l'unanimité, par la netteté de son plan, la clarification qu'elle établissait pour les choses de la mer.

Le « Code Noir », souvent passé sous silence, préparé par Colbert, fut publié en 1685, quelques mois avant la Révocation de l'Édit de Nantes.

« Texte juridique le plus monstrueux qu'aient produit les Temps modernes » (L. Sala-Molins), il visait à maintenir dans les îles « la discipline de l'Église catholique » et à régler, en soixante articles abordant tous les aspects de la vie quotidienne des noirs, « ce qui concerne l'état des esclaves » : religion, mariage, esclavage au quotidien, nourriture et habillement, statut juridique, justice... En reconnaissant la légitimité de la traite (dans le prolongement du droit romain, l'esclave était considéré comme une chose, un meuble – article 43), le Code Noir inscrivait, de fait, le servage dans le droit : l'esclavage était pris en charge, juridiquement authentifié par l'État moderne, et cela jusqu'en 1848, date de l'abolition officielle de l'esclavage.

❑ ***Le roi justicier.*** Parallèlement à ce travail de législation, des procédures d'exception furent entamées : une Chambre de justice contre les financiers, a été réunie, on l'a vu, après l'arrestation de Fouquet en 1661, pour poursuivre les financiers. Au total, jusqu'à sa suppression, en 1665, la chambre prononça cent soixante-quatre condamnations à des peines financières ou corporelles (douze condamnations à mort, trois aux galères, cinq bannissements perpétuels...). Fouquet fut condamné, le 20 décembre 1664, au bannissement perpétuel. Cette peine fut commuée par le roi en détention à perpétuité.

De septembre 1665 à janvier 1666, les Grands jours d'Auvergne furent tenus à Clermont. Il s'agissait d'un tribunal extraordinaire, composé de parlementaires parisiens choisis par le roi pour « purger la montagne d'une infinité de désordres », suivant le témoignage d'Esprit Fléchier, un homme d'Église qui assista à cet événement (*Mémoires sur les Grands jours d'Auvergne*). Il s'agissait essentiellement de juger les mauvais officiers ou des seigneurs abusant de leurs pouvoirs. Les juges des Grands jours examinèrent 1 360 affaires ; ils prononcèrent 692 condamnations contre 87 nobles, 4 ecclésiastiques et 601 roturiers (dont 26 officiers).

Toutes ces procédures de justice étaient amplifiées par une publicité diffusée dans tout le royaume : à de nombreux carrefours, à « son de trompe et cri public », dans toutes les églises, au prône du dimanche, déclarations et monitoires visaient à transmettre à l'ensemble des « bons et loyaux sujets » du souverain l'image d'un gouvernement fermement décidé à faire appliquer la loi du roi justicier contre « l'insolence des Puissants » (Grands jours d'Auvergne).

Pourtant, la distance était grande entre la sévérité des peines et leur application : lors des Grands jours de Clermont, sur 347 sentences de mort, seules 23 furent exécutées, et lors dc la Chambre de justice des années 1661-1665, ce sont les financiers de moindre importance qui furent condamnés.

L'enquête et l'intendance

❑ ***Pouvoirs confirmés des intendants, réduction du rôle des gouverneurs.*** De ce « printemps louisquatorzien », l'historiographie a surtout retenu la figure et les activités des intendants « de police, de justice et de finances », choisis dans le vivier des maîtres des requêtes. Les deux tiers de la trentaine d'intendances coïncidaient avec une généralité (circonscription financière subdivisée en élections). Mais leur étendue était très inégale : trois intendants se partageaient la Normandie (Rouen, Caen, Alençon), un seul avait la charge de l'immense et lointain Languedoc. Leurs comptes rendus de missions étaient de plus en plus rigoureux, et ils s'intéressaient désormais surtout aux problèmes de rentabilité fiscale et économique liée à la mise en valeur de leur généralité. On passait ainsi d'une conception judiciaire et répressive de l'autorité à une conception plus utilitaire et économique. Pour définir le gouvernement de Louis XIV, l'historien Ernest Lavisse a autrefois parlé de « monarchie administrative ».

Les correspondances des intendants, puis des subdélégués (à la fin du règne), devenaient effectivement plus régulières, plus ordonnées, plus cohérentes, et non plus inquiètes et occupées des affaires de répression comme au temps de Louis XIII, quand les maîtres des requêtes, « commissaires départis » se comportaient comme des envahisseurs d'un territoire à conquérir par la force.

Dès septembre 1663, le contrôleur avait adressé aux intendants, une longue instruction : « Instruction pour MM. les Maîtres des requêtes, commissaires départis dans les provinces » (Pierre Clément, *Lettres, instructions et mémoires de Colbert*, 10 volumes, 1861-1891, tome IV, pp. 31-33). Il leur prescrivait de vérifier les cartes, de s'occuper de la marine, du commerce, des manufactures, des chemins, des canaux, des rivières, des ponts... « Il est d'une grande conséquence que vous ayez une connaissance particulière détaillée de toutes les élections de la généralité pour vous mettre en état de bien faire le régalement des tailles et de réformer les abus qui s'y peuvent être glissés. » L'action enquêtrice s'inscrivait donc bien dans la politique fiscale du ministre. Aussi, la recherche des faux nobles occupait-elle une place particulière dans cette instruction, et elle annonçait la grande enquête sur la noblesse, lancée dix mois plus tard, dont nous avons déjà détaillé les modalités. Il s'agissait aussi, dans chacune des provinces, de tester le crédit des nobles, d'évaluer la force des réseaux de clientèle, « soit sur les autres gentilshommes, soit sur les peuples », afin de mieux parvenir à imposer les hommes dépendants directement du roi.

Afin d'obtenir une meilleure fidélité des grands lignages de province, parallèlement à cette montée en puissance des intendants, le rôle des gouverneurs fut réduit. Les gouverneurs étaient des chefs militaires, pour la plupart issus de la vieille noblesse d'épée ; les limites de leurs compétences et de leurs pouvoirs étaient floues et elles n'obéissaient à aucune définition juridique cohérente. Puissants personnages, ils entraînèrent à de nombreuses reprises leurs clients et leurs amis dans des révoltes contre l'autorité publique : à l'exemple de Condé en Bourgogne, de Conti en Champagne, de Longueville en Normandie, d'Elbeuf en Picardie, la Fronde fut, on l'a vu, une dernière manifestation, souvent spectaculaire, de leur capacité de mobilisation des clientèles provinciales.

Pourtant, pendant le règne de Louis XIV, la collaboration entre les gouverneurs et les intendants a été souvent plus étroite qu'on ne l'a parfois écrit, et les gouverneurs demeurèrent d'indispensables intermédiaires, parce qu'ils étaient à la fois les protecteurs des intérêts locaux et les pourvoyeurs d'honneurs et de lettres d'anoblissement. Mais le roi limita leur pouvoir dans leurs gouvernements à trois années renouvelables, et surtout, afin d'éviter tout risque de sédition, il leur défendit de séjourner dans leur circonscription sans son ordre ou sans son autorisation. Parallèlement, il diminua leur autonomie militaire.

La mémoire de l'État

Les rapports réclamés aux intendants, de plus en plus précis, de plus en plus documentés, font partie de ce qui pourrait être défini comme la « mémoire de l'État ». Nous entendons par là une série de documents articulés sur un dispositif de savoir positif, aptes à constituer la science auxiliaire du pouvoir et de la domination du roi sur le territoire de son royaume : l'État royal était ainsi partie prenante de la grande révolution intellectuelle qui marqua le XVIIe siècle.

❑ ***Une meilleure connaissance du royaume.*** De tels documents permettaient, en effet, tout à la fois une légitimation, une connaissance statistique (ou pré-statistique) et technique du territoire, des hommes, des richesses, accompagnées d'un contrôle renforcé du royaume et de ses habitants par les hommes du souverain. Dans tous les cas, il s'agissait d'enraciner la volonté politique dans une base d'indications et de faits reconnus et répertoriés suivant une logique territoriale et administrative : la généralité ou l'élection étaient le plus souvent les unités spatiales des enquêtes décidées par le pouvoir central.

Car l'originalité, mais aussi la force de l'État moderne tiennent avant tout à sa capacité à compter, à vérifier, à archiver, à évaluer, à répartir, à récolter, à exploiter, à classer l'information. A la fin du règne de Louis XIV, s'ajoutant à la mémoire juridique (de la conservation des chartes à la mise en écrit des coutumes) et judiciaire « stockée » depuis longtemps, en particulier par les parlements, cette « mémoire » nouvelle devenait arithmétique et économique, ainsi que l'atteste toute l'œuvre d'enquêtes et de dénombrement entreprise à partir de Colbert. Cette « mémoire » était aussi diplomatique, comme l'illustre la création, en 1700, des archives diplomatiques décidées par Torcy. Mémoire géographique enfin : les cartes, mais aussi les plans en relief, créés à partir de 1668, au lendemain de la guerre dite de Dévolution.

❑ ***La mémoire du territoire du roi : l'exemple des plans relief.*** Avec grand réalisme et extrême minutie, il s'agissait de reproduire au 1/600e les principales villes fortifiées du royaume, les forteresses, mais aussi, à mesure que les maquettes se perfectionnèrent, leur environnement, avec les villages, les accidents topographiques, le terroir minutieusement reconstitué, le tout sur une surface qui représentait jusqu'à vingt fois la superficie de la ville, c'est-à-dire jusqu'à la limite de portée des tirs de canons, soit environ 600 mètres.

Ces plans reliefs furent installés, en 1710, par Louis XIV dans la Grande galerie du Louvre : leur grand nombre (en 1697, Vauban rédigea un inventaire qui comportait 144 plans relief représentant 101 places fortes) fournissait au roi une information fiable sur chaque place forte de la « ceinture de fer » qu'édifiait Vauban, et donc sur l'état général des frontières limitant (et donc définissant) l'espace du royaume.

Comme on le voit, l'ensemble de ces données permettaient au roi d'acquérir la maîtrise d'un savoir pratique et opératoire, instrument de plus en plus performant d'un pouvoir inscrit dans l'espace du royaume. Paradoxe ? Ce savoir positif participa longtemps aux « mystères de l'État », car il fut d'abord strictement réservé au souverain. Une majorité de ces dossiers demeura, en effet, à l'état de manuscrits à la plume et ils étaient tenus secrets, même si parfois quelques copies circulèrent. Mais ils ne pouvaient en aucun cas entrer dans le réseau d'une publicité qui dépasserait les limites des cercles étroits des hommes du pouvoir. Vauban fut ainsi contraint pour se faire entendre de publier secrètement son *Projet de dixme royale* en 1707, un acte audacieux et d'une certaine manière sacrilège qui provoqua le mécontentement du roi : le livre fut condamné « à la saisie et au pilon ».

❑ ***La grande enquête de 1697.*** Tout à la fois partie prenante de cette mémoire secrète de l'État et instrument de l'éducation du prince, la grande enquête décidée en 1697 par le duc de Beauvillier, comte de Saint-Aignan et gendre de Colbert, et Fénelon, le précepteur du petit-fils de Louis XIV depuis 1689, visait à transmettre au futur roi, qui atteignait alors quatorze ans, les outils d'une parfaite connaissance du royaume.

Cette enquête reprenait en partie celle entreprise par le surintendant d'Effiat en 1630, et elle marquait une étape nouvelle du savoir de l'État, car à la tentative de mesure des seules capacités financières d'un territoire (Colbert), succédait une volonté d'évaluation de l'ensemble de ses richesses : « Savez-vous, écrit Fénelon s'adressant au duc de Bourgogne, le nombre d'hommes qui composent votre nation, combien d'hommes, combien de femmes ; combien de laboureurs, combien d'artisans, combien de praticiens, combien de commerçants, combien de prêtres et de religieux, combien de nobles et de militaires ? Que dirait-on d'un berger qui ne saurait pas le nombre de son troupeau ? Il est aussi facile à un roi de savoir le nombre de son peuple : il n'a qu'à le vouloir [...]. Un roi ignorant de toutes ces choses n'est qu'un demi roi » (Fénelon, *Examen de conscience sur les devoirs de la royauté, composé pour l'éducation du duc de Bourgogne*, art. I, § 8 – texte écrit sans doute en 1702). Le « questionnaire » envoyé à tous les intendants, le 12 février 1697, détaillait les rubriques dont chaque mémoire devait être composé.

Ainsi, chacun des intendants, aidé des témoignages de ses subdélégués, avait-il pour mission de rédiger un mémoire présentant un tableau complet de sa province « pour servir d'instruction à Monseigneur le Duc de Bourgogne », afin de mettre sous ses yeux un rapport aussi exact que possible de la diversité et des potentialités du royaume qu'il allait avoir à gouverner.

Il y avait loin sans doute entre le programme fixé et sa réalisation. Tous les intendants répondirent, sauf un (celui de Perpignan, mort avant d'avoir terminé son mémoire). Mais nombre d'entre eux s'acquittèrent souvent médiocrement de leur mission enquêtrice, et ils présentèrent un tableau adouci d'un royaume dont nous savons par ailleurs, dans le contexte de la fin de la guerre de la Ligue d'Augsbourg, la situation de crise et de misère, accentuée par le « dérèglement des saisons » des années 1693-1694 et les prélèvements fiscaux : entre 1685 et 1695, la hausse des impôts s'éleva à 35 %. Mais le processus était irréversible, et l'enquête de Beauvillier, gouverneur du duc de Bourgogne, servit de modèle et d'exemple pendant un siècle, jusqu'aux Mémoires des préfets de François de Neufchâteau et de Chaptal au début du XIXᵉ siècle. Ce dernier assigna aux préfets de l'an IX, dans la continuité des grandes enquêtes entreprises au temps des « rois absolus », la mission de « donner à la nation la connaissance exacte de ses richesses et de ses ressources ».

A la fin du règne de Louis XIV, le souverain était donc en voie de pouvoir bientôt disposer d'un ensemble de documents statistiques et pratiques, autant d'outils d'une « science royale » qui lui permettraient, à terme, de connaître sa force véritable, c'est-à-dire d'exercer la plénitude de sa souveraineté.

❑ ***L'État et la révolution scientifique du XVIIᵉ siècle.*** Par le chiffre et la série numérique ou classificatrice, par l'image cartographiée, par la miniaturisation du territoire stratégique de la frontière (les plans reliefs), cette approche toujours plus précise et utilitaire du royaume, l'état de la France en quelque sorte, faisait partie constitutive de la révolution scientifique qui marqua, de Galilée à Mersenne, la première moitié du XVIIᵉ siècle.

Cette révolution intellectuelle contribuait à mettre en question la scolastique et l'aristotélisme comme système philosophique dominant. Elle disqualifiait du même coup de nombreuses croyances : la fin des procès de sorcellerie en fut, au temps de Louis XIV, on l'a vu, un signe manifeste. Car on observait une tendance croissante, dans tous les champs de la pensée, à repousser le dogmatisme et le principe d'autorité.

La démarche scientifique avait été à l'origine de ce grand mouvement : en 1611, à travers une lunette de verre fumé, Galilée découvrit et interpréta, après le Père Scheiner, des taches sombres sur le soleil. Si le soleil, « astre admirable », était ainsi altéré, que restait-il du dogme central du système d'Aristote qui postulait la perfection et l'immuabilité du Ciel, image de la perfection de Dieu ? En 1613, Galilée faisait paraître ses *Histoires et démonstrations sur les taches solaires* qui bouleversaient les idées jusqu'alors admises. Et un peu plus tard, il postulait que les satellites de Jupiter, qu'en 1610 il avait identifiés, étaient inconciliables avec l'hétérogénéité proclamée par Aristote des mouvements célestes et terrestres. Mesurant les conséquences des observations de Galilée, René Descartes concluait que la terre était un soleil refroidi. Mais si cette idée était juste, le temps de l'histoire de la terre se dilatait démesurément : que devenait alors la chronologie fixée par la Bible depuis la Création (4004 ans) ? A peu près au même moment, Torricelli et Pascal prouvaient la pesanteur de l'air. Dans son *Traité de l'équilibre des liqueurs*, en démontrant que tous les fluides relevaient des mêmes lois, Pascal signait, d'une certaine manière, l'acte de décès de l'aristotélisme :

Que tous les disciples d'Aristote assemblent tout ce qu'il y a de fort dans les écrits de leur maître, et de ses commentateurs, pour rendre raison de ces choses par l'horreur du vide, s'ils le peuvent; sinon qu'ils reconnaissent que les expériences sont les véritables maîtres qu'il faut suivre dans la physique; que celle qui a été faite sur les montagnes a renversé cette créance universelle du monde, que la nature abhorre le vide, et ouvert cette connaissance qui ne saurait plus jamais périr, que la nature n'a aucune horreur pour le vide, qu'elle ne fait aucune chose pour l'éviter, et que la pesanteur de la masse de l'air est la véritable cause de tous les effets qu'on avait jusqu'ici attribués à cette cause imaginaire.

Traités de l'équilibre des liqueurs et de la pesanteur de la masse d'air, Paris, 1663.

René Descartes a décrit les principales étapes de son itinéraire intellectuel dans le *Discours de la méthode*, paru en français, en 1637 : abandon de sa confiance absolue dans les livres, rejet de l'autorité des Anciens comme d'ailleurs de celle des scolastiques, quête d'une connaissance assurée, construction d'un système philosophique fondé sur des « idées claires et distinctes ». Sans doute, niait-il être totalement sceptique, et affirmait-il, par le *cogito,* la possibilité d'une certaine connaissance de sa propre existence, mais aussi de celle de Dieu et du monde matériel.

Toutes ces observations scientifiques paraissaient conduire au même constat : la conviction croissante que l'univers fonctionnait de manière ordonnée, régulière, selon des lois préétablies. Ces croyances se fondaient sur les extraordinaires découvertes et les expériences de Copernic, de Galilée, de Kepler, de Newton. Toutes contribuaient à détrôner la vieille cosmologie scolastico-aristotélicienne selon laquelle la terre restait immobile au centre de l'Univers, exposée aux assauts incessants de forces surnaturelles. La nouvelle vision mécaniste du monde considérait désormais la terre comme un élément d'une vaste machine qui fonctionnait de manière automatique. En relisant l'avant-propos du *Livre des Ordres et simples dignitez* de Charles Loyseau (cf : *L'Affirmation de l'État absolu,* coll. « Carré Histoire », pp. 26-27), on comprendra facilement à quel point cette philosophie mécaniste pouvait représenter une menace pour les croyances traditionnelles. Les serviteurs du roi, les hommes de terrain plus que les juristes, ont participé à cette révolution intellectuelle sans précédent, en unissant la pratique à la théorie : ce sont des ingénieurs du roi, nous l'avons vu, qui conçurent et firent construire les plans en relief. Maîtres des sciences nouvelles mises au service du prince, ils étaient en même temps ingénieurs des fortifications, ingénieurs civils, urbanistes, architectes des intendants des villes, constructeurs de canaux, de routes royales et de ponts qui désenclavaient progressivement les campagnes. De la maîtrise du territoire ennemi à capturer à celle d'une province pacifiée à aménager, ils monopolisaient le même type de savoir pratique (évaluation et potentialité du terrain, coordination et mathématisation des données, calcul des solutions optimales), ils incarnaient la transition entre l'État guerrier et justicier du XVIIe siècle et l'État administrateur et gestionnaire des Lumières.

La fondation de l'Académie des sciences en 1666 consacra, en l'institutionnalisant, ce savoir neuf des géomètres, des arithméticiens et des savants. Nombre de travaux d'équipe de l'Académie visaient une utilité immédiatement pratique pour le roi, par exemple en balistique pour la guerre, ou en géographie pour la mise en place d'une « carte du royaume par provinces ». Ce projet, auquel se consacra Jean-Dominique Cassini à partir de 1682, se concrétisa au XVIIIe siècle.

L'État royal était bien partie prenante de cette grande révolution scientifique qui marqua le XVIIe siècle : mathématisation de la nature, abandon du cosmos aristotélicien, construction d'un modèle mécanique capable d'exprimer et d'expliquer rationnellement les phénomènes. Dès 1665, le *Journal des savants*, un périodique, le plus souvent hebdomadaire, destiné à relier la communauté scientifique et littéraire à l'élite des gens cultivés pour les informer de tout « ce qui se passe de nouveau dans la République des lettres », annonçait les Lumières.

DOCUMENT

■ Colbert : « Une guerre d'argent contre tous les États de l'Europe »

[...] Le bon estat des finances et l'augmentation des revenus de Vostre Majesté consiste à augmenter par tous les moyens le nombre de l'argent monnoyé qui roule continuellement dans le royaume, et à maintenir dans toutes les provinces la juste proportion qu'elles en doivent avoir...

[Trois voies permettent d'y arriver] : augmenter l'argent dans le commerce public en l'attirant des pays d'où il vient, en le conservant au dedans du royaume et empeschant qu'il n'en sortist, et donnant des moyens aux hommes d'en tirer profit.

Comme en ces trois points consiste la grandeur, la puissance de l'Estat et la magnificence du Roy par toutes les dépenses que les grands revenus donnent occasion de faire, qui est d'autant plus relevée qu'elle abaisse en mesme temps tous les Estats voisins, vu que n'y ayant qu'une mesme quantité d'argent qui roule dans toute l'Europe, et qui est augmentée de temps en temps par celuy qui vient des Indes occidentales, il est certain et démonstratif que s'il n'y a que 150 millions de livres d'argent qui roule dans le public, l'on ne peut parvenir à l'augmenter de 10, 30 et 50 millions qu'en mesme temps l'on n'en oste la mesme quantité aux Estats voisins, ce qui fait cette double élévation que l'on voit si sensiblement augmenter depuis quelques années : l'une en augmentant la puissance et la grandeur de Vostre Majesté, l'autre en abaissant celle de ses ennemis et de ses envieux.

C'est aussy en ces trois points que consiste tout le travail et toute l'application de la conduite des finances depuis l'administration de Vostre Majesté ; et comme il n'y a que le commerce seul et tout ce qui en dépend qui puisse produire ce grand effet, et qu'il falloit l'introduire dans un royaume où ni le général, ni mesme les particuliers ne s'y sont jamais appliqués, ce qui mesme est en quelque sorte contraire au génie de la nation, peut-estre qu'il n'y avoit rien qui pust estre entrepris de plus difficile ni de plus avantageux pour le règne de Vostre Majesté, puisque à cette augmentation de puissance en argent estoient attachées toutes les grandes choses qu'elle a desjà faites et qu'elle pourra encore faire pendant toute sa vie.

Après avoir dressé un bilan détaillé des réalisations françaises en matière de commerce et d'industrie « depuis sept à huit ans », Colbert poursuit :

Je supplie Vostre Majesté de me permettre de luy dire qu'il me semble que depuis qu'elle a pris l'administration de ses finances, elle a entrepris une guerre d'argent contre tous les Estats de l'Europe. [...] Elle a desjà vaincu l'Espagne, l'Italie, l'Allemagne, l'Angleterre et quelques autres dans lesquels elle a jeté une très-grande misère et nécessité et s'est enrichie de leurs dépouilles, qui luy ont donné les moyens de faire tant de grandes choses qu'elle a faites et fait encore tous les jours. Il ne reste que la Hollande, qui combat encore avec de grandes forces : son commerce du Nord, qui luy rapporte tant d'avantages et tant de considération pour ses forces maritimes et pour toute sa navigation ; celuy des Indes orientales, qui luy rapporte tous les ans 12 millions de livres d'argent comptant ; celuy du Levant, qui luy rapporte autant, celuy des Indes occidentales, qui luy rapporte encore 3 ou 4 millions de livres ; ses manufactures, son commerce de Cadix, celuy de Guinée et une infinité d'autres dans lesquels réside et consiste toute sa puissance. Vostre Majesté a formé des compagnies qui, comme des armées, les attaquent de partout. Dans le Nord, la compagnie a desjà un fonds de 1 million et 20 vaisseaux. En Guinée, il y a 6 vaisseaux françois qui y ont commencé leur commerce. Dans l'Occident, Vostre Majesté y a 20 vaisseaux ; et voicy deux vaisseaux qui sont arrivés heureusement chargés de marchandises pour 3 millions, qui est une victoire de ce mesme prix dans cette guerre. Celle de Levant a pareillement un fonds de 13 millions de livres, avec 12 vaisseaux. Ses manufactures, son canal de transnavigation des mers et tant d'autres establissemens nouveaux que Vostre Majesté crée et tire du néant pour bien faire leur devoir dans cette guerre, dans laquelle Vostre Majesté voit clairement qu'elle remporte tous les ans quelque avantage considérable et tel que les vaincus mesmes ne peuvent dissimuler leurs pertes qu'ils publient par les plaintes continuelles qu'ils font par les bouches de tous leurs marchands de la diminution de leur commerce.

Cette guerre, qui ne consiste qu'en esprit et en industrie, et dont les dépouilles de la plus puissante république qui ayt jamais esté après la romaine doivent estre le prix de la victoire, ne peut pas finir sitost, ou pour mieux dire doit estre l'un des principaux objets de l'application de Vostre Majesté pendant toute sa vie. Il faut, auparavant que d'en remporter une pleine et entière victoire, que les vaisseaux de la compagnie du Nord augmentent jusqu'à 400 pour le moins ; sur quoy il est nécessaire que Vostre Majesté observe que, sans ce nombre de vaisseaux, si elle avoit un jour quelque guerre contre les Hollandois, les denrées et marchandises qui croissent dans le royaume, qui sont les seules mines de Vostre Majesté, d'autant qu'elles y apportent tous les ans 7 ou 8 millions de livres, demeureroient. C'est pourquoy la guerre contre la Hollande auroit esté impossible il y a deux ans ; elle est à présent un peu plus facile ; mais si Vostre Majesté continue de protéger et assister d'argent cette compagnie du Nord, à proportion de ses assistances, le nombre de ses vaisseaux augmentant, elle diminuera la difficulté de cette guerre, et avec le temps la rendra mesme avantageuse ; d'autant que leurs vaisseaux estant exclus par ce moyen, les sujets de Vostre Majesté seront conviés fortement d'en avoir pour porter les marchandises et suivre les vaisseaux de la compagnie qui leur montrera le chemin.

Il faut de plus que les 80 vaisseaux qui font le commerce de l'Occident augmentent jusqu'à 150 ; les 6 de Guinée jusqu'à 30 ou 40 ; les 20 de l'Orient jusqu'à 100 ; les 12 du Levant jusqu'à 60 ou 80, et que tous les autres establissemens augmentent à proportion. Et quoyque toutes ces grandes augmentations paroissent extraordinairement difficiles, j'oserois assurer Vostre Majesté qu'elle aura moins de peine à y parvenir qu'elle n'a eu à former du nouveau et à porter tous les establissemens au point où ils sont à présent. Il est vray qu'il faudra beaucoup plus de temps, mais j'oserois pareillement assurer Vostre Majesté que tous les ans elle verroit, par preuves certaines et indubitables, diminuer la puissance des Hollandois avec leur commerce ; et qu'en douze ou treize années de temps, elle les réduiroit en une très-grande extrémité, pourvu que toutes les assistances et toute l'application qui sont au pouvoir de Vostre Majesté y fussent employées.

Le fruit sensible du succès de toutes ces choses seroit qu'en attirant par le commerce une très-grande quantité d'argent dans son royaume, non-seulement elle parviendroit bientost à restablir cette proportion qui doit estre entre l'argent qui roule dans le commerce et les impositions qui sont payées par les peuples, mais mesme elle les augmenteroit l'un et l'autre à proportion, en sorte que ses revenus augmenteroient de mesme et elle mettroit ses peuples en estat de pouvoir l'assister plus considérablement en cas de guerre ou d'autre nécessité.

« Mémoire au roi sur les finances » (1670). Texte complet dans *Lettres, Mémoires et Instructions de Colbert*, publ. par P. Clément, Paris, 1861, t. VII, pp. 233-256.

2
La loi du roi

Un roi, une foi, une loi : souverain « absolu », Louis XIV n'admettait aucune opposition à l'idéal de puissance qu'il entendait incarner. L'unité de la foi, contre toutes les dissidences et les minorités – des jansénistes aux protestants, en passant par les quiétistes –, la discipline de comportement imposée aux courtisans à Versailles : il s'agissait là de deux faces d'une même politique, d'inégale violence, de réduction à l'obéissance.

Pourtant, dans un royaume dont les dimensions, à l'échelle du temps, étaient comparables à celles d'un continent, la distance était grande de la loi du prince à la loi des provinces, des villes ou des villages ; et elle ne se comptait pas seulement en lieues. A l'aide d'indicateurs, tels que le fonctionnement de l'administration urbaine ou l'exercice de la justice, il nous faudra mesurer l'écart qui séparait l'« absolutisme » proclamé par les édits unificateurs des pratiques concrètes de l'autorité.

UNITÉ DE LA FOI, UNITÉ DU ROYAUME

« *Tout à l'État* »

Plus qu'une nomenclature détaillée de la politique entreprise par Colbert, et d'une certaine manière poursuivie par ses successeurs, il importe de saisir la philosophie qui sous-tendait l'ensemble des mesures d'autorité et des textes qui les justifiaient.

Ces mesures et ces textes répétaient le même type de discours. Ils réduisaient la politique à un dogme simple : tout désormais devait passer par l'État (c'est-à-dire le roi) parce qu'il était l'instrument de la Providence divine ; toute la puissance devait donc aller à lui, toute puissance devait donc dériver de lui, sans que son pouvoir puisse être altéré par une autre puissance temporelle, fût-ce celle du pape. L'affaire dite de la Régale l'illustra clairement.

Le droit de régale était une ancienne prérogative accordée au roi de France de pouvoir disposer d'un diocèse, en particulier de ses revenus, en cas de décès de l'évêque titulaire. Depuis longtemps déjà une contestation s'était élevée concernant l'application d'un tel droit dans les évêchés du Midi. Une nouvelle crise éclata quand le pape Innocent XI voulut se mêler de l'affaire, et restreindre les droits du roi. Après l'échec d'une tentative de compromis, l'Assemblée du clergé vota le 19 mars 1682, la déclaration dite des Quatre articles, rédigée par Bossuet. Cette déclaration, dont le quatrième article niait le principe de l'infaillibilité pontificale, durcissait encore le gallicanisme qui, depuis plusieurs siècles déjà, s'était affirmé parallèlement à la construction de l'État royal :

> Saint Pierre et ses successeurs, vicaires de Jésus-Christ et [...] toute l'Église n'ont reçu puissance de Dieu que sur les choses spirituelles et qui concernent le Salut, et non point sur les choses temporelles et civiles ; [...] En conséquence, les Rois et les Souverains ne sont soumis à aucune puissance ecclésiastique, par l'ordre de Dieu, dans les choses temporelles ; [...] Ils ne peuvent être déposés ni directement, ni indirectement, par l'autorité des chefs de l'Église ; et [...] leurs sujets ne peuvent être dispensés de la soumission et de l'obéissance qu'ils leur doivent ou absous du serment de fidélité.
>
> Article 1 de la Déclaration de 1682.

Dans la perspective théologico-politique de « réduction à l'obéissance », le mercantilisme (ou le colbertisme) n'était qu'une des multiples figures de ce « tout à l'État ». Le règne de Louis XIV fut bien celui d'un ordre absolu et étatique, voulu, construit, sacralisé autour de la figure d'un roi de gloire, de guerre et de puissance, quoique des résistances institutionnelles, individuelles ou collectives, persistèrent tout au long du règne, mais sans commune mesure avec les résistances violentes et souvent sanglantes de la première moitié du siècle. Le traité au titre significatif de *Politique tirée des propres paroles de l'Écriture sainte*, publié en 1709, confirme cette volonté absolue. Rédigé dans les années 1670 par Bossuet, évêque de Meaux à partir de 1681, pour l'éducation du Dauphin, il se présente avant tout comme un éclatant manifeste de monarchie « de droit divin » autant qu'un manuel du parfait souverain chrétien.

> Dieu est infini. Dieu est tout. Le Prince, en tant que Prince n'est pas regardé comme un homme particulier : c'est un personnage public, tout l'État est en lui, la volonté de tout le Peuple est renfermée dans la sienne. Comme en Dieu est réunie toute perfection, et toute vertu, ainsi toute la puissance des particuliers est réunie en la personne du Prince. Quelle grandeur qu'un seul homme en contienne tant !
>
> *Politique tirée des propres paroles de l'Écriture sainte*, V, 4.

On comprendra que ce « tout à l'État » ait pu transformer toute opposition en une forme de sacrilège. Louis XIV indique dans ses *Mémoires* que « pour mauvais que puisse être un prince, la révolte de ses sujets est infiniment criminelle ». Faut-il préciser que toute dissidence était interdite ? L'absolutisme de droit divin exigeait, en particulier, la stricte application de l'unité et de l'uniformisation de la foi, un des serments que le roi avait solennellement prêtés lors de son sacre à Reims le 7 juin 1654. Ce serment, il s'attacha à le faire respecter, par la violence s'il le fallait.

La lutte contre le jansénisme et le protestantisme illustre bien cette volonté royale de réaliser dans le royaume le sacro-saint principe politique généralement admis alors, *cujus regio, ejus religio* : pas de pluralisme confessionnel sur un même territoire.

Les jansénistes

❑ ***Qu'est-ce que le jansénisme ?*** Le jansénisme s'inscrit dans le grand travail de réformation appelé de leurs vœux par nombre de fidèles et entrepris, depuis longtemps, par l'Église. Même si, dans le cas qui nous occupe, les laïcs prirent une part active dans la naissance et le développement du mouvement : en 1637, en effet, un jeune avocat célèbre, protégé du chancelier Séguier, Antoine Le Maître, neveu d'Angélique Arnauld, décida de se retirer du monde, près de l'abbaye de Port-Royal des Champs, alors déserte, pour se vouer entièrement à Dieu. Il conféra à son geste un caractère public par une sorte de lettre programme qu'il adressa à Séguier. Des copies circulèrent un peu partout dans les milieux parlementaires et ecclésiastiques. Bientôt, son frère, M. de Séricourt, vint le rejoindre, ainsi que quelques amis, comme Claude Lancelot dont on reparlera.

Le jansénisme séduisit bien des catholiques, essentiellement parmi les élites dirigeantes : des grands commis de l'État royal ou des officiers, souvent membres des cours souveraines (comme la famille Arnauld), des clercs, des gentilshommes, mais aussi certains bourgeois, comme Singlin, le fils d'un marchand de vin. Il les avait séduits par le caractère abrupt d'une foi tragique, sa rigueur, sa vision pessimiste du Salut, sa recherche du « Dieu caché », l'ambition aussi de retrouver l'authentique tradition des Pères de l'Église, en particulier saint Augustin. Pierre Nicole, l'un des « solitaires » de Port-Royal, abbaye située dans la vallée de Chevreuse, non loin de Versailles, qui devint le centre du mouvement, a ainsi défini la démarche spirituelle poursuivie par les jansénistes : « On fait de la manière la plus pure et la plus désintéressée qu'il nous est possible, ce qui nous est prescrit par Ses lois [de Dieu], en attendant le jugement qu'Il portera de nous en l'autre vie, en nous faisant connaître le fond de notre cœur que nous ne connaîtrons jamais clairement en celle-ci » (Pierre Nicole, *Essais de morale*, « Des diverses manières dont on tente Dieu »). Car pour les jansénistes, tout dérivait de la malédiction du péché d'Adam : en signant la rupture avec Dieu, Adam nous a laissés irrémédiablement captifs de nous-mêmes, esclaves de l'amour-propre, de l'intérêt, de la cupidité, « source de tous nos mouvements » (Pascal), un moteur qui « joue toutes sortes de personnages » (La Rochefoucauld).

Le jansénisme insistait sur la corruption foncière de la nature humaine : invinciblement entraîné dans la spirale du mal depuis la faute d'Adam, l'homme ne peut être sauvé que par la grâce de Dieu s'exerçant dans l'âme humaine avec une efficacité toute puissante, et en vertu d'une « prédestination gratuite » qui échappe à notre compréhension. Toute condition humaine est donc nécessairement dominée, ou par la nature corrompue, ou par la grâce « efficace par elle-même » : c'est la thèse dite « des deux délectations » – concupiscence et amour –, pivot de la doctrine janséniste. A l'autonomie de la créature, le jansénisme oppose la toute-puissance divine, réaffirmée sans cesse en abaissant l'homme au nom de « l'honneur de Dieu ». Mais la grâce ne laisse pas la créature passive : elle exige un effort constant de conversion, couronné par la victoire de l'« homme nouveau » sur le « vieil homme ».

Cette victoire de l'« homme nouveau » n'était possible que par un travail constant de discipline personnelle, d'application exigeante aux choses de la foi. A partir de 1638, ceux qu'on appela les « Solitaires » commencèrent, à la suite du geste spectaculaire d'Antoine Le Maître, l'année précédente, à s'installer à Port-Royal des Champs, afin de se « retirer du monde » pour s'abandonner à une vie de prières et de pénitence. La parution, en 1643, du livre d'Antoine Arnauld, *De la Fréquente Communion*, provoqua un surcroît d'intérêt pour les solitaires de la vallée de Chevreuse venus chercher le silence du « désert » à l'ombre d'une abbaye : ils étaient quatre en 1643, ils furent douze en 1646. Ils entreprirent d'assainir le vallon, de restaurer les bâtiments. Le 13 mai 1648, plusieurs religieuses, conduites par la Mère Angélique Arnauld, s'installèrent de nouveau dans les lieux.

❑ ***L'État et les jésuites contre le jansénisme et Port-Royal.*** Les premières tensions entre le jansénisme et l'autorité ont été antérieures à la publication à Louvain de l'*Augustinus* (1640), traité théologique de l'évêque d'Ypres Cornelius Jansen, qui fit figure de manifeste du mouvement.

Ces tensions étaient liées au conflit politique qui opposait les partisans et les adversaires de la guerre contre l'Espagne catholique, car l'évêque d'Ypres (dans les Pays-Bas espagnols) dont l'*Augustinus* fut publié deux ans après sa mort, était aussi l'auteur de *Mars Gallicus*, un violent pamphlet paru en 1635 contre les rois de France, l'année même de l'intervention militaire de la France dans la guerre de Trente ans. Les rois étaient accusés d'être, depuis les Mérovingiens, des criminels, des usurpateurs, des hérétiques, alliés des musulmans et des protestants, ennemis de la chrétienté. Jean du Vergier de Hauranne, abbé de Saint-Cyran, ami intime de Jansénius avec lequel il avait longuement étudié saint Augustin, l'un des grands maîtres à penser du XVIIe siècle, diffusa les idées de Jansénius, en particulier à Port-Royal dont il fut le « directeur » entre 1636 et 1638 (à cette date, il fut arrêté sur ordre de Richelieu et enfermé au château de Vincennes). Et il critiquait, lui aussi, la politique belliqueuse de la France.

Les condamnations de l'*Augustinus* par Rome, en 1642 (bulle *In eminenti*), puis en 1653 (cinq propositions de Jansénius furent alors déclarées hérétiques), conjuguées avec l'action des jésuites, aggravèrent la controverse, et l'action de l'État royal contre les « Solitaires » et contre Port-Royal. Pascal fut un ardent défenseur du jansénisme attaqué : dans ses *Provinciales*, une série de dix-huit pamphlets publiés de janvier 1656 à mars 1657, il dénonçait la « morale relâchée » des casuistes de la Compagnie de Jésus (*Lettres écrites à un provincial par l'un de ses amis sur le sujet des disputes présentes de la Sorbonne*). Les jésuites étaient, en effet, particulièrement critiques à l'égard des jansénistes : ils mettaient en avant la proximité avec le protestantisme de la doctrine de la prédestination gratuite et surtout, ils exaltaient, à la suite de leur théologien Molina (1535-1600), la liberté de l'homme dans l'œuvre de Salut, contre les Augustiniens, plus préoccupés d'y voir l'œuvre de Dieu seul. Pascal explique, dans sa seconde *Provinciale*, que « les Jésuites prétendent qu'il y a une grâce donnée généralement à tous les hommes, soumis de telle sorte au libre arbitre, qu'il la rend efficace ou inefficace à son choix, sans aucune nouveau secours de Dieu, et sans qu'il manque rien de sa part pour agir effectivement ; ce qui fait qu'ils l'appellent *suffisante*, parce qu'elle seule suffit pour agir. Et les jansénistes, au contraire, veulent qu'il n'y ait aucune grâce actuellement suffisante, qui ne soit aussi efficace, c'est-à-dire que toutes celles qui ne déterminent point la volonté à agir effectivement sont insuffisantes pour agir parce qu'ils disent qu'on n'agit vraiment sans *grâce efficace*. Voilà leur différend » (Pascal, *Seconde lettre écrite à un provincial par un de ses amis*, 29 janvier 1656).

En avril 1661, reprenant un texte de l'Assemblée du clergé, un arrêt du Conseil du roi exigea la signature, par tous les ecclésiastiques du royaume, séculiers comme réguliers, d'un formulaire : « Je condamne de cœur et de bouche la doctrine des cinq propositions de Jansen, contenues dans son livre intitulé l'*Augustinus.* »

Les jansénistes furent partagés sur l'affaire du Formulaire. Un accord fut finalement obtenu avec Rome, suivi d'une trêve avec le pouvoir royal, signifiée par un arrêt, le 23 octobre 1668. Cette trêve permit une grande floraison littéraire : les *Pensées* de Pascal furent publiées en 1670, ainsi que les œuvres de Nicole (premier tome des *Essais de morale* en 1671 ; trois autres tomes suivirent jusqu'en 1678), du grand Arnauld, de Lemaître de Sacy (sa traduction du *Nouveau Testament*, qui connut un grand succès, parut à Amsterdam en 1667). Pourtant, l'abbaye cistercienne de Port-Royal, cœur du mouvement et, qui plus est, proche de Versailles, apparaissait aux yeux de Louis XIV comme un dangereux foyer de subversion, non seulement par le modèle de discipline que son Abbesse, Angélique Arnauld y avait imposé, mais aussi et surtout, par le groupement des « Solitaires ».

Ces derniers avaient créé des « Petites Écoles », une structure d'enseignement qui permettait aux jansénistes de proposer une éducation novatrice, dispensée en français et ouverte aux idées nouvelles, dans le respect de la personnalité de chaque enfant. « Dans la manière de les instruire des sciences, écrit Nicolas Fontaine, on suivait plutôt la raison que la coutume. » Certains ouvrages de pédagogie, composés par les « Messieurs » des « Petites Écoles », restèrent longtemps célèbres, comme la *Nouvelle Méthode latine*, rédigée en français par Claude Lancelot, *La Grammaire générale et raisonnée*, écrite en collaboration avec Antoine Arnauld (1660), et *La Logique ou l'Art de penser* de Pierre Nicole et Antoine Arnauld (1662). Le futur Racine fut un élève de Port-Royal ; il écrira, plus tard, que « ces maîtres n'étaient pas des hommes ordinaires ». On comprendra que les jésuites amplifièrent leurs attaques, craignant une concurrence pour leurs propres collèges : les « Petites Écoles » furent dispersées, sous l'ordre du roi, dès le 12 mars 1660.

Finalement, explique Saint-Simon dans ses *Mémoires*, « la reine mère, et le roi bien plus qu'elle dans les suites, séduits par les jésuites, s'étaient laissé persuader par eux le contradictoire exact et précis de la vérité ; savoir que toute autre école que la leur en voulait à l'autorité royale et n'avait qu'un esprit d'indépendance et républicain ». Il est vrai qu'à l'obéissance sans condition, fondement de l'État absolu, le jansénisme opposait l'autonomie de la conscience, et il rejetait le principe même de la raison d'État : « La distinction du droit et du fait, présente au coeur de toutes les controverses de la fin du XVIIe siècle, proclamait le bien-fondé du libre arbitre et il scellait la ruine de l'autorité établie. Ainsi se trouvaient récusés à la fois l'ultramontanisme et l'absolutisme monarchique » (René Taveneaux). Et Port-Royal, on l'a vu, accueillait des mécontents de toute origine : des membres de la vieille noblesse, déçus par l'autoritarisme royal ; des membres de la noblesse de robe dépossédée, depuis la Fronde, de toute prétention à intervenir dans les affaires d'État. « Ces Messieurs, toujours ces Messieurs ! » avait coutume de dire le roi, agacé.

En 1679, les pensionnaires et les novices de Port-Royal furent expulsées, et une interdiction fut signifiée d'en recevoir dorénavant. L'année précédente, les derniers « Solitaires » avaient dû quitter la ferme des Granges, au sommet d'un coteau de la vallée de Chevreuse, là où ils s'étaient installés. Après de nombreuses tracasseries, le 29 octobre 1709, le lieutenant de police Marc-René de Voyer d'Argenson vint, sur l'ordre du roi, accompagné d'une forte escorte d'archers, procéder à l'enlèvement de la vingtaine de religieuses qui étaient restées, pour la plupart très âgées. Elles furent dispersées dans plusieurs couvents de différentes villes du royaume. Port-Royal fut rasé deux ans plus tard, afin qu'« il n'y restât pas pierre sur pierre » (Saint-Simon).

Mais soutenu par certains évêques, dont le cardinal de Noailles, archevêque de Paris, le jansénisme n'était pas mort, loin de là. Et les vieilles religieuses exilées se plaisaient à déclarer que, « quand on est bien uni avec Dieu, on trouve Port-Royal partout ».

❑ ***Le jansénisme et la naissance de l'économie politique.*** Ce premier jansénisme – nous verrons que le jansénisme du XVIIIe siècle fut bien différent – a joué un rôle majeur dans l'histoire intellectuelle.

En effet, les jansénistes insistaient, on l'a dit, sur les terribles conséquences du péché d'Adam qui a transformé les hommes en esclaves de leurs passions : « La cupidité, écrit Pierre Nicole, a pris la place de la charité. » Or au début du XVIIIe siècle, avec l'économiste Pierre de Boisguilbert (1646-1714), élève des Petites Écoles de Port-Royal, l'intérêt privé, qui était jusque-là considéré comme un mal nécessaire, se chargea de valeurs positives : il devient l'énergie qui fait mouvoir les échanges de biens et de services, l'énergie qui dynamise la société dans un monde d'où Dieu s'est retiré. Boisguilbert considère, en effet, que le moteur des échanges est perpétuellement nourri par les effets du péché originel, dans la mesure où l'économie est justement le domaine privilégié des interactions entre les intérêts privés.

Jean-Claude Perrot a montré comment le jansénisme a constitué le terreau d'une science nouvelle, appelée à un grand avenir, en particulier au siècle des Lumières : l'économie politique, un mot inventé par Antoine de Montchrestien, en 1615 (*Traité de l'œconomie politique*). « Dans sa vision de l'homme en société, Boisguilbert se révèle aussi près que possible de Nicole et de Domat [ce dernier fut un éminent juriste janséniste]. Mais il les rejoint par une démarche spécifiquement économique : la sociologie de la France agricole et marchande, l'analyse des comportements du paysan, du propriétaire foncier, du marchand, des financiers, etc., puis les effets macroéconomiques de leurs diverses stratégies » (Jean-Claude Perrot).

Nous savons que Adam Smith, l'un des économistes les plus influents du siècle des Lumières, maître de l'« école classique » ou libérale (son œuvre principale, *Recherches sur la nature et les causes de la richesse des nations*, a été publiée en 1776), s'est fortement inspiré des idées développées par Pierre de Boisguilbert : la « main invisible », qui assure la régulation entre l'offre et la demande des biens et des emplois, est une notion déjà contenue dans l'œuvre de l'économiste janséniste quand ce dernier évoque, par exemple, « l'harmonie de la République, qu'une puissance supérieure régit invisiblement » (Pierre de Boisguilbert, *Détail de la France*, 1695).

La théologie morale française du XVIIe siècle, et plus particulièrement le rameau janséniste de la pensée chrétienne, constituent bien « l'une des matrices de l'économie politique classique » (Jean-Claude Perrot).

Signé par le roi le 18 octobre 1685, l'édit révoquant l'édit de Nantes avait répondu, lui aussi, à la même volonté monarchique d'une unité politique et religieuse absolue, cette unité forcée dont les jansénistes furent les victimes. La révocation ne fut, en effet, que l'acte ultime d'une entreprise concertée d'élimination du protestantisme, une autre manière d'« hérésie », jugée insupportable par Louis XIV.

Les protestants

❑ ***Les protestants depuis la paix d'Alès (1629) : une minorité agressée.*** En 1661, les protestants étaient sans doute un peu moins de un million et demi. Depuis 1629 (paix d'Alès), ils avaient été dépossédés de tout pouvoir politique. Pendant la Fronde, ils étaient demeurés fidèles au souverain : leurs pasteurs ne cessaient de leur enseigner la soumission à un roi « lieutenant de Dieu ».

Mais bien avant la révocation, une politique insidieuse avait été entreprise contre les réformés, menée à la fois par l'Église catholique, les parlements, des intendants zélés comme ceux du Poitou ou du Languedoc, et nombre de laïcs dévots : la Compagnie du Saint-Sacrement, par exemple, milita auprès des municipalités et des évêques afin d'obtenir des mesures restreignant peu à peu des libertés chèrement acquises et de plus en plus chichement accordées. Et jusque dans la vie quotidienne, les activités, les faits et gestes des protestants furent l'objet de surveillance et de dénonciations : artisans travaillant un jour de repos, familles ne respectant pas les obligations du carême...

La lutte se déroula, en particulier, sur le terrain juridique : ainsi, la Compagnie du Saint-Sacrement confia-t-elle à un juriste de Poitiers, Jean Filleau, membre lui même de la Compagnie, la tâche de collecter, avec l'aide de toutes les filiales de province, la jurisprudence des parlements, les arrêts royaux qui pouvaient servir à brimer les protestants. Le résultat en fut, en 1668, la parution à Poitiers d'une véritable machine de guerre juridique contre la « R.P.R » (religion prétendue réformée), « religion de tolérance qui ne doit s'étendre au delà de ce qui est permis par les édits » (Jean Filleau). Le titre complet de l'ouvrage résume à lui seul le but de l'entreprise : « Décisions Catholiques, ou Recueil général des arrests [Filleau en a collecté 141] rendus en toutes les cours souveraines de France en exécution ou interprétation des édits qui concernent l'exercice de la religion prétendue réformée, avec les raisons fondamentales desdits arrests, tirés de la doctrine des Pères de l'Église, des conciles et des lois civiles et politiques du royaume ».

> **Décision 27**. Que les ministres et autres de la R.P.R ne doivent empescher les religionnaires et autres de se confesser et convertir à la religion catholique, et que les sieurs curés peuvent visiter les malades religionnaires pour savoir s'il veulent se convertir.
> **Décision 37**. Que ceux de la R.P.R ne peuvent faire leurs enterremens de jour ou avec pompe, mais seulement la nuit, et qu'ils ne peuvent exposer leurs morts en public.
> **Décision 88**. Que ceux de la R.P.R ne peuvent tenir de petites écoles, ny apprendre à lire et écrire qu'es lieux où ils ont l'exercice public qui est celuy du bailliage.
> **Décision 93**. Que les officiers du Roy peuvent aller quand bon leur semblera dans les temples de ceux de la R.P.R pour voir ce qui s'y passe.
> **Décision 98**. Des synodes et assemblées de ceux de la R.P.R. Que ceux de la R.P.R ne peuvent faire aucune assemblée sans permission du Roy, à peine d'être déclarez criminels de Lèse Majesté.
>
> Quelques extraits de Jean Filleau,
> *Décisions catholiques*, Poitiers, 1668.

Mais l'attaque principale contre les huguenots vint du sommet de l'État.

❑ ***Le « péril huguenot ».*** Depuis les débuts du règne personnel de Louis XIV, les mémoires des évêques, les relations des États provinciaux, les rapports d'intendants des généralités du Languedoc et du Centre-Ouest, là où les protestants étaient les plus nombreux, stigmatisaient le « péril huguenot » : les « obstinés religionnaires » (Nicolas de Lamoignon de Basville, intendant du Languedoc) étaient présentés comme des « républicains » en puissance, des

« mauvais Français », des assassins de roi (le souvenir de la décapitation de Charles Ier en Angleterre en 1649 était resté vivace), des perturbateurs de l'ordre royal et de l'unité de l'État comme de celle de l'Église.

Ce fut ce dernier argument qui pesa sans doute le plus lourd dans la balance de l'exclusion et de la persécution des fidèles de la R.P.R (religion prétendue réformée). Le roi fut abusé à ce point par les rapports reçus, qu'il pensa, en révoquant l'édit en octobre 1685, que le protestantisme serait bientôt mort dans le royaume, tous les huguenots étant convertis ou prêts à se convertir. Le préambule justifiait ainsi la révocation : « Nous voyons que [...] la meilleure et la plus grande partie de nos sujets de la dite Religion Prétendue Réformée ont embrassé la Catholique : et d'autant qu'au moyen de ce l'exécution de l'Édit de Nantes [...] demeure inutile [...]. Aussi nous avons jugé que nous ne pouvions rien faire de mieux, pour effacer entièrement la mémoire des troubles [...] de révoquer entièrement le dit édit de Nantes, et les articles particuliers qui ont été accordés en suite d'icelui, et tout ce qui a été fait depuis en faveur de la dite religion. »

❑ ***Les conséquences de la révocation de l'édit de Nantes.*** La révocation aggrava la persécution, comme le démontrent les sinistres « dragonnades », imposées bien avant la décision de 1685 (dans le Poitou, par exemple, en 1681) : des soldats, disposant de tous pouvoirs, étaient assignés à résidence dans les demeures des protestants rétifs à la conversion. Dans le cas du Poitou, si le chiffre de 38 000 « nouveaux convertis », indiqué par l'intendant Marillac, semble quelque peu exagéré, on peut estimer à une trentaine de milliers ceux qui cédèrent sous la pression des « missionnaires bottés », entre mars et août 1681.

La révocation précipita l'exil de nombreux huguenots hors du royaume : le chiffre de 200 000, soit le cinquième (environ) des réformés, a été avancé. Même si on en a parfois exagéré les conséquences, ce départ forcé accrut les difficultés économiques et financières, car nombre d'exilés appartenaient aux métiers les plus productifs et innovants, dans l'industrie textile, par exemple : soie, toile à voile, tapisserie... On a l'impression, écrit Élisabeth Labrousse, historienne du protestantisme, « que c'est aux deux bouts de l'échelle sociale que le départ était le plus aisé : pour l'artisan et le marin qui avait un métier dans les mains plutôt que des biens au soleil, d'une part ; et de l'autre, pour le grand bourgeois prévoyant, et au contact des milieux des finances, qui, ayant vu venir la tourmente avait fait passer par avance des fonds à l'étranger ».

Nombreux furent les « pays de Canaan » qui accueillirent les réformés français fuyant la « Babylone du nouveau Nabuchodonosor » : la Suisse (20 000 environ), le Brandebourg (20 000), à Berlin en particulier dont l'expansion fut stimulée par cet afflux de sang neuf, l'Angleterre (Hume estima leur nombre à 50 000), la Hollande, les colonies anglaises d'Amérique... Surtout, la révocation contribua à durcir l'opposition des puissances européennes, en particulier protestantes, contre Louis XIV, et elle stimula la résistance intellectuelle à l'absolutisme. Le refuge hollandais, par exemple, accueillit des écrivains et des pamphlétaires qui multiplièrent les critiques contre la politique du « Très Chrétien » : Henri Basnage, Jacques Bernard, Pierre Jurieu... Dans le royaume même, des critiques s'élevèrent : Vauban s'insurgea contre les mesures frappant les huguenots et il dressa aussi un catalogue des conséquences immédiates, concrètes, de la Révocation.

> 1. La désertion de 80 à 100 000 personnes de toutes conditions sorties du royaume, qui ont emporté avec elles plus de trente millions de livres de l'argent le plus comptant.
> 2. Nos arts et manufactures particulières, la plupart inconnues aux étrangers, qui attiraient en France un argent très considérable de toutes les contrées de l'Europe.
> 3. La ruine la plus considérable du commerce.
> 4. Il a grossi les flottes ennemies de huit à neuf mille matelots des meilleurs du royaume.
> 5. Et leurs armées de 5 à 6 000 officiers et de 10 à 12 000 soldats beaucoup plus aguerris que les leurs [...]
>
> Vauban, *Mémoire pour la défense des Huguenots.*

L'exode protestant français (1680-1690).
Principales places de refuge

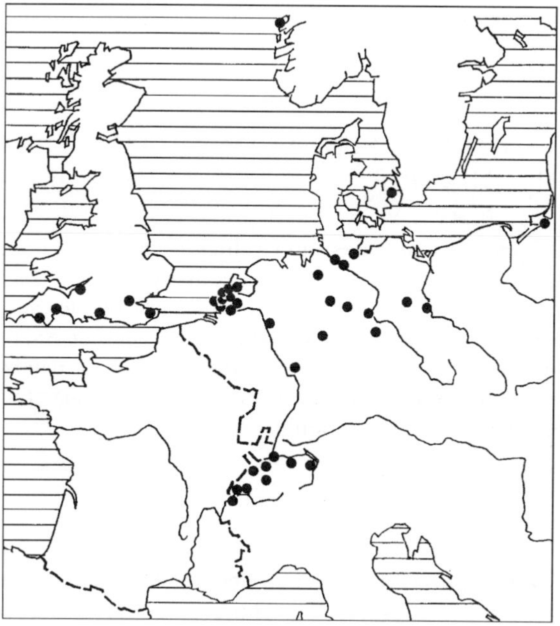

Robert Mandrou, *Louis XIV en son temps*, P.U.F., 1973.

A la fin du règne, la brutalité répressive fut particulièrement violente contre les Camisards des Cévennes qui tentèrent de résister en prenant les armes.

A partir de 1702, ces derniers se révoltèrent en réclamant la liberté de conscience : « Éviter d'aller à la messe, échapper à la persécution, obtenir la liberté de servir Dieu, telles furent, selon Jean Cavalier, l'un des chefs des insurgés, les principales raisons de notre prise d'armes. » En 1709, après une longue et sanglante guérilla, le « peuple de Dieu » des paysans et des artisans vivant dans les maquis et les villages fut finalement écrasé par les soldats du roi dirigés par les meilleurs chefs de guerre. En 1704, le maréchal Villars avait été contraint de délaisser la guerre contre les puissances alliées (la guerre de Succession d'Espagne avait éclaté trois ans plus tôt), pour diriger les opérations contre les révoltés. Il mania à la fois la force et la tolérance pour venir à bout des révoltés. Mais les intransigeants résistèrent jusqu'en 1713.

La guerre des Camisards illustrait avec une force particulière la violence de l'État royal quand l'attaque mettait en question ses fondations et sa légitimité, car en ces terres huguenotes, les convictions religieuses l'emportaient sur l'obéissance due au prince. Le tribut fut particulièrement lourd : 25 000 soldats de l'armée régulière contre quelques milliers d'hommes et de femmes « inspirés », une « pacification » payée au prix de centaines de villages, de hameaux et de fermes mis à feu ; des soldats qui, comme l'indique un contemporain, « pillent, battent, saccagent tout avec une cruauté horrible »...

VERSAILLES : REPRÉSENTATION DU POUVOIR ET SOCIÉTÉ DE COUR

Généralisée dans la plupart des monarchies d'Occident, la cour fut sans doute la plus éclatante réussite de l'ordre louis-quatorzien. La cour fut à la fois un outil politique de domination sociale des aristocrates autrefois « malcontents », et une « mécanique », suivant l'expression de Saint-Simon, une mécanique réglée sur l'emploi du temps du roi, dans un palais aux dimensions inédites, conçu comme un manifeste de l'absolutisme et un instrument de discipline pour l'ordre de la noblesse.

Les Versailles : le roi et ses images

❑ ***Un perpétuel chantier.*** Il convient d'aborder et d'analyser avec prudence ce château tout entier consacré à la gloire du souverain, d'autant qu'« il n'y a pas un endroit à Versailles qui n'ait été modifié dix fois », comme le souligne dans une de ses lettres la princesse Palatine, la femme allemande de Monsieur, le frère du roi. Le « chétif château » érigé au temps de Louis XIII, un pavillon de chasse que son fils tint à conserver (il devint le noyau de la nouvelle construction), fut en effet un perpétuel chantier dont les étapes, les transformations et les repentirs sont autant de témoins des métamorphoses, des affrontements esthétiques, et de quelques-uns des enjeux politiques qui marquèrent le « Grand Siècle ».

❑ ***1661-1674. Le temps des métamorphoses baroques : le palais des « menus plaisirs ».*** Propice aux fêtes et aux fables galantes du début du règne personnel, ce premier Versailles fut d'abord et surtout un grand jardin, que le roi se plaisait à faire visiter. Plus tard, il en écrivit un itinéraire, sans cesse remanié de 1689 à sa mort, le 1er septembre 1715. Dessiné par l'architecte-paysagiste Le Nôtre à partir de 1662, le parc était agrémenté de bosquets, d'un labyrinthe de verdure peuplé d'animaux de pierre inspirés des *Fables* d'Ésope, l'écrivain grec du VIe siècle avant Jésus-Christ dont La Fontaine s'inspira pour ses propres *Fables*. Le parc comportait aussi de multiples fontaines et des cascades, des statues mythologiques et allégoriques qui illustraient les *Métamorphoses* d'Ovide, un poète latin particulièrement apprécié dans les milieux de la cour et des salons parisiens. Rien ici n'était tout à fait gratuit, car le jardin avait aussi été conçu comme une parabole de l'autorité : ainsi, depuis le château, Apollon, le dieu du soleil, au centre du grand bassin qui porte son nom, assis sur son char, éclatant de jeunesse et de beauté, a été conçu pour attirer tous les regards ; comment ne pas y voir une image du pouvoir personnel et rayonnant, assumé par le jeune Louis XIV, le lendemain même de la mort de Mazarin ?

« Tous les jours, les bals, ballets, comédies, musiques de voix et d'instruments de toutes sortes, violons, promenades, chasses et autres divertissements ont succédé les uns aux autres », écrivait Colbert en 1663. La plus célèbre de ces réjouissances royales fut organisée du 7 au 12 mai 1664 : devant six cents courtisans, la « fête des plaisirs de l'île enchantée », ordonnée autour d'un thème inspiré du *Roland Furieux* (Orlando Furioso) de l'Arioste, un poète italien de la Renaissance, fut donnée en l'honneur de Mademoiselle de La Vallière, la favorite provisoire du roi. Les trois premiers actes du *Tartuffe* de Molière y furent joués, au grand scandale des catholiques dévots qui entouraient Anne d'Autriche, la mère de Louis XIV. Lulli accompagna la fête par sa musique, Bensérade par ses madrigaux et ses sonnets. On y dansa, on y joua la comédie, on y participa à des carrousels, des courses de bague, des tournois... Friand de ballets, de théâtre, d'opéra, jusqu'en 1670, le roi lui-même montait sur la scène pour mimer son propre rôle : son corps était transfiguré dans des personnages historiques, mythologiques et fabuleux. Louis XIV fut ainsi, tour à tour, empereur romain, Apollon, Hercule, Alexandre...

Réellement commencé en 1669, le palais neuf s'édifiait peu à peu : les architectes Le Vau, puis Jules Hardouin-Mansart (1646-1708) avaient conçu une large enveloppe en pierres blanches qui s'appuyait sur les quatre pavillons du château de briques construit par Louis XIII. Côté parc, le château originel disparaissait bientôt derrière une façade dont l'ampleur, l'unité, la majesté, renforcées, à partir de 1679, par les longues ailes nord et sud, constituaient pour les contemporains une nouveauté : rez-de-chaussée monumental à bossages, premier étage ionique, dernier étage corinthien, toit surbaissé dissimulé derrière une balustrade. Cette construction inédite a été mise en valeur par un impressionnant système de terrasses étagées et d'escaliers monumentaux, ponctués de parterres d'eau que constituent les bassins et le Grand Canal. L'ensemble, où tout est conçu pour renforcer l'impression de grandeur et de solennité, participe à ce qu'on appellera, bien plus tard – au XIXe siècle –, le « Classicisme ». Mais ce mot réducteur, qui ne s'applique qu'à la France du XVIIe siècle, ne peut à lui seul définir la diversité des genres et des formes qui ont fait de Versailles un espace de multiples expérimentations esthétiques imitées, en particulier, de l'Italie baroque.

En juillet 1674, six journées de divertissements marquèrent la conquête éclair de la Franche-Comté par Condé. *Le Malade imaginaire* de Molière y fut représenté ; Racine fit jouer *Iphigénie*. A cette occasion, pour la première fois, le château prenait le relais des jardins pour accueillir les invités. Mais il fallut attendre le mois de mai 1682 pour voir le roi enfin définitivement installé.

❑ ***1674-1715. Le miroir de l'absolutisme.*** Dans les années 1670, l'austère pavillon de chasse de Louis XIII était devenu une énorme entreprise à la gloire du roi. Car tout ici, le château, le parc, mais aussi la ville majestueuse qui commençait à s'élever face à la vaste cour d'honneur, était doté d'une signification politique. La nature et la pierre « réduites à l'obéissance » n'étaient-elles pas la figure visible d'une entreprise que le roi voulait mener à l'échelle du royaume ? Pendant plus de cinquante ans se succédèrent des travaux ininterrompus – mais Versailles est demeuré un chantier jusqu'en 1789 – menés comme une entreprise militaire employant une armée d'ouvriers, d'artisans, de peintres, de sculpteurs, de paysagistes : le 31 mai 1685, Dangeau, un courtisan proche du roi, qui écrivit un précieux *Journal de la Cour de Louis XIV* (1681-1715), rapporte qu'on évaluait à 36 000 « les gens qui travaillent présentement ici ou aux environs de Versailles ». Envers du décor, les « cabales » (révoltes) d'ouvriers, misérablement payés et logés, furent nombreuses pour protester contre des conditions de travail inhumaines, des conditions aggravées encore par des maladies et des fièvres épidémiques. Dans tous les cas, les gens d'armes avaient le dernier mot pour faire taire les mécontents.

Quel fut le prix de Versailles ? Le château a fait le désespoir du Contrôleur général des Finances, Colbert, qui préférait le Louvre, la vieille résidence parisienne des souverains : Versailles « regarde bien d'avantage le plaisir et le divertissement de Votre Majesté que sa gloire », lui écrivait-il le 22 septembre 1663. On a évalué le coût des travaux à 2 000 000 de livres (environ) par an dans les années 1670, 4 000 000 par an entre 1684 et 1688 (ces années-là, fut entreprise, en particulier, la grande aile nord pour porter à plus de deux cents le nombre des appartements réservés aux courtisans). Ces sommes sont relativement modérées si on les compare au « budget » d'ensemble de la monarchie : le prix de Versailles ne dépassa pas 3 à 4 % des dépenses annuelles de l'État, sauf en 1685 (cette année-là, en raison des tentatives de détournement de l'Eure, la somme atteint plus de 8 millions de livres). Au total, de 1661 à 1715, le château aurait coûté 82 millions de livres. Il convient surtout de rapporter tous ces chiffres au bénéfice politique de l'entreprise, incalculable celui-là : car il s'agissait de « tenir » les aristocrates, de transformer ceux qui hier encore étaient prêts à prendre les armes à la tête de leurs vassaux, en courtisans dévots et fidèles à la cause du roi. De ce point de vue, la Fronde a sans doute coûté bien plus cher au souverain que l'ensemble des travaux du château. Nous savons aussi que le jeune roi n'a pas supporté son départ forcé de la capitale pour Saint-Germain par une nuit glacée de l'hiver 1649. Il conserva aussi un souvenir amer de la révolte d'une partie des grands, en particulier du premier d'entre eux, son cousin le prince de Condé. Versailles préservé de la versatilité de la foule parisienne, Versailles qui allait accueillir bientôt près de 6 000 courtisans empressés, n'était-il pas une réponse, éclatante, à ce double affront ?

Instrument de la grandeur royale, Versailles est aussi le livre de pierre et d'images de l'absolutisme : les sculptures, les bas-reliefs, les peintures forment un langage dont la mythologie et l'allégorie constituent l'alphabet, à une époque où l'élite cultivée utilisait les images mythologiques comme grille de lecture du monde. Ce langage, dont l'italien Cesare Ripa dans son *Iconologia* (1593) a rédigé le code, est particulièrement riche, puisque l'objet allégorique désigne une idée par elle-même invisible : l'allégorie est ainsi un moyen de symbolisation qui permettait d'exprimer la transcendance et le sacré auxquels le pouvoir royal participait pleinement : le roi de France n'était-il pas « oint » de Dieu au moment de son sacre ? Son autorité, la Majesté qui l'entourait et qu'il incarnait, ne tenaient-elles pas du « mystère » ?

❑ ***Le Grand Appartement et la Galerie des Glaces.*** Conçu par le peintre et architecte Charles Le Brun, le Grand Appartement (1671-1681) « où le roi reçoit mais ne vit pas » est composé de sept pièces disposées en enfilade. Chacune d'entre elles est dédiée à une planète du système solaire. Toutes comportent un système décoratif toujours élaboré sur le même modèle : au centre du plafond, un motif mythologique est consacré au dieu correspondant à la planète à laquelle la pièce est dédiée (Mercure, Apollon, Mars...). Sur les quatre voussures, des tableaux représentent des scènes de l'histoire ancienne, montrant un prince de l'Antiquité (Auguste, Cyrus, César...) en action de gloire ou de guerre. Il s'agit là d'un véritable traité de bon gouvernement en images, et ce « bon gouvernement » ne peut être que celui du roi. Charles Perrault, célèbre pour ses contes et qui fut, lui aussi, un écrivain dévoué à la gloire du roi, explique : « Dans les tableaux des quatre faces des costés sont représentées des actions des plus grands hommes de l'Antiquité qui ont du rapport à la planète qu'ils accompagnent et qui sont aussi tellement semblables à celle de Sa Majesté que l'on y voit en quelque sorte toute l'histoire de son règne sans que sa personne y soit représentée. »

Le programme iconographique de la Galerie des Glaces, décidé au lendemain de la paix de Nimègue (1678) qui mettait fin à la guerre de Hollande, constitua une véritable révolution dans la représentation du roi. En effet, pour sacraliser ce que l'entourage du prince considérait comme une victoire – pourtant, nous le verrons, Louis XIV, le roi du plus puissant royaume d'Europe n'avait pas réussi à vaincre la petite et fière république de Hollande –, une séance du Conseil secret décida de modifier le programme iconographique que Charles Le Brun avait initialement conçu (un cycle sur le thème d'Apollon ou d'Hercule) : « Sa Majesté résolut que son histoire sur les conquêtes devait y être représentée », se faisant ainsi l'avocat des « Modernes » dans la Querelle qui les opposaient aux « Anciens ». En deux jours, s'enfermant dans l'hôtel de Grammont, Charles Le Brun réalisa le projet complet de la voûte : un grand programme représentant les campagnes militaires du roi lors des guerres de Dévolution (1667-1668) et de Hollande (1672-1678). Colbert recommanda particulièrement de « n'y rien faire entrer qui ne fust conforme à la vérité ». La galerie fut achevée en 1684. La voûte, composée de vingt-sept tableaux, médaillons et camaïeux, est construite comme un parcours initiatique à la gloire du prince : l'histoire officielle du royaume de 1661 à 1678 se condense dans la seule action du souverain présenté non plus par la médiation de l'histoire ancienne, de la mythologie ou de l'allégorie, mais sous ses traits véritables : un roi de guerre et de triomphe terrassant, par sa seule présence, tous ses ennemis.

A partir de 1701, au premier étage, tout à côté de la salle du Conseil, espace de décision politique de l'État royal, la chambre de Louis XIV occupait le centre du palais : dans sa perfection rituelle et symbolique, le « système Versailles » était alors pleinement constitué.

❑ ***Le maître symbolique du monde.*** La chambre du roi était d'une certaine façon le cœur du royaume, l'autel et le sanctuaire de la royauté : l'espace royal était séparé du reste de la chambre par une balustrade, comme l'autel dans l'église. La chambre abritait le culte quotidien des deux corps du roi : le roi physique, objet de la dévotion apparente des courtisans, en particulier au moment des levers et des couchers, minutieusement ritualisés, mais aussi le roi symbolique, qui incarnait, en sa personne, le principe de l'État. C'est dans ce lieu d'intimité publique que Louis XIV aimait recevoir les ambassadeurs des principales puissances de l'Europe afin de leur faire mesurer la grandeur et la majesté de son pouvoir.

Le lit, placé exactement au centre du palais, est tourné vers la ville, très précisément dans le prolongement de l'axe central : la cité neuve de Versailles, décidée par Louis XIV en 1671 s'ordonne à partir de trois grandes et larges avenues – une rareté pour le temps – qui se rejoignent à l'entrée de la grille du château, face au regard du prince. Dans le parc, le roi-Apollon surgit de l'eau comme pour domestiquer la nature ; dans le château placé en suréminence, le roi-homme, du centre de son palais, ordonne toute la société. Celui qui, suivant le mot du mémorialiste Saint-Simon a eu « le plaisir superbe de forcer la nature » apparaissait bien comme le maître symbolique du monde.

Dédiée à saint Louis, roi fondateur de la monarchie (1214-1270) au même titre que Hugues Capet (941-996), le premier roi sacré qui fut à l'origine de la dynastie des Capétiens, la Grande Chapelle fut achevée et consacrée en 1710. Pour les fêtes de Pâques 1711, le compositeur et musicien François Couperin inaugura les grandes orgues à quatre claviers, et un autre compositeur, Michel-Richard Delalande (1657-1726), dirigea ses motets qui bénéficièrent aussitôt d'un grand succès dans toutes les cours d'Europe. La Grande Chapelle est excentrée par rapport au palais ordonné, on l'a noté, à partir de 1701, autour de la chambre. A l'Escorial, le palais-couvent-mausolée conçu par Philippe II roi d'Espagne dans la seconde moitié du XVIe siècle, tout était organisé autour de la chapelle. Avec son grand vaisseau blanc et or, celle de Versailles exprimait le goût nouveau qui s'imposait à la fin du règne et se développa dans les appartements privés de Louis XV et Louis XVI. L'ostentation quelque peu excessive qui avait marqué le début du règne du « Roi Soleil » cédait devant une discrétion et une sobriété imposées par le malheur du temps (guerre, disette, faillite financière) : la pierre blanche qui provenait des carrières de Créteil avait été préférée aux luxueux marbres de couleurs qui décoraient le Grand Appartement ou la Galerie des Glaces.

Lors des offices quotidiens et matinaux, le roi assistait, impassible, aux célébrations, souvent seul sur la tribune située de plain-pied avec le Grand Appartement, alors que les courtisans étaient massés dans la nef. Rien d'original sans doute : à Aix-la-Chapelle, Charlemagne se tenait déjà à mi-distance entre la voûte, où le Christ – comme à Versailles – est représenté, les assistants étant placés au rez-de-chaussée. Le pouvoir politique apparaissait ainsi comme un intermédiaire entre les hiérarchies terrestres et célestes. Placé comme en suspension entre la terre et le Ciel, le roi « Très Chrétien » n'avait de comptes à rendre qu'à Dieu : la disposition des participants lors des offices renvoyait au fondement même de l'absolutisme de droit divin. Dans *La Politique tirée des propres paroles de l'Écriture sainte*, Bossuet écrivait (III, 2) : « Il y a quelque chose de religieux dans le respect qu'on rend au Prince. Le service de Dieu et le respect pour les Rois sont choses unies [...]. Dieu a mis dans les Princes quelque chose de divin [...]. C'est donc dans l'esprit du christianisme de faire respecter les rois comme une seconde religion [...]. La religion de la seconde Majesté. »

Il convient pourtant de nuancer cette image d'une monarchie « officielle » dont le roi, en perpétuelle représentation, serait le pivot, à l'image du château organisé autour d'un lit. Recherchant un refuge pour une vie plus intime, Louis XIV fit construire par Mansart entre 1679 et 1686, Marly, situé près de Versailles, mais protégé de la cohue de la cour. Ce palais aujourd'hui disparu, d'une dimension plus humaine, abrita le séjour royal une dizaine de fois par an. A la fin de sa vie, dans ce qu'il appelait son « ermitage », Louis XIV aimait, avec quelques intimes, écouter des petits concerts animés par Couperin, et dans l'appartement de Madame de Maintenon, la dernière de ses favorites – il l'épousa officieusement après la mort de la reine Marie-Thérèse –, le vieux roi se retrouvait avec quelques dizaines de familiers pour jouer au billard ou au lansquenet et se consoler des malheurs de la guerre et des deuils continus qui le frappaient.

❏ ***Versailles, un modèle.*** Versailles exerça un pouvoir de séduction considérable auprès des aristocraties de toute l'Europe, car jamais sans doute un modèle politique n'avait trouvé traduction architecturale et esthétique aussi cohérente : l'intégration dans un même ensemble d'une ville neuve, d'un château aux dimensions inédites, de jardins et de dépendances, le tout conçu pour la seule gloire du prince, surchargé, on l'a vu, de sens politique, tout cela constituait un modèle capable de « dire » le pouvoir, précisément au moment où – en Allemagne en particulier – se construisaient des États dont le prince voulait et pouvait affirmer son autorité depuis les traités de Westphalie (1648) qui marquèrent la fin de la longue et sanglante guerre de Trente Ans (1618-1648).

L'époque que les historiens nomment celle du « despotisme éclairé », au XVIIIe siècle, fut le plus important moment des imitations européennes de Versailles, alors que de nombreux artistes, artisans, décorateurs formés dans les ateliers versaillais et parisiens du palais du Roi Soleil et de ses successeurs allèrent vendre leurs talents aux cours et aux mécénats européens : on retrouve ainsi à Turin, à Madrid, à Bonn et jusqu'à Constantinople, la trace de Robert de Cotte (1656-1735), architecte et beau-frère de Mansart, qui dessinait (depuis Versailles et Paris) pour les souverains étrangers des plans exécutés sous la direction de ses élèves. Dans son ouvrage sur les *Monuments érigés en France à la gloire de Louis XV* (1765), l'architecte Patte écrit : « Parcourez la Russie, la Prusse, le Danemark, le Wurtemberg, le Palatinat, la Bavière, l'Espagne, le Portugal et l'Italie, vous trouverez partout des architectes français qui occupent la première place. »

En même temps que le développement d'une sociabilité de cour, imitée elle aussi, des comportements que Louis XIV imposa à l'aristocratie, le siècle des Lumières vit donc la multiplication des pseudo-Versailles, grands ou petits, avec des allusions et des emprunts au palais principal (la façade, les appartements, la galerie, la chambre...), mais aussi à Marly, au Grand puis au Petit Trianon construit par Louis XV. On imita les jardins (à La Granja en Castille, par exemple, la résidence d'été de Philippe V, petit-fils de Louis XIV et roi d'Espagne de 1700 à 1746), les fontaines, les perspectives et les effets optiques obtenus par la disposition étagée du parc avec ses terrasses, ses escaliers, ses jets d'eau.

Ainsi, après avoir fait construire, à partir de 1744, la résidence du Sans-Souci, en partie copiée du Trianon, Frédéric II, roi de Prusse (1712-1786), transforma-t-il Potsdam en un Versailles brandebourgeois – une « singerie », dira-t-il – à la façade majestueuse, pour la plus grande gloire d'une Prusse qui venait alors, on le verra, de vaincre l'Autriche et qui tenait à proclamer à toute l'Europe sa prééminence dans le Saint Empire.

Les emprunts furent multiples, de Queluz au Portugal, à Peterhof en Russie ou à Stockholm (palais royal). Leur énumération serait fastidieuse et chacun mériterait une analyse spécifique mettant en valeur la part de l'imitation et celle de la création originale, car nulle copie conforme du palais de Louis XIV n'a été tentée, sauf peut-être à la fin du XIXe siècle, par Louis II de Bavière, un roi mélancolique que les contemporains déclarèrent fou. A Herrenchiemsee, il fit édifier un extravagant Versailles, un peu plus petit que l'original. Dans la Galerie des Glaces, dans la chambre du roi, dans les Grands Appartements ainsi transportés sur la petite île d'un lac de l'Allemagne du sud, Louis II de Bavière put se croire, un court instant, le maître d'un royaume sans sujets...

Si l'influence de Versailles est inséparable de la diffusion de l'ensemble de l'art français, elle est inséparable aussi et surtout de l'attrait exercé par la culture de cour que Louis XIV imposa aux nobles et aux Grands, et qui fut imitée par toutes les sociétés nobiliaires du continent. Il s'agit d'un ensemble de comportements façonnés de discipline et de contraintes, dont la « politesse » apparente et le rituel obligé de l'étiquette furent les normes principales. De Lisbonne à Saint-Pétersbourg, cette froide et minutieuse « rationalité de cour » fascina les élites et les souverains de toute l'Europe.

L'homme de cour

❑ ***L'étiquette, un instrument politique.*** Versailles ne fut pas seulement un château et une ville neuve, objet d'imitations ; il fut aussi le centre de gravité de la sociabilité aristocratique, le cœur du système cérémoniel de l'État royal.

Louis XIV tenait particulièrement au respect tatillon d'une étiquette qu'il transforma en un puissant instrument de pouvoir et de domination : « Ceux-là s'abusent lourdement, écrivait-il à son fils dans ses *Mémoires*, qui s'imaginent que ce ne sont là que des affaires de cérémonie. Les peuples sur qui nous régnons, ne pouvant pénétrer le fond des choses, règlent d'ordinaire leurs jugements sur ce qu'ils voient au dehors, et c'est le plus souvent sur les préséances et les rangs qu'ils mesurent leur respect et leur obéissance. Comme il est important au public de n'être gouverné que par un seul, il lui est important aussi que celui qui fait cette fonction soit élevé de telle sorte au-dessus des autres qu'il n'y ait personne qu'il puisse ni confondre ni comparer avec lui, et l'on ne peut, sans faire tort à tout le corps de l'État, ôter à son chef les moindres marques de la supériorité qui le distingue des membres. »

Le sociologue Norbert Elias a montré comment un « système de cour », mis en place bien avant Louis XIV (Henri III, en 1585, tenta d'imposer un premier règlement), a atteint sa perfection de fonctionnement à Versailles. En matière de jurisprudence cérémonielle, le souverain était l'organisateur impérieux d'un rituel centré sur sa personne et organisé autour du déroulement méticuleux et public d'une journée, des levers (grands et petits) aux couchers du roi. Ce rituel était chargé de manifester, à tous moments, par des actes symboliques, une situation de prestige ou de soumission. Ainsi l'honneur de tenir le bougeoir, lors du coucher royal, était-il une faveur particulièrement recherchée et remarquée.

Cette entière soumission à la volonté royale concernait autant les aristocrates de la cour que les ambassadeurs et les plénipotentiaires des puissances étrangères. Tous savaient que chaque détail d'une cérémonie, chaque place occupée lors d'une manifestation protocolaire étaient chargés d'un prestige, d'un statut, d'une faveur. Ainsi, lors d'une audience publique et solennelle, les huissiers ouvraient-ils les portes des appartements du palais à un ou à deux battants suivant le rang de celui qui était reçu par le roi. Dans l'ordre plus quotidien de la vie de cour, ambassadeurs et courtisans n'ignoraient pas que le droit au fauteuil, à la « chaise à dos », ou au tabouret était strictement codifié : à la fin du règne, le privilège de « femme assise » au souper du roi (après la mort de la reine en 1683) n'était accordé qu'aux duchesses. De même, les vêtements à porter suivant les lieux (Versailles en habits d'apparat, Marly en habits plus simples), suivant les heures de la journée ou selon les événements (un deuil par exemple), les gestes à observer, en toutes circonstances, tous ces détails obéissaient à un code rigoureux de civilité et de bienséance : ôter son chapeau, le remettre (en France c'était une marque de respect d'avoir un chapeau sur la tête quand on était à table), se lever, s'asseoir, se mettre à genoux – c'est dans cette position que les représentants des villes haranguaient le roi –, s'avancer de quelques pas, faire une ou plusieurs révérences, baiser avec déférence la robe d'une duchesse avant de lui adresser un compliment...

Ce système de la cour était fondé sur la manipulation des hommes par le roi, à partir d'un jeu de jalousies, d'amour-propre, de devoirs réciproques, de compétition, que le souverain, seul gestionnaire des faveurs et des pensions, pouvait, d'un mot, d'un geste, d'un silence, perturber. « Il utilisait la moindre occasion pour me manifester sa disgrâce, écrit Saint-Simon dans ses *Mémoires*. Il ne parlait pas avec moi, ne me regardait que comme par hasard et ne me dit pas un mot sur mon départ de l'armée. »

La force du pouvoir royal a tenu en partie à cette capacité de maintenir l'équilibre des ambitions des grands par l'aiguillon de l'honneur, « maître universel » dont le souverain, régulateur mimétique, était le distributeur : « C'est l'envie de plaire qui donne de la liaison à la société, écrit Montesquieu dans *Mes Pensées*, et tel a été le bonheur du genre humain que cet amour-propre, qui devait dissoudre la société, la fortifie au contraire et la rend inébranlable. »

❑ ***La vie de cour, un modèle de comportement.*** Versailles fut un espace créateur de normes (le « goût », le langage...), de productions esthétiques, de valeurs spécifiques transmises par la fête, le bal, le jeu, l'ordre de l'étiquette, ou tout simplement la mode : de l'alimentation (le thé, le café, le chocolat) aux vêtements et aux parures...

Mais la cour était avant tout investie d'une fonction politique : système de contraintes et de conventions, elle cristallisait en un lieu unique les tensions et les déséquilibres jusqu'alors peu contrôlables qui traversaient l'aristocratie et les groupes dominants. Car tenir dans un même espace les grands lignages du royaume (la cour concernait de 4 000 à 5 000 nobles environ vers 1680, 10 000 personnes en tout), c'était contrôler en même temps le système pyramidal des clientèles et des « créatures » provinciales, s'assurer de leur fidélité. Nuançons toutefois cette « réduction à l'obéissance » : on peut évaluer à 200 000 environ le nombre de nobles dans le royaume ; Louis XIV a donc tout au plus « déraciné » à Versailles 2 à 3 % de l'aristocratie.

La cour fut aussi un relais entre le pouvoir central et la société du royaume, d'abord celle des « gens de biens », invités à imiter et intérioriser des comportements dont Molière se moqua dans son *Bourgeois gentilhomme*. Dans les *Lettres persanes* (lettre XCIX), Montesquieu souligne que « le Prince imprime le caractère de son esprit à la cour, la cour à la ville, la ville aux provinces. L'âme du souverain est un moule qui donne la forme à toutes les autres. » Suivant une formule de Furetière, « la cour polit bien les gens de province », et Voltaire, un demi-siècle plus tard, dans *Le Siècle de Louis XIV*, mit en valeur quelques-uns de ces changements, fruits d'une imitation dont Versailles fut le modèle.

> Les maisons que tous les seigneurs bâtirent ou achetèrent dans Paris, et leurs femmes qui vécurent avec dignité, formèrent des écoles de politesse qui retirèrent peu à peu les gens de cette vie de cabaret qui fut encore longtemps à la mode, et qui n'inspirait qu'une débauche hardie [...]. Les maisons, les spectacles, les promenades publiques, où l'on commençait à se rassembler pour goûter une vie plus douce, rendirent peu à peu l'extérieur de tous les citoyens presque semblable. On s'aperçoit

aujourd'hui, jusque dans le fond d'une boutique, que la politesse a gagné toutes les conditions. Les provinces se sont ressenties avec le temps de tous ces changements.

L'origine de cette « politesse » doit être recherchée dans ce que Norbert Elias a appelé la « rationalité de cour » : pour parvenir à accroître son prestige et sa position dans la hiérarchie des honneurs et des statuts, chaque courtisan tendait, en imitant un souverain qui affectait, suivant un mot de Primi Visconti, « la gravité d'un roi de théâtre », à discipliner son affectivité, à refouler toute réaction impulsive, à bannir tout sentiment non contrôlé, à cacher toute passion, à éliminer cette « chaude colle » (chaude colère), génératrice de meurtre, qu'évoquaient les lettres de rémission un siècle plus tôt. École de discipline et de comportement, la société de cour fut un creuset de l'homme moderne.

Il y avait loin pourtant entre le centre (Versailles et Paris) et les périphéries du royaume (les provinces), entre les décisions du pouvoir central et leur application sur le terrain, entre l'aristocrate policé et le hobereau vivant en permanence auprès de ses paysans. Il nous faut donc quitter la proximité du roi et la foule empressée des courtisans pour mesurer l'écart qui séparait l'absolutisme proclamé des pratiques concrètes.

RÉSISTANCES ET COMPROMIS : DE LA LOI DU ROI A LA LOI DU LIEU

Le royaume mosaïque

❑ ***Le centre et les périphéries : un rapport de forces.*** Dans un monde qui n'a toujours pas établi de claires frontières entre le « public » (l'État) et le « privé », entre la logique des solidarités du lieu (la famille, le village, le fief, la province...) et celle des affaires publiques, il fallait d'abord que les hommes du roi sachent mesurer dans tous les cas les rapports de forces (la coutume, les États provinciaux – quand il y en avait –, les parlements, les villes, les seigneuries...). Les hommes du roi devaient en même temps savoir jouer des réseaux de clientèles et des clans familiaux et savoir ignorer, parfois, les décisions irréalisables ou irréalistes prises dans les bureaux ou à la table du Conseil, à Versailles.

Il faut prendre conscience aussi que les bureaux de l'intendance de toute une province disposaient d'un nombre d'agents moindre que ceux d'une sous-préfecture moyenne d'aujourd'hui, et que chaque subdélégué avait dans sa circonscription de 50 à 100 paroisses. On comprendra qu'il lui était donc difficile, voire impossible de connaître ces paroisses en détail, sauf par l'intermédiaire du curé qui n'était pas toujours disposé à répondre avec empressement à des questionnaires souvent compliqués. Un siècle plus tard, en 1776, le curé d'Ambert répondait à l'intendant qui lui demandait le nombre de baptêmes et d'enterrements célébrés dans sa paroisse l'année précédente : « Ce ne sera jamais qu'avec répugnance que je vous enverrai l'état que vous demandez tous les ans. S'il y a des ordres de la cour, je suis prêt à me soumettre; si ce n'est point de la cour, je ne suis point disposé à le faire. » Il fallait compter aussi avec le peu d'empressement des communautés à répondre aux questionnaires, car un questionnaire était toujours perçu comme l'annonce d'une imposition nouvelle. Ainsi, par exemple, en 1705, les habitants du Languedoc refusèrent-ils d'indiquer à l'intendant le nombre des bestiaux qu'ils possédaient, car ils craignaient un impôt supplémentaire sur le sel. En 1663, les habitants du Briançonnais déclarèrent à l'intendant qui voulait obéir aux directives de Colbert, que « faire le dénombrement des familles et du bétail, c'est mettre le peuple dans une grande servitude ».

La statistique contemporaine qui paraît la plus fiable pour connaître le total des officiers de justice, de police et de finances dans le royaume, a été dressée par les Bureaux de finances, en 1665, sur l'ordre de Colbert : le chiffre de 45 780 personnes fut alors obtenu (à comparer aux quelques 6 000 officiers du début du règne de François Ier), et leur « prix courant » fut fixé à 419 630 000 livres. Un tel chiffre représente donc un « fonctionnaire civil » pour 400 habitants. Il est vrai que, à ce nombre, il conviendrait d'ajouter les emplois pourvus par commission (intendants, subdélégués...), et les commis des Fermes, qui n'étaient pas nommés par le roi. Mais, même en calculant au plus large, le total des « hommes du roi » ne dépassait pas 80 000 personnes, pour une population, rappelons-le, d'environ 22 millions d'habitants.

Si la France de Louis XIV était avant tout un « royaume mosaïque », les difficultés et les échecs de Colbert dans nombre de ses entreprises, tiennent en partie à la distance qui sépara l'ordre voulu par le prince et ses agents, aux contraintes et aux limites imposées par l'ordre du lieu. Comme le souligne Pierre Goubert, la France était toujours une juxtaposition assez mal vécue de provinces, de duchés, de comtés, de seigneuries. Ces unités territoriales étaient dominées par de grands corps et surtout de grands seigneurs entourés de vastes clientèles personnelles composées de vassaux pas toujours très fidèles d'un roi à la fois mystique et oint de Dieu mais surtout loin des hommes. Sans doute, vers Louis XIV montait, en particulier au début du règne, la religieuse vénération de tout un peuple. Mais ce peuple n'en restait pas moins avant tout citoyen de sa province et de son « pays ».

❑ ***Les contraintes de l'espace.*** Il faut d'abord rappeler l'obstacle toujours maintenu de l'espace, prendre conscience aussi des difficultés et des lenteurs des déplacements : le royaume « mesurait » alors environ vingt-deux jours, du Nord au Sud, et dix-neuf jours de l'Est à l'Ouest.

Seuls les territoires situés au nord d'une ligne Saint-Malo/Genève bénéficiaient d'une assez bonne infrastructure routière, c'est-à-dire des voies à peu près pavées et régulièrement entretenues, capables de permettre le bon fonctionnement des transports, des échanges et des marchés. Dans de nombreux mémoires rédigés à l'occasion de ses inspections de places fortes et pour la plupart restés manuscrits, Vauban décrit des régions (le Cotentin par exemple) asphyxiées par le manque de chemins : l'ensemble du budget des ponts et chaussées sous Louis XIV se montait à 700 000 livres ; il s'éleva à 7 000 000 de livres aux approches de la Révolution. Alors que chaque province conservait son originalité et ses particularismes, à l'image des centaines de coutumes qui continuaient à être appliquées par les justices locales, les historiens-démographes ont distingué quelque 2 000 unités de comportement démographique dans la France du temps de Louis XIV. Et l'économie était toujours morcelée, régionalisée ; elle constituait une somme de vies particulières tendant à se boucler sur elles-mêmes, comme en témoigne l'ampleur maintenue de l'autosubsistance dans une majorité de territoires.

❑ ***Une France plurielle.*** Si la circulation des grains était si difficile, et parfois impossible, sur un territoire qui multipliait les obstacles imposés par la nature et les hommes, elle n'était qu'un des révélateurs d'une France plurielle qui faisait toujours voisiner sans les unifier, les groupes, les corps (institutions religieuses, universités, collèges, corporations, compagnies de commerce, bureaux des finances pour n'en citer que quelques-uns), les territoires (de la province à la communauté villageoise). Chacun de ces organismes avait son ordre propre, était doté de ses privilèges, de ses immunités et de ses libertés, dans le cadre d'un maquis d'organisations fiscales, judiciaires, concurrentes et enchevêtrées, dont la coutume et l'ancienneté garantissaient la légitimité (voir le chapitre 1er de *L'Affirmation de l'État absolu*, collection « Carré Histoire »). Le « quadrillage baroque » (Pierre Goubert) des institutions permettait la multiplication des nids de concurrences et de rivalités, pour des corps imbus de leurs privilèges : alors que les querelles de préséances emplissent les archives locales, Amiens, par exemple, ne comportait pas moins de quinze cours et juridictions qui se renvoyaient sans fin les procès et les querelles, se disputant sur l'étendue ou l'origine de leurs compétences. Que pouvait la raison unifiante du roi, ce « haut vouloir à prétention rationnelle » qu'évoque Emmanuel Le Roy Ladurie, face à la somme de toutes ces raisons particulières ?

Le roi et la ville

Il fallait donc à l'intendant et aux quelques hommes qui dépendaient de lui, avec leurs faibles moyens, beaucoup de qualités diplomatiques pour tenter d'imposer quand même leur autorité, c'est-à-dire celle du roi. Ils devaient d'abord savoir mesurer dans chaque ville le rapport de forces qui régissait les différents clans de notables, savoir éprouver les réseaux d'amitié et de fidélités tissés depuis des générations. Ainsi, par exemple, le premier intendant en Bretagne, Auguste-Robert de Pomereu, ne fut-il établi qu'en 1689. Cet homme d'expérience (il fut maître des requêtes, ancien intendant de Bourbonnais, Berry et Auvergne, ancien prévôt des marchands de Paris, conseiller d'État), âgé de soixante-deux ans, passa un long moment à évaluer le jeu des équilibres politiques entre le roi, les municipalités, les grandes familles nobiliaires et les États afin d'« apprivoiser la province », suivant un mot de Saint-Simon. Dans le Languedoc, la collégialité était la règle dans la direction des affaires provinciales : l'intendant était un agent plus coordonnateur que centralisateur, essentiellement chargé d'harmoniser l'action des notables provinciaux dans le but de parvenir à l'uniformité voulue par le roi.

❑ ***L'exemple des villes du Nord.*** L'analyse du fonctionnement des pouvoirs dans les villes du nord de la France, nuance le schéma trop souvent répété du centralisme autoritaire au temps de Louis XIV. Ainsi les capitulations accordées après leur conquête militaire à Douai (6 juillet 1667), à Lille (27 août 1667), à Valenciennes (20 mars 1677), à Cambrai (5 avril 1677) reconnaissaient-elles et maintenaient-elles fermement les privilèges généraux et particuliers dont jouissaient les bourgeois, privilèges et immunités pieusement conservés dans des coffres. Le texte de la capitulation douaisienne, par exemple, précisait que les privilèges généraux et particuliers dont bénéficiaient les habitants étaient « de point en point maintenus et gardés ». L'article 12 de la capitulation de Lille fut plus explicite encore : « Les villes de Lille et châtellenie jouiront pleinement et entièrement de tous privilèges, coutumes, usages, immunités, droits, libertés, franchises, juridictions, justice, police et administration à eux accordée tant par les rois de France par ci devant que par les princes souverains de ce pays. » Le roi confirmait par ailleurs (article XXII) son attachement au principe du renouvellement annuel du magistrat, et il s'engageait par l'article XXIII « à ne pas créer de nouveaux Magistrats urbains, et à ne pas vendre les offices ».

Contrastant avec l'entrée fracassante à Marseille en 1660 (une brèche avait été ouverte à coups de canon dans les remparts pour punir la ville de sa résistance à l'ordre royal), Louis XIV fit à Lille une entrée toute traditionnelle et respectueuse des droits ancestraux. Il assista à un *Te Deum* en la collégiale Saint-Pierre, et il prêta le vieux serment des comtes de Flandre. Louvois confirma la volonté royale quand il évoqua le 3 juillet 1668 « la crainte que l'on a de faire quelque chose qui préjudicie aux privilèges du pays ». Le 10 juillet, il déclarait que « le roi ayant confirmé leurs privilèges, il faut absolument leur tenir parole, jusqu'à ce qu'ils nous aient donné lieu d'en manquer ». Et en 1713 encore, au lendemain de l'occupation hollandaise, l'intendant affirmait aux échevins lillois : « Le serment du roi subsiste encore, au surplus [...]. Sa majesté augmenterait plutôt les privilèges de la ville que de les diminuer. »

❑ ***Des privilèges maintenus à la soumission imposée.*** Mais ce respect des privilèges urbains ne signifiait pas pour autant indépendance. Dans les villes du Nord, mais aussi ailleurs, poursuivant une tactique depuis longtemps éprouvée, le pouvoir royal intervenait de plus en plus directement dans la nomination des magistrats (à partir d'une liste présentée par les échevins). Ainsi quand, en août 1683, le mayeur et le rewart de Lille s'avisèrent de chasser le subdélégué d'une réunion municipale, l'intendant obtint-il de Louvois l'emprisonnement des deux notables frondeurs.

Surtout, comme dans toutes les provinces, les affaires financières offraient la meilleure occasion d'une intervention autoritaire de l'État central : à Valenciennes, par exemple, les finances catastrophiques (les dépenses excédaient de près de 56 % les recettes dans l'exercice 1685-1686) permirent un contrôle de la ville par les hommes du roi au moyen d'un règlement du 17 août 1686 qui imposait, en particulier, la tutelle de l'intendant sur la gestion de la ville.

Pour cause de difficultés financières, guerre de la Ligue d'Augsbourg oblige, la création en août 1692 d'offices de maire et d'assesseurs perpétuels dans chaque ville du royaume, suivie en mars 1694 de la création d'offices héréditaires concernant les procureurs syndics, trésoriers, receveurs, argentiers, greffiers tant civils que criminels, greffiers des villes et châtellenies des Pays-Bas, contribua à aliéner un peu plus les libertés municipales et à dévitaliser ce qui restait de l'idéal représentatif des « bonnes villes » face au roi, un idéal encore si vivace un siècle plus tôt.

La justice au travail : autorité ou compromis ?

Ce mélange d'autorité centralisatrice et de nécessaire compromis avec les réalités institutionnelles et sociales du lieu se retrouve aussi dans le domaine judiciaire. Les archives des parlements renferment des centaines de milliers de « sacs à procès », témoignage de la place prise par les chicanes de famille ou de voisinage : bornes déplacées, contestations entre commerçants, dommages de bêtes... Les procès se poursuivaient souvent, avec ténacité, sur plusieurs générations, témoignant de l'importance des affaires de justice dans la vie quotidienne des sujets du roi, fussent-ils les plus humbles d'entre eux.

❑ ***L'exemple de la Bretagne.*** Les tribunaux royaux traitaient aussi des affaires bien plus graves. Une partie du riche fonds criminel du parlement de Rennes a été dépouillé, à ce moment clé où, en Bretagne comme ailleurs, les institutions centrales tendaient peu à peu à l'emporter sur les instances locales (consulats, communautés, seigneuries), tout en les utilisant à leur profit quand elles ne pouvaient les affaiblir.

On a ainsi observé que le champ d'exercice de ce que les juristes appellent « l'intérêt public » bénéficia d'une définition toujours plus extensive : il s'agissait de contrôler un peu mieux les sujets du roi, en supplantant les justices autochtones, celles qui se tenaient au cabaret, sous le porche d'une église paroissiale, dans la halle ou à un angle du cimetière, l'espace sacré des ancêtres. Les juges du roi intervenaient alors, de plus en plus souvent, pour punir « tous crimes publics où la chose publique a intérêt », en dépouillant les tribunaux rustiques, ceux du seigneur au premier chef, d'une part toujours plus grande de leurs prérogatives : c'était pour le souverain étendre le pouvoir des juges royaux, rappeler surtout que le roi était la source unique de toute justice.

Ainsi, en Bretagne, la procédure de l'instigation permettait-elle, sous l'autorité d'un officier royal, de soustraire à la justice seigneuriale la poursuite de « tous les crimes qui se commettent contre le bien et le repos public, et que le roi a interest de faire punir pour l'exemple et la sûreté de ses sujets ». Cette technique procédurale qui visait à dévitaliser les justices locales fut un instrument du processus de centralisation vécu au quotidien, au moins aussi efficace qu'un édit ou une ordonnance décidée à Versailles : elle permettait d'imposer patiemment, à partir d'une pratique de la justice royale menée sur le terrain, la reconnaissance d'un ordre supérieur à celui du lieu. Particulièrement encouragé, le recours à la dénonciation des « crimes publics » – port d'armes, assemblées illicites, hérésie, fausse monnaie, blasphèmes... –, transforma certains Bretons en auxiliaires et en relais des juges du roi. Il s'agissait des « cas royaux » que les juristes tentaient de multiplier pour doter les juges d'un pouvoir de juridiction et d'intervention toujours plus étendu. Ainsi l'article 11 du titre Ier de l'ordonnance criminelle d'août 1670 (« De la compétence des juges ») qui détaille les cas royaux ajoutait-il à la liste les « autres cas expliqués par nos ordonnances et règlemens », ce qui accordait à chaque magistrat une très large liberté d'interprétation et d'extension de son pouvoir de répression.

Il convient bien évidemment de nuancer, et surtout, dans tous les cas, de demeurer prudent. La dénonciation répétée des prévarications des officiers montre assez clairement que le partage n'était encore guère établi entre l'intérêt de l'État et l'intérêt particulier bien compris. L'enquête décidée en 1668 par le roi à la suite d'une mission d'inspection de Charles Colbert de Croissy, le frère du ministre, « sur les crimes impunis, abus, malversations des juges et gentilshommes de Bretagne » démontre amplement l'inefficacité de la loi, la persistance et l'ampleur des résistances locales au bon fonctionnement de l'ordre et de la justice étatiques.

Les juges du roi devaient aussi tenir compte des traditions, des coutumes écrites ou non, celles qu'aucun édit ou ordonnance décidés en haut lieu ne pouvait d'un trait de plume supprimer. En Bretagne, toujours, nous sommes en des terres rétives aux croyances et aux dévotions « officielles » (l'ecclésiastique qui fit sculpter en 1657 les symboles de la Passion sur un menhir près de Trébeurdun, non loin de Lannion, en savait quelque chose !), sur un territoire qui n'avait pas encore établi clairement le partage entre le monde des vivants et celui des morts, hanté par les récits et les images des errances terrifiantes de l'ankou, le squelette à la faux tirant une charrette, et venant annoncer aux vivants l'imminence du trépas. La justice bretonne comportait ainsi, comme dans d'autres provinces (à Valenciennes par exemple), une étrange et archaïque procédure qui permettait, jusqu'au XVIIIe siècle, qu'un juge puisse, pour découvrir le coupable, faire toucher au prévenu les plaies du cadavre : un arrêt du parlement de Rennes, rendu le 8 août 1600, recommandait aux juges inférieurs du ressort appelés à constater les homicides de « présenter les cadavres des victimes aux prévenus et iceux faire toucher ». Assurément, si la plaie saignait, il s'agissait bien du coupable. L'épreuve fut appliquée à Plonévez Porzay en 1680, où l'« on fit venir tous les paroissiens pour toucher le cadavre », et en 1729, le sénéchal de Châteauneuf-du-Faou, une petite bourgade-marché du bord de l'Aulne, dressa lui-même le procès-verbal du déroulement de l'épreuve : une femme, Marie Paugam, accusée d'assassinat, toucha le cadavre de sa prétendue victime que l'on avait exhumée pour l'occasion. Elle s'exécuta, relate le juge « d'un air fort comptant et sans estre esmue, et en priant Dieu de faire que ce cadavre donnât quelque marque si jamais elle lui avait fait aucun mal ».

Loin de la raison du roi de justice, l'ordalie n'était pas encore tout à fait morte au siècle de Voltaire...

L'État royal et les élites dirigeantes : une collaboration fructueuse ?

La distance manifeste entre les décisions prises à Versailles et leur application sur le terrain montre qu'il faut chercher ailleurs pour comprendre la réussite, même relative, de la « réduction à l'obéissance », et en particulier l'adhésion massive des élites à la loi du roi.

❑ ***Le « doux maniement des finances »*** (Cardin Le Bret, *De la souveraineté du roi*, 1632). Nous avons souligné l'importance des multiples rapports et des mémoires que Jean-Baptiste Colbert, Contrôleur général des finances mais aussi financier, fils et petit-fils de financiers, remettait à son souverain. Nous savons bien aujourd'hui, ce qui contredit quelque peu ses discours répétés sur l'enrichissement de l'État, qu'il avait placé quelques dizaines d'hommes à lui (des « créatures » constituées en clans familiaux et régionaux), liés par le service, par le sang et par l'intérêt aux principaux postes de commande de l'administration financière. Il les avait placés, en effet, dans les fermes chargées de récolter les impôts « indirects » (gabelles, aides, traites), dans l'administration des parties casuelles (gestion des offices : création, confirmation, droit annuel) et dans les secteurs économiques (la marine par exemple, la grande affaire de Colbert) que tous ses efforts visaient à développer pour la plus grande gloire de Louis le Grand.

Nous connaissons bien à présent le fonctionnement du système « fisco-financier » fortifié, nous l'avons vu dans le volume précédent, à partir de 1635. L'analyse des Chambres de justice, mises en place en théorie pour « purger » les finances des « sangsues du peuple » (c'est ainsi que le « public » nommait les financiers) montre clairement l'impossibilité de modifier le système : trop de monde était impliqué dans le « doux maniement des finances » pour qu'un changement en profondeur soit réellement possible. Ainsi toutes les juridictions extraordinaires mises en place régulièrement par le pouvoir royal (une dizaine de chambres de justice furent réunies entre 1585 et 1648) commençaient-elles par de spectaculaires proclamations, « à son de trompe et cri public » à la gloire du roi-Juge terrassant les « prévaricateurs » de ses finances. Elles se terminaient invariablement dans l'ombre et le secret par une série d'accommodements nécessaires entre le souverain et ses financiers. Pour le pouvoir royal, il s'agissait d'une banqueroute déguisée, ou d'un changement de « lobby » (Daniel Dessert) : Richelieu à la place de La Vieuville en 1624, Colbert à la place de Fouquet en 1661.

❑ ***L'exemple du Languedoc.*** On observe, à partir des années 1660, une étroite collaboration entre les élites du Languedoc et le roi, en particulier dans le cadre des États provinciaux. Si cette heureuse entente s'explique par la moindre pression de la charge militaire, le développement économique stimulé par Colbert (manufactures, compagnies, construction du canal des deux mers, port de Sète...), elle tenait aussi et peut-être surtout à la nature de la redistribution de l'impôt royal.

En effet, en comparant, grâce aux archives du diocèse de Toulouse et aux minutes des États, les flux du prélèvement en 1647 et en 1677, on a mis en valeur l'importance des sommes qui étaient reversées aux intermédiaires provinciaux par la multiplicité des canaux financiers et politiques greffés sur les États de la province et connectés à la finance parisienne. Au-delà de la complexité du système de collecte et de redistribution des espèces « sonnantes et trébuchantes » (un mixte de prélèvement « moderne » et féodal, qui mettait en jeu des réseaux familiaux et institutionnels liant indissolublement les élites locales et l'État de finances par l'intermédiaire des partisans), retenons l'essentiel : les élites dirigeantes du Languedoc, c'est-à-dire les officiers de finances, les financiers et derrière eux les prêteurs, les membres des États, récupéraient 29,6 % de l'impôt « direct » en 1647, 36,4 % en 1677. Plus encore : dans le détail, 41,8 % de l'impôt récolté seulement quittait réellement la province pour Paris, alors que 58,2 % de celui-ci était réparti dans la province au plus grand profit des notables (dignitaires nommés par le roi, officiers, financiers, créanciers).

Sans doute, les crises de 1693 et 1709, les déséquilibres croissants de la fin du règne, accompagnés des improvisations financières des contrôleurs généraux des finances, Pontchartrain et Chamillart, ont assez vite fait cesser la bonne entente entre les groupes dirigeants et leur roi. A la fin du règne, la bonne société se faisait prier pour apporter ses écus et ses louis à la Monnaie ; avec bien d'autres voix, Boisguilbert s'éleva, en vain, contre la perversion d'un système qui contraignait le roi à emprunter des sommes à 25 % d'intérêts à des traitants qui, eux-mêmes, avaient promis un intérêt de 10 % aux prêteurs, qui appartenaient à ceux que Quesnay appellera au milieu du XVIIIe siècle dans son *Tableau économique* la « classe propriétaire ». Cette « classe propriétaire » délaissait ainsi le profit, plus faible, de la rente foncière, qui rapportait environ 5 %, pour le jeu pervers et illusoire de l'argent stérile, responsable d'une « ruine publique », dont les guerres de la Ligue d'Augsbourg et de la Succession d'Espagne, par les gigantesques besoins qu'elles provoquèrent, n'ont fait qu'accentuer les effets, malgré quelques louables tentatives de Nicolas Desmarets entre 1709 et 1715.

DOCUMENT

■ Une critique du système « fisco-financier » : Pierre de Boisguilbert

On fait voir que les marchés que les traitants ont fait avec le Roi depuis quarante ans et surtout depuis les deux dernières guerres sont effroyables et absolument ruineux pour le Roi et pour les peuples, dont les intérêts sont inséparables.

L'intérêt au denier quatre (25 %) de l'avance de quelques mois seulement [...] que le Roi donne à ses traitants qui, dans leur commencement, sont dépourvus de toutes facultés, a entièrement dénaturé l'argent qui ne doit composer que la millième partie des biens du royaume, l'a rendu à un prix excessif, a anéanti les fonds et ruiné le royaume d'une triple manière.

Les prêteurs, voyant le nombre et l'avidité de ces emprunteurs, se sont fait donner le denier dix (10 %), et tout le monde, trouvant ses grands avantages dans cette usure, n'a plus songé qu'à faire ce commerce, sans se soucier des terres ni des charges.

Or, dès que le Roi cessera de donner le denier quatre aux traitants, ceux-ci n'emprunteront pas inutilement, comme ils le font, au denier dix, et tout le monde placera son argent au denier ordinaire, comme par le passé, en achat de terre ou d'autres immeubles : ce qui remettra ces effets en valeur et rendra l'argent moins rare, en rétablissant la proportion qui doit être entre ces deux choses dont le déconcertement produisait la ruine publique.

Pierre de Boisguilbert, *Mémoire sur l'assiette de la taille et de la capitation*. Mémoire resté à l'état de manuscrit, 1705.

3

Des guerres aux crises de la fin du règne

Les difficultés financières de la fin du règne de Louis XIV ne sont qu'une manifestation d'une crise plus profonde, plus générale, dont les conflits militaires contribuèrent à aggraver les symptômes et à amplifier les effets.

Car le règne de celui qui se fit appeler, au lendemain de la paix de Nimègue, « Louis le Grand », fut marqué par la guerre. Dès 1667 (guerre dite de Dévolution), mais surtout à partir de 1672, début de la guerre de Hollande, les conflits furent de plus en plus importants, de plus en plus lourds. Ils impliquèrent directement ou indirectement (par la médiation fiscale) l'ensemble de la société. Entre 1701 et 1713, lors de la guerre de Succession d'Espagne, 650 000 jeunes Français entrèrent, souvent de force, dans les armées royales. Lors de ce dernier conflit militaire du règne, les soldats étaient plus nombreux que les clercs !

Par sa répétition, la guerre fut un outil majeur de l'absolutisme ; elle signifia aussi l'horreur pour beaucoup de ceux qui la faisaient (les soldats) ou qui la subissaient (la population). La guerre contribua à provoquer une prise de conscience d'une portée considérable : à la fin du XVIIe siècle, un peu partout en Europe, d'abord dans les Provinces-Unies, puis en Allemagne, en Angleterre et en France, les événements militaires ne furent pas étrangers à la naissance et à l'affirmation d'une opinion publique. Celle-là chercha à se définir et à se reconnaître à travers d'autres valeurs que celles qui s'exprimaient à travers la violence d'un siège ou d'un champ de bataille au service d'un roi de gloire, de guerre et de puissance.

LA CULTURE DE LA GUERRE ET L'ABSOLUTISME

La guerre, la société et la construction de l'État

Il est impossible d'aborder le problème des conflits militaires au XVIIe siècle sans l'envisager d'abord comme un phénomène culturel au sein d'une société dans laquelle la noblesse d'épée imposait ses modèles de comportement.

Inscrite dans la longue durée, la « culture de la guerre » (l'expression est proposée par l'historien italien Franco Cardini) marqua profondément les sociétés occidentales, dans leur histoire, dans leur fonctionnement et dans leur imaginaire : le second ordre n'était-il pas, par définition, l'ordre des *bellatores*, l'ordre « professionnel » des guerriers ? Pour un aristocrate, les valeurs suprêmes s'exprimaient avant tout dans la violence sanglante d'un siège ou d'un champ de bataille : honneur, courage, sacrifice de soi.

Et cette bravoure devait s'exercer, si possible, à la vue du roi, le seigneur des seigneurs, le premier des guerriers.

Dans son *Histoire des rois de France*, Michel de Marolles évoque la prise de Stenay en 1654, un siège qui fut entrepris en présence du jeune Louis XIV : un soldat, dont la main venait d'être arrachée par un boulet de canon, « la ramassa généreusement et la vint présenter au roi, lui disant qu'il se tenait glorieux de l'avoir perdue à son service ». Et l'auteur d'ajouter que cet exemple de mutilation était assez emblématique pour « être consigné dans l'Histoire ». Un autre contemporain, Bossuet, écrit dans un passage de sa *Politique tirée des propres paroles de l'Écriture Sainte*, intitulé « De l'amour de la patrie » : « Il y a des occasions où la gloire de mourir courageusement vaut mieux que la victoire. La gloire soutient la guerre. Ceux qui savent mourir pour leur pays à une mort assurée, y laissent une réputation de valeur qui étonne l'ennemi, et par ce moyen, ils sont plus utiles à leur patrie que s'ils demeuraient en vie. » La mort de Turenne, chef de guerre de Louis XIV, emporté par un boulet de canon à Salzbach, le 27 juillet 1675, fut d'une certaine manière une mort idéale, particulièrement propre à illustrer la bonne mort de l'aristocrate, entièrement offerte au service du monarque. Dans son oraison funèbre, Mascaron mit en valeur l'idée que Turenne « s'étoit fait une espèce de morale militaire qui lui étoit propre. Il n'avoit pour toute passion que l'affection pour la gloire du roi, le désir de la paix et le bien public. »

Il convient donc de rompre avec une histoire purement militaire, qui se résumerait à un récit de batailles, pour replacer la guerre dans sa dimension anthropologique, décrire la place qu'elle occupa dans la vie sociale, politique et culturelle. Le culturel embrasse ici les domaines intellectuels, éthiques, philosophiques, littéraires, artistiques. Et nous savons que la guerre a aussi joué un rôle central dans « l'équilibre morbide » d'une Europe dont les difficultés et les crises fréquentes imposaient la conversion de nombre d'inadaptés, de marginaux et de délinquants en chair à mousquet ou à canon.

Surtout, la guerre est partie constitutive de la « plus grande puissance de commander » (Jean Bodin, *La République*, 1576), identifiée à la souveraineté, dans toutes ses composantes. Car à l'exemple des commissaires des guerres qui dépendaient directement du roi, au même titre que les intendants des généralités, la guerre mettait en action le jeu des institutions (l'autorité centrale, du conseil du roi à l'administration de la guerre), les fondements juridiques (la notion de « guerre juste » fut au centre de nombreux travaux de juristes proches du souverain), les représentations et l'imaginaire de l'autorité : le château de Versailles, dont le pivot, on l'a vu, est la Galerie des Glaces, peut apparaître dans une grande mesure comme un temple dédié au culte d'un roi de guerre et de puissance, un roi toujours triomphant.

Sur son lit de mort, en 1715, Louis XIV déclara à son arrière-petit-fils, le futur Louis XV, qu'il n'avait pu maintenir la paix et soulager le peuple, en raison des « nécessités de l'État ». Si le souverain du royaume de France, le « plus grand roi du monde » comme il se désigne lui-même, dont la volonté est le plus souvent présentée par les historiens comme « absolue » (dé-liée des lois), reconnaît et assigne aux nécessités de l'État une priorité incontestable et incontournable, c'est que la guerre est bien une composante majeure de la souveraineté. Jean Bodin écrivait déjà, en 1576, que cette souveraineté était infiniment supérieure aux personnes physiques et mortelles des rois.

Guerre de sièges, guerre spectacle

Si Louis XIV a « trop aimé » la guerre, il affectionnait particulièrement la guerre de sièges, car le siège, plus encore que la bataille rangée, permettait de manifester pleinement la puissance de l'État royal. Sur quarante-deux sièges dirigés par Vauban, qui avait le statut d'ingénieur en chef, Louis XIV fut présent à dix-neuf reprises. Maastricht (1673) et Gand (1678) furent choisis par Charles Le Brun pour illustrer le plafond de la Galerie des Glaces à Versailles parce que le roi en personne assista aux opérations qui permirent la chute des deux villes.

❑ ***Le roi de guerre en représentation.*** Le roi ne séparait jamais l'action militaire de la publicité qui devait nécessairement entourer sa présence à l'armée ou à la guerre. Ainsi, avant chaque siège, le monarque affectionnait-il les longues inspections de ses camps et de ses régiments, impeccablement disposés en ordre de bataille. Hors des périodes de campagnes militaires, à proximité de Paris, il multipliait de tels exercices, et il ne manquait pas de convier les visiteurs étrangers à ce spectacle ordonné autour de sa personne, de sa puissance et de sa gloire. Au camp de Gévries, par exemple, le 21 mai 1692, quelques semaines avant la prise de Namur, la revue de plus de cent mille hommes placés sur quatre lignes dura la journée entière, jusqu'à huit heures du soir. Deux heures étaient nécessaires pour aller d'une ligne à l'autre. Dans sa fonction de zélé historiographe, Racine avait accompagné le souverain pendant « ce plus grand spectacle qu'on ait vu depuis plusieurs siècles ». « Je ne me souviens point que les Romains en aient vu un tel », écrivait-il à Boileau. Il se déclarait en même temps « las », mais « ébloui de voir briller des épées et des mousquets, étourdi d'entendre des tambours, des trompettes et des timbales [...]. En vérité je me laissois conduire à mon cheval, sans plus avoir d'attention à rien. »

Lors des sièges, qu'il présidait le plus souvent assis sur un fauteuil installé sur une position située en éminence face à la ville attaquée, Louis XIV aimait donner l'ordre d'assaut, généralement à partir des indications fournies par Vauban. Il s'agissait avant tout pour lui de manifester aux yeux de tous sa force et sa magnificence : « Le roi met toute son application à la guerre et à la gloire », notait déjà le marquis de Saint-Maurice en 1667, au moment de la guerre de Dévolution. Cette application à la gloire supposait que le roi de guerre fût entouré en toutes circonstances d'une escorte digne de la surpuissance magnifique qu'il se devait d'incarner. En 1673, l'année de la prise de Maastricht, quand Louis XIV quitta Saint-Germain le 1er mai, il était accompagné d'une partie de la cour et escorté de trois cents cavaliers d'élite au justaucorps écarlate, brandebourgs et ceinturon galonnés d'or, montés sur des chevaux harnachés de rouge, précédés d'étendards, de trompettes et de timbaliers. Le souverain était partout entouré et suivi d'une nombreuse, bruyante et spectaculaire escorte à cheval. Les « troupes rouges », comme on les appelait, étaient composées de gendarmes de la garde et de chevau-légers. Ils faisaient partie de la Maison militaire du roi. Celle-ci, composée de plusieurs milliers d'hommes, était en constante augmentation durant les conflits. Parmi les régiments composant sa maison militaire, Louis XIV affectionnait particulièrement ses deux compagnies de mousquetaires. Ces dernières étaient composées chacune de deux cent cinquante hommes, mais, durant la guerre, on en recevait autant qu'il s'en présentait pourvu qu'ils se conforment aux conditions requises.

Sur les lieux de l'action, le camp du roi était le plus souvent nettement séparé des hommes de troupes ordinaires, mais ce n'est qu'à partir de 1671 qu'on a proprement parlé de « la Maison du Roy » comme d'un corps séparé dans les troupes. L'ensemble représentait environ dix mille hommes au moment de la guerre de Hollande. Ce « camp du roi », immédiatement identifiable, était toujours luxueusement pourvu. Lors de la guerre de Dévolution, le marquis de Saint-Maurice notait que les tentes du souverain étaient les plus superbes que l'on puisse voir, toutes doublées de damas ou satinade, toutes éclairées par trois ou quatre chandeliers de bois doré. Quand le roi était en campagne, un escadron de sa maison montait en permanence la garde autour de la tente. Pour une période postérieure, évoquant l'action et la présence du souverain lors des campagnes militaires, Saint-Simon note la claire distance qui séparait le roi et la troupe : « Quand le roi est à l'armée, son quartier est partagé, et la cour est d'un côté, et le militaire de l'autre, sans avoir rien de commun. »

❑ ***Le roi au siège de Namur (1692).*** Le mémorialiste précise la place du souverain lorsque celui-ci commanda en personne l'attaque de la ville et du château de Namur, en mai et juin 1692. Cette année-là, le roi avait quitté Versailles le 10 mai, en compagnie de Mme de Maintenon, de Monseigneur et d'une grande partie de la cour. Ce fut le dernier siège que commanda en personne Louis XIV, et la réussite des armées royales donna lieu à une grande campagne de publicité : la ville avait la réputation de n'avoir jamais été prise d'assaut, César lui-même ayant dû renoncer à la réduire. Pendant l'attaque de la cité, le roi fut toujours au camp. D'un lieu placé en éminence et pourtant assez éloigné, il vit attaquer en plein jour une demi-lune (construction défensive avancée, cernée de fossés), qui fut emportée par un détachement des plus anciens des deux compagnies des mousquetaires. La ville prise le 5 juin, l'armée royale se déploya pour le siège de la citadelle, toujours dirigé par le roi et mené sous une pluie battante. Les tentes de Louis XIV et celles de la cour furent dressées dans un pré, à cinq cents pas du monastère de Marlagne. « Il est certain, souligne Saint-Simon, que, sans la présence du Roi, dont la vigilance étoit l'âme du siège, et qui sans l'exiger, faisoit faire l'impossible, tant le désir de lui plaire et de se distinguer étoit extrême, on n'en seroit jamais venu à bout [...]. Les fatigues de corps et d'esprit que le Roi essuya en ce siège lui causèrent la plus douloureuse goutte qu'il eût encore ressentie, mais qui, dans son lit, ne l'empêcha pas de pourvoir à tout et de tenir pour le dedans et le dehors ses conseils comme à Versailles, ainsi qu'il avoit fait pendant tout le siège. »

Dès que l'atténuation des crises de goutte lui permit de remonter à cheval, le roi reprit l'inspection des troupes, n'hésitant pas à s'approcher au plus près. Ainsi, le 13 juin 1692, alors que le souverain observait les opérations depuis une crête et donnait des ordres, le marquis de Sourches indique que le roi vit toute l'action à la portée du mousquet. Plusieurs balles vinrent jusqu'à lui, le comte de Toulouse reçut une contusion au bras droit, bras qu'il avait appuyé contre la chaise du monarque. Plusieurs coups de feu passèrent à la hauteur de la tête du roi. Le 26 juin, après le dîner, Louis XIV alla à la tranchée dans l'ouvrage neuf, et il y resta près d'une heure et demie, malgré les éclats des bombes qui venaient de tous côtés. « Il faut bien avouer, écrit Saint-Simon, que le Roi s'exposoit trop ; mais aussi les courtisans étoient bien indiscrets d'augmenter encore le péril où il étoit en le suivant en foule, même après qu'il l'avoit défendu, mais les François veulent être partout avec leur maître. » Dans cet assaut de courtisanerie guerrière, Saint-Simon aurait pu ajouter que des dessinateurs et des peintres de l'atelier d'Adam Frans van der Meulen (ce dernier était mort en 1690) étaient là pour immortaliser sur des peintures et des gravures le roi contemplant la ville qui allait se soumettre à son pouvoir. Racine était présent lui aussi, prêt à écrire la relation officielle du siège pour proclamer la grandeur inégalable de Louis.

Le court texte inscrit sous les tableaux de la Galerie des Glaces qui représentent les sièges présidés par Louis XIV renforce l'idée de cette force surpuissante du roi de guerre. Sa seule présence spectatrice permet une inédite rapidité d'action : « prise en treize jours » (Maastricht), « prise en six jours » (Gand). Les sièges pouvaient habituellement durer des semaines, voire des mois avant que le gouverneur de la place ne se décide enfin à faire battre la chamade sur les remparts.

La guerre de sièges était donc bien la guerre royale par excellence.

Un mercantilisme guerrier ?

La domination du roi, tant à l'intérieur (on l'a vu, à propos des affaires jansénistes et protestantes), qu'à l'extérieur, pouvait et devait donc s'exercer par la force. Commencé en 1672, une date rupture du règne, le conflit avec la Hollande, une rivale politique (une république) et économique (l'obsession de Colbert, comme l'illustre sa politique des tarifs) trouve ici sans doute son principal fondement. Dans cette perspective, le développement économique, la production et la consommation étaient avant tout considérés comme les moyens de faire entrer plus de ressources fiscales dans le cadre d'une politique dont la fin était la gloire du roi, et l'expression la plus manifeste, la puissance de ses armées et la victoire sur un champ de bataille ou devant une ville assiégée. Louis XIV, on l'a vu, participa lui-même, en personne, aux principales campagnes militaires, jusqu'au printemps de 1693.

Si le « colbertisme » est une forme du « tout à l'État », il peut s'analyser aussi comme une économie au service de la guerre, que la chronologie semble confirmer. La guerre contre la Hollande, la bête noire du contrôleur général, ne fut menée, en effet, que lorsque les grandes réformes apportèrent leurs premiers fruits, surtout fiscaux, permettant la mise en place d'une forte armée, de mieux en mieux étatisée et « royalisée » grâce aux réformes entreprises par Michel Le Tellier et son fils, Louvois : discipline, organisation, meilleur armement, meilleure intendance... Tout porte à penser que, nécessairement pacifique avant 1666, pour rétablir les finances, épuisées par la longue et coûteuse guerre contre l'Espagne, la politique colbertiste devint de plus en plus anti-hollandaise ensuite. Autant que Louvois, Colbert semble avoir contribué à la guerre contre la Hollande. Dans son « Mémoire au roi », sur les finances, présenté en 1670, il utilisait naturellement la métaphore de la guerre pour justifier les réformes et les créations qu'il proposait (en particulier les compagnies de commerce), alors que « la guerre d'argent », entreprise contre tous les États de l'Europe, apparaissait comme le parallèle de la guerre menée par les armées sur les champs de bataille.

> Je supplie Vostre Majesté de me permettre de lui dire qu'il me semble que depuis qu'elle a pris l'administration de ses finances, elle a entrepris une guerre d'argent contre tous les États de l'Europe. Elle a desjà vaincu l'Espagne, l'Italie, l'Allemagne, l'Angleterre et quelques autres dans lesquels elle a jeté une très grande misère et nécessité et s'est enrichie de leurs dépouilles, qui luy ont donné les moyens de faire tant de grandes choses qu'elle a faites et fait encore tous les jours.
>
> *Mémoire* de Colbert
> au roi sur les finances, 1670.

La guerre et le processus d'étatisation

❑ ***La « révolution militaire » et l'État.*** La guerre fut, en même temps, un outil, et non le moins puissant, du processus d'étatisation inscrit, lui aussi, dans la longue durée. Les révélateurs en sont nombreux : dans *Louis XIV devant Namur*, un portrait que peint Pierre Mignard en 1694, deux ans après l'événement, le fond du tableau est occupé par une représentation nettement identifiable de la technique des sièges menés sous la direction de Vauban : on distingue les zigzags des tranchées (une technique perfectionnée lors du siège de Maastricht, en 1673), la disposition des batteries, les bastions écroulés. La figure du roi à cheval, au premier plan du tableau, ne peut que suggérer l'association de la puissance de la monarchie et de la puissance guerrière. Elle prouve que la « révolution militaire » (Geoffrey Parker), qui mettait en valeur l'importance nouvelle de la puissance de feu, impliquant plus de canons, plus d'hommes, plus de matériel, plus d'argent, le tout, de mieux en mieux coordonné, ne pouvait être géré que par de grands États, disposant d'un financement adapté. Le rapprochement n'est pas indifférent, sur un même tableau, de la figure du souverain et d'une guerre lourde, savante et coûteuse comme pouvait l'être la guerre de siège, avec comme corrélat le primat d'une tactique défensive : il s'agissait bien, avant tout, d'affirmer la force et la puissance protectrices de l'État royal.

Comme la primauté des armes à feu réclamait une exécution immédiate à des ordres de plus en plus précis de manœuvre et de tir, les soldats se professionnalisaient, les fonctions se partageaient, de plus en plus complexes et dépendantes d'un centre de décision monopolisé par le pouvoir royal. Ainsi, par exemple, la guerre navale, menée par de très coûteux navires de ligne, supposait une lourde infrastructure, à la pointe de la modernité technologique : des ports, des arsenaux, des magasins, des matières premières – le bois, le fer, le goudron, le chanvre –, des ateliers de fabrication, de réparations, une bureaucratie développée de secrétaires et de commis, une main-d'œuvre abondante et disponible. Le principe d'un recensement général des gens de mer (pilotes, maîtres, contremaîtres, canonniers, charpentiers, calfats chargés d'assurer l'étanchéité du navire, officiers mariniers, matelots), ancêtre de l'inscription maritime, puis de la conscription, fut appliqué en France, en particulier sur le littoral atlantique, dès les années 1668-1670, sous l'impulsion de Colbert : la population masculine de tous les bourgs, les villages et les villes était divisée en trois ou quatre classes selon les provinces, afin de pouvoir répondre le plus rapidement possible à la demande de l'État royal.

Stimulé par l'urgence de la guerre, l'État royal s'était engagé, depuis les années 1630, dans un vigoureux programme administratif d'encadrement, de contrôle, de gestion d'une armée mieux hiérarchisée, mieux réglementée, mieux ravitaillée, mieux logée et plus performante. En France, entourés d'une équipe toujours plus nombreuse de secrétaires et de commis, Michel Le Tellier et son fils, Louvois, furent les principaux artisans de cette mutation. Le plus spectaculaire indice en est peut-être l'augmentation continue de la correspondance entre les hommes du roi et l'armée : la moyenne annuelle était de 830 au temps de Servien (1631-1635), 1 100 au temps de Sublet de Noyers, 2 400 au temps de Michel Le Tellier avant 1666. Et ce chiffre augmenta encore avec Louvois, qui fit passer le secrétariat de la Guerre de cinq à sept bureaux, spécialisant toujours un peu plus le travail des secrétaires et des commis dans la préparation des routes, l'ordonnancement des marches des troupes, le contrôle des fortifications et des vivres. Plus concrètement encore, la progressive unité vestimentaire imposée à tous les régiments dans les années 1680 (en 1683, Louvois imposa l'uniforme à ceinturon), la politique de casernement (cent soixante casernes furent édifiées pendant le règne de Louis XIV), le remplacement progressif des huttes de branchage par des tentes lors des campements de l'armée, étaient quelques-uns des signes les plus manifestes de la politique d'uniformisation et d'étatisation de l'outil militaire, en même temps que de la séparation de plus en plus nette entre le « civil » et le « militaire ».

En 1690, Ezéchiel Spanheim, ambassadeur du Brandebourg, transmettait de l'armée française l'image d'un ordonnancement sans doute trop idéal pour être conforme à son fonctionnement effectif (les désertions, par exemple, restèrent nombreuses tout au long du règne), mais cette image n'en traduisait pas moins une mutation d'importance, opérée en une génération. Car la transformation de l'armée française, au temps de Louis XIV, frappa tous les observateurs, en particulier étrangers qui, comme Spanheim, voyait dans la France « un ennemi redoutable par l'union et la dépendance de ses forces [...], l'autorité du gouvernement, la soumission aveugle qu'on lui rend, et par là la subordination dans le commandement, la dépendance entière, ou des troupes à l'égard des officiers ou des officiers à l'égard du général, et du général aux volontés de la cour ou du ministre de la guerre ».

❑ ***La guerre royale et la discipline de l'aristocratie.*** Le processus de discipline de l'aristocratie fut une des manifestations de cette relation entre la guerre et l'État. En effet, par son ampleur, par l'importance de la technologie qu'elle mettait en œuvre, la guerre limitait toujours plus étroitement la marge de liberté individuelle et d'autonomie accordées au chef de guerre. En même temps, elle plaçait au second plan la bravoure personnelle au combat. En effet, dans la seconde moitié du siècle, les chefs militaires n'étaient plus que rarement en première ligne, à la tête de leur armée, pour être vus et se donner à voir pour leur gloire personnelle et celle de leur lignage. La guerre était alors devenue de plus en plus technique, une affaire de spécialistes et d'ingénieurs dans le cas des sièges qui réclamaient plus de connaissance en balistique et en fortifications que de bravoure au combat. Dans le cas des batailles rangées, elle était devenue une affaire de discipline pour des régiments parfaitement alignés, obéissant en silence et mécaniquement aux ordres des sous-officiers pour déclencher la salve. Sur mer, l'évolution était comparable : la guerre transformait l'aristocrate fier de diriger l'abordage, sabre à la main, en un maître artilleur, un technicien de la puissance de feu de ses navires à hauts bords, chargés de canons.

Malgré de multiples et fortes résistances, ce processus de discipline militaire, peu à peu – et non sans difficultés – imposé à l'aristocratie, est inséparable du processus de contrôle civil et politique qui avait transformé les gentilshommes malcontents de la première moitié du siècle en déférents courtisans, prêts à obéir aux ordres et aux volontés du roi de guerre. A propos de la bataille de Malplaquet, qui eut lieu en septembre 1709, Saint-Simon illustre clairement l'ampleur de cette mutation. S'il met en valeur une initiative héroïque du maréchal de Boufflers, le mémorialiste souligne aussi l'anachronisme de cette attitude, qui révèle une évolution et une transformation irréversible de la guerre. Saint-Simon explique, en effet, que Boufflers se mit à inspirer de l'audace aux divisions de son aile par de brèves paroles en passant auprès d'eux. Puis, il leur donna l'exemple d'une grande témérité : « Il chargea en personne si démesurément, à la tête de tant d'escadrons et de bataillons que cela put passer pour incroyable. Ses troupes animées par la vue des prodiges depuis si longtemps inconnus d'un général si prodigue de soi, l'imitèrent à l'envi. »

Ainsi, à la fin du « siècle de Louis XIV », les actions de bravoure individuelle, l'héroïsme aristocratique, la logique du don et du contre-don (don de soi, contre don d'honneur et de pouvoir accordé par le roi), autant de modèles de l'ordre des *bellatores* au service du prince mais aussi de sa propre gloire, n'étaient plus tout à fait de saison. La mort anonyme sur un lointain champ de bataille tendait à l'emporter sur la « belle mort », glorieuse et exemplaire sur le « champ d'honneur ». Et le « cerveau » de la guerre était de plus en plus identifié à celui du roi, un roi caché dans son cabinet, entouré de cartes et de plans, décidant des stratégies et des actions ; l'aristocratie n'en étant plus que le « bras ». Unissant dans un même dessein royal les victoires terrestres et navales du prince, le 25 août 1677, à la fin de la guerre de Hollande, Paul Tallemant déclarait, lors d'un discours à l'Académie : « Louis est la tête qui fait mouvoir tant de bras [...]. Nouveau Jupiter, il lance la foudre, et tous ses Lieutenans, comme autant de bras, font sentir les effets de sa colère en tant de climats différents, que tout l'Univers en résonne ; en Flandres, en Allemagne, en Catalogne, en Sicile, à Cayenne, à Tabago ; la victoire vole incessamment d'un bout du monde jusqu'à l'autre. » En même temps, l'académicien confirmait que tout désormais était décidé par le roi « dans son Conseil ». Alors que sa cour était tout occupée « de jeux, de danses, de spectacles », le prince, écrit Tallemant, « travaillait sans relasche » dans le silence de son cabinet.

LES GUERRES DU RÈGNE ET LA PROTECTION DU TERRITOIRE

1667-1668 : la guerre de Dévolution

La guerre de Dévolution fut courte et victorieuse, mais son déroulement ainsi que le système de justification que Louis XIV voulut lui appliquer illustrent la nature de l'absolutisme guerrier du « Roi Soleil ».

❑ ***Les droits de la reine.*** Après la mort du roi d'Espagne Philippe IV, le 17 septembre 1665, Louis XIV réclama pour la reine Marie-Thérèse, fille aînée du défunt, en vertu du « droit de dévolution » (une coutume du Brabant que les juristes français avaient exhumée qui donnait aux enfants du premier lit la propriété des biens paternels, à l'exclusion des enfants du second lit), des villes et des territoires au nord et à l'est du royaume : le Brabant, la Haute-Gueldre, le Luxembourg, Mons, Anvers, Cambrai, Malines, Limbourg, Namur et la Franche-Comté. Et la dot prévue par le traité des Pyrénées, 500 000 écus en or, n'avait pas été payée par l'Espagne.

Le roi prit la tête de l'armée, et, à partir de mai 1667, les prises de villes se succédèrent, parfois sans combat : Bergues, Furnes, Ath, Tournai (25 juin), Courtrai, Oudenarde (juillet), Alost. Après un bref siège, Lille tomba le 27 août. Vauban fut chargé, l'année suivante, de construire la citadelle de Lille. Il exerçait, de fait, la fonction de Commissaire général des fortifications (mais le titre officiel ne lui sera officiellement conféré qu'en 1678, à la mort de Clerville, le premier titulaire).

En janvier 1668, l'empereur Léopold 1er, aux prises avec une révolte des grands seigneurs hongrois, accepta de signer avec Louis XIV un traité prévoyant un partage éventuel de la succession d'Espagne qui laisserait à la France les Pays-Bas. Pour faire barrage à la France, l'Angleterre et la Hollande en guerre signèrent la paix, et les deux puissances conclurent une alliance à laquelle se joignait la Suède (triple alliance de La Haye), qui proposa sa médiation.

Du 1er au 19 février 1668, le prince de Condé entreprit la conquête éclair de la Franche-Comté. Le roi présida, en personne, les sièges de Dôle et de Gray. Besançon se rendit. La France se trouvait ainsi en situation de force pour négocier. Par ailleurs, Louis XIV redoutait la ligue entre l'Angleterre, la Hollande et la Suède, ce qui accéléra les négociations. Le 2 mai 1668, par la paix d'Aix-la-Chapelle, Louis XIV restituait la Franche-Comté, mais il gardait une partie de la Flandre espagnole, en particulier douze places fortes destinées à renforcer la frontière : Lille, Bergues, Furnes, Armentières, Courtrai, Menin, Douai, Tournai, Audenarde, Ath, Binche, Charleroi.

Mais les princes allemands furent inquiets de la puissance du roi, et ils ne renouvelèrent pas la ligue du Rhin.

❑ ***La guerre des libelles : le débat sur la « guerre juste » et la nature de l'absolutisme louis-quatorzien.*** Alors que le roi prenait, en personne et non sans déplaisir comme l'atteste le texte de ses *Mémoires*, la direction de ses armées en mai 1667, il avait fait parvenir à Madrid un *Traité des droits de la Reine très chrétienne sur divers États de la monarchie d'Espagne*. Couverture juridique de l'entreprises militaire, le traité, rédigé par un groupe d'avocats parisiens pour soutenir les prétentions de Louis XIV, tenait lieu de déclaration de guerre. Au même moment, Aubéry, « Avocat au Parlement aux Conseils du Roy », publiait les *Justes Prétentions du roi sur l'Empire*, une dissertation historico-juridique. Il cherchait à démontrer que Louis XIV pouvait annexer, s'il le voulait, la plupart des États allemands comme étant « le patrimoine de l'ancien héritage des princes français, ayant été possédés par Charlemagne en tant que roi de France et non point en tant qu'empereur ». En 1667 encore, paraissait un *Dialogue sur les droits de la Reyne tres Chrestienne, et Soixante et quatorze raisons qui prouvent plus clair que le jour que la renonciation faite par la Reine de France est nulle*.

On imagine qu'une telle littérature partisane suscita aussitôt une vague de protestations et de ripostes imprimées. Comme au temps de Richelieu, une violente guerre de pamphlets et de libelles doubla la guerre des canons et des mousquets. Ainsi, en 1667, un *Traité sur le droit de Dévolution* fustigeait les prétentions de Louis XIV ; l'année suivante paraissait *La Vérité défendue* ; en 1669, *L'Avocat condamné* réfutait les ambitions impériales du roi de France. Le plus célèbre de ces contre-pamphlets destinés à répliquer à la propagande française fut écrit par le baron de Lisola, ambassadeur et plénipotentiaire impérial : le *Bouclier d'Estat et de Justice contre le dessein manifestement découvert de la Monarchie universelle sous le vain prétexte des prétentions de la Reyne de France*. Paru pour la première fois en 1667, il obtint un succès considérable en Allemagne, où il fut réimprimé jusqu'à la fin du siècle, et il occupa une place non négligeable dans l'élaboration de la « légende noire » de Louis XIV.

Plus que par la force du vocabulaire destiné à condamner l'entreprise française (« conspiration », « faussetés manifestes », « maximes pernicieuses »), ou la volonté de dénoncer le « grand appareil de guerre » que le souverain avait déployé pour assouvir ce qui apparaissait avant tout comme un désir de gloire, de conquête et de puissance, le pamphlet de Lisola se distingue par une volonté d'argumentation juridique qui voulait rendre compte de la nature de l'absolutisme belliqueux de Louis XIV. Il s'agissait de démontrer que cette guerre était injuste, et que cette injustice manifeste ruinait toute la théorie, énoncée depuis Gratien (vers 1140) et Thomas d'Aquin, reprise et affinée par Grotius (1625), du bon usage de l'emploi des armes, la guerre juste : « L'entrée du Roy Très Chrestien dans ces provinces est tout à fait illégitime, contraire au droit des gens et aux coutumes et pratiques des loix civiles et municipales. »

Pour le prouver, Lisola démontrait que le roi de France n'avait respecté aucune des règles qui devaient présider à un conflit militaire. Les théologiens, les canonistes, les jurisconsultes accordaient, en effet, une grande importance à la solennité d'une déclaration de guerre proclamée par le prince. Or, cette fois-là, contrairement au solennel rituel fécial et féodal qui avait été appliqué en mai 1635 (un héraut d'armes fut chargé par Louis XIII d'aller à Bruxelles pour remettre la déclaration de guerre au représentant du roi d'Espagne), le conflit ne fut pas déclaré officiellement, et, comble d'hypocrisie politique, ajoute Lisola, c'est au nom de la sauvegarde de la paix que Louis XIV osa prendre les armes. Dans de telles conditions, s'agissait-il d'une guerre ? « Si ce n'est pas une guerre, c'est un brigandage, et une piraterie, et si ce n'est pas une infraction de la Paix, c'est un injuste attentat qui choque toutes les lois et toutes les formes [...]. L'on pourroit dire icy que le Roy Tres Chrestien n'agit pas en cette occasion en qualité de souverain. »

Plus encore, en argumentant ses revendications sur la coutume du Brabant, le roi agissait comme un simple particulier dans le cadre du droit civil et privé. Aussi, dans ce cas, devait-il recourir aux tribunaux où cette cause devait se décider, car il « n'est pour ce regard considéré que comme personne privée ». D'autre part, les territoires et les villes revendiqués appartenaient à un Cercle d'Empire, le Cercle de Bourgogne ; en conséquence, « ou le Roy Tres Chrestien veut agir en cette cause au nom de la Reyne son Espouse en qualité de Princesse d'Empire, ou comme personne privée en vertu des loix municipales du Brabant ». Dans le premier cas, il devait recourir comme vassal du souverain tribunal d'Empire ou les controverses de la succession ducale ressortissaient ; dans le second cas, il était dans l'obligation de se soumettre au jugement de la cour féodale, qui était l'unique interprète des coutumes du pays, et le juge suprême des causes particulières des fiefs. Circonstance aggravante : le roi de France a osé bafouer la foi jurée lors du traité des Pyrénées, que Lisola place au rang des « loix fondamentales », et la promesse du contrat de mariage contenant l'abandon de toute prétention de Marie-Thérèse à un quelconque héritage.

La seule conclusion qui s'imposait était l'absolue perfidie de Louis. Elle témoignait d'un désir illimité de puissance et de conquêtes qui risquait de s'étendre bientôt à tout l'Empire, puisque toutes les garanties offertes par le droit ont été bafouées.

C'est en « simple citoyen du monde » que Lisola déclarait intervenir pour demander aux princes allemands de « faire de cette affaire une cause commune » en s'unissant pour dresser un barrage à la violence illégitime et déréglée de Louis XIV, qui ne respectait plus aucune des « voyes et formes de la Justice » : « Il s'agit icy de maintenir le droit de gens, qui est commun à tous, et d'empescher que l'on n'introduise des maximes dans le monde qui destruiroient tout le commerce des hommes et rendroient la société humaine aussi dangereuse que celle des lions et des tigres. »

Le pamphlet du baron François Paul de Lisola a joué un rôle important dans la naissance d'une opinion publique allemande, ainsi que l'atteste le nombre de ses éditions. Il contribua en même temps à éclairer la contradiction entre la doctrine de la guerre juste (faute de l'adversaire, demande de réparation, refus, déclaration solennelle de l'autorité souveraine) et l'absolutisme de fait qui n'admet plus comme unique légitimité et moteur d'action que la seule volonté de la personne royale : l'intérêt de l'État souverain, incarné par le prince, était devenu la fin dernière et la norme du droit et de la morale. Confirmant la thèse de Lisola, la guerre dite de Hollande fut, elle aussi, en partie provoquée, au printemps 1672, par un souverain soucieux de faire respecter par la force des armes une gloire à laquelle il ne supportait nulle atteinte. « La France se fait un tribunal de son Trosne, des Advocats de son armée, et des juges de sa propre puissance » (Lisola).

1672-1678 : la guerre de Hollande, une guerre européenne

❏ ***Les causes de la guerre.*** Les causes de cette guerre, la deuxième du règne personnel de Louis XIV, étaient multiples. Elles unissaient des rivalités économiques (en particulier, on l'a noté, la concurrence des armateurs hollandais sur les principaux marchés européens), des griefs politiques, car Louis XIV ne pouvait admettre la réussite d'un régime républicain – calviniste de surcroît –, mais peut-être aussi un conflit d'honneur. Les Hollandais avaient, en effet, multiplié les pamphlets ironiques contre l'Angleterre et la France. En particulier, plusieurs textes stigmatisaient l'orgueil de Louis, et l'on accusa l'ambassadeur hollandais d'avoir osé se faire représenter sous la figure de Josué arrêtant la marche du soleil avec ces mots : *stat sol.* « Le Roi, las de souffrir ces insolences, écrit Racine, résolut de les prévenir. » Un auteur anonyme alla jusqu'à prétendre que, en livrant la guerre au peuple batave, Louis XIV ne se contentait pas de punir une « insolence publique », il vengeait aussi « tous les rois ».

Le 6 avril 1672, une ordonnance royale annonça la résolution du souverain « de faire la guerre aux États de Hollande », en raison de « la mauvaise satisfaction que Sa Majesté a de la conduite que les États-Généraux des Provinces-Unies ont eu depuis quelques temps en son endroit ». Charles Canto, le crieur ordinaire du roi, fut chargé de publier et d'afficher « à coup de trompe et cri public », « par tous les lieux, fauxbourgs, bailliages et vicomté de Paris », le placard de la déclaration de guerre.

❏ ***1672. L'échec d'une « guerre éclair ».*** La guerre débuta par quelques prises de villes, puis le passage du Rhin, le 12 juin 1672, au gué de Tolhuis. Cet événement fut unanimement célébré par Racine, Boileau, Bossuet, et d'innombrables représentations figurées, gravures, peintures, tapisseries, tentures peintes, médailles, avant d'être fixé par Blondel dans la pierre de l'arc de Triomphe de la porte Saint-Martin à Paris, en 1674.

Après le passage du Rhin, les armées françaises occupèrent trois des sept provinces (Gueldre, Overijssel, Utrecht) : en vingt-deux jours, quarante villes s'étaient rendues aux troupes françaises, qui mirent à sac Utrecht, où le roi s'installa, le 30 juin. Alors que Louis XIV multipliait les exigences humiliantes, les occupants manifestaient avec éclat le sens de leur conquête au nom du « Très Chrétien » : à Nimègue, par exemple, les armes de France furent placées sur l'autel de l'église, avec les mots *Regi Triumphanti*.

Dans un premier temps, la population hollandaise réagit par la panique, et on entendit dans les temples des « sermons de châtiment » (*straf predikaties*) expliquant les désastres de la guerre comme la juste punition infligée à ceux qui avaient osé s'abandonner aux délices coupables de l'accumulation des richesses et aux perversions morales qui les accompagnaient. Pour ces républicains dévots, la mort apportée par les soldats du roi de France n'était que le signe le plus tangible de la colère divine et de la Chute promise à une humanité pécheresse. Mais, dès le 20 juin 1672, les digues avaient été ouvertes à Muyden pour protéger Amsterdam, qui fut aussitôt transformée en une île du Zuydersee ; les troupes françaises furent incapables de forcer cette ligne d'inondation, et la Hollande allait rester pendant deux ans submergée, attaquable seulement en hiver. Stathouder (chef militaire) de Hollande et de Zélande, nommé capitaine et amiral général à vie, Guillaume d'Orange fut l'artisan du sursaut des Provinces-Unies et, à partir de cette date, il devint, jusqu'à sa mort, l'ennemi irréductible de Louis XIV.

Surtout, l'agression du roi de France contre la Hollande provoqua une forte émotion en Europe : des estampes de Peter de Hoogh circulèrent, illustrant les violences des soldats français. Le tout provoqua l'union des principales puissances européennes. Le 30 août 1673, une vaste coalition antifrançaise regroupait Guillaume d'Orange, l'Espagne, le duc de Lorraine et l'empereur. La coalition fut encore renforcée l'année suivante. La guerre éclair devenait une guerre d'usure. Le conflit demeura indécis pendant de longues années, malgré quelques succès notables de la France, comme la conquête de la Franche-Comté par Condé en 1674, ou la campagne d'hiver entreprise par Turenne en Alsace en 1675 : il battit l'armée de l'électeur du Brandebourg à Turkheim, le 5 janvier.

❑ ***1678. La victoire trompeuse de Nimègue.*** En 1678, après plus de deux années de longs et tortueux pourparlers, furent signés les traités de Nimègue entre les représentants du roi et ceux des États-Généraux des Provinces-Unies (13 août), de l'Espagne (17 septembre), et de l'empereur (5 février 1679). Il s'agissait de la dernière grande et officielle victoire de Louis XIV : les traités confirmaient la conquête française de la Franche-Comté et de quelques villes et territoires à l'est et au nord du royaume (Valenciennes, Cambrai), propres à renforcer et à régulariser la frontière, avec la barrière de protection armée que Vauban continuait patiemment de construire, de consolider, de régulariser.

Cette victoire de Nimègue était pourtant une forme de trompe-l'œil qui masquait ce qu'il convient de considérer comme un échec pour le souverain, perceptible dès l'invasion manquée de la Hollande durant l'été 1672. En effet, le souverain du plus puissant royaume de l'Europe n'était pas venu à bout d'une petite république de marchands. La guerre, devenue européenne, avait durci le système « fisco-financier », car les besoins étaient énormes, et le pouvoir royal dut multiplier les impositions nouvelles : sur le tabac, la marque de l'étain, le papier timbré, les francs-fiefs... Le mécontentement s'était renforcé, comme en témoigne la série de révoltes qui éclata dans les années 1674-1675 dans le Roussillon, en Guyenne, en Bretagne, aussi bien dans les villes (à Rennes, à Nantes) que dans les campagnes de Cornouailles et du Léon (printemps et été 1675 : révolte dite du papier timbré). Surtout, Colbert avait dû annuler la plupart de ses grands projets de « réformation », et il fut contraint de renoncer à l'essentiel de ses tarifs protecteurs de 1664 et 1667, ceux-là mêmes qui furent une des raisons majeures du conflit.

En 1694, Fénelon faisait remonter le dérèglement de la monarchie et son inflexion belliqueuse « jusqu'à cette origine de la guerre de Hollande [...] la source de toutes les autres [...] et de tous les maux que la France souffre ». Les historiens ont ratifié ce jugement : l'année 1672 fut bien celle de la « grande inflexion du règne » (Pierre Goubert) ; une historienne anglo-saxonne parle même de la guerre contre la Hollande comme « la plus grosse erreur de la carrière politique du souverain » (Ragnhild Hatton).

Vauban et la « ceinture de fer »

❑ ***« Donner forteresse au royaume. »*** La ceinture de fer de Vauban, appelée aussi le « pré carré », fut mise en place après les traités de Nimègue (1678-1679), sur l'ordre du roi et de Louvois, ministre responsable des Affaires de la guerre, pour protéger la frontière du Nord (Flandres, Hainaut). L'idée n'était pas neuve : en 1502, traitant de la conduite que devait adopter un souverain menacé d'invasion, Robert de Balsac multipliait des conseils que n'aurait pas désavoué le maréchal ingénieur. Balsac recommandait en particulier de faire réparer, doter de vivres, d'artillerie et de gens d'armes les principales places fortes de la frontière, tout en abattant les forteresses difficiles à tenir.

Les Valois, puis les Bourbons accordèrent une grande importance à cette défense armée du territoire. Contrairement à ce qui est parfois écrit, la mise en sûreté du royaume ne date pas de Vauban, le maréchal ingénieur de Louis XIV. Jusque vers 1536, ce sont avant tout les provinces méridionales et la Bourgogne qui firent l'objet d'un soin particulier. Plus tard, les frontières du Nord et du Nord-Est bénéficièrent d'efforts intenses et coûteux pour fermer les routes d'invasion et « donner forteresse au royaume ». « Il faut parfaitement fortifier [les villes] qui sont frontières », indiquait

Richelieu dans son avis au roi du 13 janvier 1629. Durant la seule première décennie du XVIIe siècle, le souverain affecta plus de 35 millions de livres aux ouvrages fortifiés. Mais cette politique de longue haleine n'empêcha pas les ennemis de menacer le cœur de l'État royal en 1557, pendant la Ligue, puis en 1636.

❑ ***Un royaume mieux protégé.*** Afin de construire une frontière plus linéaire et plus cohérente, Vauban voulut avant tout rationaliser le système de défense déjà mis en place avant lui, en particulier dans le Nord, car il fallait répondre à la principale préoccupation stratégique du roi : protéger Paris. Par un jeu savant d'abandon et de restitution de villes fortifiées, le traité de Nimègue permit de diminuer les enclaves coûteuses et d'assurer ainsi une plus grande régularité du tracé de la frontière. A maintes reprises dans des lettres, des rapports, des mémoires adressés à Louvois ou au roi, Vauban avait violemment dénoncé les méfaits de l'« emmêlement de places ». Il insistait sur la nécessité de fermer les entrées du royaume à l'ennemi, et de faciliter les entrées dans les territoires étrangers. Pour le Nord du royaume, il proposait d'installer deux lignes de places fortes se soutenant mutuellement, à l'imitation des ordres de bataille. La première, la ligne avancée, serait composée de treize grandes places et de deux forts ; elle serait renforcée par des canaux et des redoutes, à l'imitation du système mis au point par les Province-Unies dans la seconde moitié du XVIe siècle. La seconde ligne, en retrait, comprendrait aussi treize places. Louis XIV souhaita aussitôt que la même politique défensive fût appliquée de la Meuse au Rhin.

Si le Nord et l'Est furent l'objet d'un soin défensif particulier, l'ensemble des frontières du royaume bénéficia de la diligence de l'ingénieur bâtisseur : partout, imitant la technique mise au point en Hollande et en Zélande, Vauban conçut le réseau défensif à partir du modelé du terrain et des lignes d'obstacles naturels (fleuves, montagnes, morphologie du littoral), adaptant au site chaque construction ancienne ou nouvelle. Il accorda une particulière attention au cours des rivières, à leurs débits, à leur crues, et il transforma les contraintes imposées par la nature en avantages défensifs, dressant des forteresses sur des arêtes rocheuses, ou les bâtissant sur un plateau dégagé pour barrer un couloir en zone montagneuse. Une de ses réussites les plus spectaculaires fut celle de Briançon : les chemins étagés sur les flancs de la montagne furent transformés en autant d'enceintes fortifiées et imprenables.

❑ ***Deux France.*** L'œuvre de Vauban contribua aussi à opposer de plus en plus nettement deux France. La France des frontières et du littoral apparaissait hérissée de villes anciennes aux murailles repensées, ou de cités-places fortes nouvelles construites de manière géométrique autour d'une place d'armes centrale (Neuf-Brisach, Longwy, Sarrelouis, Huningue, Mont-Dauphin, Montlouis, Fort-Louis, Montroyal), abritant des régiments de plus en plus souvent encasernés.

Le renforcement de la frontière française

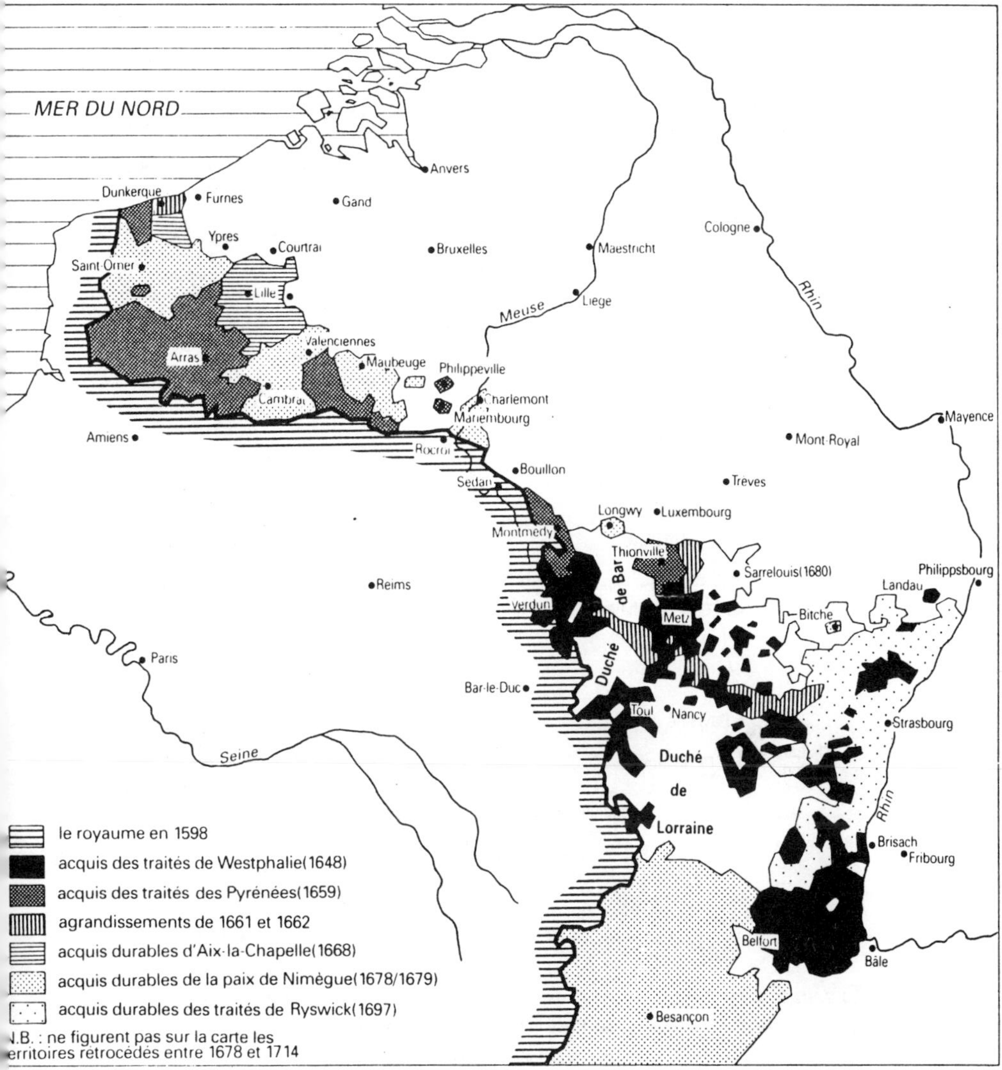

F. Bluche (éd.), *Dictionnaire du Grand Siècle*, Fayard, 1990.

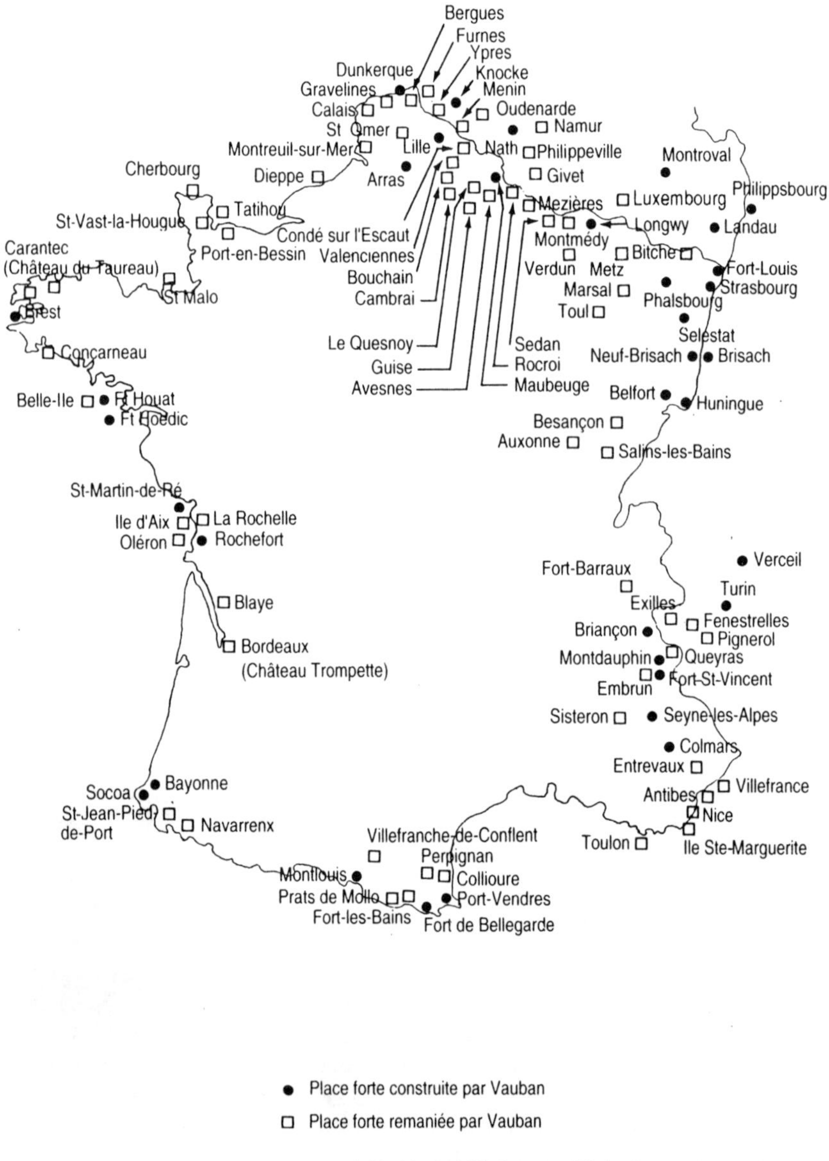

J. Truchet (éd.), *Le XVIIe Siècle*, Berger-Levrault, 1992.

Au contraire, la France de l'intérieur tendait de plus en plus à devenir un espace civil où les remparts des villes, dont beaucoup furent démantelés au temps de Richelieu – en particulier les cités fortes protestantes au lendemain de la paix d'Alès –, étaient peu à peu transformés en promenades, à l'image de Paris dès les années 1670. En 1689, dans un mémoire intitulé *De l'importance dont Paris est à la France, et du soin qu'on doit prendre de sa conservation*, Vauban exprima de grands regrets sur le choix royal de transformer Paris en ville ouverte : le maréchal-ingénieur craignait en particulier qu'un jour l'ennemi ne parvienne à ruiner la capitale par « l'usage des bombes ». Mais Louis XIV se souvenait aussi de la Fronde, et du long passé de résistance de la ville à l'ordre royal...

Dans le même temps, autre indice du processus de pacification civile, les arquebuses, les pistolets et les épées des « gens de bien », hier encore miliciens de cités armées, devenus inutiles, étaient transformés en objets décoratifs, accrochés aux murs des résidences des villes et des champs.

1679-1713 : la politique des réunions et les deux dernières guerres de Louis XIV

❑ ***Les « réunions ».*** Après Nimègue, de 1679 à 1684, pour parfaire la frontière et la « ceinture de fer » de villes fortifiées mise en place par Vauban, la France entreprit au détriment de l'Empire et des Pays-Bas espagnols la politique dite des « réunions ».

Le roi mit en place des « Chambres de réunion » à Tournai pour les Pays-Bas, à Metz pour la Lorraine, à Brisach pour l'Alsace, à Besançon et, dans une moindre mesure, à Dôle pour la Franche-Comté. Ces chambres de réunion, constituées de juges et de juristes choisis pour leur fidélité à la cause royale, étaient chargées de rendre légitime des prises de territoires et de villes dans la zone frontière du Nord et de l'Est du royaume, une véritable poudrière géopolitique et institutionnelle en raison des obscurités de certaines clauses des traités de Westphalie (1648), d'Aix-la-Chapelle (1668), de Nimègue (1678-1679).

Ainsi, le texte du traité de Nimègue, travaillé avec une grande habileté juridique par Colbert de Croissy, indiquait-il que les villes cédées au roi l'étaient « avec leurs bailliages, chastellenies, gouvernances, prévôtés, territoires, domaines, seigneuries, appartenances, dépendances, et annexes, de quelques noms qu'elles puissent être appelées, avec tous les hommes, vassaux, sujets, villes, bourgs, villages, hameaux, forêts, rivières, plat pays et autres choses quelconques qui en dépendent ». Il s'agissait là, comme on le voit, d'une ample et obscure matière, propre à nourrir avec abondance le travail de chicane des officiers et des juristes pour justifier les prétentions royales et les annexions qui « légitimement » suivirent dans le cas où un vassal reconnu du roi de France refusait de venir prêter « foi, hommage, service et serment de fidélité » à son suzerain « naturel ». Cette annexion était décidée après de multiples chevauchées et reconnaissances menées sur le terrain dans les seigneuries, les villages et les bourgs, afin de rechercher tout ce qui pouvait fonder, par l'exhumation de vieilles chartes, mais aussi par une enquête orale auprès des habitants, les prétentions françaises. En septembre 1681, Louis XIV annexait Strasbourg.

Les années 1685-1690 furent marquées par la conjugaison des effets de la politique des Réunions, qui inquiéta fortement les puissances européennes, de la révocation de l'Édit de Nantes, du début de la guerre de la Ligue d'Augsbourg, des critiques adressées au roi, de plus en plus nombreuses et violentes.

❑ ***La guerre de la Ligue d'Augsbourg (1688-1697).*** Cette nouvelle guerre fut marquée par la lutte de la France contre une coalition européenne. La Ligue d'Augsbourg était, en effet, une alliance conclue le 9 juillet 1686 entre la maison d'Autriche, la Suède, la Saxe, la Bavière, les cercles impériaux de Souabe et de Franconie, la Hollande, afin d'arrêter la politique jugée agressive de Louis XIV : il s'agissait de ramener la France aux frontières des traités de Westphalie et des Pyrénées. Cette Ligue devint plus offensive encore quand l'Angleterre se joignit aux coalisés. En 1688, en effet, dans un climat de ferveur patriotique, religieuse et antifrançaise, tant en Angleterre que dans les Provinces-Unies, la « Glorieuse Révolution » marqua la victoire du parti orangiste. Elle installa sur le trône d'Angleterre Guillaume, devenu Guillaume III, le stathouder des Provinces-Unies, l'ennemi juré de Louis XIV depuis l'agression française de 1672. Désormais, Londres prenait la tête de la coalition antifrançaise.

Malgré la dévastation du Palatinat (1688-1689), nous y reviendrons, et quelques succès aux Pays-Bas et sur mer, Louis XIV ne put disloquer la Ligue d'Augsbourg. Surtout, le conflit se révéla épuisant, en hommes comme en ressources, car ses dimensions étaient mondiales : il s'agissait à la fois d'une guerre commerciale, d'une guerre coloniale, d'une guerre terrestre, d'une guerre navale. Jean Bart, Tourville, Forbin s'y illustrèrent en remportant des succès notables contre les navires anglais. Le roi fut finalement contraint de signer les traités de Ryswick en 1697, des traités moins catastrophiques toutefois qu'on ne l'a parfois écrit.

– Face à la menace française, les Hollandais obtenaient le droit d'occuper les places des Pays-Bas espagnols sur la frontière française (places dites de la Barrière, situées de 120 à 200 km en avant de la frontière des Provinces-Unies) : Ath, Charleroi, Courtrai, Mons.

– Le conflit se soldait par une neutralisation réciproque de la France et de l'Angleterre : Louis XIV reconnaissait Guillaume III comme roi d'Angleterre et il s'engageait à ne plus soutenir Jacques II Stuart, le roi déchu par la « Glorieuse Révolution », qu'il avait accueilli au château de Saint-Germain.

– La France rendait Luxembourg à l'Espagne, la Lorraine, Fribourg et Kehl à leurs princes. Mais elle gardait Sarrelouis et Strasbourg, avec ses dépendances jusqu'au Rhin.

– La France se faisait reconnaître la partie occidentale de Saint-Domingue (Haïti). Cette prise de possession fut capitale pour le développement du commerce colonial, en particulier pour la fortune de Bordeaux, car Saint-Domingue assura bientôt la première production sucrière du monde.

❑ ***La guerre de Succession d'Espagne (1701-1713).*** Cette dernière guerre du règne éclata après la mort du roi d'Espagne, Charles II, le dernier des Habsbourg d'Espagne. Avant de mourir, le souverain espagnol, demeuré sans héritier, avait désigné dans son testament du 2 octobre 1700 comme son successeur le deuxième petit-fils de Louis XIV, Philippe d'Anjou, devenu Philippe V. Cet extraordinaire renversement de l'équilibre européen au profit de la France provoqua immédiatement l'opposition des principales puissances européennes, en particulier de l'Angleterre et des Provinces-Unies, inquiètes de voir en même temps ouvert à la France l'immense empire colonial espagnol. Aussi, à l'instigation de Guillaume III, fut formée la Grande Alliance de La Haye, le 7 septembre 1701 : il s'agissait d'une vaste coalition qui regroupait l'Angleterre, l'Empire, la Hollande et la plupart des princes allemands.

Après quelques succès initiaux entre 1701 et 1704, les Franco-Espagnols connurent une série de défaites provoquées par les armées alliées dirigées par Marlborough et par le prince Eugène, tous deux fins stratèges et excellents chefs de guerre. A propos de la défaite de Blenheim, le 13 août 1704, Voltaire écrit qu'il y eut « environ douze mille morts, quatorze mille prisonniers. Tout le canon, un nombre prodigieux d'étendards et de drapeaux, les tentes, les équipages, le général de l'armée et douze cents officiers de marque au pouvoir du vainqueur, signalèrent cette journée. Les fuyards se dispersèrent ; près de cent lieues du pays furent perdus en moins d'un mois [...]. Personne n'osait apprendre au roi une vérité si cruelle. Il fallut que madame de Maintenon se chargeât de lui dire qu'il n'était plus invincible. » (*Le Siècle de Louis XIV*)

Les années 1709-1711 furent particulièrement dramatiques pour la France, mettant à l'épreuve le système de protection des frontières conçu par Vauban. Ainsi, en 1709, l'année du « grand hiver » et de la bataille de Malplaquet, la ville de Tournai en juillet, puis la citadelle, tombèrent-elles devant les soldats alliés dirigés par le prince Eugène et le duc de Marlborough. « Les troupes, découragées, mal ou point payées, désertaient en foule », écrit Torcy, le ministre et secrétaire d'État des Affaires étrangères ; profitant de cette désorganisation et des difficultés de l'armée française, les coalisés voulaient « percer la France », suivant un mot de Saint-Simon.

L'année suivante, celle de « la triste et honteuse négociation qui se traitait à Gertruydemberg » (Saint-Simon), fut marquée par la chute de Douai le 25 juin. Béthune tomba le 28 août, Aire-sur-la-Lys le 8 novembre 1710. Alors que les armées entraient en quartier de fourrage et en quartier d'hiver, la campagne de Marlborough en Flandre se soldait par une série de victoires éclatantes des forces coalisées contre la France. Si, en 1711, Villars réussit à empêcher Marlborough de franchir de nouvelles lignes, grâce à des retranchements appuyés sur les rivières de la Canche, de la Scarpe, de la Sambre, il ne put défendre Bouchain, un passage important, qui capitula le 13 septembre. En mars 1712, Arras fut bombardée, et, le 4 juillet, Le Quesnoy tomba aux mains du prince Eugène. Désormais, entre les troupes alliées et la vallée de l'Oise, qui ouvre la route de Paris, il ne subsistait que Landrecies, assiégée. Resurgissait alors la grande peur qu'un désastre comparable à celui de l'été 1636 puisse se renouveler : cette année-là, en effet, les éclaireurs espagnols parvinrent jusqu'à Pontoise après la chute de Corbie. « Le roi trouvait fort mauvais, écrit Saint-Simon, que Villars laissât assiéger et prendre les places de la dernière frontière sans donner bataille pour l'empêcher. »

Le 24 juillet 1712, Villars remporta une victoire inespérée en battant les troupes du prince Eugène à Denain : une charge à la baïonnette impressionna les soldats, qui s'enfuirent en panique et en désordre. « Ce fut à Fontainebleau, rapporte Saint-Simon, un débordement de joie, dont le Roi fut si flatté qu'il en remercia les courtisans pour la première fois de sa vie. Le prince Eugène, manquant de pain et de toutes choses, leva aussitôt le siège de Landrecies, et une désertion effroyable se mit dans ses troupes. » La victoire de Denain permit de reconquérir une partie des villes fortifiées (Douai, Le Quesnoy, Bouchain), de reconsolider à la hâte la frontière de fer. Cette victoire permit aussi aux diplomates de Louis XIV de mieux résister aux exigences des alliés lors des discussions de paix à Utrecht.

La guerre s'acheva par une série de traités signés à Utrecht (11 avril 1713), Rastatt – ou Rastadt – (7 mars 1714), Baden (7 septembre 1714), Anvers (15 novembre 1715).

❑ ***Les clauses des traités.*** Philippe V était reconnu roi d'Espagne, moyennant sa renonciation à la couronne de France. La reine Anne, qui avait succédé à Guillaume III, n'ayant pas d'héritier, sa succession était transmise officiellement à la famille de Hanovre. Le Hohenzollern, qui s'était fait conférer par l'empereur le titre royal en 1701, était reconnu par les puissances comme roi en Prusse. Le duc de Savoie devenait roi en obtenant la Sicile.

– La France voyait ses frontières reculer en deçà de celles de Ryswick : elle perdait Ypres, Furnes, Menin et, surtout, Tournai ; une rectification de frontière sur les Alpes se faisait par échange entre Château-Dauphin et Exilles, situés outre-mont, et Barcelonnette, située en deçà. La principauté d'Orange était réunie au royaume : la linéarité des frontières s'en trouvait ainsi renforcée. Par ailleurs, si la France conservait l'Alsace et Strasbourg (occupée depuis 1681), elle rendait ce qu'elle possédait au-delà du Rhin : Fribourg, Brisach.

– La monarchie espagnole essuyait de grosses pertes : l'empereur recevait les Pays-Bas, le Milanais, les présides de Toscane et Naples.

– L'Angleterre gardait Gibraltar et Minorque, deux bases d'action idéales en Méditerranée. Outre-mer, l'Angleterre recevait Terre-Neuve, l'Acadie et les territoires de la baie d'Hudson. L'Espagne lui cédait l'« asiento », monopole de la traite des Noirs, et le droit d'envoyer chaque année un navire de commerce à Puerto Belo, situé dans l'isthme de Panama (« vaisseau de permission »).

– A partir de Rastadt, le français devint la langue de la diplomatie. Bénéficiant du prestige culturel acquis durant le « Siècle de Louis XIV », la langue française s'était imposée aux élites cultivées de toute l'Europe, et elle fut désormais la langue de référence dans la rédaction des traités de paix.

La guerre dans la « crise de conscience européenne »

❑ ***Les difficultés financières de la fin du règne.*** Par sa durée, par l'énormité de son coût, la guerre avait multiplié les difficultés économiques et financières : de 1701 à 1708, Chamillart était à la fois ministre de la Guerre et Contrôleur général des Finances. Cette double fonction révèle tout à la fois l'urgence des problèmes et l'identification des finances avec les dépenses provoquées par la guerre et la diplomatie : il fallait beaucoup d'argent pour obtenir le soutien militaire d'un allié, ou tout simplement bénéficier de la neutralité d'une puissance étrangère.

La guerre imposa d'abord la création d'impôts nouveaux : la capitation en 1695, le dixième de 1710. Contrairement aux idées développées par Boisguilbert ou par Vauban dans sa Dîme royale en 1707 (ce dernier avait proposé, dès 1694, un impôt unique, proportionnel à la richesse de chaque contribuable), ces deux impositions s'ajoutaient aux autres. Nouveauté remarquable, révolutionnaire même, elles pesaient en théorie sur chacun, tous ordres confondus : ainsi la capitation était-elle prélevée à partir d'une division de la société en vingt-deux classes, depuis « M. le Dauphin » (deux mille livres) jusqu'aux « gens du commun des campagnes » (une livre). Quant à l'impôt du dixième, les contribuables devaient faire la déclaration de la valeur de leurs biens, puis du montant de leurs revenus, dont ils devaient payer le dixième. Le clergé lui-même, du moins en théorie, était touché. Car, dans la réalité, les privilégiés parvinrent, par rachat ou par abonnement, à échapper à cette nouvelle fiscalité, dont le poids retomba, une fois encore, sur les plus démunis, affectés, au même moment, par de dramatiques crises de subsistance, comme en 1693-1694, et en 1709-1710, crises qui ont provoqué, par la disette ou par l'épidémie, la mort de centaines de milliers de personnes (voir le chapitre 5 de *L'Affirmation de l'État absolu*, collection « Carré Histoire »).

Les contrôleurs généraux des Finances de la fin du règne (Pontchartrain, de 1689 à 1699, Chamillart, de 1699 à 1708, Desmarets, le neveu de Colbert, de 1708 à 1715) multiplièrent les expédients, comme la fonte des meubles (1689) puis la fonte de la vaisselle d'argent (1693) de Versailles, dessinés par Charles Le Brun. Les créations d'offices furent aussi considérablement augmentées : en 1692, par exemple, les charges municipales furent vendues à des notables qui les possédaient déjà. Chamillart accorda des anoblissements moyennant finances, ce qui multipliait le nombre des exemptés dans les pays de taille personnelle. Les aides furent accrues dans d'énormes proportions : la taxe atteignait souvent plus de la moitié de la valeur de la marchandise. Des droits nouveaux furent inventés : droits sur les jeux de cartes (1701), sur la vente de la glace (1701), sur la vente du plâtre (1704), droits sur les perruques (1706), sur les huiles (1708), sur la vente des huîtres (1709).

Parallèlement, les mutations monétaires étaient multipliées : l'État royal décidait, par exemple, de retirer de la circulation la monnaie courante pour lui accorder une valeur plus grande ; en même temps on refondait la monnaie en marquant une nouvelle valeur sur la pièce (surfrappe) pendant que le Trésor conservait une part du métal précieux rogné sur l'ancienne monnaie. De telles opérations eurent lieu en 1700, en 1701, en 1704, en 1709... Au total, de 1686 à 1709, il y eut près de quarante changements de valeur légale du louis d'or et de l'écu. Ces changements se soldèrent en définitive par la perte d'un tiers de la valeur métal de la livre tournois.

Valeur du louis d'or (monnaie réelle) par rapport à la livre (monnaie de compte) de Colbert à Desmarets

Au temps de Colbert, le louis d'or valait	11 livres.
1686 :	11 livres 10 sols
1689 :	12 livres 10 sols
1693 :	14 livres
1704 :	15 livres
1709 :	20 livres

L'État royal eut aussi recours à de multiples emprunts auprès des financiers et des banquiers, et la guerre enrichit nombre de munitionnaires et de fournisseurs de ravitaillement.

Samuel Bernard fut le plus célèbre des banquiers-financiers au moment des guerres de la Ligue d'Augsbourg, et surtout de la guerre de Succession d'Espagne. Samuel Bernard était huguenot ; son réseau de correspondants s'étendait dans toute l'Europe, à Genève en particulier, une ville de finance qui joua un rôle de plaque tournante pour faire barrage au blocus mis en place par les alliés contre la France. A partir de 1704, au moyen d'un complexe système de lettres de change couvrant la plupart des places financières, en particulier protestantes, de l'Europe, Samuel Bernard était parvenu à avoir la haute main sur la presque totalité des opérations de remises de guerre à l'étranger (paiement des troupes, des fournitures, etc.). Les sommes en jeu étaient considérables : quatre à cinq millions de livres par mois. En 1709, le banquier-financier dut faire face à un double échec : celui d'un projet de banque d'État, celui de l'ébranlement de son crédit.

A cette date, 1709, Desmarets venait de mettre au point une émission de billets, endossables au profit du Trésor, par une caisse de régie. On appela cette caisse la « caisse Legendre ». Elle était issue d'un syndicat de douze receveurs généraux des tailles et elle fut la régulatrice des opérations financières lors des dernières campagnes militaires de la guerre de Succession d'Espagne.

Bien d'autres procédés furent utilisés par le Contrôle général pour obtenir de l'argent frais : un système de loterie royale, par exemple, fut institué. Ainsi en 1700, huit bureaux de ventes, à Versailles et à Paris, proposaient au public 400 000 billets au prix de 2 louis d'or l'un, avec la possibilité de gagner l'un des quatre cent soixante-quinze lots constitués par des titres de rente viagère s'échelonnant de 300 livres à 20 000 livres.

Reflet assez fidèle des désordres politico-financiers de la fin du règne, à Paris, les plus grands succès théâtraux étaient des pièces qui mettaient en scène les affaires de corruption liées à l'argent, aux finances et aux financiers s'enrichissant aux dépens de la société. La scène de théâtre voyait le triomphe de fourbes, de menteurs, de voleurs occupés à se piller les uns les autres : Regnard, *Le Légataire universel* (1708), Baron, *L'Homme à bonne fortune* (1686), Dancourt, *Le Chevalier à la mode* (1687), *La Loterie* (1697). Le plus grand succès fut *Turcaret ou le Financier* de Lesage, présenté en 1709, l'année du « grand hyver ». Il s'agissait d'une violente satire des traitants (ces derniers tentèrent, en vain, d'interdire la pièce, en proposant de fortes sommes d'argent à l'auteur) : « Nous plumons une coquette ; la coquette mange un homme d'affaires ; l'homme d'affaires en pille d'autres ; cela fait un ricochet de fourberies le plus plaisant du monde » (Dernière réplique de l'acte 1er).

❑ ***La société et la guerre.*** Les populations ne pouvaient rester indifférentes face à ce « Système de la Guerre » (l'expression est de l'abbé de Saint-Pierre), dont elles étaient les premières à subir directement, ou indirectement, les sinistres effets, aggravés encore par les dramatiques crises de subsistances de 1693-1694 et de 1709-1710.

Les marches militaires, fouleuses de blés en herbe, étaient cruellement ressenties en mars-avril, au début de chaque campagne, et en septembre, quand les récoltes venaient d'être engrangées pour l'hiver. Sans doute, dans la seconde moitié du siècle, les paysans et les citadins furent-ils moins directement touchés par les combats, essentiellement parce que les espaces réservés aux exercices guerriers étaient de mieux en mieux contrôlés par les grands États territoriaux ; la discipline des troupes, malgré des désertions toujours nombreuses, s'était peu à peu imposée ; le casernement favorisait, nous l'avons noté, la distinction de plus en plus marquée entre le civil et le militaire. Mais la pression fiscale, toujours renaissante, à l'exemple de la capitation et du dixième, rappelait à chacun, fût-il privilégié et traditionnellement exempt de l'impôt, le poids de la guerre. Et la milice, instituée par Louvois en 1688 (chaque paroisse devait fournir un nombre déterminé de soldats), supprimée puis de nouveau rétablie au début de la guerre de Succession d'Espagne, ne fut pas accompagnée d'un élan patriotique particulier, si l'on excepte une courte période qui suivit le pathétique appel du roi lu dans toutes les paroisses au mois de juin 1709 : il annonçait alors son refus d'accepter les humiliantes exigences des alliés et la continuation de la guerre.

> Quoique ma tendresse pour mes peuples ne soit pas moins vive que celle que j'ai pour mes propres enfants, quoique je partage tous les maux que la guerre fait souffrir à des sujets aussi fidèles, et que j'aie fait voir à toute l'Europe que je désirois sincèrement de les faire jouir de la paix, je suis persuadé qu'ils s'opposeroient eux-mêmes à la recevoir à des conditions également contraires à la justice et à l'honneur du nom français.

Valentin Jamerey Duval était à l'époque un jeune paysan de Bourgogne jeté sur les routes de l'errance après le remariage de sa mère. Il rappelle, dans ses *Mémoires,* qu'au seul bruit des levées, « la jeunesse épouventée alloit se cacher dans les réduits les plus écartés et parmy les plus épaisses forêts ». Il rapporte aussi avoir vu des jeunes gens se mutiler volontairement afin de ne plus être en mesure de pouvoir manier une arme ; « Quelques-uns, emmenés par force, se sont précipités dans les rivières. J'en ay vu d'autres se marier presqu'avant l'usage de la raison. » Mais ce dernier expédient ne fut pas toujours couronné de succès : « Certains vautours, à qui l'on donnoit le nom odieux de vendeurs de chair humaine », venaient enlever ces jeunes mariés « jusques dans le sein de leurs familles pour les trainer aux champs de Mars servir à émousser les épées angloises et germaniques ». A l'entendre, des « gentilshommes campagnards », aidés d'hommes de main, organisaient dans certaines provinces un véritable ratissage, tenant la plupart des villages bloqués, pour enlever les enfants et les domestiques des laboureurs afin de les conduire de force à l'armée.

❑ ***Un révélateur : le sac du Palatinat (1688-1689).*** Durant l'hiver 1688-1689, le sac et le pillage du Palatinat comme, un peu plus tôt, la révocation de l'édit de Nantes et les dragonnades qui l'accompagnèrent, ont beaucoup choqué les élites, et, derrière elles, une grande partie de la population. Ces événements, auxquels on peut ajouter la violente répression de la révolte des Camisards des Cévennes, contribuèrent à ternir l'image du vieux Louis XIV. Parmi les nombreux pamphlets qui suivirent la révocation de l'édit de Nantes, celui du pasteur Claude bénéficia d'un vif succès dans toute l'Europe (*Les Plaintes des protestants cruellement exilés du royaume de France,* Cologne, 1686) : « Parmi mille hurlements et mille blasphèmes, ils pendaient les gens, hommes et femmes, par les cheveux, ou par les pieds, aux planchers des chambres, ou aux crochets des cheminées [...]. »

De tous ces événements, le sac du Palatinat, dans l'hiver 1688-1689, eut le plus fort retentissement en Europe. Ce fut une destruction méthodique, qui répondait strictement à la politique de la terre brûlée : populations déplacées, démolitions systématiques et rationnelles des forteresses, incendies des villes et des villages, pillages des réserves alimentaires et des récoltes. Voltaire a longuement rappelé l'événement, analysé il est vrai dans la perspective des Lumières, mais en cela il tient lieu de révélateur d'une inflexion des sensibilités par rapport à l'absolutisme. Car il n'est pas indifférent de noter la place que le philosophe-historien assigne à la responsabilité directe de Louis XIV dans l'opération de saccage menée par les soldats sur son commandement. Signé par Louvois, l'ordre reçu par l'armée, écrit Voltaire, était un ordre du roi de « tout réduire en cendres ». Les généraux français, contraints d'obéir, firent donc signifier, en plein cœur de l'hiver, « aux citoyens de toutes ces villes si florissantes et si bien réparées, aux habitants des villages, aux maîtres de plus de cinquante châteaux, qu'il fallait quitter leurs demeures, et qu'on allait les détruire par le fer et par les flammes. Hommes, femmes, vieillards, enfants, sortirent en hâte. Une partie fut errante dans les campagnes, une autre se réfugia dans les pays voisins, pendant que le soldat qui passe toujours les ordres de rigueur, et qui n'exécute jamais ceux de clémence, brûlait et saccageait leur patrie ».

Mannheim fut d'abord brûlée, puis Heidelberg, séjour des Électeurs. Leurs palais furent détruits, les tombeaux ouverts « par la rapacité du soldat qui croyait y trouver des trésors », et les cendres furent dispersées. Voltaire dit l'effet désastreux de l'événement sur l'opinion publique – « L'Europe en eut horreur » –, tout en insistant sur les réticences et la honte des officiers qui exécutèrent les ordres. Quant à la responsabilité, elle ne semble faire aucun doute : si Louvois a conseillé, le roi seul a ordonné. Le ministre « avait en effet donné ces conseils », mais Louis XIV aurait pu, jusqu'au dernier moment, décider de ne pas les suivre. « Si le roi avait été témoin de ce spectacle, il aurait lui-même éteint les flammes. Il signa, du fond de son palais de Versailles et au milieu des plaisirs, la destruction de tout un pays, parce qu'il ne voyait dans cet ordre que son pouvoir et le malheureux droit de la guerre ; mais de plus près, il n'en eût vu que l'horreur » *(Le Siècle de Louis XIV).*

En 1690, Ezéchiel Spanheim, l'ambassadeur du Brandebourg, évoquait « les exécutions violentes et plus que barbares que le Conseil du roi n'a point fait scrupule de pratiquer par incendies, saccagements et démolition totale de villes, de forteresses, de châteaux, de bourgs et de villages situés sur le Neckre, le haut Rhin, le Main et la Moselle, et qu'il continue encore tous les jours ». L'événement fut suivi d'une vague de pamphlets dans toute l'Europe. Tous dénonçaient, par le texte et par l'image, les armées prédatrices de Louis XIV présentées comme plus sanguinaires que celles des Tartares ; quant au roi, il était assimilé à un tyran, à Nabuchodonosor, ou, pire encore, à un monstre de l'Apocalypse.

❑ ***Désacralisation de la guerre, sacralisation de la paix.*** En 1713, le jeune François Marie Arouet, qui va bientôt se surnommer Voltaire, osa publier une *Ode sur les malheurs du temps*, saluée avec enthousiasme par Leibniz, auteur lui-même d'un violent pamphlet contre Louis XIV, *Mars Christianissimus* (1684). Cette même année 1713, l'abbé de Saint-Pierre témoignait d'une aspiration à la paix dans une utopie écrite au moment des négociations qui conduisaient à la paix d'Utrecht : *Projet pour rendre la paix universelle.* Selon lui, seule l'union des vingt-quatre principales puissances européennes, qui accepteraient le principe d'un arbitrage souverain, pouvait apporter la garantie d'une « paix perpétuelle ». Cette œuvre était bien plus qu'un symptôme : elle se faisait l'écho d'un sentiment largement partagé, selon l'auteur, sur « les grands maux que cause la guerre, les prodigieuses dépenses, les chagrins fâcheux des mauvais succès présens, les cruelles inquiétudes sur les événemens futurs, la diminution des revenus, la désolation des frontières, la perte de quantité de bons sujets, le cri perçant et perpétuel des peuples qui demandent la fin de leurs malheurs ». A la fin du règne de Louis XIV, dans le cadre d'une « crise de conscience européenne » (Paul Hazard), déstabilisatrice des croyances, s'imposaient pour le plus grand nombre les valeurs de la paix, du droit des gens, d'un bonheur bien terrestre dans l'harmonie sociale et la réussite matérielle.

Le 26 août 1709, l'année du « grand hyver », dans un long mémoire remis au roi, Nicolas Desmarets, le Contrôleur général qui tenta de restaurer un certain équilibre financier, dénonçait « la mauvaise disposition des esprits de tous les peuples », las de la guerre, prêts à la révolte : en Normandie déjà, des mouvements séditieux avaient éclaté, alors que dans d'autres provinces, la troupe parvenait à peine à contenir un mécontentement grandissant. Reprenant une série de critiques et d'arguments déjà énoncés par Pierre de Boisguilbert ou Vauban, le ministre évoquait l'interruption de la circulation de l'argent, les mauvaises rentrées de l'impôt, la faillite du système fisco-financier, la cherté des blés, le défaut de consommation des produits alimentaires et manufacturés, ensemble de maux dus à la conjonction d'une mauvaise récolte, d'une disette et de l'excès de la fiscalité ordinaire et extraordinaire sous forme d'offices, d'aliénation des domaines, de constitutions de rentes, de taxes multiples qui produisaient, selon lui, la cessation du travail, paralysant ainsi toute l'économie. « A tous ces maux, concluait-il, il n'est pas possible de trouver des remèdes que par une prompte paix. » « Notre mal, écrivait de son côté Fénelon le 4 août 1710 au duc de Chevreuse, vient de ce que cette guerre n'a été jusqu'ici que l'affaire du roi, qui est ruiné et discrédité. Il faudrait en faire l'affaire véritable de tout le corps de la nation. »

Pourtant, ne nous y trompons pas : la fin du règne de Louis XIV n'est pas la veille de la Révolution. Le « corps de la nation » qu'évoquait Fénelon dans sa lettre du 4 août 1710 ne concernait encore que très peu d'hommes, et il est bien trop tôt pour parler d'une véritable opinion publique en France. Sans doute Fénelon a-t-il envisagé la convocation des États généraux, mais il la redoutait, car elle provoquerait « un dangereux excès de liberté » : « Le pas à faire est très glissant dans la conjoncture présente, j'y craindrais la confusion. » Et, pour lui, le « corps de la nation » s'identifiait aux « principaux évêques et seigneurs », aux « plus célèbres magistrats », aux « plus puissants et plus expérimentés marchands », aux « plus riches financiers mêmes ». Il proposait cependant, ce qui se révélait d'une certaine audace après plusieurs décennies d'absolutisme, de « les rendre responsables du gouvernement » par les « lumières » que le roi pourrait retirer de leurs « conseils ». Ce thème sera souvent repris et développé, on le verra, au temps de Louis XV et de Louis XVI.

Il est peu contestable que le débat provoqué par la guerre à la fin du règne de Louis XIV a joué un rôle d'anticipation dont il convient de tenir compte dans l'histoire de l'espace public, qui bientôt fera concurrence à celui occupé, et d'une certaine façon monopolisé, par l'État royal. L'économie politique naissante – Vauban, Boisguilbert, bientôt Cantillon et beaucoup d'autres... – insistait alors sur le rôle moteur des agents individuels, le jeu de l'intérêt privé, la force des activités de production et d'échanges considérés tout à la fois comme le moyen d'échapper à la violence des groupes, à la lutte armée entre les États et la principale source du bien-être d'un royaume. Au même moment, les élites fénelonniennes désacralisaient la guerre et les valeurs qui lui étaient traditionnellement attachées.

La politique pacifique, apaisante, anglophile du Régent et de l'abbé – bientôt cardinal – Dubois, au lendemain de la mort de celui qui laissa alors à Dieu seul le privilège d'être Grand, fut une première réponse, concrète, à une attente largement partagée.

DOCUMENT

■ Critiques imprimées contre Louis XIV : une chronologie

1665	*Histoire amoureuse des Gaules*
1667	*Bouclier d'État*
v. 1667	*Chimaera gallicana*
1673	*Die französische Türkey*
1673	*Das französische Cabinet*
1674	*Machiavellus gallicus*
1674	*Risées de Pasquin*
1678	*Christianissimus christiandus*
1678	*The French King Conquered*
1680	*The French Politician*
1681	*French Intrigues*
1684	*Mars christianissimus*
1684	*Breviarium Mazarini*
1684	*Conduct of France*
1684	*Triomphe de la vérité*
1685	*Les Conquêtes amoureuses du Grand Alcandre*
1686	*Le Dragon missionnaire*
1687	*Mars Orientalis et Occidentalis*
1688	*La France galante*
1688	*L'Esprit de la France*
1688	*Remarques sur le gouvernement du royaume*
1689	*Intrigues*
1689	*Bombardiren*
1689	*Soupirs de la France esclave*
1689	*Laus Ludovici delusa*
1689	*Montespan im Schlaf*
1690	*Eigenlob stinckt gern*
1690	*Der Französische Attila*
1690	*The Most Christian Turk*
1690	*Concursus*
1690	*Nero Gallicanus*
1690	*The Present French King*
1690	*Beschreibung... Ehren Saule*
1690	*Solstitium gallicum*
1691	*Ludwig des französishe Greuel*
1692	*The French King Lamentations*
1692	*Monarchie universelle*
1692	*L'Ombre de Louvois*
1693	*French Conquest*
1693	*Royal Cuckold*
1694	*On the Taking of Huy*
1694	*Giant Galieno*
1694	*La Politique nouvelle de la Cour de France*
1694	*Scarron apparu*
1695	*Alcoran de Louis XIV*
1695	*Amours de Mme de Maintenon*
1695	*Tombeau des amours de Louis le Grand*
1695	*On the Taking of Namur*
1696	*Grand Alcandre frustré*
1696	*Nouvelles amours*
1697	*Parallèle*
1697	*Chrestien non français*
1699	*Télémaque*
1700	*Le Partage du lion*
1702	*The French Tyrant*
1702	*Französische Ratio Status*
1705	*Catechismus van de Konig van Frankrijk*
1706	*Allerchristiche Fragstücke*
1708	*The French King's Wedding*
1708	*Ludwig des Grossen Testament*
1708	*Proben einer königlichen Baukunst*
v. 1709	*Pillers geordeneerd voor L14*
1709	*Curses*
1709	*The French King's Dream*
1711	*Clear View*
1712	*Friendship*
1714	*Arcana gallica*

Extrait de Peter Burke, *The Fabrication of Louis XIV,*
Yale University Press, 1992

Deuxième partie

L'État royal au siècle des Lumières

4

De la Régence au « coup de Majesté » de Maupeou 1715-1774

L'histoire politique du XVIIIe siècle est dominée par une longue et profonde crise de l'absolutisme. Cette crise complexe, à multiples facettes, fut aussi une tentative d'adaptation et de compromis pour répondre aux mutations et aux métamorphoses du siècle.

Mis en question dans les premières années de la Régence (1715-1718), l'État royal, dans sa forme absolue, fut restauré, en partie du moins, par l'abbé Dubois et surtout par Hercule de Fleury. Cardinal à partir de 1726, ce dernier occupa, sans le titre, la fonction de Principal ministre. Mais pendant son ministère, et surtout après sa mort, en 1743, la monarchie subit de violentes attaques et des échecs qui la déstabilisèrent : en particulier, les problèmes nés du jansénisme cristallisaient, depuis des années, l'essentiel des mécontentements. Le jansénisme permit le développement d'une nouvelle force politique, l'opinion publique, dont le poids devint de plus en plus lourd.

Des réformes de grande ampleur furent alors entreprises, certaines pour revenir à un système autoritaire, d'autres pour adapter l'État aux évolutions économiques, sociales et intellectuelles du siècle. Mais ces évolutions contribuaient à miner peu à peu les fondements, le fonctionnement et la légitimité de la monarchie.

LIBÉRALE ET AUTORITAIRE : LA RÉGENCE (1715-1723)

La période de la Régence a souvent été critiquée. On a reproché à l'abbé Dubois, devenu cardinal en 1721, l'alliance britannique. On a dénoncé le laxisme, on a fustigé les mœurs dissolues de Philippe d'Orléans, le régent, qui rompit avec le pesant cérémonial imposé à Versailles. Paris retrouva, jusqu'en 1722, son rôle et sa fonction de centre du pouvoir. Plus globalement, on a dénigré ce « temps de l'aimable Régence / Où l'on fit tout excepté Pénitence » (Voltaire).

Des analyses récentes ont réévalué cet « après Louis XIV ». Elles ont montré que le régent a tenté, sinon réussi, une manière de consensus. Il a recherché, en effet, une participation accrue des élites dirigeantes, longtemps frustrées du

POLYSYNODIE.

pouvoir, à l'exercice de l'autorité. Il a innové, en matière politique, avec la polysynodie, en matière financière et économique avec l'audacieux système de Law. Sur le plan diplomatique, sa politique fut marquée par un pacifisme inspiré de Fénelon, pacifisme concrétisé par l'alliance avec l'Angleterre et la Hollande : une Triple Alliance fut signée le 4 janvier 1717. En matière intellectuelle, l'anglophilie fut à la mode. Et dans le domaine religieux, enfin, le régent manifesta, par sa tolérance sceptique, une rupture avec la politique ultracatholique de Louis XIV : il libéra, par exemple, quelques prêtres jansénistes emprisonnés à la suite de l'application de la bulle *Unigenitus*.

Les conséquences politiques de la mort de Louis XIV

A la mort de louis XIV, le 1er septembre 1715, l'histoire sembla se répéter une nouvelle fois, comme en 1610, comme en 1643. En effet, dans la brèche ouverte par la mort du vieux roi, s'engouffrèrent les deux principales oppositions qui avaient constitué une menace constante pour l'État royal, dans sa version absolue : la noblesse d'épée, frustrée depuis longtemps d'une participation au pouvoir, les parlements, qui transformèrent le problème janséniste en une arme politique redoutable.

C'est dans l'histoire remodelée en fonction de leurs aspirations que ces deux forces puisèrent la légitimation intellectuelle d'une revendication au contrôle de la Chose publique par la participation au Conseil du prince : tout au long du siècle, de nombreux ouvrages « historiques » réinventèrent alors le passé mythique et glorieux d'une « nation franque » qui les montrait participant, « aux temps de nos rois germains », aux affaires de l'État.

❑ ***Le testament contourné : le Parlement restauré.*** Né le 15 février 1710, l'héritier du trône, Louis XV, arrière petit-fils du « plus grand roi du monde », était trop jeune pour régner. Aussi, pour la Régence qui s'annonçait, Louis XIV avait-il désigné Philippe d'Orléans alors âgé de quarante et un ans, le fils de Monsieur, son frère, et de la princesse Palatine. Mais Louis XIV avait en même temps stipulé dans son testament, rédigé le 2 août 1714 à Marly, que le gouvernement serait confié à un conseil de Régence présidé par le duc d'Orléans. Les vieux serviteurs du roi y siégeraient, et toute décision serait prise au conseil, à la majorité des opinions.

Refusant de voir ainsi limiter ses pouvoirs, dès le lundi 2 septembre 1715, le lendemain même de la mort de Louis XIV, Philippe d'Orléans fit en sorte, avec l'accord du Parlement dont il recherchait l'appui, de conserver une grande liberté d'interprétation par rapport au testament et à ses deux codicilles. Il se retrouva donc, en apparence, maître absolu du pouvoir. Il s'agissait en fait d'un marchandage, car au cours de cette séance solennelle du 2 septembre 1715, le duc d'Orléans déclara aux parlementaires, revêtus de leur robe rouge : « À quelque titre que j'ai droit à la régence, j'ose vous assurer, Messieurs, que je la mériterai par mon zèle pour le service du Roi et par mon amour pour le bien public, et surtout étant aidé par vos conseils et vos sages remontrances ; je vous les demande par avance. »

Effectivement, l'édit du 15 septembre 1715 restituait au Parlement le droit de remontrances avant enregistrement des édits royaux, un droit que Louis XIV lui avait enlevé en 1673. Les membres du Parlement de Paris avaient été si blessés par cette décision que depuis lors ils avaient enregistré en silence tous les actes royaux. Ainsi, pratiquement muselée depuis l'échec de la Fronde, l'opposition parlementaire retrouvait-elle tous les moyens légaux de s'exprimer pleinement.

❑ ***Le droit de remontrances, instrument de pouvoir.*** A la lecture de l'article « Enregistrement » dans l'*Encyclopédie* de Diderot, l'entreprise éditoriale la plus importante des Lumières, on comprendra mieux la fonction politique que les parlementaires ont toujours assignée au droit de remontrances lié à l'enregistrement des édits : « L'enregistrement des nouvelles ordonnances n'est pas un simple cérémonial et en insérant la loi dans les registres, l'objet n'est pas seulement d'en donner connoissance aux magistrats et aux peuples, mais de lui donner le caractère de loi, qu'elle n'auroit point sans la vérification et enregistrement, lesquels se font en vertu de l'autorité que le roi lui-même a confié à son Parlement. »

Plus clairement encore, dans un mémoire manuscrit qu'il rédigea en 1747, Boizot, un secrétaire au Parlement, détaillait avec précision les matières susceptibles de faire l'objet de remontrances. Il indiquait ainsi que les remontrances du Parlement portaient ordinairement « sur les entreprises de la cour de Rome et des gens d'Église, sur l'autorité et les droits du souverain et de la couronne, sur l'enregistrement ordonné par le Roy d'édits et de déclarations qui sont préjudiciables, ou à ses intérêts, ou à ceux de ses peuples, sur les entreprises contre les privilèges de la compagnie. » Finalement, concluait Boizot, « le Parlement ayant été étably pour conserver les droits de la Couronne et rendre la justice au nom du roy à tous ses sujets, dans tous les cas où les intérêts de Sa Majesté et ceux de ses peuples peuvent être attaqués, il est obligé d'user de remonstrances, pour se mettre à l'abry des reproches qu'on pourroit lui faire, ce droit de remonstrances est même dans son institution. » (« Le premier président du Parlement de Paris dans l'exercice de ses fonctions » par C. L. Boizot, Bibliothèque nationale, ms 435, pp. 438-439).

Comme nous allons le voir, tout au long du siècle, les parlementaires appliquèrent à la lettre ce manifeste en forme de programme politique.

La polysynodie

Le même édit du 15 septembre 1715 réorganisait le système du gouvernement central. Sur le modèle de la monarchie espagnole, les ministres étaient supprimés et ils étaient remplacés par sept conseils. Cette organisation s'inspirait, dans une large mesure, des idées que Fénelon (mais aussi le duc de Chevreuse) avait exprimées dans les « Tables de Chaulnes », nom donné à un plan de gouvernement présenté par Fénelon au duc de Bourgogne, le petit-fils de Louis XIV, dont il était le précepteur.

La polysynodie correspondait surtout aux vœux des plus influents des membres de la haute aristocratie qui dirigèrent les nouveaux conseils : le duc d'Antin (Conseil des affaires du dedans du royaume), le maréchal duc de Villars (Guerre), le marquis d'Huxelles (Affaires étrangères), le comte de Toulouse (Marine), le duc de Noailles (Finances), le cardinal de Noailles (Conscience), le maréchal duc de Villeroy (Commerce). La haute noblesse faisait ainsi une entrée remarquée et bruyante dans les conseils de ce qui fut appelé la polysynodie. Le personnel politique mis en place par Louis XIV était révoqué ou cantonné dans des fonctions subalternes. Dans les provinces cependant, les changements de personnel furent rares, ce qui assura une relative continuité dans l'exercice de l'autorité.

En même temps, Philippe d'Orléans écartait de la cour les influences dévotes qui avaient été si puissantes jusque-là : Mme de Maintenon s'enferma dans la maison de Saint-Cyr qu'elle avait fondée, et le père jésuite Le Tellier, le confesseur du roi, particulièrement ardent contre les jansénistes, dut, lui aussi, se retirer.

La bulle Unigenitus *(1713) et ses conséquences*

Dès la fin du règne de Louis XIV, et malgré la destruction de Port-Royal, l'affaire religieuse et politique du jansénisme fut relancée. Elle domina une partie du siècle, au moins jusqu'aux années 1750, au point de constituer l'origine et le moteur de nombre de crises de grande ampleur, suscitant un torrent de publications : plus de 180 ont été recensées pour la seule année 1714.

Comment comprendre l'importance, pour nous quelque peu démesurée, de cette querelle de nature théologique, du moins en apparence ?

❑ ***La condamnation papale du jansénisme (1713).*** Le 8 septembre 1713, le pape fulmina la bulle *Unigenitus Dei Filius* que Louis XIV avait sollicitée. Elle condamnait cent une propositions (la plupart portaient sur le problème du libre arbitre et de la grâce) tirées du *Nouveau Testament en français avec des réflexions morales sur chaque verset*, un livre publié en 1692 à Bruxelles, par un oratorien, le père Pasquier Quesnel qui avait pris, à Port-Royal, la succession du grand Arnauld. Cet ouvrage passait pour la nouvelle œuvre de référence des jansénistes, après l'*Augustinus* de Jansenius.

Mais la décision papale provoqua aussitôt les violentes critiques d'une quinzaine d'évêques, en particulier ceux de Senez, de Montpellier, de

Mirepoix, de Boulogne et de l'archevêque de Paris. Les réactions de nombreux parlementaires furent tout aussi vives, d'autant que la mort de Louis XIV, avant l'enregistrement de la bulle, en affaiblissant le pouvoir royal, avait renforcé la position des juges. Au nom de la tradition gallicane qui était la leur, ces derniers dénonçaient une nouvelle manifestation d'une autorité jugée abusive du pape sur les affaires du royaume et contre les prérogatives du roi.

❑ ***Le richérisme.*** En même temps, beaucoup de membres du bas clergé furent hostiles aussi à la bulle, au nom du richérisme, un courant ecclésiologique qui tirait son nom de celui d'Edmond Richer (1559-1631), un théologien gallican, syndic de la Sorbonne, auteur d'un traité sur le pouvoir ecclésiastique et le pouvoir monarchique paru en 1611, le *De Ecclesiastica et Politica Potestate libellus*. Dans ce traité, il dénonçait le pouvoir des jésuites et l'« absolutisme » papal.

Cette affaire est très complexe. Retenons simplement que le richérisme s'est nourri du traité de 1611 (réactivé par Quesnel dans ses *Réflexions morales*), mais aussi d'autres œuvres du théologien du temps d'Henri IV et de Louis XIII. Richer accordait une place accrue dans le gouvernement de l'Église (dans le cadre des conciles et des synodes), aux évêques, considérés comme les successeurs des douze apôtres, et aux curés, considérés comme les successeurs des soixante-douze disciples du Christ. Beaucoup soutenaient que les curés étaient, dans leurs paroisses, comme les évêques dans leur diocèse (parochisme).

On comprendra que nombre de curés puisèrent dans le richérisme, qui revêtait la forme d'une démocratie cléricale et antihiérarchique, la revendication d'un statut et d'une reconnaissance dont ils se sentaient frustrés. Cette reconnaissance leur paraissait d'autant plus légitime que leur formation théologique, intellectuelle et morale, dans le cadre des séminaires nés de la Contre-Réforme, avait été renforcée, comme en témoignent les bibliothèques qu'ils se sont constituées dans leurs paroisses, riches en ouvrages de pastorale et en guides pour l'encadrement des laïcs. En même temps, au sein de l'Église, les contrastes étaient grands entre les positions et les revenus des membres du premier ordre : l'évêque de Cambrai, par exemple, disposait d'un revenu annuel de 200 000 livres, contre 300 livres, puis 500 et 700 livres pour un simple curé de campagne (montant de la portion congrue en 1700, 1768 puis 1786). Mais ce dernier pouvait doubler cette somme grâce au casuel, l'offrande des paroissiens.

❑ ***Le jansénisme : une fédération de mécontents.*** Ce qu'on appelle « jansénisme », au XVIIIe siècle, apparaît donc bien différent de l'élitisme théologique, moral, social qui caractérisa le mouvement au temps de Pascal et du grand Arnauld. En effet, sous couvert d'une affaire religieuse, le jansénisme regroupait désormais une série de mécontentements qui unissaient des groupes et des forces de pression venus d'horizons très divers. Dès le début de la Régence, la bulle *Unigenitus* provoqua la fusion du gallicanisme, du jansénisme et du richérisme, une « fusion véritablement organique, que la Régence n'a pas créée, mais qu'elle a favorisée et qui va donner sa coloration propre au jansénisme du XVIIIe siècle, bien inférieur par la qualité d'âme et par les talents de ses sectateurs, à celui du XVIIe siècle » (Michel Antoine).

Ce jansénisme nouvelle manière imprégna fortement les milieux ecclésiastiques et judiciaires. Et surtout, il se démocratisa : il toucha non seulement le monde nobiliaire de la haute robe, mais aussi bientôt, toutes les strates de la bourgeoisie, de la plus modeste (des huissiers, des procureurs, des petits avocats), à la plus élevée (des parlementaires, en particulier des membres des chambres des enquêtes et des requêtes, les plus revendicatives du Parlement ; des grands notaires parisiens), en passant par les couches moyennes (des magistrats de bailliages, de sénéchaussées et d'autres juridictions provinciales). Le clergé des villes, le bas clergé surtout, fut, lui aussi, particulièrement séduit, ainsi qu'une fraction non négligeable de réguliers (bénédictins, mendiants, oratoriens...). Géographiquement, le noyau dur du jansénisme fut Paris, mais plusieurs provinces du royaume ont été pénétrées par le mouvement, comme la Lorraine, la Normandie (le diocèse de Rouen) ou la Provence (à Marseille, à Aix, à Senez).

Au total, on le voit, le jansénisme des Lumières concerna un nombre important et influent de citadins, auxquels un gallicanisme exacerbé « tenait lieu de patriotisme et parfois de piété » (Michel Antoine). Retenons aussi, et peut-être surtout, que ce jansénisme du XVIIIe siècle fut pour beaucoup de gens le premier apprentissage de la vie politique, la première forme d'expression, encore embryonnaire, d'une « opinion publique ».

Les deux phases de la Régence

A une courte période libérale de la Régence (1715-1717), succéda une période plus autoritaire.

❑ ***L'essai et l'échec de la polysynodie.*** Certains conseils mis en place par le régent se distinguèrent par leur activité, leur volonté de réforme ou même, contrairement à ce qui est communément écrit, par une réelle compétence, comme le conseil de la marine, présidé par le comte de Toulouse, bâtard de Louis XIV. Placé sous la direction du duc de Noailles, le conseil des finances tenta de remettre un peu d'ordre dans les finances de l'État, particulièrement altérées à la fin du règne de Louis XIV. Noailles diminua les pensions et il supprima des offices. Il pensa aussi substituer à la taille arbitraire, dont le prélèvement avait été violemment dénoncé par Boisguilbert et Vauban à la fin du règne de Louis XIV, une taille proportionnelle à la richesse et aux activités de chacun, dite « taille tarifée ». Des essais de taille tarifée furent ainsi tentés à Lisieux et à Évreux. Mais dans la généralité de Paris, l'imposition nouvelle échoua.

La qualité du travail du conseil de la marine et, dans une moindre mesure, du conseil des finances, était pourtant une exception. Divisés par des rivalités de clans, minés par des querelles de préséance, affaiblis par le peu d'expérience et de crédibilité de la plupart de leurs membres dans la gestion des affaires, les sept conseils de la polysynodie se révélèrent assez vite incapables d'efficacité politique. A l'automne de 1718, Philippe d'Orléans abolit ce que Saint-Simon lui-même, pourtant ardent partisan de ces conseils aristocratiques, appelait des « pétaudières ».

❑ ***La chambre de justice de 1716.*** Entre toutes, les difficultés financières furent particulièrement importantes. Mise en place en août 1716, une chambre de justice tenta de poursuivre les « traitants et gens d'affaires, leurs commis et préposés [...], les officiers comptables, les commissionnaires et autres qui, par crime de péculat, ont détourné la plus grande partie des deniers qui devoient être porté au trésor royal ».

Malgré une publicité spectaculaire destinée à convaincre le public de la volonté royale de soulager ses chers sujets, la procédure eut, en définitive peu d'effet, comme la plupart des chambres de justice mises en place au siècle précédent. Tout se solda, en effet, par une série de compromis et d'accommodements : les petits financiers payèrent pour les gros qui parvinrent à échapper aux condamnations. Le munitionnaire Vincent Leblanc, par exemple, initialement contraint à payer 1 500 000 livres, vit sa contribution finalement ramenée à 20 000 livres. Et en 1717, malgré ses promesses, Philippe d'Orléans sauva la tête du trésorier de l'extraordinaire des guerres que ses juges avaient décidé de condamner à mort.

Au total, l'État royal espérait obtenir une restitution de 160 millions de livres; les traitants durent finalement rembourser une somme située entre 15 et 20 millions de livres. Un édit de mars 1717 supprima la chambre de justice.

Au même moment, John Law proposait un nouveau système, capable, selon lui, de résoudre l'obsédant problème du déficit du Trésor royal : à la mort de Louis XIV, la dette immédiatement exigible, sous mille formes diverses, s'élevait à près de 800 millions de livres, sur un capital d'endettement qui atteignait, sans doute, 2 milliards de livres.

❑ ***Le « système » de Law.*** Le système de Law (les contemporains, qui prononçaient « lass », parlaient du « système ») demeure une des images les plus fortes attachées à la Régence.

A partir des modèles de la banque d'Angleterre, mise en place en 1694, et de la banque d'Écosse ouverte en 1695, John Law (1672-1729), un écossais remarqué par le duc d'Orléans, créa en mai 1716 une banque privée qui émit des billets de monnaie, capables de suppléer la rareté des espèces, de relancer et de stimuler l'économie, donc de soulager les plus démunis, principales victimes des duretés du « Siècle de Louis XIV » : « Toutes les richesses du royaume entier, écrivait Law, répondent de la valeur de cette nouvelle monnaie ; tout se donnera pour elle, elle sera donnée pour tout. Par ce moyen, le Roy trouve une ressource toujours présente pour faire circuler en tout temps et en tout lieu tout ce qui peut estre acheté et vendu, de quelque nature qu'il soit » (John Law, *Idée générale du nouveau système*, 1719). Le capital de la Banque fut fixé à 6 millions de livres, « composé de douze cents actions de mille écus chacune ».

Dans une seconde étape, Law fonda, au mois d'août 1717, la Compagnie de commerce de l'Occident, dont les activités devaient renforcer la puissance et le crédit de la Banque. Il s'agissait d'une compagnie, précisait Law, « en laquelle les riches peuvent prester leur argent pour l'employer dans le commerce [...]. Elle pourra donner un jour plus de dividendes aux actionnaires que l'intérest annuel de l'argent presté au denier 20 [5 %], sans que les particuliers ni l'État en souffrent ». Les lettres patentes qui autorisaient la création de cette Compagnie accordaient à Law le monopole du commerce de la Louisiane pour vingt-cinq ans et celui de la traite des castors au Canada, ainsi que des armes, des munitions, des vaisseaux. Le capital de la Compagnie se montait à 100 millions de livres, divisés en actions de 500 livres. La Compagnie obtint progressivement le privilège du monopole du commerce avec le Mississippi, avec la Chine, avec les Indes, avec le Sénégal, tête de pont de la traite des esclaves. Elle bénéficia aussi du monopole du tabac (4 septembre 1718), du recouvrement du produit des fermes générales, des droits liés à la frappe des monnaies... A partir de mai 1719, la Compagnie d'Occident devint « Compagnie des Indes ».

A cette date, la banque de Law avait été transformée, depuis le 4 décembre 1718, en banque d'État, sous le nom de « Banque royale ». Cette transformation avait marqué le début d'une extraordinaire fièvre de spéculation, car le public, d'abord réticent, fut peu à peu séduit par une habile propagande vantant la prospérité et les bénéfices de la Compagnie d'Occident. Des milliers de particuliers, appartenant à tous les milieux, se disputèrent des actions de « Mississippi », comme on les appelait, dans l'étroite rue Quincampoix, le principal centre de l'agiotage. La rue était barrée, à chaque bout, par des grilles de fer que la garde ouvrait à sept heures du matin et fermait à neuf heures du soir. Une foule énorme se pressait alors dans cet étroit boyau, et toutes les maisons du passage étaient garnies de scribes qui tenaient registres des affaires réalisées dans la frénésie acheteuse de la spéculation. Au total, en quelques mois, plus de 600 000 actions furent émises, des actions dont le prix monta jusqu'à quarante fois leur valeur primitive. « Toutes les têtes étaient tournées, et les étrangers enviaient notre bonheur », écrit Saint-Simon. La princesse Palatine nous a transmis un témoignage particulièrement éloquent de la fièvre parisienne de l'année 1719.

> [...] La rue Quincampoix fait qu'on ne joue plus à Paris. C'est une vraie rage; j'en suis excédée : on n'entend parler que de cela, et il ne se passe pas de jour que je ne reçoive trois ou quatre lettres de personnes qui me demandent des actions; c'est bien ennuyeux [...] Sans compter mes gens qui m'obsèdent aussi [...]. D'Angleterre, on envoie tous les diamants, tous les joyaux, tous les bijoux : ceux qui ont fait des gains si colossaux avec les actions achètent tout sans marchander. Il se passe d'étranges histoires. Il y a quelques jours, une dame était à l'Opéra. Elle en vit venir une autre fort laide, mais ayant les plus beaux habits du monde et couverte de diamants. La fille de Madame Bégond se met à dire à sa mère : « Ma mère, regardez bien cette dame parée : il me semble que c'est notre cuisinière Marie » [...] Tout le monde à l'amphithéâtre commence à murmurer : « Marie, la cuisinière ! ». Celle-ci se lève et dit tout haut : « Hé bien oui, je suis Marie, la cuisinière de Madame Bégond. Je suis devenue riche, je me pare de mon bien : je n'en dois rien à personne; j'aime à me parer, je me pare; cela ne fait tort à personne. Qu'à donc à redire à cela ? ». Vous pensez comme on a ri [...].
>
> Princesse Palatine, lettres du 2 novembre et du 3 décembre 1719.

Hypertrophié, le système se trouvait à la merci d'une panique. Celle-ci se déclencha effectivement en février 1720 lorsque les ennemis de Law, qui venait d'être nommé Contrôleur général des finances le 5 janvier, voulurent convertir leurs billets en espèces : les ducs de Bourbon et de Conti vinrent « réaliser » comme on disait alors, c'est-à-dire se faire rembourser leurs actions et leurs billets en monnaie métallique. Inquiets, les petits souscripteurs, à leur tour, se précipitèrent dans les bureaux de la banque pour échanger en monnaie des billets de dix livres. Le 22 mars, une ordonnance royale interdit de s'assembler rue Quincampoix pour négocier un papier qui désormais, de jour en jour, perdait de la valeur. Le 17 juillet 1720, rue Vivienne, une bousculade provoqua la mort de quinze personnes. En décembre 1720, l'ampleur du désastre était telle que Law alla se réfugier à Bruxelles.

❑ ***Les effets économiques et psychologiques du « système ».*** L'expérience de Law ne fut pas totalement négative. D'abord, elle contribua à permettre à l'État de payer ses dettes et d'augmenter ses recettes. Par ailleurs, l'expérience accompagna les prémices économiques du « beau XVIIIe siècle » : elle stimula l'essor du commerce atlantique dont le développement avait débuté dès la fin du règne de Louis XIV ; elle déclencha, dans le monde rural, un large phénomène de désendettement (de l'ordre de 50 %), lui-même générateur d'expansion. Ce désendettement paysan résultait d'abord de la baisse de l'intérêt, puis de l'inflation, enfin des suites de la dévaluation de la monnaie métal et de la décote des billets de banque, qui incluaient elles-mêmes des opérations telles que le rachat des billets au rabais pour payer des dettes à leur montant nominal. Il faut ajouter que le système a provoqué d'importants transferts de biens fonciers qui ont été à l'origine d'un bond en avant de l'économie agricole.

Pourtant, les effets psychologiques de l'expérience de Law furent désastreux. Certains réalisèrent d'immenses fortunes en quelques mois, comme des financiers du Languedoc qui acquirent de grands domaines et des châteaux grâce à la spéculation, mais beaucoup, qui avaient presque tout vendu pour acheter des actions, se retrouvèrent ruinés : la hiérarchie sociale était bouleversée par l'argent. Enfin, l'expérience fit naître dans l'opinion publique une prévention contre toute forme de papier-monnaie ; la « fièvre du Mississippi » retarda durablement la mise en place d'un système bancaire en France.

❑ ***Retour à l'autorité : l'abbé Dubois.*** Ancien précepteur du duc d'Orléans, l'abbé Dubois, archevêque de Cambrai, bénéficiait d'une influence croissante. Il fut l'artisan de l'autoritarisme renforcé de l'État royal. Cet autoritarisme se manifesta par la limitation renouvelée du droit de remontrances des parlements puis, le 26 août 1718, par la convocation des parlementaires au palais des Tuileries. Ils furent réunis pour un lit de justice présidé par le jeune roi qui annula leurs remontrances, obligeant les magistrats à enregistrer les édits royaux. Les plus audacieux, osant protester, furent arrêtés. A la fin du mois de juillet 1720, en raison de ses critiques répétées à l'égard de Law, mais aussi de son refus d'enregistrer la bulle *Unigenitus*, le Parlement de Paris était déclaré « rebelle et désobéissant ». Il fut exilé à Pontoise, « pour par nos dits officiers, précisait l'ordonnance royale, y rendre uniquement la justice à nos sujets ».

En même temps, des aristocrates comploteurs étaient châtiés, à la suite d'intrigues complexes nouées à Paris par le prince de Cellamare, ambassadeur d'Espagne auprès de la Couronne. Cette conspiration visait à installer Philippe V sur le trône de France, et elle prenait appui sur les bâtards, en particulier le duc du Maine (le comte de Toulouse, autre bâtard, se tint à l'écart du complot). Louis XIV avait légitimé les bâtards, les déclarant « aptes à succéder à la couronne » ; le régent les avait écartés de la succession au trône. La duchesse et le duc du Maine furent arrêtés le 29 décembre 1718, de même que le jeune duc de Richelieu qui avait promis de livrer à l'Espagne le port de Bayonne dont son régiment constituait la garnison. En mars 1720, Clément-Chrysogone de Guer, marquis de Pontcallec, fut exécuté en Bretagne avec quelques-uns des gentilshommes qui avaient pensé préparer une insurrection, en liaison avec une offensive espagnole au moment du bref conflit militaire qui opposa Versailles à Madrid de janvier à août 1719. Ils voulaient rendre à la Bretagne les privilèges dont elle jouissait autrefois, au temps de la duchesse Anne au XVe siècle...

Et les jansénistes furent de nouveau poursuivis. En décembre 1720, le Parlement de Paris dut enregistrer une déclaration royale qui ordonnait dans tout le pays l'acceptation de la bulle *Unigenitus*.

L'intermède du duc de Bourbon (1724-1726)

Après la disparition de Dubois, le 10 août 1723, et le décès brutal de Philippe d'Orléans, le 2 décembre 1723, un court intermède, de 1724 à 1726, fut marqué par une petite disette en 1725 (de fortes pluies d'été provoquèrent la pourriture des moissons) et le rôle politique assez terne joué par le duc de Bourbon, né en 1692, arrière-petit-fils du grand Condé.

Son ministère fut marqué par un changement d'importance, d'ordre diplomatique et dynastique : le renvoi en Espagne de la trop jeune infante choisie pour épouser le roi au moment de l'apaisement du conflit militaire avec Philippe V. Marie-Anne-Victoire fut remplacée par Marie, fille de Stanislas Leszczynski, roi détrôné de Pologne. Le mariage fut célébré à Fontainebleau, le 5 septembre 1725.

Pour résoudre les problèmes financiers, un nouvel impôt fut présenté au conseil d'En Haut le 5 juin 1725 : le cinquantième était une taxe pesant sur tous les revenus des biens-fonds, sans exception. Cette taxe serait prélevée en nature sur les produits de la terre, en argent sur tous les autres produits. La Déclaration du cinquantième, enregistrée en lit de justice au Parlement le 8 juin, fut mal accueillie dans tout le royaume, et sa levée se heurta à des fortes résistances. En 1726, cet impôt qui devait, croyait-on, rapporter 25 millions de livres, en produisit à peine 5 millions.

A partir de 1726, mais en fait, dès 1724 dans les coulisses, la fonction principale était assumée par Fleury, évêque de Fréjus et bientôt cardinal ; il avait alors soixante-treize ans. Son installation coïncida avec la stabilisation définitive (jusqu'en 1914 si l'on excepte l'épisode des assignats) de la livre tournois qui allait devenir, à partir de Bonaparte, le franc germinal : le 15 juin 1726, en effet, le Contrôleur des finances Le Pelletier des Forts fixait la valeur du louis d'or (monnaie réelle) à 24 livres tournois (monnaie de compte) et celle de l'écu d'argent à 6 livres. La livre tournois correspondait dorénavant à 4,45 grammes d'argent fin.

Cette stabilisation de la livre fut, on le verra, un des moteurs financiers de la croissance économique du « beau XVIIIe siècle ».

LE TEMPS DE FLEURY (1726-1743)

Issu du monde de la finance provinciale (son père était receveur de Lodève), homme de Dieu, André-Hercule de Fleury avait aussi et surtout été précepteur de Louis XV à partir de 1717, et il avait su gagner la confiance du petit roi en lui dispensant un enseignement religieux, scientifique, politique qui marqua durablement le souverain. Contrairement à la légende noire d'un roi incapable, longtemps décrié, Louis XV fut, en effet, un homme de grande curiosité intellectuelle, ouvert aux principales innovations de son temps. Il fut, en particulier, captivé toute sa vie par l'astronomie et la médecine (anatomie et chirurgie).

Jusqu'à sa mort, à quatre-vingt-dix ans, en 1743, Fleury assuma les fonctions de Premier ministre, sans disposer du titre. Mais sous des allures modestes, il exerça un pouvoir aussi grand que celui de Richelieu et de Mazarin.

De nouveau, les jansénistes

Comme Dubois, Fleury tenta d'imposer silence aux jansénistes, qui tendaient à devenir une force politique redoutable.

❑ ***L'affaire Soanen.*** En 1727, Soanen, l'évêque janséniste de Senez (en Provence), fut condamné, puis expulsé de son diocèse par lettre de cachet, pour avoir refusé d'adhérer aux décisions de la bulle *Unigenitus*. Soanen passa pour un martyr aux yeux de l'opinion : des estampes le montraient le visage entouré d'un halo de gloire, et ses persécuteurs assis sur les genoux des jésuites. L'exil de Soanen à la Chaise-Dieu (il y mourut en 1740) fut suivi d'une épuration des évêques et des abbés réputés pour leur jansénisme.

En septembre 1729, Edmond-Jean François Barbier (1689-1771), un avocat parisien dont nous solliciterons souvent le témoignage, écrivait dans son *Journal* qu'il tint presque chaque jour, de 1718 à 1762 : « Il s'agit de réduire les curés de Paris, ce qui n'est pas peu de chose [...]. Il y en a qui seront diablement durs comme ceux de Saint-Séverin, de Sainte-Marguerite, du faubourg Saint-Antoine, de Saint-Germain, et autres. »

❑ ***24 mars 1730 : l'enregistrement forcé de la bulle* Unigenitus, *proclamée loi du royaume.*** Finalement, la bulle *Unigenitus* devint « loi de l'Église et de l'État » par une ordonnance du 24 mars 1730 dénonçant « les esprits indociles » qui s'opposaient aux décisions du pape et du roi. Le 3 avril 1730, un lundi de Pâques, un lit de justice imposa aux juges l'enregistrement de la bulle. Cette décision provoqua une nouvelle et violente crise avec le Parlement : dès le lendemain du lit de justice, l'abbé Pucelle proposa de protester par une vigoureuse déclaration.

Durant l'été de l'année 1730, quarante avocats de Paris avaient soutenu que le Parlement disposait du droit de protéger les ecclésiastiques contre les abus de pouvoirs de leurs supérieurs : il s'agissait de défendre la cause d'un curé de l'Orléanais, appelant des ordonnances de son évêque. Le Parlement reprit à son compte les arguments des avocats et il les accentua par la Déclaration des *Quatre Articles* du 7 septembre 1731. Cette Déclaration allait bien plus loin que celle contenue dans la Déclaration des Quatre Articles de l'Église gallicane de 1682 (voir chap. 2). Une nouvelle fois, le Conseil du roi révoquait et mettait « au néant » ce texte des parlementaires, le déclarant « nul et sans effet ». Il fustigeait en même temps les juges pour avoir « voulu établir des règles sur une matière dont Sa Majesté a jugé à propos de réserver la connaissance à sa seule personne ».

L'année suivante, le roi, à l'instigation du cardinal de Fleury, donna le 18 août 1732 une Déclaration qui restreignait l'intervention des parlements dans les causes d'appel comme d'abus. Ces appels au Parlement, auxquels des membres du clergé pouvaient recourir contre des actes jugés abusifs des autorités de l'Église, ne pourraient plus être instruits que sur le réquisitoire du parquet, du premier président ou de son remplaçant, et « ce à la Grand-Chambre seulement », ce qui excluait les magistrats de la chambre des Enquêtes et des Requêtes (les plus revendicatifs) de la connaissance de telles causes. Le Parlement refusa d'enregistrer la déclaration du 18 août. Les présidents et conseillers des Enquêtes et des Requêtes furent exilés. Mais ils furent rappelés dès le mois de novembre. Les choses restèrent en l'état, mais le Parlement apparaissait maître du jeu.

Au même moment se déroulaient de curieux incidents dans le petit cimetière de l'église Saint-Médard, dans le faubourg Saint-Marcel.

❑ ***Les convulsionnaires du cimetière Saint-Médard.*** Un diacre janséniste, l'abbé Pâris, frère d'un conseiller au Parlement, était mort, en 1727, avec une réputation de sainteté. Bientôt, une étrange nouvelle se diffusa : des malades, en se couchant sur le tombeau du diacre, retrouvaient la santé, des paralytiques pouvaient marcher à nouveau ; de longues listes de « miraculés » furent bientôt diffusées. Une partie de la terre du cimetière « miraculeux » fut même vendue en sachets !

La répression fut vigoureuse ; une ordonnance royale du 27 janvier 1732 décida « que la porte du petit cimetière de la paroisse de Saint-Médard sera et demeurera fermée. » La troupe veilla à la bonne application de la décision. Les parlementaires qui soutenaient les jansénistes furent exilés, et ils ne purent revenir, deux mois plus tard, qu'après avoir juré leur soumission. En février 1732, un placard anonyme, imitant la formule liminaire des lettres de cachet, avait été affiché à la porte de Saint-Médard : « De par le roi, défense à Dieu de faire miracle en ce lieu ». Mais dans des maisons occupées par des particuliers, les « miracles », les convulsions et bien d'autres phénomènes étranges se poursuivirent pendant de nombreuses années. Ces phénomènes attiraient des assemblées nombreuses, composées de « frères » et de « sœurs » : « On faisait venir chez soi sœur Rose, sœur Illuminée, sœur Promise, sœur Confite ; elles se faisaient fouetter sans qu'il y parût le lendemain ; on leur donnait des coups de bûche sur leur estomac bien cuirassé, bien rembourré, sans leur faire de mal : on les couchait devant un grand feu, le visage frotté de pommade, sans qu'elles brûlassent ; enfin, comme tous les arts se perfectionnent, on a fini par leur enfoncer des épées dans les chairs, et par les crucifier » (Voltaire, *Dictionnaire philosophique*, art. « Convulsions »).

Malgré les poursuites, malgré l'enfermement à la Bastille de nombreux « frères » et « sœurs », le mouvement convulsionnaire se poursuivit, mais bien plus discrètement, jusqu'à la Révolution.

❑ ***La naissance de l'opinion :* Les Nouvelles Ecclésiastiques *(à partir de 1728).*** La politique autoritaire de l'État royal face au problème janséniste provoqua un phénomène d'opinion de grande ampleur, illustré, en particulier, par la parution des *Nouvelles ecclésiastiques* à partir de février 1728, une feuille janséniste, fondée au XVIIe siècle, jusqu'alors manuscrite et qui circulait sous le manteau.

Cette publication, proche de la gazette, le plus souvent hebdomadaire, fut tout au long du siècle, et malgré les interdictions continues qui la frappèrent, une caisse de résonance pour les thèses du jansénisme. Les *Nouvelles* se proposaient, en effet, de « mettre sous les yeux du public » les « persécutions » subies par les jansénistes de France depuis la promulgation de la bulle *Unigenitus* en 1713. Elles se composaient de témoignages de fidèles persécutés, accordant ainsi une large place à la parole populaire, mais aussi de comptes rendus d'ouvrages, de controverses sur des points de dogme, de nouvelles politiques. En 1730, par exemple, Les *Nouvelles* publièrent intégralement les remontrances que venaient de dresser les parlements de Rennes et de Rouen contre la bulle *Unigenitus*, et donc contre les décisions du pouvoir royal.

Les numéros parisiens étaient réimprimés en province : Auxerre, placé sous la protection de Monseigneur de Caylus, fut notamment un important centre d'impression. Le tirage total de l'hebdomadaire a été évalué à 5 000 ou 6 000 exemplaires.

La guerre de Succession de Pologne (1733-1738)

Durant cette première partie du règne de Louis XV, la monarchie participa à quelques conflits militaires dont l'enjeu principal était le maintien de l'équilibre européen, conséquence des traités d'Utrecht et de Rastatt signés en 1713-1714.

L'État royal entreprit, on l'a évoqué, une courte expédition en Espagne en 1719 pour punir Philippe V de son occupation de la Sardaigne et de la Sicile en pleine paix. Ensuite, la monarchie participa, mais de manière limitée, à la guerre de Succession de Pologne.

Après la mort d'Auguste II, roi de Pologne et Électeur de Saxe, le 1er février 1733, la France soutint la candidature contestée au trône électif de Pologne du beau-père de Louis XV, Stanislas Leszcynski. Un corps expéditionnaire français fut massacré près de Dantzig en 1734 et cette année-là, Stanislas fut chassé du trône polonais. De longues négociations furent entreprises à partir de 1735 alors que la guerre continuait sur le Rhin et en Italie pour des raisons éloignées des affaires de Pologne.

Finalement, la Russie et l'Autriche imposèrent leur candidat, l'électeur de Saxe, Auguste III, le fils d'Auguste II. Stanislas dut renoncer définitivement au trône de Pologne, mais en compensation, il reçut la Lorraine lors du traité de Vienne, signé en 1738. A la mort de Stanislas, le 23 février 1766, les duchés de Lorraine et de Bar devinrent français.

Cette annexion pacifique contribua à renforcer la frontière de l'Est et à mieux protéger la capitale contre d'éventuelles pénétrations ennemies.

L'absolutisme intact ?

❑ ***1743 : le gouvernement personnel de « Louis-le-Bien-Aimé ».*** A la mort de Fleury, en 1743, Louis XV, qu'on commença bientôt à appeler « Louis-le-Bien-Aimé », annonçait, comme son bisaïeul en 1661, sa volonté de gouverner sans Principal ministre. L'absolutisme pouvait paraître intact, du moins à première vue. Barbier semble le confirmer dans son *Journal* : « On se loue fort de la façon dont ceci commence. Le roi paraît vouloir travailler avec ses cinq ministres, en particulier et en général [...] Il est accessible. Il parle à merveille. Il rend la justice et il travaille avec connaissance de cause » (février 1743). Pourtant, cette année-là, des hommes proches du roi nous transmettent un tout autre témoignage : ainsi, le 3 octobre 1743, le cardinal de Tencin, membre du Conseil, écrivait-il au duc de Richelieu que « le Conseil du roi est un conseil pour rire. On n'y dit qu'une très petite partie des choses qui intéressent l'État ; et, après une lecture rapide, on nous demande sur-le-champ notre avis, qu'il faudrait méditer et combiner à tête reposée. Outre cela, on est anéanti par le peu d'intérêt que le roi paraît prendre et par le silence profond qu'il garde. Il n'excite pas même ni à parler ni à discuter ».

Le royaume pacifié était alors engagé, comme nous le verrons, dans une longue période d'essor économique. Les résultats de l'agriculture étaient particulièrement bénéfiques, malgré quelques mauvaises années de 1738 à 1741, années marquées dans plusieurs provinces par une succession de saisons froides et humides. Et pour la première fois depuis les premières années de Colbert, le budget de l'État était équilibré ; Fleury était même parvenu, en 1739 et 1740, à dégager un léger excédent de recettes.

❑ ***Une opposition toujours latente : le malaise social des officiers.*** L'opposition parlementaire était toujours latente, et le pouvoir royal n'avait pas osé reprendre aux cours redevenues « souveraines » leur droit de remontrances.

Pour comprendre la permanence et l'obstination de l'opposition des cours de justice, il convient de souligner que la baisse de la valeur des offices, tout au long du siècle, avait contribué à alimenter et à durcir le malaise et la rancœur des juges : nombre de contemporains évoquaient alors le « dégoût de la robe ». En effet, le prix d'un office de conseiller au Parlement avait, en moyenne, décru de 35 % entre 1690 et 1789, passant à Aix de 65 000 à 40 000 livres, à Rennes de 90 000 à 40 000 livres, à Paris de 100 000 à 40 000 livres. Une charge de conseiller au Châtelet avait chuté de 60 000 livres à moins de 10 000 livres en un siècle, et leurs gages atteignaient 82 livres en 1768 ! Et partout, même les épices, les minots des parlementaires aixois, d'autres avantages ailleurs, ne parvenaient plus à compenser cette érosion, encore accrue par des retenues fiscales de plus en plus lourdes ordonnées par le pouvoir royal.

Dans les tribunaux inférieurs, la situation était comparable : ainsi, les deux offices de lieutenant général des soumissions et de lieutenant particulier civil de la sénéchaussée de Draguignan, acquis, vers 1680, pour la somme de 50 000 livres ne trouvaient-ils pas preneurs à 15 000 livres en 1740, date à laquelle les gages se montaient à moins de 200 livres. Répondant, le 6 décembre 1771, à Maupeou qui songeait à quelques juges inférieurs pour les placer dans le nouveau Parlement qu'il venait de créer, le premier président du Parlement de Grenoble, Vidaud de La Tour, expliquait que « tous les juges de la province que nous connaissons ou sont pauvres ou ont trop peu de capacité pour remplir leur place, à plus forte raison une supérieure. Leur déplacement et celui de leur famille, l'incertitude de pouvoir se défaire de leur office, l'impossibilité de soutenir leur état à Grenoble, tout les engagerait donc à refuser ».

❏ ***Les « mauvaises lectures ».*** Contribuant à renforcer ce malaise des officiers, l'offensive philosophique commençait alors à se développer, bientôt relayée par le réseau d'opinion que constituaient les académies et les sociétés savantes, en pleine expansion.

En 1721, paraissaient les *Lettres persanes* de Montesquieu, une vive satire des mœurs et des institutions, présentée sous la forme piquante d'une correspondance échangée par deux Persans, Usbek et Rica, s'étonnant des comportements des Français et de leur souverain : « Ce roi est un grand magicien », pouvait-on lire dans une des lettres, « il exerce son empire sur l'esprit même de ses sujets ; il les fait penser comme il veut [...] Il va même jusqu'à leur faire croire qu'il les guérit de toutes sortes de maux en les touchant, tant est grande la force et la puissance qu'il a sur les esprits » (*Lettres persanes*, XXIV). En 1734, Voltaire publiait les *Lettres anglaises* ou *Lettres philosophiques*. Il y exposait les idées politiques de John Locke (son *Traité sur le gouvernement civil* fut traduit en 1724) et les théories scientifiques de Newton ; il vantait les libertés britanniques ; il attaquait hardiment l'arbitraire et l'intolérance religieuse. Le livre fut brûlé comme « scandaleux, contraire à la religion, aux bonnes mœurs et aux puissances ».

La police du livre fut alors renforcée : l'année 1742 vit la création d'un corps de censeurs royaux. Les visites des ateliers et des presses furent multipliées, ainsi que les saisies ; les dénonciations furent encouragées, la condamnation au bûcher ou au pilon des ouvrages interdits fut plus fréquente. Nombre de libraires et de pamphlétaires furent enfermés à la Bastille : sous le règne de Louis XV, 522 personnes (dont 136 imprimeurs et 103 compagnons) ont ainsi été embastillées dans le cadre de la chasse au livre interdit.

Pourtant, malgré ces mesures d'intimidation, les hommes du roi se montrèrent incapables d'empêcher les « mauvaises lectures », d'autant que se multipliaient, aux marges du royaume (en Suisse, en Italie du Nord, dans les Pays-Bas et les Provinces-Unies, en Angleterre...), les impressions des livres prohibés par la censure. Et les éditeurs disposaient de multiples moyens de parade : présenter un ouvrage anodin, puis après autorisation, ajouter un appendice qui en modifiait la signification, faire publier à l'étranger ou mentionner un lieu de fabrication fantaisiste, emprunter un faux nom, changer la date de publication...

1743-1758. LA MONTÉE DES OPPOSITIONS

La période du « gouvernement personnel » de Louis XV correspond à la convergence d'une série d'oppositions. Sans doute, ces oppositions étaient-elles contradictoires, mais toutes visaient à un affaiblissement de l'État royal sous sa forme « absolue ». Dans l'histoire du règne, la date de 1748 marque, avec le traité d'Aix-la-Chapelle qui mit fin à la guerre de Succession d'Autriche, un moment de rupture : « En étudiant la période postérieure à la paix d'Aix-la-Chapelle, l'historien éprouve l'impression de traiter d'un autre règne du même souverain » (Michel Antoine).

L'État royal déstabilisé par la guerre

❑ ***La France dans la guerre de Succession d'Autriche (1740-1748).*** La France participa activement à la guerre de Succession d'Autriche qui se déroula, pour l'essentiel, en Europe, mais affecta également le domaine colonial, en particulier en raison du blocus que l'Angleterre entreprit contre les possessions françaises, aux Antilles et en Inde notamment.

Après la mort de l'empereur Charles VI, en 1740, une violente contestation s'était élevée à propos de la succession à la tête des États des Habsbourg : Marie-Thérèse, la fille aînée de Charles VI, vit ses droits mis en cause par l'électeur Charles-Albert de Bavière, par Philippe V d'Espagne, par Auguste III de Saxe et de Pologne, et surtout par Frédéric II, le roi de Prusse. Dès la fin de l'année 1740, ce dernier lança ses troupes sur la Silésie. Malgré un pacifisme revendiqué, Fleury fut contraint par le parti antihabsbourgeois, toujours prépondérant à la cour, d'engager la France dans une coalition contre Marie-Thérèse. Cette coalition groupait la Prusse, la Bavière, la Saxe et l'Espagne, tandis que l'Autriche bénéficiait seulement de l'appui de l'Angleterre et des Pays-Bas.

Marie-Thérèse sut faire face à ses nombreux adversaires : écartant momentanément la menace de Frédéric II en cédant à celui-ci la Silésie (traité de Breslau signé en juin 1742), elle reconquit la Bohème sur les Français (en décembre 1742), puis s'empara de la Bavière (en 1743) et menaça l'Alsace. Battue par les Anglo-Hanovriens à Dettingen, le 27 juin 1743, la France se trouva bientôt dans une situation critique, mais elle fut sauvée par une nouvelle intervention de Frédéric II qui déclencha la seconde guerre de Silésie (1744-1745). Marie-Thérèse dut confirmer l'abandon de la Silésie par la paix de Dresde signée en décembre 1745. Après une réconciliation entre l'Autriche et la Bavière, la guerre se poursuivit avec la France qui, par la victoire du maréchal de Saxe à Fontenoy, le 11 mai 1745, occupa les Pays-Bas autrichiens puis envahit les Provinces-Unies en 1747 et 1748. Finalement, après ces victoires françaises, la guerre s'acheva par la paix d'Aix-la-Chapelle signée en 1748.

A l'exception de quelques incursions de l'armée autrichienne en 1743, en 1744, en 1746-1747, le territoire du royaume resta pratiquement préservé des combats, ce qui contribua à faciliter la croissance du « beau XVIIIe siècle » qui, sauf dans le domaine colonial, ne souffrit pas outre mesure du conflit.

Pourtant la guerre déstabilisa la monarchie : elle accentua les problèmes financiers, elle amplifia les débats politiques, elle suscita le mécontentement de l'opinion.

❑ ***Le déséquilibre des finances et ses conséquences politiques.*** L'État royal fut d'abord affaibli par le déséquilibre retrouvé de ses finances.

Déjà en 1734, lors de la guerre de Succession de Pologne, l'Extraordinaire des guerres était passé de 38 millions à 72 millions de livres, et l'ensemble des dépenses terrestres s'était élevé alors à 95 millions de livres. Au total, en un an, la guerre avait absorbé quelques 189 millions de livres. La guerre de Succession d'Autriche, premier grand conflit terrestre et maritime du règne de Louis XV, pesa plus lourdement encore sur le budget : la première année, 1740, les dépenses montèrent à 257 millions ; en six ans, le conflit engloutit plus d'un milliard de livres.

Ces problèmes financiers ont contribué à affaiblir politiquement la position de l'État royal, en renforçant la fonction du Parlement, car ce dernier, nous le savons, était requis pour toute demande de subsides supplémentaires. Les juges ne se privèrent pas pour multiplier leurs remontrances, comme en décembre 1741, quand l'intervention de la France dans la guerre imposa la réintroduction de l'impôt du dixième. En même temps, le recours à l'emprunt et aux expédients (émissions de rentes, loteries, créations d'offices...) avait été systématisé, ce qui accrut les déséquilibres financiers et le poids de la dette dans le budget.

❑ ***La guerre et l'opinion.*** La guerre déstabilisa aussi la monarchie en raison d'une intervention de plus en plus forte de l'opinion.

L'opinion fut mécontente de la paix Aix-la-Chapelle signée au printemps de l'année 1748. Cette dernière consacrait, en effet, une sorte de partie nulle entre les adversaires, sans aucune annexion territoriale pour la France. Or les armées françaises avaient pourtant remporté de notables victoires comme Fontenoy, en mai 1745, une bataille qui se déroula en présence du roi. Les troupes avaient occupé les Pays-Bas autrichiens, elles avaient envahi les Provinces-Unies (Maurice de Saxe investissait Maastricht le 15 avril 1748). Pourtant la France rendit toutes ces conquêtes. Louis XV, proclamait-on alors, « avait travaillé pour le roi de Prusse ».

A Paris, sur le Pont-Neuf, espace privilégié d'expression d'une opinion « populaire », on disait que le roi n'était pas parvenu à venger la France de l'humiliation autrefois imposée à Louis XIV par la Hollande invaincue. Une brochure satirique remporta un vif succès : *Les Cinq plaies de la France*. Ces « cinq plaies » étaient la Constitution [*Unigenitus*], les Convulsions, le système de Law, le ministère Fleury, et la paix d'Aix-la-Chapelle. Une estampe fut particulièrement commentée : on y voyait Louis XV garrotté par les puissances européennes et fouetté par Marie-Thérèse ; l'Angleterre applaudissait et la Hollande s'exclamait : « Il rendra tout ! »

La décennie des philosophes

Le milieu du siècle fut marqué par une offensive philosophique sans précédent qui vit la parution presque simultanée de toute une série de textes, d'ordre politique, économique, encyclopédique (voir document en fin de chapitre). Leur efficacité ne fut sans doute pas immédiate, mais le réseau des Lumières (salons, académies puis loges maçonniques...) eut tôt fait de diffuser et de vulgariser auprès des élites urbaines des thèmes particulièrement déstabilisateurs pour le pouvoir royal. Très divers dans leur forme et leur contenu, ces textes ne constituaient, en aucune façon, un programme. Il s'agissait là pourtant, du moins dans certaines de ces œuvres, d'une série d'observations et de critiques, implicites ou explicites. Elles mettaient en question les fondements même du pouvoir royal et le fonctionnement de l'autorité.

Ces observations et ces critiques s'ordonnaient autour de trois thèmes fondamentaux.

❑ ***L'affirmation des libertés*** fut d'abord justifiée à partir du modèle anglais alors à la mode, au moins jusqu'à la guerre d'indépendance américaine : on a parlé d'« anglomanie ». Dans une lettre du 29 avril 1754, Raynal évoquait « la fureur de l'anglomanie littéraire [qui] nous tient depuis si longtemps ».

Montesquieu et nombre d'autres auteurs et publicistes présentaient une Angleterre quelque peu idyllique, comme l'idéal d'une monarchie libérale et éclairée. « Tout prouve, écrivait Voltaire en 1734, dans ses *Lettres philosophiques*, que les anglais sont plus philosophes et plus hardis que nous. »

Cet appel à la liberté, sur le modèle anglais, touchait autant le domaine politique que celui de l'économie : pour beaucoup, qui rompaient ainsi avec le mercantilisme, la liberté commerciale dont l'Angleterre était (au même titre que la Hollande) le modèle, permettait seule d'accroître la richesse des États, des sociétés, des souverains.

En témoigne, dans les années 1750, le vif débat qui s'éleva à propos de la liberté de fabrication des indiennes. Il s'agissait d'un produit particulièrement apprécié des femmes appartenant à toutes les couches de la société, mais prohibé par le pouvoir royal en raison « du tort que leur usage pourrait faire aux manufactures de nos étoffes de soie et de laine », comme le rappelait Grimm dans une lettre écrite à Diderot le 15 octobre 1755. Il ajoutait que les ordonnances étaient si rigoureuses qu'elles permettaient aux gardes ou aux commis de barrière d'arracher les robes de toiles aux femmes qui en portaient en public. En 1758, Vincent de Gournay, l'auteur des *Considérations sur le commerce* [...], acquis lui-même à la cause du « laissez-faire, laissez-passer » (une formule dont il fut l'auteur), aidait l'abbé Morellet à rédiger ses *Réflexions sur les avantages de la libre fabrication et l'usage des toiles peintes en France pour servir de réponse aux mémoires des fabricants de Paris, Lyon, Tours, Rouen, etc. sur cette matière*. L'année suivante, un arrêt accordait la liberté d'imprimer sur soie et sur coton. Il est vrai que les édits d'interdiction n'avaient jamais réussi à empêcher une large diffusion des indiennes.

Au moment de cette libéralisation des indiennes qui, dans une grande mesure, on le voit, traduisait dans le droit une situation inscrite dans les faits, la question de la liberté des grains enflammait la classe propriétaire et le public des salons. « Vers l'an 1750, écrit Voltaire, la nation rassasiée de vers, de tragédies, de comédies, d'opéras, de romans, d'histoires romanesques, de réflexions morales, plus romanesques encore, de disputes théologiques sur la grâce et les convulsions, se mit enfin à raisonner sur les blés. »

Les questions débattues étaient les suivantes : convenait-il de laisser librement jouer les objectifs opposés des vendeurs et des acheteurs ? Au contraire, l'État devait-il intervenir pour assurer un meilleur ravitaillement et contrôler les prix et les flux de marchandises ? Stimulés par Vincent de Gournay, de nombreux auteurs (Coyer, Dangeul, Forbonnais, Morellet, Turgot...) préconisaient l'essor des forces productives par l'affaiblissement des tutelles administratives et corporatives. Surtout, à partir de 1757-1758, les physiocrates à la suite de Quesnay (Mirabeau le père, Le Mercier de La Rivière, Le Trosne, Abeille...) réclamèrent l'extinction des impôts directs, la disparition des privilèges seigneuriaux, la liberté complète des échanges à l'intérieur et à l'extérieur du royaume. « Quand le commerce est libre, proclamait Quesnay dans l'article "Grains" de l'*Encyclopédie*, la cherté des denrées a nécessairement ses bornes fixées par les prix mêmes des denrées des autres nations qui étendent leur commerce partout. »

❑ ***La séparation des pouvoirs*** (le législatif, l'exécutif, le judiciaire), fut un thème dont Montesquieu a fait la matrice de *De l'esprit des lois* (1748), un ouvrage qui se distingue par sa perfection formelle, sa rigueur scientifique, sa volonté de modélisation politique.

Montesquieu soutenait, en particulier, que le principe de la séparation des pouvoirs excluait que le prince ou ses ministres puissent juger : « Dans les États monarchiques, le prince est la partie qui poursuit les accusés et les fait punir ou absoudre ; s'il jugeait lui-même, il serait juge et partie » (*De l'esprit des lois*, VI, 5). Il suffit de rappeler l'importance centrale de la fonction de justice dans la définition du pouvoir personnel du roi pour mesurer l'audace d'une telle proposition. En même temps, Montesquieu soutenait que la puissance de juger ne devait pas se mêler des autres pouvoirs, ce qui constituait un désaveu des ambitions politiques des parlements : « Si elle était jointe à la puissance législative, le pouvoir sur la vie et la liberté des citoyens serait arbitraire : car le juge serait législateur. Si elle était jointe à la puissance exécutrice, le juge pourrait avoir la force d'un oppresseur » (XI, 6).

❑ ***La négation du droit divin et son corollaire, la primauté du droit de nature,*** étaient des thèmes développés en Angleterre dès la fin du XVIIe siècle par John Locke (son traité *Sur le gouvernement civil* parut en 1690) puis, à sa suite, par Voltaire et par Diderot.

Ce dernier, dans l'article « Autorité politique » dans l'*Encyclopédie*, écrivait : « Aucun roi n'a reçu de la nature le droit de commander aux autres. La liberté est un présent du Ciel, et chaque individu de la même espèce a le droit d'en jouir aussitôt qu'il jouit de la raison. » Et dans l'article « Droit naturel », le même Diderot proclamait : « C'est à la volonté générale que l'individu doit s'adresser pour savoir jusqu'où il doit être homme, citoyen, sujet, père, enfant, et quand il lui convient de vivre ou de mourir [...] Dites-vous souvent : je suis homme, et n'ai d'autres droits naturels véritablement inaliénables que ceux de l'humanité. »

Cette convergence de textes et de débats déstabilisateurs se révélait d'autant plus redoutable que le pouvoir royal devait faire face alors à un renouveau des oppositions.

Un roi décrédibilisé : du « bien aimé » au « mal aimé »

❑ ***La popularité du roi de guerre.*** La popularité de Louis XV avait atteint son sommet dans les années 1744-1748, grâce aux bénéfices de la participation personnelle du monarque, encore jeune, à la guerre de Succession d'Autriche.

Le 13 novembre 1744, une solennelle entrée parisienne achevait la première campagne militaire de Louis XV. Ce dernier s'était particulièrement illustré lors du siège de Menin. L'accueil fut, dit-on, comparable à « un triomphe d'empereur romain ». Barbier, dans son *Journal,* note que le roi, en s'exposant au feu des ennemis, s'était « fait adorer de ses troupes, a fort étonné ses ennemis aussi bien que beaucoup de malintentionnés dans Paris », et il jugeait la chanson écrite pour magnifier l'événement « plus glorieuse pour lui que tous les grands prologues des opéras de Lully pour Louis XIV ». Lors de la bataille de Fontenoy, le 11 mai 1745, le souverain se signala par un particulier sang froid, observant les combats du sommet d'une butte, au milieu des coups de feu et des boulets de canon. Quelques mois après l'événement, l'entrée royale dans la capitale, en septembre, fut au moins aussi chaleureuse que l'entrée parisienne de l'année précédente.

Dans son *Journal*, Barbier témoigne d'un enthousiasme partagé face à la figure charismatique de Louis XV en roi de guerre. Cette figure est inscrite dans la très longue durée des représentations qui ont fondé l'autorité monarchique (pensons à François Ier à Marignan, à Henri IV à Arques et Ivry, à Louis XIV présidant les sièges des villes de Hollande ou des Pays-Bas espagnols...). Car l'image du roi guerrier, à la tête de ses troupes, risquant la mort auprès de ses soldats est constitutive de la série des stéréotypes qui ont forgé l'imaginaire de gloire d'une royauté à trois fonctions : paternelle, justicière, protectrice et victorieuse. A ce sujet, tous les témoignages concordent : chaque apparition du roi lors d'une campagne militaire, déchaînait les foules, massées sur son passage, et les *Te Deum* ordonnés dans les 40 000 paroisses du royaume après une victoire, faisaient vibrer le peuple qui associait la gloire de Dieu à celle de son monarque vainqueur.

Au même titre que l'image du roi fécond qui apporte la nourriture à ses sujets, c'est-à-dire d'abord le pain, la représentation du roi de guerre participait à l'imaginaire glorieux de la monarchie.

❑ ***L'altération de l'image royale.*** Or, cette image positive du roi de guerre fut fortement altérée à partir des années 1747-1748.

Les récoltes de ces deux années-là furent médiocres, et elles provoquèrent un vif mécontentement des plus démunis, d'autant que les approvisionnements en grains furent défectueux : le roi nourricier, garant du « bon pain », rompait le contrat tacite qui le liait à ses sujets.

Surtout, le traité d'Aix-la-Chapelle, qui se soldait par un *statu quo*, avait fortement déçu : « Le peuple n'est pas bien content de cette paix, dont il avait pourtant grand besoin, écrit Barbier. On dit que, dans les halles, les harengères en se querellant, se disent : "Tu es bête comme la paix !" [...] Le peuple sait d'ailleurs que nous ne gagnons, ni ne gardons, aucune ville. »

Les critiques contre Louis XV furent plus virulentes encore, parfois même ordurières, quand on apprit ses faveurs multipliées, surtout entre 1748 et 1758, envers Jeanne-Antoinette Poisson, la fille d'un financier, devenue Mme la marquise de Pompadour. Son rôle fut effectivement important en matière de politique intérieure (elle favorisa le clan Choiseul et soutint les physiocrates dont le chef de file, François Quesnay, était son médecin) ou étrangère (elle œuvra pour le renversement des alliances en 1756). L'opinion fustigeait notamment les folles prodigalités de la maîtresse du roi. Il est vrai que l'aménagement de ses hôtels de Paris, dont l'Élysée actuel, de ses résidences de Crécy, de La Celle et de Bellevue (près de Meudon) coûtèrent près de 8 millions de livres. Les dépenses de théâtre et des fêtes magnifiques de la cour s'élevèrent, de 1748 à 1756, à 4 millions de livres. A Paris, des satires et des chansons étaient colportées contre la favorite.

Un étrange fait-divers contribua à renforcer encore les critiques contre le monarque : en 1749 et en 1750, des arrestations de jeunes enfants errants à Paris, puis des disparitions de fils et de filles d'artisans déclenchèrent de folles rumeurs et des émotions. En mai 1750, l'émoi était à son comble dans les quartiers populaires, entre le Marais et le Temple. Ne disait-on pas, rapporte Barbier, que « l'objet de ces enlèvements d'enfants était qu'il y avait un prince ladre [lépreux], pour la guérison duquel il fallait un bain de sang humain » ? Non seulement le monarque avait laissé faire, pensait-on, mais sans doute l'avait-il lui-même ordonné. Et peut-être même le roi était-il ce « prince ladre » ?

L'image de Louis XV fut fortement ternie par tous ces bruits colportés, ces folles rumeurs diffusées dans les tavernes et véhiculées par les libelles et les pamphlets. Le « bien aimé » du temps de Fontenoy devenait le « mal aimé », un nouvel Hérode, massacreur d'Innocents, comme Henri de Valois, meurtrier des Guise, qui avait autrefois été le « Vilain Herodes », par un jeu anagrammatique sur les lettres de son nom.

C'est dans un tel contexte que l'opposition politique rebondit.

1749 : l'affaire du vingtième et le réveil des oppositions

❑ ***Un nouvel impôt à prétention égalitaire.*** Issu d'une vieille famille de la robe, Jean-Baptiste de Machault d'Arnouville, surnommé « tête de fer » à cause de son caractère dur, tranchant, entêté, fut nommé au Contrôle général des Finances en décembre 1745 en remplacement d'Orry, renvoyé sous la pression de Mme de Pompadour. La situation financière s'était à nouveau dégradée à la suite de la guerre de Succession d'Autriche. Les impôts furent augmentés : le dixième, par exemple, supprimé en 1717, fut rétabli en 1733, puis aboli en 1736 et perçu de nouveau à partir de 1741. Après quelques emprunts et expédients, Machault, vivement incité par Louis XV, décida de s'attaquer aux privilégiés et à la rénovation du système fiscal, deux opérations intimement liées.

En mai 1749, par deux édits rendus à Marly, le dixième fut remplacé par un nouvel impôt, le vingtième. Sa grande originalité résidait dans le fait qu'il était prélevé sur les revenus nets de tous, privilégiés ou non, « par la considération, précisait le préambule, qu'il n'y en a pas [d'imposition] de plus juste et de plus égale, puisqu'elle se répartit sur tous et chacun de nos sujets dans la proportion de leurs biens et de leurs facultés ». Par ailleurs, la répartition de ce prélèvement de 5 % du revenu devait être mise en place non par des officiers propriétaires de leurs charges comme l'étaient les élus dans le cadre des élections, les circonscriptions fiscales traditionnelles, mais par des directeurs et des contrôleurs qui dépendaient directement des intendants.

La réforme se heurta aussitôt à une vive résistance des privilégiés. Les parlementaires parisiens ouvrirent le feu en venant à Versailles présenter au roi des remontrances. Ils travestirent des revendications corporatistes en un zèle apparent pour les intérêts du peuple et de la « nation », en soulignant que l'alourdissement de la fiscalité diminuerait les revenus de l'agriculture et affaiblirait le commerce. Après un ordre ferme de Louis XV, le 19 mai 1749, les magistrats finirent par accepter l'édit de création, non sans avoir inscrit sur leurs registres que le texte avait été enregistré « du très exprès commandement du roi ». Les États provinciaux, en particulier ceux de Bretagne, se montrèrent très critiques, moins toutefois que l'Assemblée du clergé. Cette dernière dénonça avec véhémence l'empiétement de l'État royal sur les privilèges de l'Église. L'évêque de Verdun déclara même que les immunités fiscales du clergé devaient être regardées « comme faisant partie de la religion catholique ». L'assemblée du clergé souligna aussi que tout tribut provenant de l'Église ne pouvait être que « l'offrande de [son] amour ».

❑ ***Un nouveau recul du pouvoir royal.*** Finalement, pressé à la cour par l'influent clan des dévots (essentiellement concentré autour de la famille royale), par ailleurs cible, on l'a vu, d'une campagne de violents pamphlets, Louis XV se décida à céder. En décembre 1751, il exempta le clergé, et il permit l'abonnement : on pouvait se libérer de la taxe, moyennant une somme fixe et très inférieure à la somme réellement due. En définitive, comme autrefois la capitation (en 1695) et le dixième (en 1710), la charge du vingtième finit par retomber presque entièrement sur le tiers état.

Cet événement était lourd de conséquences pour le devenir de l'État royal car il manifestait une fois de plus l'incapacité du pouvoir à moderniser son système fiscal, condition de son bon fonctionnement. « Le clergé a eu le dessus, écrivait Barbier dans son *Journal*, et l'autorité du roi aussi bien que les droits réels de l'État en souffriront. » Mais l'entêtement du clergé à invoquer le nom de Dieu pour se soustraire à un impôt qui apparaissait plus juste contribua à une réprobation populaire, bientôt relayée par l'offensive des philosophes contre la religion.

1752 : l'affaire du refus des sacrements ou des billets de confession

❑ ***La relance de l'opposition janséniste.*** Archevêque de Paris depuis août 1746, Christophe Beaumont du Repaire se signala en décidant de refuser, surtout à partir de 1752, les derniers sacrements aux suspects de la « secte » janséniste. Il faisait exiger des « billets de confession » qui attestaient de leur soumission à la bulle *Unigenitus*. Appliquant strictement les ordres de son archevêque, le 20 mars 1752, le père Bouettin, chanoine de Saint-Étienne-du-Mont, refusa les sacrements à un certain abbé Lemerre (ou Le Maire), un vieil oratorien janséniste qui trépassa sans le précieux viatique, en pleine semaine sainte. Cet événement, aux allures de scandale, réveilla aussitôt les parlementaires projansénisants, par ailleurs excédés par les faveurs que le roi avait accordées au clergé dans l'épisode tout récent du vingtième.

Il s'agissait bien à présent d'une nouvelle affaire d'État, qui partageait la cour et déchaîna, une fois encore, les parlementaires : le 18 avril 1752, le Parlement rendit un arrêt « de règlement » portant défense à tout ecclésiastique de faire aucun acte « tendant au schisme » ; l'arrêt déclarait aussi que la bulle *Unigenitus* n'était pas un article de foi. Le Parlement fit parvenir une copie de cet arrêt à tous les bailliages et les sénéchaussées où il fut placardé. Les esprits s'échauffèrent ; les deux partis, parlementaire et royal, multiplièrent les libelles et les pamphlets. L'affaire s'envenima à tel point, pendant plusieurs mois (remontrances du Parlement, arrêts du Conseil du roi cassant ceux du Parlement...), que finalement Louis XV décida et provoqua l'exil d'une partie des juges hors de Paris, dans la nuit du 8 au 9 mai 1753. Les conseillers de la Grand Chambre protestèrent ; sur ordre royal, ils furent aussitôt transférés à Pontoise (Déclaration royale du 11 mai 1753).

Les parlementaires de province (Rouen, Aix, Bordeaux, Toulouse, Rennes) prirent aussitôt le relais de leurs confrères parisiens : partout où il y avait refus de sacrements, il y avait des arrêts des parlements, et ces arrêts étaient aussitôt cassés par le Conseil du roi. Le souverain alterna les menaces et les acceptations. Finalement, prenant prétexte de la naissance du duc de Berry (le futur Louis XVI), le roi se décida le 27 août 1754 à amnistier le Parlement. Dans une Déclaration royale datée du 2 septembre, le souverain annonçait qu'« après avoir puni son Parlement de sa résistance et de son refus de rendre la justice, il avait, à la fin, cru devoir écouter sa clémence, espérant que le Parlement remplirait ses vues par une soumission et une fidélité entières ». Il lui imposait silence sur les affaires ecclésiastiques, et il annulait, en même temps, toutes les poursuites et les procédures antérieures. Beaumont, l'intransigeant archevêque, fut exilé hors de Paris, le 3 décembre 1754.

L'autorité royale ne sortait pas indemne du conflit : « Sans être encore attaquée ouvertement dans son principe, elle commençait à faire douter de sa force, car, en se croisant en pleine contradiction, arrêts du Conseil et arrêts du Parlement avaient donné par moments aux sujets l'impression d'une lutte opposant deux puissances égales, entre lesquelles l'obéissance publique pouvait hésiter » (Michel Antoine).

Le 18 mars 1755, empiétant sur ses prérogatives, le Parlement décidait de nouveau, par un arrêt de règlement, que la bulle *Unigenitus* n'avait pas le caractère d'une règle de foi. Il intimait l'ordre à tout ecclésiastique « de se renfermer, à l'égard de la dite bulle, dans le silence général ». Malgré une tentative de conciliation du pape Benoît XIV, les parlementaires persistèrent dans leur harcèlement incessant et systématique des décisions du Conseil du roi. Ils s'opposèrent, en particulier, tant à Paris qu'en province, à la création d'un second vingtième, décidée le 7 juillet 1756 (la guerre de Sept Ans débutait alors) : le Parlement de Toulouse déclara que ce nouvel impôt violait les lois fondamentales du royaume parce qu'il frappait « ces terres nobles dont l'exemption remonte évidemment au premier partage des compagnons de Clovis ».

L'ensemble provoqua deux lits de justice : à Versailles, le 21 août 1756 ; à Paris, le 13 décembre 1756. Le roi diminuait le pouvoir du Parlement ; il supprimait en particulier la troisième et la quatrième chambre des enquêtes. Furieux, les magistrats ripostèrent par une grève de la justice, à Paris, à Rouen, à Bordeaux. Les raisons étaient différentes dans ces deux dernières villes, mais les effets furent les mêmes pour le pouvoir central : critiques et discrédit.

❑ ***L'histoire, instrument politique.*** Le conflit était d'autant plus vigoureux qu'il se nourrissait désormais, plus que jamais, d'une littérature pseudo-historique qui tendait à enraciner l'opposition des parlementaires dans une vieille histoire, mérovingienne ou carolingienne, époque mythique permettant de présenter les ancêtres des juges et des aristocrates frondeurs comme les naturels et légitimes « conseillers » des rois.

Les *Lettres historiques sur les fonctions essentielles du Parlement, sur le droit des pairs et sur les lois fondamentales du royaume*, en deux volumes, portant la rubrique (douteuse) d'Amsterdam et les dates de 1753 et 1754, obtinrent un succès considérable. Dans cet ouvrage, Louis-Adrien Le Paige (1712-1802), un juriste dont la fonction, au Temple, était de compiler et de copier d'anciens documents, reprenait les idées de Boulainvilliers développées dans les années 1727-1728 : ce dernier imaginait alors une mythique nation des origines, et il considérait l'histoire de la monarchie comme la longue altération d'une Constitution idéale et primitive. Selon Le Paige, l'ancienneté, et donc la justesse des revendications du Parlement, était antérieure à la monarchie : « Le Parlement, par une succession qui n'a jamais souffert d'interruption, remonte jusqu'à la naissance de la monarchie française et jusqu'à nos siècles germains. Le Parlement que nous voyons aujourd'hui est le même Parlement qui subsistait sous Philippe le

Bel, sous saint Louis, sous Philippe Auguste et dont on possède encore les registres ; comme celui qui subsistait au temps de ces trois princes était celui même du roi Robert et de ses successeurs, de Charlemagne et de toute la deuxième race, de Clovis et de toute la première ; celui enfin dont parlait Tacite il y a seize cents ans, du temps de nos rois germains, et dont ont ne trouve l'origine que dans celles mêmes de l'État. » Quant aux parlements de province, ils ne forment qu'un même corps politique, car « n'étant que des démembrements que l'on a faits depuis trois ou quatre siècles de ce Parlement unique et universel, il s'est fait en eux une émanation nécessaire des fonctions et des obligations de la cour démembrée ».

En novembre 1755, le Parlement de Paris reprenait ces thèses et les transformait en une quasi-doctrine constitutionnelle, c'est-à-dire en une arme idéologique utilisée désormais dans tous les conflits qui l'opposaient au roi. C'est ainsi que les parlementaires déclarèrent lors de remontrances adressées au souverain : « Sire, il y a treize cents ans que la monarchie subsiste, il y a treize cents ans que votre Parlement, sous quelque dénomination qu'il ait été connu, forme toujours le même tribunal et exerce les mêmes fonctions dans l'État. Son administration quant à la manutention des lois n'a jamais cessé d'être le même jusqu'à ce moment. »

❑ ***L'obstruction parlementaire : le « despotisme des juges ».*** Très concrètement, la principale action des parlements consistait en une obstruction presque systématique des décisions royales, les arrêts du Conseil. Les magistrats prétextaient la nécessité que ces arrêts soient accompagnés de lettres patentes soumises à vérification. Cette obstruction parlementaire tendait à rejeter la gestion administrative de l'État pour lui substituer « le despotisme des juges » (Michel Antoine).

La tactique consistait à attaquer les arrêts du Conseil, à leur dénier toute force légale. Cette politique de critique systématique permettait de miner l'autorité de tous les agents du roi dont l'action était mue, guidée, fondée par ces arrêts : dans les provinces, intendants et subdélégués, directeurs et contrôleurs des vingtièmes, ingénieurs des ponts et chaussées et autres fonctionnaires, tous devinrent l'objet de censures ou de calomnies répétées. En Dauphiné, par exemple, le Parlement fulminait d'incessantes remontrances contre les décisions de La Porte, l'intendant nommé par le roi en 1744. L'action des magistrats de Grenoble fut si vigoureuse que La Porte fut contraint, en 1761, de démissionner. « Se considérant comme l'alpha et l'oméga des institutions, les compagnies supérieures ne visaient finalement qu'à tout ramener à elles. Entendant confisquer et monopoliser à leur profit et l'autorité royale et la souveraineté nationale, et le rôle du Conseil du roi, elles s'intronisaient elles-mêmes comme une sorte de monarque collectif, elles rêvaient d'établir le gouvernement des juges. A quoi elles s'employèrent systématiquement, sans barguignier sur le choix des moyens » (Michel Antoine).

A la fin de l'année 1756, Barbier écrivait : « On est dans des circonstances très critiques [...] Le fanatisme est général dans Paris contre l'autorité souveraine, et la plupart des hommes et femmes raisonnent sur ce ton-là, sans aucun principe de droit public. »

❑ ***L'attentat de Damiens (5 janvier 1757).*** Le 5 janvier 1757, un jour de grand froid, un peu avant six heures du soir, alors que le souverain était prêt de monter en carrosse pour se rendre de Versailles à Trianon, un certain Robert-François Damiens, âgé de quarante-deux ans, surgit de l'ombre et porta un coup de canif au roi. Malgré le peu de gravité de la blessure, Louis XV fut particulièrement affecté par ce geste qui fut considéré comme un crime de lèse-majesté au premier chef.

Né en Artois, au village de La Thieuloye, Damiens avait pendant longtemps occupé une place de domestique chez plusieurs officiers, en particulier des conseillers au Parlement de Paris, et il s'était convaincu, à l'écoute des conversations de ses maîtres, comme le rapporte Barbier, « que le roi était un méchant parce que, sous l'influence de "ce coquin d'archevêque" [il s'agit de l'archevêque de Paris], il n'écoutait pas son Parlement, et que c'était un devoir de l'en punir ». Bouc émissaire tout désigné, Damiens fut condamné à l'affreux supplice réservé aux régicides, l'écartèlement vif, comme en 1610 François Ravaillac, l'assassin d'Henri IV.

L'exécution se déroula place de Grève, l'actuelle place de l'Hôtel de Ville, le 28 mars, devant une immense foule : la mise à mort d'un criminel était un spectacle recherché.

Le roi, désireux de calmer le jeu politique, avait renvoyé Machault d'Arnouville et d'Argenson, le secrétaire d'État à la guerre, le 1er février 1757. Il reprochait en particulier à ce dernier, qui dirigeait aussi le département de Paris, de ne pas avoir assez surveillé le Parlement, ni poursuivi les auteurs de pamphlets et de libelles qui se multipliaient.

Mais ces décisions n'apaisèrent pas la fronde des parlements. Tout au contraire, elle reprit de plus belle, comme justifiée par les reculs successifs de l'État royal.

DE LA GUÉRILLA INTÉRIEURE AU TEMPS DU DUC DE CHOISEUL AU « COUP DE MAJESTÉ » DE MAUPEOU (1758-1774)

Marié à la fille d'un des plus riches financiers du royaume, le duc de Choiseul était issu d'une vieille et importante famille d'aristocrates lorrains. Après une carrière militaire et diplomatique, à Rome en 1753, puis à Vienne en 1757, soutenu par Mme de Pompadour, Choiseul occupa la position de

Principal ministre, sans le titre, entre 1758 et 1770. Il s'intéressa plus particulièrement aux affaires étrangères, à la guerre, à l'armée dont il réforma les structures et modernisa l'armement, à la marine dont il reconstitua la flotte. En matière religieuse et politique, il prôna un gallicanisme modéré, accompagné d'un vif sentiment antijésuite et de sympathies pro-parlementaires. Ami des philosophes (il a entretenu une correspondance suivie avec Voltaire), le duc de Choiseul fait figure d'aristocrate éclairé et mondain, un homme à l'écoute des évolutions, des tensions et des débats intellectuels de son temps.

Lorsque Choiseul occupa la position dominante au Conseil, depuis deux ans déjà, la France était engagée dans une guerre de grande ampleur.

La guerre de Sept Ans (1756-1763)

La guerre de Sept Ans s'explique par de multiples facteurs : l'inquiétude de l'Autriche devant les progrès de la Prusse, jointe à sa volonté de reprendre la Silésie dont Frédéric le Grand s'était emparé en 1740; La rivalité franco-anglaise aux colonies, pour le commerce, pour le contrôle de l'espace nord-américain, en particulier le Canada, et la colonisation de l'Inde.

Un spectaculaire bouleversement diplomatique précipita le conflit.

❑ ***1756 : le renversement des alliances.*** Ce qui sembla une incohérence diplomatique apparente dérouta nombre de Français habitués, depuis Charles Quint, à la vieille routine anti-habsbourgeoise. Rompant, en effet, avec plus de deux siècles d'opposition anti-Habsbourg, un renversement des alliances provoqua la rupture de l'entente entre la France et la Prusse

Le 1er mai 1756, le traité de Versailles décidait d'une alliance (un traité défensif, une convention de neutralité, une convention secrète) avec l'Autriche catholique de Marie-Thérèse contre la Prusse et l'Angleterre protestantes. Le traité pouvait être étendu à d'autres puissances : l'Espagne, Naples, Parme, la Toscane dont le mari de Marie-Thérèse était le Grand-Duc.

La guerre de Sept Ans (1756-1763) fut la conséquence directe de ce renversement des alliances. Elle mit aux prises, d'une part la France et l'Autriche avec leurs alliées (Russie, Saxe, Suède, Espagne), d'autre part l'Angleterre, la Prusse et le Hanovre.

❑ ***Les principales opérations militaires.*** L'Angleterre avait pris l'initiative des hostilités dès juillet 1755, en saisissant, dans différents ports, trois cents vaisseaux de commerce français, dont 39 navires de Nantes et 96 de Bordeaux. En pourcentage calculable, comme à La Rochelle, 79 % des navires furent perdus. Le ravitaillement des îles devint alors très difficile :

en 1756, 46 navires seulement parvinrent à destination, au lieu de 110 l'année précédente. Et les Anglais entreprirent un blocus des possessions françaises.

Sur le continent, Frédéric II entama l'offensive en août 1756, en envahissant la Saxe et la Bohème. Mais il fut battu par Daun à Kolin, le 18 juin 1757, et il fut contraint d'évacuer la Bohême, tandis que les Russes envahissaient la Prusse orientale. Cependant le roi de Prusse remporta trois grandes victoires, sur les Français à Rossbach (5 novembre 1757), sur les Autrichiens à Leuthen (5 décembre 1757) et sur les Russes à Zorndorf (25 août 1758). Finalement, le nouveau tsar, Pierre III, admirateur de Frédéric II, signa la paix avec la Prusse, le 5 mai 1762, et la Suède imita bientôt son exemple.

Sur mer et dans les colonies, la guerre avait mal commencé pour les Anglais : Port-Mahon, aux Baléares, fut occupée par le duc de Richelieu en 1756. Mais, à partir de 1757, sous la conduite de William Pitt, l'Angleterre connut de nombreux succès, d'autant que le rapport des forces navales était particulièrement défavorable aux Français : en 1755, le royaume de France possédait 70 vaisseaux de ligne, l'Angleterre 148, auxquels il convient d'ajouter 103 frégates et 80 galiotes auxiliaires. La mort de Montcalm et la capitulation de Québec en 1759 marquèrent la fin de la domination française en Amérique. La capitulation de Lally-Tollendal à Pondichéry, prise et détruite par les Anglais, consomma la fin de l'Inde française en 1761. Au début de l'année 1762, la Martinique, principale base des corsaires, fut envahie. Les Anglais complétèrent leurs succès par la prise de Sainte-Lucie et de la Grenade.

Clôturant un conflit marqué par un poids de plus en plus lourd des enjeux maritimes et coloniaux, les traités de Paris (10 février 1763) et la paix d'Hubertsburg (15 février 1763) consacrèrent la puissance de la Prusse et de l'Angleterre. La prééminence coloniale de cette dernière se trouva considérablement renforcée, en particulier en Amérique du Nord : les possessions britanniques furent doublées, s'étendant du Canada à la Floride.

❑ ***Les conséquences du conflit.*** En raison, en particulier, du prix élevé de la guerre navale (navires, formation des marins, équipements, distances...), les besoins financiers de cette guerre de Sept Ans, conflit maritime et colonial inédit par son ampleur, furent énormes : on peut les chiffrer à 1,8 milliard de livres. L'arriéré de la dette se montait à 467 millions de livres en 1764, contre seulement 21 à la fin de la guerre de Succession de Pologne, vingt-cinq ans plus tôt.

Révélateur de la prépondérance des intérêts économiques dans les relations internationales, une prépondérance qui n'avait cessé de s'affirmer dans les traités de paix depuis le XVIIe siècle, les négociations avaient porté avant tout sur la conservation des avantages commerciaux : Choiseul voulait sauvegarder en priorité les bases du commerce colonial, même au prix d'un abandon des possessions territoriales d'Amérique du Nord. Aussi, les traités firent-ils perdre à la France vaincue la plupart de ses colonies, à l'exception de la partie ouest de Saint-Domingue, la sucrière « perle noire » (30 000 km^2, dont 5 000 km^2 seulement étaient des terres de plaines). Cette dernière avait été acquise en 1697 lors de la paix de Ryswick qui clôtura la guerre de la Ligue d'Augsbourg. La France conservait aussi quelques «îles sous le vent » : la Martinique (1 100 km^2), la Guadeloupe (1 780 km^2) et ses dépendances (Marie-Galante, Saint-Martin, Saint-Barthélémy, La Désirade...), Sainte-Lucie (600 km^2). Elle cédait « le Canada avec toutes ses dépendances », occupé alors par environ 60 000 colons, mais elle conservait Saint-Pierre-et-Miquelon et le droit de pêche à Terre-Neuve, ce qui préservait les intérêts des pêcheurs de morue de Saint-Malo, Granville et Saint-Jean-de-Luz. En Inde, la France ne gardait que les cinq comptoirs déjà en sa possession au traité d'Aix-la-Chapelle : Pondichéry, Chandernagor, Xanaon, Karikal et Mahé. Elle perdait le Sénégal, mais elle conservait la petite île de Gorée, tête de pont de la traite des esclaves sur le continent africain.

La traite des esclaves, pratiquée de la Côte d'Ivoire au delta du Niger, assurait la prospérité des villes du négoce maritime, Nantes en particulier, mais aussi, dans une moindre mesure, La Rochelle, Le Havre, Bordeaux, Saint-Malo, Lorient, Honfleur (respectivement 1 427, 427, 399, 393, 216, 156, 125 expéditions négrières entre 1707 et 1793), grâce au commerce triangulaire : les navires prenaient la direction de l'Afrique, chargés de pacotille (verroterie, couteaux, eaux-de-vie, fusils, soieries, indiennes...) ; des esclaves étaient achetés à des chefs africains, puis transportés dans des conditions inhumaines sur les navires, pour être revendus à Saint-Domingue au prix unitaire d'environ 1 800 livres ; indigo, sucre, café, tabac et coton assuraient le fret de retour. On estime ainsi que, du milieu du XVIIe siècle à la Révolution, 800 000 esclaves furent emmenés de force à Saint-Domingue : 5 000 par an en 1715, 14 000 en 1763, 29 000 en 1783.

Certains historiens, quelque peu abusés par Voltaire se gaussant des quelques « arpents de neige » perdus au Canada, ont soutenu que l'opinion se serait montrée peu sensible à la défaite consacrée par le traité de Paris : « Je suis comme le public, écrivait Voltaire à Choiseul en septembre 1762, j'aime beaucoup mieux la paix que le Canada, et je crois que la France peut être heureuse sans Québec. » En fait, la « supériorité » de l'Angleterre fut alors un thème mis en avant par les pamphlétaires et les libellistes, et l'attente d'une revanche contre la « perfide Albion » devint un sujet largement développé. Il n'en demeure pas moins que la signature du traité de Paris coïncidait avec une remarquable reprise de l'essor économique, essor que la guerre entama à peine, à la différence des conflits de la fin du règne de Louis XIV qui avaient été douloureusement ressentis par la population.

Malgré le recul colonial important, conséquence du traité de Paris, la France n'en subit pas pour autant un repli hexagonal, comme en témoignent les voyages d'exploration entrepris par Bougainville (1766-1768) et La Pérouse (1768). Ces périples maritimes autour du monde stimulèrent la mode des innombrables récits de voyage et ils mirent en valeur les modèles de sociétés libres et « naturelles », conformes aux idées développées par certains philosophes. L'île de Tahiti, découverte, ou plutôt redécouverte par Bougainville en 1768, en offrit un séduisant exemple, mêlant l'observation ethnologique au mythe du « bon sauvage ». En 1771, parut *Le Voyage autour du monde* de Bougainville, un texte qui obtint un vif succès, en particulier à cause de la description de l'extrême liberté qui régnait entre les sexes sur l'île de Tahiti.

Il est vrai qu'à cette date, dans les salons et les sociétés savantes, on débattait avec passion de la « liberté » et de la « nature ». Depuis le milieu du siècle, les philosophes étaient devenus, eux aussi, un ferment de l'opinion et bientôt, une force de pression politique dont le gouvernement devait tenir compte.

Une audace économique : la liberté des grains (1763-1764)

Choiseul n'appréciait pas François Quesnay, le chef de file des physiocrates. Pourtant, il se laissa gagner aux idées nouvelles en matière économique, en acceptant les réformes proposées par le Contrôleur général des finances, Henri-Léonard Bertin, un familier de Quesnay et de Gournay.

❑ ***« Animer et étendre la culture des terres [...]. »*** Bertin, stimulé par les penseurs économistes vantant les mérites de la liberté (en particulier Vincent de Gournay), tenta une audacieuse expérience de libéralisation du commerce des « bleds ».

Une Déclaration royale du 27 mai 1763 autorisait la libre circulation des « grains, farines et légumes dans toute l'étendue du royaume », et elle affranchissait les ventes et les achats de grains de la plupart des entraves que les règlements y apportaient. Un an plus tard (L'Averdy était alors le nouveau Contrôleur général, mais Bertin était toujours membre du Conseil du roi), un édit du 19 juillet 1764 supprimait toute entrave au commerce des grains et des farines, à l'exception de Paris et de son arrière-pays. L'édit autorisait, en même temps, leur exportation conditionnelle : ainsi, par exemple, toute sortie ne devait s'effectuer par mer que dans vingt-sept ports, nominativement désignés, et par des vaisseaux français, ayant les 2/3 au moins de leur équipage composés de marins français. Cette libération de l'exportation et de l'importation des céréales était destinée, suivant le texte de l'édit, « à animer et à étendre la culture des terres, dont le produit est la source la plus sûre des richesses d'un État, à entretenir l'abondance par les magasins et l'entrée des blés étrangers, à empêcher que les grains ne soient à un prix qui décourage le cultivateur, à écarter le monopole par l'exclusion sans retour de toutes permissions particulières, et par la libre et entière concurrence dans ce commerce ; entretenir enfin entre les différentes nations cette communication d'échanges du superflu avec le nécessaire, si conforme à l'ordre établi par la divine providence, et aux vues d'humanité qui doivent animer les souverains ».

Au Parlement, la déclaration royale de mai 1763 ne fut pas enregistrée sans difficultés ; elle ne fut acceptée qu'après cette réflexion de l'abbé Terray, rapporteur : « Essayons-en ; si, comme il y a tout lieu de le craindre, l'expérience prouve les inconvénients de cette nouvelle législation, on reviendra aux anciennes lois. »

❑ ***Du « pacte de famine » au barrage des parlements.*** La décision provoqua de multiples résistances populaires, car pour beaucoup de consommateurs, particulièrement sensibles à l'évolution quotidienne du prix du pain, la suppression des règlements constituait un facteur de hausse des prix. Surtout, par cette mesure, le gouvernement était accusé de faciliter les monopoles et les spéculateurs : on parla de « pacte de famine », et on prétendit même que les ministres, et le roi lui-même, se trouvaient intéressés dans ses opérations spéculatives. Des émeutes éclatèrent sur les marchés, comme à Bourges, par exemple, en mai 1766.

Les parlements contribuèrent à affaiblir la position de l'État royal en faisant barrage aux mesures de libéralisation et en attaquant ceux qu'ils appelaient les « théoriciens », en particulier l'abbé Baudeau, un physiocrate. Les physiocrates avaient provoqué, selon eux, le changement dans la législation. En 1767, les récoltes furent mauvaises et beaucoup rendirent la liberté de circulation des grains responsable de la hausse des prix. On accusa une nouvelle fois les physiocrates de vouloir affamer le peuple dans l'intérêt des propriétaires et des marchands : en 1767, Véron de Forbonnais publia une réfutation en règle du *Tableau économique* de Quesnay. En réplique à cette vague de critiques, paraissaient de nombreux ouvrages, signés ou non, pour défendre la liberté de commerce des grains : *La Liberté du commerce des grains, toujours utile, jamais nuisible* par Le Trosne (1765), l'*Ordre essentiel* par Mercier de La Rivière (1767), l'*Avis aux honnêtes gens qui veulent bien faire*, par l'abbé Baudeau (1768).

Le 15 avril 1768, le Parlement de Rouen rendait un arrêt rétablissant les règlements concernant le marché des grains. Au cours de l'été de 1770, les parlements de Paris et de Dijon rétablissaient l'ancienne réglementation. Une fois encore, en matière économique à présent, le pouvoir était contraint de reculer : à la fin de l'année 1768, L'Averdy fut renvoyé pour avoir pris une décision sans doute prématurée. Et le 23 décembre 1770, la cherté ayant continué, l'abbé Terray, Contrôleur général, fit rétablir les anciens règlements. Mais cette question du libéralisme économique continua à animer les débats du Conseil du roi comme ceux des sociétés savantes, des salons et des académies. Et Terray reçut de l'intendant de Limoges, Turgot, des lettres éloquentes défendant le principe de la liberté qu'il maintint dans son intendance.

Dans le domaine politique, le ministère de Choiseul fut dominé par deux affaires liées : l'expulsion des jésuites et l'opposition renforcée des parlements.

Les jésuites expulsés (1762-1764)

❑ ***La renaissance du sentiment antijésuite.*** L'attentat de Damiens avait réveillé les vieux démons resurgis du temps de la Ligue, identifiant régicide et jésuitisme : les *Nouvelles Ecclésiastiques*, par exemple, insinuaient que les pères de la Compagnie enseignaient dans leurs collèges la doctrine qui avait provoqué autrefois, du moins si l'on suit la thèse du périodique, l'assassinat de Henri III et de Henri IV. La tentative d'assassinat du roi du Portugal, Joseph Ier, le 3 septembre 1758, suivie de la mise hors-la-loi des jésuites du Portugal, semblait accréditer une telle thèse.

Par ailleurs, les jésuites devaient faire face, depuis longtemps, aux attaques des parlements qui voyaient en eux les représentants honnis des doctrines ultramontaines, les inspirateurs de la bulle *Unigenitus* et les partisans résolus d'un État royal oublieux de ce qu'ils nommaient les « libertés ». Du reste, et il en était ainsi depuis Henri IV, l'un de leurs représentants n'était-il pas le confesseur du roi ? De plus, les attaques des parlementaires rejoignaient celles de bien des philosophes désireux d'abattre avec la Compagnie de Jésus, ce qu'ils considéraient, eux aussi, comme un des remparts les plus solides d'une Église « absolutiste ». Et la population parisienne était portée, par nombre de pamphlets et de libelles, à considérer ces religieux comme une sorte de « cinquième colonne », ou de « parti de l'étranger » (Michel Antoine). En 1760, Le Paige faisait paraître une *Histoire générale de la naissance et des progrès de la compagnie de Jésus et analyse de ses constitutions et privilèges*, qui rassemblait tous les arguments et les événements susceptibles d'orchestrer une offensive contre l'ordre. « Écrasons l'infâme », proclamait-on aussi, à la suite de Voltaire.

❑ ***L'affaire La Valette.*** L'occasion de l'expulsion en fut donnée en 1761 par les jésuites eux-mêmes : ce fut l'affaire La Valette. Ce jésuite de Saint-Pierre de La Martinique avait monté depuis les années 1740, à l'insu de ses supérieurs, une vaste exploitation de canne à sucre et une maison de commerce. Ruiné par la guerre de Sept Ans qui interrompit en partie le trafic avec la métropole, Antoine La Valette ne pouvait payer ses créanciers. La Compagnie de Jésus refusa de se déclarer solidaire de lui. En conséquence, deux gros négociants marseillais, Gouffre et Lionci, le poursuivirent devant les juges-consuls de Marseille (1759), puis devant le Parlement d'Aix qui le condamna. L'affaire, à l'instigation des jésuites eux-mêmes, remonta en appel au Parlement de Paris, ce qui transforma bientôt un banal événement de faillite privée en affaire d'État.

En effet, le Parlement de Paris, sous prétexte que certains règlements des jésuites lui paraissaient incompatibles avec les lois du royaume, demanda, le 17 avril 1761, à examiner en détail toutes leurs Constitutions. Le 6 août 1762, il rendit un long arrêt qui déclarait la Compagnie « inadmissible par sa nature dans tout État policé ». Le Parlement leur ordonnait « de renoncer pour toujours au nom, à l'habit, aux vœux, au régime de leur société ; d'évacuer les séminaires, les noviciats, les collèges [il y en avait 111 à cette date], les maisons professes sous huitaine ». En outre, le Parlement dénonçait les richesses des jésuites ; il fustigeait sa morale ; il critiquait sa théologie, « destructive de tout principe de religion et même de probité ». Et finalement, il expulsait les jésuites de son ressort.

Tous les parlements de province, à l'exception de ceux de Besançon et Douai, les derniers créés par le pouvoir central au temps de Louis XIV, suivirent l'exemple parisien.

❑ ***La capitulation royale.*** Au départ, sous la pression de Lamoignon, de la reine, du dauphin et de ses filles, Louis XV chercha à enrayer l'affaire. Mais exaspéré par les pressions du pape Clément XIII, et sur les conseils de Choiseul, le roi s'inclina. Finalement, espérant ainsi adoucir l'intransigeance des parlements dont il avait besoin pour atténuer le déficit provoqué par les dépenses de la guerre de Sept Ans, il ratifia les décisions des parlementaires : un édit de novembre 1764 supprima la Compagnie de Jésus. Un édit de mai 1767, encore plus rigoureux, les bannit purement et simplement du royaume.

C'était une fois encore un échec manifeste pour le pouvoir royal, car dans cette affaire il avait suivi les parlements. C'était en même temps une victoire, à la fois pour les parlementaires, les philosophes et l'opinion. Au lendemain de « l'affaire », le président de Miromesnil constatait que « la forme nouvelle et incroyable dans laquelle l'on a agi pour l'affaire des jésuites a encore augmenté la confiance des parlements et il n'est rien dont les gens échauffés ne se flattent de pouvoir venir à bout ».

Les parlementaires « flagellés » (1766)

Au même moment, en effet, l'État royal devait plus que jamais faire face à l'« échauffement des parlements », comme on disait alors.

❑ ***L'affaire de Rennes.*** Entre tous, le Parlement de Rennes était l'un des plus turbulents du royaume parce qu'il s'appuyait sur les sentiments particularistes de la province, sur des États provinciaux particulièrement houleux et dominés, comme le Parlement, par la vieille noblesse terrienne, dont tous les membres étaient extrêmement attachés à leurs privilèges et à leurs libertés. Par ailleurs, le Parlement était animé par son procureur général Louis-René de Caradec de La Chalotais. Ce dernier défendait les idées des « philosophes », celles des physiocrates en particulier (il était très lié à Quesnay). Et il s'était déjà illustré dans la lutte contre les jésuites.

Le conflit éclata lorsque le roi, en 1763, voulut faire appliquer des édits de finances décidés par Bertin, le Contrôleur général, et cela sans consultation des États de Bretagne dont les prérogatives principales étaient justement de consentir l'impôt. Le Parlement de Rennes réagit vivement. Louis XV lui opposa le jeune duc d'Aiguillon, « commandant en chef » de la province, un homme autoritaire et ambitieux, et surtout très mal vu de La Chalotais, car il passait pour dévot et projésuite.

En 1765, le Parlement de Rennes démissionna après l'arrestation, le 10 novembre, et l'emprisonnement dans la forteresse de Saint-Malo de La Chalotais et de son fils, compromis par ailleurs dans une obscure affaire de lettres anonymes impliquant le roi et une de ses maîtresses. Aussitôt, le Parlement de Paris et d'autres cours provinciales volèrent au secours de leur homologue breton. Louis XV ayant refusé de recevoir une députation du Parlement de Rouen, ce dernier vota, le 24 février, d'« itératives représentations ». Elles provoquèrent la fureur du roi.

❑ ***La séance de la « Flagellation » (3 mars 1766).*** Louis XV se décida à tenir un lit de justice le 3 mars 1766 : « Messieurs, je suis venu pour répondre moi-même à toutes vos remontrances. » Ce fut la séance dite de la « Flagellation » (du nom de la fête du jour). Comme il était de tradition lors de tout lit de justice, le roi vint s'asseoir à l'angle « des deux bancs d'en haut » de la Grand Chambre du Parlement, sur un siège « en forme de cube, symbole de stabilité » (témoignage de Drouin de Vaudeuil), sous un dais fleurdelysé. Il fit prononcer un discours, demeuré célèbre ; il s'agissait d'une spectaculaire proclamation des principes d'une monarchie absolue : « C'est en ma seule personne que réside la puissance souveraine. »

Cette énergie déployée par Louis XV se révéla précaire, et surtout elle resta sans lendemain. Car étape par étape, le roi capitula : l'emprisonnement de La Chalotais, qui avait été transféré à la Bastille, fut transformé en exil à Saintes. On pria le duc d'Aiguillon de démissionner en 1768, puis le Parlement de Rennes fut réinstallé en juillet 1769.

Mais la rancune du Parlement ne se satisfaisait pas de ces concessions : le duc d'Aiguillon fut accusé d'abus de pouvoir et, en avril 1770, le Parlement de Paris le condamna à la perte de la pairie. Aucune des parties n'était dupe : le procès dépassait la personne de l'accusé. C'était l'administration royale, le « despotisme ministériel », comme on disait alors, le pouvoir de Louis XV qui étaient une fois de plus en jeu, d'autant que la publicité de ces affaires dépassait le cercle des hommes du pouvoir et des magistrats. Les séances du Parlement, les remontrances en particulier, étaient désormais connues de tous, imprimées, affichées, largement diffusées et discutées, jusque dans les tavernes et les cabarets.

L'audace parlementaire provoqua alors une réaction du pouvoir royal en forme de révision totale d'une politique qui avait jusqu'alors tenté, sans succès, la voie de la conciliation et du compromis.

Le « coup de Majesté » de Maupeou (1771)

Excédé par les humiliations répétées qu'il subissait de la part de ceux qu'il considérait comme de simples sujets, poussé à la résistance par certains de ses ministres comme le chancelier de Maupeou et le Contrôleur général, l'abbé Terray, Louis XV se décida à frapper un grand coup : il disgracia Choiseul le 24 décembre 1770, ce qui laissait les mains libres à ce qui a été souvent appelé quelque peu abusivement le « triumvirat », composé de Maupeou, chancelier depuis 1768, de l'abbé Terray, Contrôleur général des finances depuis 1769, et du duc d'Aiguillon, devenu secrétaire d'État aux Affaires étrangères en 1771. Tous trois, pour des raisons diverses, avaient de solides motifs de souhaiter la mise au pas des parlements.

❑ ***La fin de la vénalité des offices ?*** La mise au pas des juges fut réalisée par Maupeou.

D'abord, il exila de Paris le Parlement, une nouvelle fois en grève depuis décembre 1770. Ensuite, trois édits furent publiés en février 1771. Le Parlement était accusé de « se livrer à une désobéissance également condamnée par les lois, par leurs serments, par l'intérêt public ». Un des édits proclamait que « la vénalité des offices, introduite par le malheur des temps, était un obstacle au choix de nos officiers et éloignait souvent de la magistrature ceux qui en étaient les plus dignes par leurs talents et par leur mérite ». Il était précisé, en outre, que « le plus léger mélange d'intérêt ne pouvait qu'offenser la délicatesse des magistrats chargés de maintenir les droits inviolables de l'honneur et de la propriété ». Le roi déclarait aussi qu'il devait à ses sujets « une justice prompte, pure et gratuite ».

En conséquence, les trois édits de février décidaient la mise en place d'un nouveau Parlement à Paris ; il conservait « tous ses droits et toutes ses prérogatives. Dépositaire des lois, chargé de les promulguer, de les faire exécuter, de nous en faire connaître les inconvénients, et de faire parvenir jusqu'à nous les besoins de nos peuples ». Pour alléger sa tâche et « rapprocher les juges et les justiciables », six conseils supérieurs lui étaient adjoints, à Arras, à Blois, à Châlons-sur-Marne, à Clermont-Ferrand, à Lyon et à Poitiers ; ils étaient chargés de connaître « au souverain et en dernier ressort de toutes les matières civiles et criminelles dans toute l'étendue des bailliages qui formeront son arrondissement ». Ces nouvelles cours de justice n'étaient plus composées de juges ayant acheté leurs charges, mais seulement de magistrats choisis par le roi « sur la connaissance de leurs talents, de leur expérience et de leurs capacités ». Désormais, ces magistrats percevraient des gages versés par le Trésor royal : les présidents toucheraient de 4 000 à 6 000 livres, les avocats et les procureurs 4 000 livres, les conseillers 2 000 livres, les substituts 1 000 livres. Et ils bénéficieraient d'un anoblissement graduel.

Il s'agissait là d'une véritable révolution, puisque c'était renoncer à la vénalité des charges de judicature. Or, la vénalité jointe à l'hérédité, toutes deux consacrées depuis 1604 par la paulette, conférait aux magistrats, propriétaires de leurs offices, une réelle indépendance. Les officiers étaient désormais transformés en simples fonctionnaires nommés par le gouvernement et recevant de lui un traitement fixe. Le symbole de cette volonté de domestication de la magistrature fut la nomination à la tête du nouveau Parlement de Paris de Bertier de Sauvigny qui, depuis seize ans était intendant, et donc commissaire de la généralité de Paris.

Les parlements de province, ayant pris parti pour les récalcitrants de Paris, la mesure leur était également étendue : réduction du nombre des magistrats, suppression de la vénalité et de la libre transmission des charges, établissement de la gratuité de la justice, fractionnement des ressorts trop vastes.

❑ ***La perte d'un « procès de trois siècles ».*** Ce spectaculaire « coup de Majesté » provoqua une vague de critiques sans précédent : de multiples rumeurs furent diffusées ; les pamphlets, les libelles, les vaudevilles, les satires et autres écrits en vers et en prose pullulèrent. Dans ces textes, le chancelier et les magistrats en fonction étaient vilipendés, ridiculisés, accusés d'incapacité et des pires turpitudes. La personne du roi, elle-même, ne fut pas épargnée. On a pu dénombrer plus de quatre cents exemples de cette littérature pour la seule Normandie. L'un d'entre eux, écrit en patois, remporta un grand succès. Il reprenait notamment la légende du pacte de famine : *« Not' Rouai grippe not' blei pour no l'ervendre »* (« Notre roi s'empare de notre blé pour nous le revendre »).

Dans un tel contexte, on peut comprendre pourquoi, quand le jeune Louis XVI, le petit-fils de Louis XV, monta sur le trône le 10 mai 1774, mal conseillé, et soucieux de popularité personnelle, il détruisit en quelques mois l'œuvre de son aïeul : les ministres du triumvirat furent renvoyés, et en novembre 1774, les anciens parlements furent rappelés et rétablis. L'édit de rétablissement souhaitait simplement que « l'esprit de corps » des magistrats « céderait en toutes circonstances à l'intérêt public ». De sa retraite normande, Maupeou déclara à cette occasion : « J'avais fait gagner au roi un procès qui durait bien depuis trois siècles. S'il veut le perdre, il est bien le maître. »

Mais le renvoi du triumvirat et le rappel des Parlements ne signifiaient pas la fin des tentatives de réforme, tout au contraire.

DOCUMENTS

■ L'offensive philosophique des années 1750-1760

L'énumération adoptée ici, nécessairement arbitraire, cherche à rendre compte de la diversité des sujets et des thèmes développés par les auteurs.

Condillac, *Essai sur l'origine des connaissances humaines, ouvrage où l'on réduit à un seul principe tout ce qui concerne l'entendement humain* (1746), *Traité des systèmes* (1749), *Traité des sensations* (1754).

« Une méthode qui a conduit à une vérité peut conduire à une seconde, et la meilleure doit être la même pour toutes les sciences. Il suffisait de réfléchir aux découvertes qui ont été faites pour apprendre à en faire de nouvelles » (*Essai sur l'origine des connaissances humaines*).

Montesquieu, *De l'esprit des lois* (1748).

« Il y a trois espèces de gouvernements : le Républicain, le Monarchique et le Despotique. Pour en découvrir la nature, il suffit de l'idée qu'en ont les hommes les moins instruits. Je suppose trois définitions, ou plutôt trois faits : l'un que le gouvernement républicain est celui où le peuple en corps, ou seulement une partie du peuple à la souveraine puissance ; le monarchique, celui où un seul gouverne, mais par des lois fixes et établies ; au lieu que, dans le despotique, un seul, sans loi, et sans règle, entraîne tout par sa volonté et par ses caprices. Voilà ce que j'appelle la nature de chaque gouvernement. Il faut voir quelles sont les lois qui suivent directement de cette nature, et qui, par conséquent, sont les premières lois fondamentales [...] » *De l'Esprit des lois*, Livre II, 1.
Le succès fut considérable : vingt-deux éditions en dix-huit mois.

Dupin (fermier général) : *Mémoire sur les bleds* (1748).

La Mettrie, *L'Homme machine* (1748).

« Concluons donc hardiment que l'homme est une machine ; et qu'il n'y a dans tout l'univers qu'une substance diversement modifiée » (l'*Homme machine*).

Buffon, premier tome de l'*Histoire naturelle* (1749 ; la publication s'étendit jusqu'en 1789).

« Le sieur Buffon a la tête tournée du chagrin que lui donne le succès de son livre. Les dévots sont furieux et veulent le faire brûler par la main du bourreau. Véritablement, il contredit la Genèse en tout ». D'Argenson.

Voltaire, *Le Siècle de Louis XIV* (1750). *Essai sur les mœurs et l'esprit des nations* (1756), *Candide ou l'Optimiste* (1759), *Traité sur la tolérance* (1763), *Dictionnaire philosophique* (1764).

D'Alembert, Prospectus de l'*Encyclopédie* (1750).

« L'ouvrage que nous commençons (et que nous désirons de finir) a deux objets : comme *Encyclopédie*, il doit exposer autant qu'il est possible l'ordre et l'enchaînement des connaissances humaines ; comme *Dictionnaire raisonné des sciences, des arts et des métiers*, il doit contenir sur chaque science et sur chaque art, soit libéral, soit mécanique, des principes généraux qui en sont la base, et les détails les plus essentiels qui en sont le corps et la substance [...]. » Discours préliminaire de l'*Encyclopédie*.

Diderot, *Pensées philosophiques* (1746), *Lettre sur les aveugles à l'usage de ceux qui voient* (1749), *Pensées sur l'interprétation de la nature* (1754). Parution des vingt-huit volumes de *l'Encyclopédie* (1751-1772). Diderot est l'auteur de plusieurs centaines d'articles.

Duhamel du Monceau, *Traité de la culture des terres suivant les principes de M. Tull, anglais* (1750-1761), 6 vol. *Éléments d'agriculture* (1762), 2 vol.

Rousseau, *Discours sur les sciences et les arts* (1750), *Discours sur l'origine et les fondements de l'inégalité parmi les hommes* (1754). *Julie ou La Nouvelle Héloïse* (1761). *Du contrat social* (1762). *Émile ou De l'éducation* (1762).

« En dépouillant cet être ainsi constitué de tous les dons surnaturels qu'il a pu recevoir, et de toutes les facultés artificielles qu'il n'a pu acquérir que par de longs progrès; en le considérant, en un mot, tel qu'il a dû sortir des mains de la nature, je vois un animal moins fort que les uns, moins agile que les autres, mais à tout prendre, organisé le plus avantageusement de tous. Je le vois se rassasiant sous un chêne, se désaltérant au premier ruisseau, trouvant son lit au pied du même arbre qui lui a fourni ses repas; et voilà ses besoins satisfaits [...] *Discours sur l'origine et les fondements de l'inégalité parmi les hommes*, 1re partie.

Véron de Forbonnais, articles « Change », « Commerce » dans l'*Encyclopédie* (1751). *Les éléments du commerce* (1754). *Examen des avantages et des désavantages de la prohibition des toiles peintes* (1755). *Recherches et considérations sur les finances de France depuis l'an 1595 jusqu'à l'an 1721* (1758). *Principes et observations économiques* (1767)

« Faire connaître le principe le plus actif du commerce utile, c'est-à-dire la concurrence [...]. Il est l'âme et l'aiguillon de l'industrie, ainsi il serait dangereux de le restreindre ». *Les Éléments du commerce*, II, « De la concurrence ».

Cantillon, *Essai sur la nature du commerce en général* (1755, mais écrit dans les années 1720). Il apparaît comme un précurseur de l'économie politique par la pertinence de ses analyses concernant les prix, la production, la circulation et la consommation des marchandises, la population...

Exemples : « Les hommes se multiplient comme des souris dans une grange s'ils ont moyen de subsister sans limitation [...]. La valeur des métaux au marché, de même que de toutes les marchandises ou denrées, est tantôt au-dessus, tantôt au dessous de la valeur intrinsèque, et varie en proportion de leur abondance ou de leur rareté, suivant la consommation qui s'en fait ».

Morelly, *Code de la nature ou le véritable Esprit de ses lois* (1755). Lors de sa parution, ce livre fut attribué à Diderot.

A la fin de son ouvrage, cet initiateur du socialisme utopique esquisse un « Modèle de législation conforme aux intentions de la nature » [...].

« Lois fondamentales et sacrées qui couperaient racine aux vices et à tous les maux d'une société.

Rien dans la société n'appartiendra singulièrement ni en propriété à personne que les choses dont il fera un usage actuel, soit pour ses besoins, ses plaisirs ou son travail journalier [...].

Quesnay, articles « Fermiers » (1756) et « Grains » suivi de « Maximes de Gouvernement économique » (1757) dans l'*Encyclopédie*. Le *Tableau économique* et les *Maximes générales du gouvernement économique d'un royaume agricole* (1758).

« La nation est réduite à trois classes de citoyens : la classe productive, la classe des propriétaires, et la classe stérile » (*Tableau économique*).

A la suite de Quesnay, une partie des physiocrates accordèrent une importance fondamentale à l'agriculture : « Ils regardaient l'agriculture comme seule créatrice de richesses et traitaient les travaux industriels et le commerce comme stériles, sous le rapport qu'ils ne créaient que des formes et des échanges dans les matières produites et créées par les travaux de l'agriculture. » Talleyrand, *Mémoires.*

GOURNAY, traduction du traité de Josias Child, *Traité sur le commerce et les avantages qui résultent de la réduction de l'intérêt de l'argent* (1754). *Considérations sur le commerce, sur les compagnies, sociétés et maîtrises* (1758).

« On reconnaît dans cet ouvrage, comme dans tout ce qui émanait de ce digne magistrat, d'excellents principes sur la liberté du commerce. On y trouve les réflexions les plus justes sur le tort que font à la société les règlements des manufactures et les statuts des arts et métiers » Clicquot-Bervache (rédacteur des *Considérations sur le commerce,* « sous les yeux et avec les conseils de Gournay »).

MIRABEAU, *L'Ami des hommes* (1755), *Théorie de l'impôt* (1760).

« Depuis quinze jours, il a paru un livre in-quarto qui a été présenté à Mgr le Dauphin et à toute la Cour et qui a fait beaucoup de bruit, intitulé *La Théorie de l'Impôt,* dont l'auteur, par le style, est reconnu pour être M. Le marquis de Mirabeau, auteur d'un autre livre *L'Ami des Hommes*, qui a été fort goûté. Dans ce dernier ouvrage, l'auteur qui parle directement au roi en forme d'entretien, lui dit très clairement que l'État est très prochain de sa ruine, par la mauvaise administration des finances. Il donne un projet, très détaillé en calculs, pour prévenir ce mal, dont l'objet principal est de supprimer entièrement les fermiers généraux. Il y a dans ce livre de l'imagination et un grand travail, mais en même temps de l'imaginaire, trop mal écrit pour être intelligible et trop dur dans les expressions adressées au roi, quoique avec respect ». Barbier, *Journal.*

D'HOLBACH, *Le Christianisme dévoilé* (1756). Rédaction de près de quatre cents articles dans l'*Encyclopédie*, dont « Prêtres » (1765).

« Il est doux de dominer sur ses semblables : les prêtres surent mettre a profit la haute opinion qu'ils avaient fait naître dans l'esprit de leurs concitoyens ; ils prétendirent que les Dieux se manifestaient à eux ; ils annoncèrent leurs décrets ; ils enseignèrent des dogmes ; ils prescrivirent ce qu'il fallait croire et ce qu'il fallait rejeter [...] L'*Encyclopédie*, art. « Prêtres ».

HELVÉTIUS, *De l'esprit* (1758).

« Les principes que j'établis sur cette matière sont, je pense, conformes à l'intérêt général et à l'expérience. C'est par les faits que j'ai remonté aux causes. J'ai cru qu'on devait traiter la morale comme les autres sciences, et faire une morale comme une physique expérimentale. Je me suis livré à cette idée, que par la persuasion où je suis que toute morale dont les principes sont utiles au public est nécessairement conforme à la morale de la religion, qui n'est que la perfection de la morale humaine [...]. *De l'esprit*, préface.

Le livre *De l'esprit* fut condamné en 1759 par le Parlement, puis par le pape en même temps que l'*Encyclopédie*, dont il constituait, selon le réquisitoire de Joly de Fleury, un « abrégé ».

5
L'impossible révolution par le haut 1774-1783

Entre 1774 et 1776, au début du règne de Louis XVI, les effervescentes « années Turgot » marquèrent l'un des derniers essais de révolution par le haut.

Ce fut un « despotisme éclairé » à la française, fortement teinté du libéralisme prôné par les économistes et les philosophes. Ce libéralisme était conforme aux vœux d'une partie des élites dirigeantes ; il était âprement discuté, au même moment, dans les salons, les académies, les sociétés de pensée, espaces nouveaux de débats et de confrontations d'idées, essentiellement composés de membres de la « classe propriétaire » comme la désigne François Quesnay dans son Tableau économique *(1758), une des œuvres phares des Lumières en matière d'économie.*

L'audacieuse tentative de réforme de Turgot, le Contrôleur général des finances, coïncida avec une mauvaise conjoncture économique, marquée par des récoltes déficitaires qui provoquèrent de violents mouvements populaires. Et elle se heurta, une fois encore, à la résistance des privilèges et des privilégiés dont le Parlement se faisait l'écho. Dès le début des années 1780, affaiblie, plus que jamais cible des pamphlets et des libelles, la monarchie manifesta une incapacité à se transformer et à répondre aux attaques de plus en plus vives de l'opinion.

Né le 23 août 1754, Louis XVI, petit-fils de Louis XV, fut marié en mai 1770 à l'archiduchesse autrichienne Marie-Antoinette, fille de l'empereur François Ier et de l'impératrice Marie-Thérèse d'Autriche. Timide et simple, paisible et cultivé, vertueux à la différence de son grand-père, il était animé d'un désir passionné de bien faire. Mais il n'avait aucune expérience des affaires, car son grand-père ne l'avait pas admis au Conseil où le Dauphin aurait pu se familiariser avec les principales questions débattues au gouvernement.

Son avènement, en mai 1774, fut marqué par un enthousiasme populaire qui contrastait avec la triste fin du long règne précédent d'un souverain presque unanimement haï. Le nouveau roi n'avait pas encore vingt ans, et des bruits colportés sur la place publique annonçaient des réformes de grande ampleur. Une de ses premières mesures impressionna particulièrement un public sensible à toutes les rumeurs diffusées sur la cour : il exila au couvent de Pont-aux-Dames Mme du Barry, la dernière favorite en titre de Louis XV. On disait aussi qu'il avait dressé une liste des sujets les plus honnêtes et qu'il la conservait toujours avec lui. Au Pont-Neuf, sur le socle de la statue de Henri IV, le roi le mieux aimé dans l'imaginaire populaire, une main anonyme avait écrit : *Resurrexit.* Un artisan fabriqua des tabatières qui bénéficièrent d'un grand succès : il imagina d'y placer les médaillons de Louis XII, le « père du peuple » et du « bon roi » Henri IV, au-dessus de celui de Louis XVI. Dans la légende inscrite en bas, on lisait : « XII et IV font XVI. »

Les premières années de Louis XVI furent un moment d'effervescence politique particulièrement riche et important. Les hommes du roi ont tenté alors une « révolution par le haut », inspirée des idées des philosophes et des économistes, une série de réformes dont le but était de résoudre les problèmes de structure que les crises successives du long règne de Louis XV avaient mis en lumière.

LES ANNÉES TURGOT (1774-1776) : LES LUMIÈRES AU GOUVERNEMENT

Parmi les ministres qui remplacèrent le triumvirat, il en était un qui dépassait tous les autres par sa hardiesse et l'ampleur de ses vues : le nouveau Contrôleur général des finances, Anne-Robert-Jacques Turgot, nommé à ce poste le 24 août 1774, après un bref passage d'un mois au ministère de la Marine.

Turgot : l'itinéraire d'un homme des Lumières

❑ ***De la théologie à la philosophie, de la science à l'économie politique.*** Né à Paris, le 10 mai 1727, d'une vieille famille originaire de Normandie, Turgot entreprit des études de théologie en Sorbonne, et il se fit remarquer, à vingt-trois ans, par un discours qu'il prononça à la fin de ses études, intitulé « Tableau philosophique des progrès successifs de l'esprit humain ». Mais, faute de vocation, il renonça à la carrière ecclésiastique à laquelle on le destinait. Il devint alors substitut du procureur général au Parlement de Paris en 1752, puis maître des requêtes l'année suivante. Dans sa *Vie de M. Turgot* (1786), Condorcet précise sa formation. Il avait étudié « avec plus de soin les parties des Sciences qui avaient plus de rapport aux fonctions et aux devoirs d'un maître des Requêtes : celle des sciences physiques qui s'appliquent à l'agriculture, aux manufactures, à la connaissance des objets de commerce, à la construction des travaux publics ; les parties des mathématiques nécessaires pour savoir dans quel cas on peut faire un usage utile de ces sciences et pour n'être pas embarrassé des calculs que les questions de physique, de commerce, de politique rendent souvent nécessaires ».

La formation politique et économique de Turgot se renforça encore par la lecture assidue des ouvrages des physiocrates, des économistes et des philosophes français et anglais (David Hume, Josiah Tucker), ainsi que par des rencontres fructueuses avec Quesnay, Trudaine et Gournay. Il accompagna ce dernier, qui était alors intendant de commerce, dans des voyages que celui-ci entreprit à La Rochelle, à Bordeaux, à Bayonne, puis dans l'Orléanais, l'Anjou, le Maine et la Bretagne, pour étudier sur place l'état et les besoins des provinces. Au cours de ses tournées, Gournay recherchait des solutions aux problèmes économiques qui se présentaient à lui, et il s'en entretenait longuement avec le jeune Turgot, qui le considérait comme son maître. En 1753-1754, Turgot composa le « Plan d'un ouvrage sur le commerce, la circulation et l'intérêt de l'argent, la richesse des États » et, à partir de 1756, il collabora à l'*Encyclopédie* (articles « Étymologie », « Existence », « Expansibilité des gaz », « Foires et marchés », « Fondations »). Dans l'article « Foires et marchés », il insistait sur l'utilité des échanges commerciaux et sur la nécessité de les laisser libres et exempts de tous droits. En août 1759, dans l'*Éloge de Vincent de Gournay* (ce dernier venait de décéder, à l'âge de quarante-sept ans), une notice destinée à paraître dans le *Mercure*, Turgot développa une théorie, déjà ébauchée depuis plusieurs années, sur l'équilibre économique. Celui-ci était nécessairement lié, selon lui, à la liberté des échanges et du travail : « La liberté générale d'acheter et de vendre est le seul moyen d'assurer d'un côté au vendeur un prix capable d'encourager la production ; de l'autre au consommateur, la meilleure marchandise au plus bas prix. » En novembre 1766, il perfectionna encore sa théorie de l'équilibre économique dans des *Réflexions sur la formation et la distribution des richesses* : « J'ai traité assez à fond ce qui concerne la formation et la marche des capitaux, l'intérêt de l'argent, etc. [...]. »

Dans ce traité, représentatif de l'idéologie et de l'outillage intellectuel et mental des hommes des Lumières, il appliquait des modèles scientifiques et des références puisées dans les sciences physiques – ici, de l'hydraulique ou de la physique des fluides, à la compréhension des mécanismes de l'économie et des flux monétaires. Pour Turgot, en effet, il ne faisait aucun doute que toutes les disciplines étaient raccordées entre elles, l'une permettant d'éclairer et de comprendre l'autre, dans le cadre de l'unité du monde connaissable et donc du savoir. Comme l'écrit Condorcet dans sa *Vie de M. Turgot*, « toutes les opinions de M. Turgot formaient un système également vaste et enchaîné dans toutes ses parties ».

❑ ***L'intendant du Limousin (1761-1774).*** Cette formation théorique s'était doublée, à partir de 1761 et jusqu'en 1774, d'une irremplaçable expérience pratique. En effet, Turgot, qui espérait obtenir le Dauphiné, fut nommé intendant du Limousin, une des provinces les plus pauvres et enclavées du royaume.

S'entourant d'une équipe compétente et fidèle (beaucoup furent choisis parmi les notables de la province), Turgot réussit, dans un pays surchargé d'impôts, à répartir plus équitablement la taille, à lutter contre les disettes, à créer des fabriques, des bureaux de charité, à améliorer l'agriculture et les voies de communications. Des prairies artificielles, la fabrication de la brique, la vannerie, la culture de la pomme de terre y furent introduites ; une école d'accouchement fut créée en vue de diminuer la mortalité excessive des nouveau-nés dans les campagnes. Des efforts furent entrepris pour combattre l'épizootie (maladie du bétail), pour lutter contre des maladies touchant le blé... Et l'intendant de Limoges manifesta une grande activité lors de la disette qui affecta la province de 1769 à 1771 : il défendit alors, avec acharnement, le principe de la liberté de commerce des grains, au point de faire appel devant le Conseil du roi contre une décision du Parlement de Bordeaux qui voulait interdire la libre circulation des céréales. « Le soulagement des hommes qui souffrent, écrivait-il, est le devoir de tous et l'affaire de tous. » Les circulaires et les mémoires que Turgot rédigeait alors comme intendant pour faire accepter ses réformes ou pour transmettre des instructions à ses agents – subdélégués ou ingénieurs des ponts et chaussées –, ne ressemblent pas aux habituelles paraphrases des arrêts du Conseil du roi. Ce sont de véritables traités économiques, alliant observation, démonstration et persuasion, une caractéristique qu'on retrouvera dans les grands textes réformateurs de Turgot, devenu Contrôleur général.

D'esprit méthodique et réfléchi, ayant déjà affronté les réalités administratives et économiques d'un territoire en difficulté, l'intendant de Limoges accédait donc au pouvoir avec une expérience de terrain et tout un programme financier, économique et politique, un programme qu'il entendait mettre en œuvre, sans tenir compte des résistances, dont il n'ignorait pas qu'elles seraient violentes. Il était habité par la double pensée de réformer la monarchie et de calmer le jeu des mécontentements.

« Point de banqueroute, point d'augmentation d'impôts, point d'emprunts »

Son programme se présentait comme une véritable politique de despotisme éclairé à la française. Turgot, en effet, n'était nullement un adversaire de l'État absolu, mais il souhaitait le fonder sur la justice et la raison, deux termes qu'il répétait sans cesse dans ses lettres et ses rapports remis au roi. C'était là une nouveauté, et son mérite fut d'autant plus grand qu'il envisageait de réaliser un ensemble cohérent de réformes, insistant sans cesse sur la liaison entre eux de tous les problèmes, financiers, économiques et politiques. Il résuma à Louis XVI, dans une lettre datée du 24 août 1774, les principes fondamentaux de sa politique : « Sire, en sortant du cabinet de Votre Majesté encore tout plein du trouble où me jette l'immensité du fardeau qu'elle m'impose [...], j'aurais désiré pouvoir lui développer les réflexions que me suggère la position où se trouvent les finances ; le temps ne me le permet pas, je me borne en ce moment à vous rappeler ces trois paroles : point de banqueroute, point d'augmentation d'impôt, point d'emprunts [...]. »

❑ ***Programme financier.*** Turgot désirait donc, avant tout, suivant ses propres termes, « réduire la dépense assez au-dessous de la recette pour pouvoir économiser chaque année une vingtaine de millions [...] ». Pour réaliser ce tour de force, il proposa d'abord un sévère programme d'économies.

Il comprenait notamment une forte réduction des dépenses de la cour, une diminution des gratifications versées à la noblesse, un abaissement des traitements des ministres. Turgot envisageait aussi d'entreprendre la chasse aux offices inutiles, de mener la guerre contre les privilèges et contre les routines : c'est ainsi qu'il refusa de recevoir la commission que les fermiers généraux avaient l'habitude d'accorder au Contrôleur général pour bénéficier de ses faveurs. Il en fit verser le montant aux curés de Paris pour contribuer à la constitution d'ateliers de charité. Surtout, Turgot prévoyait, à terme, une réorganisation du système de l'impôt, afin de remplacer tous les prélèvements existants par un impôt unique, la subvention territoriale, à laquelle seraient assujettis tous les propriétaires, même les privilégiés. Ce projet avait déjà été envisagé, en particulier par Étienne de Silhouette, Contrôleur général des finances en 1759.

❑ ***Programme économique.*** Pour résoudre les problèmes économiques, il estimait nécessaire d'entreprendre une véritable restauration, afin de permettre une meilleure rentabilité des impôts. Turgot prenait le contre-pied des principes dirigistes qui, sauf exceptions (en 1764), inspiraient la politique de l'État royal depuis le XVIIe siècle. Reprenant les idées des économistes (les physiocrates, mais aussi Vincent de Gournay), il demandait la suppression de toutes les entraves pesant sur l'agriculture, l'industrie et le commerce, entraves qu'il jugeait paralysantes. Il voulait aussi l'abolition des corvées, le renforcement de la libre circulation des grains, dans le prolongement des décisions prises par Bertin et L'Averdy en 1763 et 1764. Et il défendait le principe de la liberté totale du travail.

Fort de son expérience à Limoges, il désirait aussi réorganiser le service des postes, faciliter les communications et les échanges. Aussi, incita-t-il à la création de nouvelles voitures, des diligences plus rapides, plus commodes, qui furent bientôt appelées « turgotines » : établies en 1776, elles utilisaient des chevaux de relais et elles permettaient ainsi des relations plus rapides entre Paris et la province.

❑ ***Programme politique.*** Pour dénouer la crise politique, Turgot souhaitait que le roi prenne l'avis de ses sujets, en particulier celui de la « classe propriétaire » chère à Quesnay, sans pour cela être tenu de leur obéir, mais pour se rendre compte de l'état de l'opinion afin d'agir en conséquence. Le Contrôleur général envisageait donc la création de toute une série d'assemblées superposées : les « municipalités » au niveau des paroisses, des élections, des provinces, avec au sommet une « municipalité nationale ». Ces municipalités seraient choisies par les propriétaires et elles seraient chargées d'exprimer des vœux. Le roi s'inspirerait de ces vœux pour prendre en connaissance de cause des décisions d'ensemble, mais il abandonnerait aux municipalités les détails de l'administration, tels que la répartition des impôts, l'assistance aux pauvres, les travaux publics.

Pour Turgot, cet appel à la collaboration des sujets du monarque ne pouvait être vraiment efficace sans un sérieux effort de la part de la royauté pour améliorer l'instruction du peuple. Aussi songeait-il à réformer l'enseignement en créant un « conseil de l'Instruction nationale » qui aurait la haute main sur les écoles, unifierait les programmes d'études et mettrait en place, à côté de l'instruction religieuse, « l'instruction morale et sociale ».

Des principes à la réalisation : le front des mécontents

On le voit, la réalisation d'un tel programme réclamait à la fois beaucoup d'énergie et surtout beaucoup de temps. Turgot ne disposa que de deux ans à peine, ce qui lui permit simplement d'amorcer des réformes de grande ampleur, malgré les vives tensions qui accompagnèrent chacune de ses décisions.

❑ ***Un édit, daté du 13 septembre 1774, assurait la libre circulation des grains***. Le préambule était un exposé clair, précis, des motifs qui avaient guidé le gouvernement. « Sa Majesté, y lisait-on, s'est résolue à rendre au commerce des grains, dans l'intérieur de son royaume, la liberté qu'elle regarde comme l'unique moyen de prévenir, autant qu'il est possible, les inégalités excessives dans les prix, et d'empêcher que rien n'altère le prix juste et naturel que doivent avoir les subsistances, suivant la variation des saisons et l'étendue des besoins. » Le préambule, véritable traité économique en miniature, expliquait aussi les avantages attendus de la libre concurrence ainsi établie entre les négociants : « Leur vigilance, excitée par l'intérêt, prévient les déchets et les pertes ; leur concurrence rend impossible tout monopole, et le besoin où ils sont de rentrer dans leurs fonds promptement pour entretenir leur commerce, les engage à se contenter de profits médiocres [...]. Ainsi, plus le commerce est libre, animé, étendu, plus le peuple est promptement, efficacement et abondamment pourvu. »

D'autres arrêts suspendant des droits ou supprimant des privilèges complétèrent la mesure édictée le 13 septembre, de sorte que la liberté du commerce des grains fut à peu près complète à l'intérieur du royaume. Turgot espérait ensuite l'établir pour l'extérieur du royaume.

Pour prendre la mesure et la portée d'une telle décision, il suffit de rappeler qu'à Lyon, par exemple, les boulangers disposaient du privilège d'empêcher l'introduction du pain fabriqué au-dehors, et l'autorité municipale les avait autorisés à vendre le leur à un prix supérieur. De même, à Rouen, une compagnie de cent douze marchands avait seule le droit d'acheter les grains qui entraient dans la ville, et son monopole s'étendait sur les marchés alentour : aux Andelys, à Elbeuf, à Caudebec...

❑ ***La guerre des farines (avril-mai 1775).*** Les récoltes de 1774 et de 1775 avaient été médiocres. Le 11 septembre 1774, un placard fut affiché dans plusieurs quartiers de Paris : « Si l'on ne diminue le pain et si on ne met ordre aux affaires de l'État, nous saurons bien prendre notre parti. » En avril-mai 1775, éclata la « guerre des farines. »

Cette « guerre » fut en partie provoquée par les spéculations sur les blés et surtout par l'incompréhension populaire de la politique de Turgot, en particulier l'édit du 13 septembre 1774 sur la libre circulation des grains qui, suivant Hardy, un contemporain « anima le menu peuple contre le gouvernement ». Le bruit se répandit que des accaparements de grains étaient causés par des particuliers, et le peuple accusa ces « monopoleurs » de provoquer la disette et de faire renchérir le pain. De nouveau, comme en 1764, il était question d'un « pacte de famine ». Il est vrai que, en mars 1775, le procureur du roi à Pont-sur-Seine notait que « les laboureurs sont libres de vendre dans leurs greniers. Ils les tiennent en tas, les marchés en sont entièrement dépourvus, les marchands y vont faire leurs achats [...] ».

Effectivement, au moment de la soudure, le prix du pain s'envola et des émeutes se multiplièrent sur les marchés ; des convois furent arrêtés, des propriétaires attaqués parce qu'ils étaient soupçonnés de stocker des grains. En avril 1775, des « émotions » éclatèrent contre « les monopoleurs » à Reims et à Dijon où la foule pilla un moulin pour avoir du grain. Les mouvements populaires furent plus violents encore en Picardie, en Brie, en Beauce, régions de grande culture. Des émeutiers pillèrent des fermes, des moulins et des bateaux chargés de blé. La forme que prenait la revendication populaire était toujours la même : ainsi, par exemple, le 7 mai, « environ trente particuliers » se présentèrent chez la veuve Notaire, une riche fermière à Champdeuil (dans l'actuelle Seine-et-Marne), pour réclamer des céréales. Elle leur dit qu'elle n'en avait pas. Alors, ils répliquèrent « qu'elle leur en ferait bien trouver [et], aussitôt, ils sont montés dans son grenier, et ils ont distribué entre eux 19 setiers et un minot de blé qu'ils ont payé à raison de 12 livres le setier ».

Le 2 mai 1775, un groupe de mécontents était allé jusqu'aux grilles du château de Versailles pour réclamer du pain. Le roi avait décidé alors toute une série de mouvements de troupes de la Maison Royale pour protéger Paris et ses abords. Le soir même, il écrivait à Turgot : « Pour d'ici, nous sommes absolument tranquilles ; l'émeute commençait à être assez vive ; les troupes qui y ont été les ont apaisées ; ils se sont tenus tranquilles devant eux. M. de Beauveau, qui y a été, les a interrogés ; les uns ont répondu qu'ils étaient de Sartrouville, de Carrière-Saint-Denis, et les autres ont dit qu'ils étaient de plus de vingt villages ; la généralité disait qu'ils n'avaient pas de pain, qu'ils étaient venus pour en avoir et montraient du pain d'orge fort mauvais qu'ils disaient avoir acheté 2 sols, et qu'on ne voulait leur donner que celui-là [...]. Il faut prendre les plus grandes précautions pour qu'ils ne reviennent pas faire la loi ; mandez-moi quelles elles pourraient être ; car cela est très embarrassant. »

Exprimant clairement la crainte des possédants face à cette renaissance des insurrections populaires, le lendemain, le mercredi 3 mai 1775, alors que des émeutiers manifestaient dans plusieurs quartiers de la capitale, le libraire parisien Simon-Prosper Hardy écrivait dans son *Journal* : « La populace émeutée par des troupes de bandits et de brigans qu'on disait être entrés dans Paris par les portes Saint-Martin et de Vaugirard, s'échauffe considérablement aux halles, et y pille le pain des boulangers. Le soulèvement devient bientôt presque général dans l'intérieur de la ville et dans les fauxbourgs [...]. Cette populace entreprend de piller la halle aux grains et d'y crever tous les sacs de farine [...]. Je suis obligé de donner la clef de ma cave et d'y laisser entrer plus de soixante personnes pour les convaincre qu'on y avait point recelé de pain. » Le soir du 5 mai, le Parlement de Paris rendit un arrêt où il suppliait le roi « de prendre de plus en plus les mesures que lui inspireraient sa prudence et son amour pour ses sujets pour faire baisser le prix des grains et du pain à un taux proportionné aux besoins du peuple ».

Les autorités étatiques et municipales conjuguèrent l'assistance, la répression (intervention de 25 000 hommes de troupe, arrestations...) et la modération. Elles parvinrent finalement à contenir les émeutiers : le 11 mai, le jour même où deux de ceux-ci étaient pendus à Paris, place de Grève (un perruquier, un ouvrier), une ordonnance royale promettait le pardon à tous ceux qui restitueraient « en nature ou en argent, suivant la véritable valeur », les grains qu'ils avaient pris. Au total, les fermiers attaqués dans les campagnes, à la différence de ceux des marchés qui récupérèrent peu de leurs pertes, reçurent à la longue le remboursement presque total de ce qui leur fut enlevé. Et les documents révèlent que les cibles des émeutiers avaient été, en priorité, les fermiers des exploitations les plus grandes (plusieurs centaines d'hectares), ceux qui étaient, en même temps, étroitement associés aux propriétaires appartenant à l'aristocratie et au clergé ou impliqués eux-mêmes dans le système seigneurial. Ainsi, par exemple, Pierre Vachette, fermier à Cauffry, était-il aussi receveur de la terre et seigneurie du marquisat de Liancourt ; Jacques-Pierre Héricourt, fermier à Gagny, tenait du Prieur de Gournay la terre et seigneurie du Chenay, y compris les droits seigneuriaux, les dîmes, une platerie et un pressoir. Nous pourrions multiplier de tels exemples : la guerre des farines fut aussi, par bien de ses aspects, une guerre antiseigneuriale qui préfigurait les mouvements populaires de la fin des années 1780.

❑ ***Le témoignage de Necker : la puissance des mouvements d'opinion.*** En avril 1775, au moment même où éclatait la « guerre des farines », Necker, banquier genevois et futur ministre de Louis XVI, faisait paraître un traité économique, *Sur la législation et le commerce des grains.* Ce traité, qui bénéficia d'un succès considérable, était particulièrement critique à l'égard de Turgot. Il tentait de comprendre les comportements collectifs face aux phénomènes économiques et à la formation des prix, et il proposait une explication cohérente des événements auxquels le ministre réformateur devait faire face au même moment.

Loin des analyses théoriques de nombre d'économistes (en particulier la notion d'équilibre économique développée par Turgot), Necker cherchait à décrire le fonctionnement réel des marchés, et leur dérèglement, dont témoignait la « guerre des farines ». Il insistait sur la puissance des mouvements d'opinion : autant qu'un rapport mathématique entre la quantité offerte et le nombre de consommateurs, les prix, composés de réalité (offres et demandes réelles) et d'imaginaire (idées qu'on se fait des produits disponibles) réagissent, selon lui, aux « effets d'opinion » des consommateurs qui imaginent la pénurie et des producteurs qui les entretiennent dans cette croyance (par le stockage, par exemple). Ainsi, c'est bien l'imagination qui, « influant sur le commerce », fait mouvoir les prix qui, à leur tour, « peuvent être menés comme les opinions ».

N'était-ce pas là l'obstacle majeur à toutes les politiques libérales ?

> La libre exportation des grains fut-elle aussi favorable à la prospérité publique, que je l'y crois contraire ; comment pourrait-on maintenir une loi qui l'autoriserait constamment ? Comment pourrait-on y soumettre les passions du peuple ?
> Le pain qui le nourrit, la Religion qui le console ; voilà ses seules idées : elles seront toujours aussi simples que sa nature ; la prospérité de l'État, les siècles, la génération suivante, sont des mots qui ne peuvent le frapper ; il ne tient à la société que par ses peines, et de tout cet espace immense qu'on appelle l'avenir, il n'aperçoit jamais que le lendemain ; il est privé par sa misère d'un intérêt plus éloigné.
> Aussi, lorsqu'il verra le prix des grains monter et rendre la subsistance incertaine, comment ne s'élèverait-il pas contre l'exportation ou contre toute loi politique à laquelle il imputerait son malheur et son inquiétude ! [...]; et ce Peuple enfant, qu'on promène avec des lizières, au milieu des l'inégalité des propriétés, et à travers mille objets de privations et d'envie, n'est plus qu'un lion qui rugit quand il craint pour son nécessaire.
>
> Necker, *Sur la législation et le commerce des grains*, Paris, 1775.

❑ ***Le 5 janvier 1776, Turgot présenta au Conseil six projets d'édits particulièrement audacieux.*** L'un de ces édits supprimait les corvées royales. Nombre de philosophes et de savants, comme Condorcet, soutenaient que la corvée (des journées de travail dues au roi et essentiellement utilisées pour la construction des routes et des ponts) constituait une atteinte à la dignité de l'homme, une exploitation des pauvres par les riches. Aussi, dès le mois de mai 1775, une circulaire ordonna-t-elle aux intendants de suspendre provisoirement la réquisition pour les travaux des routes.

Finalement, l'édit de janvier 1776 décidait que les corvées seraient désormais remplacées par une contribution acquittée par tous les propriétaires, privilégiés ou non, à l'exception du seul clergé.

Un autre édit, présenté lui aussi le 5 janvier 1776, supprimait toutes les jurandes et les maîtrises. Pour justifier cette suppression, le texte de l'édit, un nouveau manifeste en forme de petit traité économique, constatait que dans presque toutes les villes du royaume, l'exercice des métiers était concentré entre les mains d'un petit nombre de maîtres réunis en communautés. Ils disposaient ainsi du privilège de la fabrication et de la vente des objets du commerce. En conséquence, « ceux de nos sujets qui, par goût ou par nécessité, se destinent à l'exercice des arts et métiers, ne peuvent y parvenir qu'en acquérant la maîtrise, à laquelle ils ne sont reçus qu'après des épreuves aussi longues et aussi pénibles que superflues, et après avoir satisfait à des droits ou à des exactions multipliées, par lesquelles une partie des fonds dont ils auraient eu besoin pour monter leur commerce ou leur atelier, ou même pour subsister, se trouve consumée en pure perte ».

L'édit expliquait aussi que ceux qui ne pouvaient accéder à la maîtrise étaient entièrement sous l'emprise des maîtres, « à languir dans l'indigence, ou à porter hors de leur patrie une industrie qu'ils auraient pu rendre utile à l'État ». Il insistait sur les conséquences pour l'État : une diminution du commerce, la lenteur des travaux, une perte de salaires et des moyens de subsistances pour les ouvriers, et, « à l'égard des habitants des villes en général, l'asservissement à des privilèges exclusifs dont l'effet est absolument analogue à celui d'un monopole effectif, monopole dont ceux qui l'exercent contre le public, en travaillant et vendant, sont eux-mêmes les victimes dans tous les moments où ils ont à leur tour besoin des marchandises et du travail d'une autre communauté ».

Lorsque ces deux édits furent proposés, en 1776, la position de Turgot était déjà affaiblie, car, depuis deux ans, toutes ses réformes se heurtaient à de multiples résistances.

❑ ***Le mécontentement des corps de métiers.*** Les troubles dans le monde rural à peine apaisés, Turgot dut faire face à une nouvelle opposition quelques mois plus tard, au début de l'année 1776. Dans plusieurs villes, en effet, des grèves éclatèrent, à la suite de l'annonce de la suppression des corporations.

A Paris, différents corps de métier rédigèrent des mémoires, manuscrits ou imprimés – vingt-quatre ont été retrouvés, dont la moitié issus du secteur du textile –, pour contester les arguments de la monarchie et démontrer l'excellence du système corporatif garant, selon eux, de la qualité des produits : « Le règne de la liberté », écrivaient-ils, en autorisant une concurrence accrue, ne débouchera que sur le monopole, la hausse des prix, la ruine générale des anciens maîtres et des nouveaux, l'effondrement enfin, lié à la baisse dramatique de la qualité, du commerce intérieur et extérieur.

> Un particulier riche, ou si l'on veut, une compagnie opulente qui s'emparerait des denrées de première consommation, mettrait bientôt la capitale, et même tout le royaume, à contribution, sans qu'il fût possible de les en garantir.
>
> *Mémoire des fruitiers.*

> Celui qui sans talent, sans industrie, sans être connu et avec une simple permission pourra faire ce qu'il voudra, vendra au meilleur marché possible, et comme chaque chose doit avoir un prix courant, ce qu'il perdra d'un côté en apparence, il le gagnera d'un autre, soit sur la matière, soit sur la main d'œuvre.
>
> *Mémoire des boutonniers.*

La suppression des corps de métiers et des jurandes serait donc, concluaient-ils, unanimes, en retournant l'argumentation de Turgot à leur profit, un préjudice majeur pour l'intérêt général.

Au même moment, les appels au Parlement des corps de métiers et des grévistes confortaient le rôle politique des magistrats : plus que jamais, les parlementaires apparaissaient comme les défenseurs de la « nation » face à « l'arbitraire » royal.

❑ ***L'opposition du Parlement.*** Turgot concentrait contre lui, on le voit, une multitude d'oppositions. Une fois de plus, le Parlement, particulièrement inquiet des mesures envisagées contre les privilégiés, adressa à Louis XVI, au début du mois de mars 1776, de « solennelles remontrances ». Il proclamait que « tout système qui, sous une apparence d'humanité et de bienfaisance tendrait à établir entre les hommes une égalité de devoir et à détruire les distinctions nécessaires, amènerait bientôt le désordre, suite inévitable de l'égalité absolue et produirait le renversement de la société ».

Pour justifier leur critique de l'abolition des corvées, les parlementaires reprenaient une vieille définition de la société d'ordres plus que jamais définie comme immuable, fondement nécessaire de l'État royal (voir texte en fin de chapitre).

❑ ***Le renvoi de Turgot (13 mai 1776).*** Louis XVI avait soutenu Turgot au début de ses réformes. Mais dès l'origine, le Contrôleur des finances avait dû faire face à de multiples résistances : certains économistes, comme

Necker, on l'a vu, doutaient de l'efficacité des mesures prises ; certains ministres, comme Maurepas, étaient jaloux de l'influence de Turgot, et Marie-Antoinette, avec nombre de courtisans, s'inquiétait du programme d'économies qui l'affectait directement. Le roi se décida finalement, le 13 mai 1776, à disgracier Turgot.

Cet événement était lourd de conséquences aux yeux de l'historien, car il s'agissait sans doute de la dernière chance d'une réforme de l'État royal « par le haut ». Dès 1774, dans sa lettre adressée au roi le 24 août, Turgot écrivait, avec lucidité : « J'ai prévu que je serais seul à combattre contre les abus de tous genres, contre les efforts de ceux qui gagnent à ces abus ; contre la foule des préjugés qui s'opposent à toute réforme, et qui sont un moyen si puissant dans les mains des gens intéressés à éterniser le désordre [...]. Je serai craint, haï même de la plus grande partie de la cour, de tout ce qui sollicite des grâces. On m'imputera tous les refus ; on me peindra comme un homme dur [...] Ce peuple auquel je me serai sacrifié, est si aisé à tromper, que peut-être j'encourrai sa haine par les mesures mêmes que je prendrai pour le défendre contre les vexations. Je serai calomnié, et peut-être avec assez de vraisemblance pour m'ôter la confiance de Votre Majesté. Je ne regretterai point de perdre une place à laquelle je ne m'étais jamais attendu. »

L'échec du despotisme éclairé à la française, dont Turgot tenta d'être le maître d'œuvre, a sans doute contribué à la marche vers la Révolution.

VERS LE BLOCAGE DE L'ÉTAT ROYAL (1776-1783)

Turgot parti, la monarchie dut faire face à l'aggravation des difficultés, des tensions, des mécontentements, conjugués aux effets déstabilisateurs de l'intervention française dans les affaires américaines.

La France dans la guerre d'indépendance américaine (1778-1783)

Le 6 février 1778, Louis XVI et Vergennes, ministre des Affaires étrangères depuis juin 1774, signaient avec Benjamin Franklin un traité d'amitié et d'alliance avec les « Provinces Unies de l'Amérique ». A partir de cette date, la monarchie aida officiellement les *Insurgens* américains dans le cadre de la guerre d'indépendance que ces derniers menaient contre l'Angleterre depuis 1776.

❑ ***Une revanche contre la « perfide Albion ».*** Bien avant la signature de ce traité d'alliance avec les treize colonies américaines, dès le début des hostilités, beaucoup de jeunes Français, comme La Fayette ou Pierre-Charles L'Enfant, le futur architecte de la ville de Washington, s'enthousiasmèrent pour ce conflit, non seulement parce qu'il s'agissait de soutenir des idéaux de liberté et d'indépendance conformes à l'esprit des Lumières, mais aussi parce qu'il était perçu comme une guerre de revanche contre l'Angleterre victorieuse en 1763.

Dès le 2 mai 1776, Beaumarchais avait reçu de Louis XVI l'autorisation de vendre des munitions et de la poudre aux Américains, sous couvert de la compagnie de commerce Roderigue Hortalez et Compagnie.

Entre la France et l'Angleterre, la guerre se déroula essentiellement sur mer. Les Anglais s'emparèrent de Saint-Pierre-et-Miquelon, de Chandernagor (juillet 1778), de Pondichéry (octobre 1778), mais les Français prirent le contrôle des îles à sucre anglaises : La Dominique, Saint-Vincent, Grenade.

Afin d'aider George Washington, qui commandait les troupes américaines, en mai 1780 la France envoya 6 000 hommes en Amérique, sous le commandement de Rochambeau. Au début de 1781, une flotte française, sous la direction de l'amiral de Grasse, fut constituée pour coopérer avec l'armée française de Rochambeau et les Américains. 8 000 Français et un peu plus d'Américains participèrent à la bataille de Yorktown, remportée en octobre 1781 sur les régiments de Cornwallis. Ce succès contribua à la victoire finale des *Insurgens,* consacrée par le traité de Versailles signé le 3 septembre 1783 entre la France et l'Angleterre.

❑ ***Les effets de la guerre.*** Les négociations entre la France et l'Angleterre s'étaient conclues par la restitution réciproque des îles conquises aux Antilles et le retour au *statu quo* antérieur en Inde. La France bénéficia en outre de l'île de Tabago aux Antilles, de droits de pêche élargis à Terre-Neuve, ainsi que de « la rivière de Sénégal et ses dépendances, avec les forts Saint-Louis, Podor, Galam, Arguim et Portendick ». Et, Dunkerque, soumis à un contrôle de l'Angleterre depuis le traité d'Utrecht en 1713, était libéré de toute tutelle étrangère. Le port fut aussitôt fortifié.

La guerre avait provoqué des dépenses particulièrement élevées, car elle fut presque uniquement navale et coloniale, aussi nécessita-t-elle des opérations financières complexes qui mirent en jeu les grandes places internationales et la banque protestante (Genève, Amsterdam, Bâle). On a estimé le coût total de la participation militaire de la France au conflit à plus de un milliard de livres, un prix énorme, qui amplifia les difficultés financières de l'État : la dette se montait à 3 315 millions de livres en 1782.

Au même moment, alors que nombre de jeunes hommes avaient vibré à la cause américaine et rêvaient d'entreprendre une carrière dans les armes, on assistait à une forte réaction nobiliaire, à la fois sociale et économique, politique et « professionnelle » : ainsi le règlement du 22 mai 1781, connu sous le nom d'édit de Ségur, fermait-il l'accès au commandement de l'armée aux roturiers. Il imposait, en effet, à tous les militaires candidats à une sous-lieutenance dans l'infanterie, la cavalerie et les dragons, de prouver quatre degrés de noblesse, à moins qu'ils ne soient officiers de fortune ou fils d'officiers titulaires de la croix de Saint-Louis. L'ordonnance du 17 mars 1788 aggrava encore l'édit de Ségur.

Les tentatives de Necker

❑ ***Des mesures financières.*** Après le court intermède de Clugny qui supprima toutes les réformes de Turgot, Jacques Necker, un riche banquier issu d'une famille irlandaise installée à Genève depuis le début du XVIIIe siècle, avait été chargé, en 1777, de prendre en main les finances du royaume (il fut « Directeur général des finances », son statut d'étranger lui interdisant d'être nommé Contrôleur général). Hostile initialement, nous l'avons noté, aux idées de Turgot, il profita de sa réputation de banquier habile et de sa popularité de philanthrope pour réussir des emprunts massifs qui permirent de gagner du temps, tout en tentant quelques améliorations de détail dans l'administration des finances : il supprima quelques offices; il réduisit le système de la Ferme générale, qui n'eut plus à percevoir que la gabelle, les traites et les octrois de Paris; il développa le système de la Régie, c'est-à-dire la perception directe par l'État des autres impôts indirects et des revenus des domaines.

❑ ***La création d'assemblées provinciales.*** Finalement, Necker finit par comprendre que Turgot avait raison en estimant que seule une collaboration avec les représentants éclairés de la nation permettrait de résoudre les problèmes financiers. Aussi, s'inspirant du projet des municipalités, il présenta à Louis XVI un mémoire destiné à mettre en valeur la supériorité des administrations collectives sur les intendants. Il proposait la création d'assemblées provinciales dont les membres seraient choisis par le roi au sein des trois ordres qui collaboreraient avec les intendants et pourraient exprimer des vœux.

Un arrêt du Conseil du 12 juillet 1778 établissait une assemblée provinciale à Bourges, pour le Berry. Celle-ci était d'allure traditionnelle puisque les trois ordres étaient représentés, mais les membres du tiers état, composé de vingt-quatre membres (« douze députés des villes et douze propriétaires habitants des campagnes »), se retrouvaient à parité avec l'ensemble des députés du clergé et de la noblesse. Il était précisé que ces derniers devaient être « douze gentilshommes propriétaires ». Le vote avait lieu par tête et non par ordre.

Cette administration nouvelle était surtout chargée de la répartition des impôts directs et du développement des moyens de communications (« diriger la confection des grands chemins et les ateliers de charité »). Le roi attendait aussi « du zèle de cette assemblée, qu'elle s'occupera incessamment des meilleurs moyens à proposer pour écarter l'inégalité et l'arbitraire, et pour établir la plus grande justice dans les répartitions, et la plus grande économie dans les recouvrements, et pour encourager le commerce et l'agriculture en facilitant les communications ». L'intendant était investi d'une fonction de coordination, et il informait le Conseil des délibérations des assemblées qui devaient se réunir tous les deux ans sous la présidence de l'archevêque de Bourges. Dans l'intervalle des réunions, un bureau d'administration était prévu, « composé du sieur archevêque de Bourges et de sept membres de l'assemblée, de deux procureurs-syndics et d'un secrétaire ».

L'expérience fut jugée suffisamment concluante pour être étendue, en juillet 1779, à la Haute-Guyenne (en Quercy, en Rouergue). Mais lorsque, en 1781, Necker voulut l'appliquer dans le Bourbonnais, le Parlement de Paris refusa d'enregistrer l'édit de création.

1781: l'appel à l'opinion

❑ ***Le « conte bleu ».*** Cette tentative de réforme avait reconstitué contre Necker la même coalition que celle qui avait vaincu Turgot. Necker chercha alors l'appui de l'opinion publique : il fit imprimer, en février 1781, un *Compte rendu au roi*, vite surnommé le « conte bleu » à cause de la couleur de sa couverture.

Dans ce livret, grâce à des chiffres truqués, Necker prétendait prouver aux Français que l'état des finances était bon : il escamotait le coût de la guerre d'Amérique, il omettait la dette flottante, mais il dénonçait les dépenses excessives provoquées par les exigences des courtisans. Il avait exagéré ces dernières : nous savons que le budget de la Cour passa de 31 millions en 1726 à 42 millions en 1788, c'est-à-dire qu'il fut multiplié par 1,4, soit une progression bien inférieure à celle du budget ordinaire.

Pour mesurer l'importance de cette publication décidée par Necker, il faut rappeler que le détail des finances participait jusque-là aux « mystères de l'État », une matière strictement réservée au roi et à quelques-uns de ses ministres. Tous les documents comptables demeuraient à l'état de manuscrits à la plume et ils étaient tenus secrets, même si quelques copies circulèrent parfois. Mais, comme nous l'avons déjà souligné, ils ne pouvaient en aucun cas entrer dans le circuit d'une publicité qui dépasserait les limites des cercles étroits des hommes du pouvoir; ainsi, la parution clandestine de *La Dîme royale*, en 1707, valut-elle à Vauban une forte désapprobation du roi.

On peut donc comprendre pourquoi la publication du « conte bleu » constitua un événement d'importance, et d'une certaine manière révolutionnaire : non seulement, le ministre dévoilait des secrets d'État, mais encore, en faisant appel à l'opinion, il reconnaissait le poids politique de celle-ci et il renforçait ainsi implicitement la légitimité de son action, la dotant d'une force capable de peser sur les décisions du pouvoir royal. Il s'agissait bien, comme l'écrivait lui-même Necker, « d'appeler le peuple à la connaissance et à l'examen de l'administration publique et de faire pour la première fois des affaires de l'État une chose commune ». Le succès du *Compte rendu* fut énorme : le libraire Panckouche, un spécialiste des « coups » éditoriaux – il fut le maître d'œuvre, avec la Société typographique de Neuchâtel, de l'édition *in quarto* de *l'Encyclopédie* – en vendit dès le premier jour 6 000 exemplaires et, en peu de temps, 100 000. Dans le peuple, écrit Rabaut-Saint-Étienne, le « conte bleu » produisit « l'effet d'une lumière subite au milieu des ténèbres ; il passa entre toutes les mains, fut lu dans les villages et dans les hameaux ».

❑ ***Necker démissionne : le renfort de l'opinion.*** Les courtisans furent particulièrement excédés par la publication de chiffres qui mettaient au grand jour l'énormité supposée des pensions et des dons que leur accordait le « roi dépensier ». Nombre de ministres se montrèrent jaloux du succès de Necker. Tous accentuèrent leur pression sur Louis XVI pour obtenir au plus vite son renvoi. Necker préféra démissionner, le 19 mai 1781.

Versatilité de l'« opinion » ? Cette décision lui fit retrouver d'un coup sa popularité, en particulier auprès de la bourgeoisie et des milieux populaires : « La consternation, écrivait Grimm, était peinte sur tous les visages ; les promenades, les cafés, les lieux publics étaient remplis de monde, mais il y régnait un silence extraordinaire. On se regardait, on se serrait tristement la main. » Trois ans plus tard, Necker récidiva. Il publia secrètement sa grande œuvre, *L'Administration des finances de la France*. Cette fois encore, le succès fut énorme : 80 000 exemplaires furent diffusés en une vingtaine d'éditions. Un procureur général le dénonça devant le parlement de Rennes, l'accusant d'oser révéler des secrets exclusivement réservés à l'usage du souverain.

La monarchie bloquée

❑ ***« Un royaume impossible de bien gouverner » (Calonne).*** Après Necker, Joly de Fleury (de 1781 à 1783), Lefèvre d'Ormesson (d'avril à octobre 1783), puis Calonne (de 1783 à 1787) se succédèrent au Contrôle général.

Les assemblées provinciales mises en place par Necker furent peu à peu dévitalisées de tout pouvoir par des règlements restrictifs : le 8 septembre 1782 pour la Haute-Guyenne, le 23 août 1783 pour le Berry. En même temps, la confiance se trouva de nouveau provisoirement rétablie au moyen d'une série d'expédients, dans le climat d'euphorie provoqué par la paix de Versailles. Mais comme ses prédécesseurs, Calonne dut multiplier les emprunts : entre 1776 et 1786, ils se chiffrèrent à 186 millions de livres. Le déficit des finances royales se montait alors à plus de 100 millions de livres et les arriérés de la dette dépassaient 250 millions de livres. Pour éviter la banqueroute et afin de « reprendre en sous-œuvre l'édifice entier pour en prévenir la ruine », Calonne proposa, dans son « Plan d'amélioration des finances » du 20 août 1786, l'essentiel des projets de réforme déjà présentés et ébauchés par Turgot. Il dressait en même temps un tableau sans concession des difficultés et des blocages auxquels se heurtait la monarchie, depuis des décennies.

> Je ferai reconnaître qu'il est impossible d'imposer, ruineux d'emprunter toujours et non suffisant de se borner aux réformes économiques, et que dans l'état des choses, les routes ordinaires ne pouvant conduire aux buts, le seul remède efficace, le seul parti qu'il reste à prendre, le seul moyen enfin de mettre de l'ordre dans les finances, doit consister à revivifier l'État entier par la refonte de tout ce qu'il y a de vicieux dans sa constitution [...]. La disparité, l'incohérence des différentes parties du corps de la monarchie est le principe des vices constitutionnels qui énervent ses forces et gênent son organisation [...]. On ne peut en détruire aucun sans les attaquer tous dans le principe qui les a produit et qui les perpétue.
> [...] Un royaume composé de pays d'états, de pays d'élections, de pays d'administrations provinciales, de pays d'administration mixte, un royaume dont les provinces sont étrangères les unes aux autres, où des barrières multipliées dans l'intérieur séparent et divisent les sujets du même souverain, où certaines contrées sont affranchies totalement de charges dont d'autres supportent tout le poids, où la classe la plus riche est la moins contribuante, où les privilèges rompent tout l'équilibre, où il est impossible d'avoir une règle constante ni vœu commun, est nécessairement un royaume très imparfait, très rempli d'abus et tel qu'il est, impossible de bien gouverner.

❑ ***1783. Et si le roi détruisait la Bastille ?*** En 1783, quand Calonne fut nommé au Contrôle général, la France, victorieuse de l'Angleterre, s'imposait donc comme la puissance majeure dans l'ordre international, mais elle révélait aussi, à l'intérieur, un édifice politique sclérosé. Pourtant, la popularité du roi était alors à son zénith.

L'hiver, cette année-là, fut particulièrement rude. Dans la capitale enneigée, on multiplia les grands feux que, selon l'usage, les princes et les grands seigneurs faisaient allumer devant leurs palais afin que les miséreux et les sans-abris puissent se réchauffer. Pendant plusieurs mois, il ne fut question que de villages bloqués puis inondés lors du dégel, de ponts emportés, de paysans désemparés. Louis XVI accorda une diminution d'impôts, et en « travaux de charité » une somme de 3 millions de livres. Puis il destina 3 autres millions de livres à des secours dans les campagnes, « surtout à employer en achat de denrées de première nécessité, en remplacement de bestiaux ou d'effets nécessaires à la culture, et contribution au remplacement d'habitations ».

Cette année-là aussi parut *Les Mémoires sur la Bastille et sur la détention*, de Linguet. En tête de son pamphlet qui dénonçait l'arbitraire des lettres de cachet et la dureté de la prison, Linguet avait placé une estampe. Elle représentait une statue de Louis XVI couronné, revêtu du manteau du sacre, un sceptre à la main, sur les ruines de la Bastille détruite par la foudre d'un orage. En un geste « majestueux et doux à la fois », le roi était montré tendant les mains vers quatre personnes, les prisonniers de la Bastille, dessinés dans une position de soumission pour exprimer leur reconnaissance.

On pouvait lire sur le socle de la statue : « A Louis XVI, sur l'emplacement de la Bastille. » En bas de l'estampe, une autre phrase était inscrite, en lettres plus grandes : « Soyez libres : vivez. »

DOCUMENTS

■ Le Parlement face aux édits de Turgot (mars 1776)

1. Remontrances concernant la suppression de la corvée

La monarchie française, par sa constitution est composée de plusieurs états distincts et séparés.

Cette distinction de conditions et de personnes tient à l'origine de la nation ; elle est née avec ses mœurs ; elle est la chaîne précieuse qui lie le souverain à ses sujets.

Si l'état des personnes n'était pas distingué, il n'y aurait que désordre, confusion dit un de nos auteurs les plus éclairés [Charles Loyseau]. Nous ne pouvons pas vivre en égalité de conditions ; il faut par nécessité que les uns commandent et que les autres obéissent.

Dans l'assemblage formé par ces différents ordres, tous les hommes de votre royaume sont vos sujets, tous sont obligés de contribuer aux besoins de l'État.

Mais, dans cette contribution même, l'ordre et l'harmonie générale se retrouvent toujours. Le service personnel du clergé est de remplir toutes les fonctions relatives à l'instruction, au culte religieux et de contribuer au soulagement des malheureux par ses aumônes. Le noble consacre son sang à la défense de l'État et assiste de ses conseils le souverain. La dernière classe de la nation, qui ne peut rendre à l'État des services aussi distingués, s'acquitte envers lui par les tributs, l'industrie et les travaux corporels. Telle est, Sire, la règle antique des devoirs et des obligations de vos sujets.

[...] C'est à cette antique constitution que la monarchie doit son lustre et sa gloire ; c'est la noblesse qui a posé les fondements, qui les a élevés ; c'est elle qui a porté la couronne dans la maison royale, c'est elle qui l'y a maintenue ; sans elle, les rois sont sans force, les peuples sans défenseurs [...]. Si l'on dégrade la noblesse, si on lui enlève les droits primitifs de sa naissance, elle perdra bientôt son esprit, son courage, et cette élévation d'âme qui la caractérise.

[...] En affranchissant des corvées la dernière classe des citoyens qui y avaient jusqu'ici sujette, l'édit rejette cette charge sur les deux ordres de l'État qui n'en ont jamais été tenus.

Il n'est plus de différence entre tous vos sujets ; le noble, l'ecclésiastique deviennent corvéables, ou, ce qui est la même chose, ils deviennent tous contribuables à l'impôt qui doit tenir lieu de la corvée.

Ce n'est point ici, comme on a essayé de vous le persuader, Sire, un combat des riches contre les pauvres.

C'est une question d'État et une des plus importantes, puisqu'il s'agit de savoir si vos sujets peuvent et doivent être confondus, s'ils faut cesser d'admettre parmi eux des conditions différentes, des rangs, des titres et des prééminences [...].

2. Extrait du discours du premier président, lors du lit de justice tenu à Versailles, le 12 mars 1776, pour imposer l'enregistrement des édits sur la suppression de la corvée, des jurandes et autres

Sire, en ce jour où votre Majesté ne déploie son pouvoir que dans la persuasion qu'elle fait éclater sa bonté, l'appareil dont Votre Majesté est environnée, l'usage absolu qu'elle fait de son autorité, impriment à tous ses sujets une profonde terreur, et nous annoncent une fâcheuse contrainte.

[...] Pourquoi faut-il qu'aujourd'hui, une morne tristesse s'offre partout aux augustes regards de votre Majesté ? [...] Dans cette assemblée où votre trône est environné de ceux que le sang, les dignités et l'honneur de votre confiance s'attachent plus particulièrement encore que le reste de vos sujets à votre personne sacrée, au bien de votre service, aux intérêts de votre gloire, elle ne peut méconnaître l'expression fidèle du sentiment général dont les âmes sont pénétrées.

Quel plus sûr témoignage peut attester à Votre Majesté l'impression que les édits adressés à votre parlement ont laissée dans les esprits ?

Celui concernant les corvées, accablant, si on impose tout ce qui serait nécessaire, insuffisant si on ne l'impose pas, fait envisager, comme une suite indispensable, le défaut d'entretien des chemins, et conséquemment la perte entière du commerce.

Cet édit, par l'introduction d'un nouveau genre d'imposition perpétuelle et arbitraire sur les biens fonds, porte un préjudice essentiel aux propriétés des pauvres comme des riches, et donne une nouvelle atteinte à la franchise naturelle de la noblesse et du clergé, dont les distinctions et les droits tiennent à la constitution de la monarchie.

Qu'il nous soit permis, Sire, de supplier Votre Majesté de considérer que l'on ne peut reprocher à votre noblesse et au clergé de ne pas contribuer aux besoins de l'État. Ces deux premiers ordres de votre royaume, par des octrois volontaires dans le principe, ont fourni les plus grands secours ; et toujours animés du même zèle, ils contribuent directement aujourd'hui, par la capitation, les vingtièmes, et indirectement par la taille que paient leurs fermiers, et par les autres droits dont sont chargés les consommations de toute espèce [...].

L'édit de suppression des jurandes rompt au même instant tous les liens de l'ordre établi pour les professions de commerçants et d'artisans.

Il laisse sans règle et sans frein une jeunesse turbulente et licencieuse, qui, contenue à peine par la police publique, par la discipline intérieure des communautés, et par l'autorité domestique des maîtres sur leurs compagnons, est capable de se porter à toutes sortes d'excès, lorsqu'elle ne se verra plus surveillée d'aussi près, et qu'elle se croira indépendante [...].

En cet instant, Sire, à peine sommes-nous assez à nous-mêmes pour exprimer une faible partie de notre douleur. Vous jugerez quelle en doit être l'étendue quand vous aurez vu se développer les pernicieux effets de tant d'innovations, également contraires à l'ordre public et à la constitution de l'État. Votre Majesté saura gré pour lors à son parlement de sa persévérance à n'y prendre aucune part. Elle reconnaîtra de quel côté se trouve un véritable attachement à sa personne sacrée, un zèle éclairé pour son service, un amour du bien général conforme aux vues de Votre Majesté. Elle veut le bien du peuple, et quand l'expérience lui aura montré que des systèmes adoptés comme capables d'opérer le bien produisent la mal, elle se hâtera de les rejeter.

Puissent seulement les maux que nous prévoyons, Sire, et que nous ne cesserons de vous exhorter à prévenir, ne pas jeter de si profondes racines, ne pas miner tellement les anciens fondements de l'État, qu'il ne devienne en quelque sorte impossible d'en arrêter et d'en réparer les ravages.

Troisième partie

LES RÉVOLUTIONS SILENCIEUSES

6
Un « beau XVIIIᵉ siècle » ?

Par contraste avec le « sombre XVIIᵉ siècle », les règnes de Louis XV et de Louis XVI furent marqués, dans les villes et les campagnes, du moins dans une majorité d'entre elles, par une série de changements et d'innovations, souvent de grande ampleur. Ceux-là ont contribué à modifier les conditions de vie de nombre de Français ; ils concernèrent la démographie et l'économie, les façons de se vêtir et d'être ensemble, les habitudes d'écrire et de penser, les manières de croire et de revendiquer.

Le siècle des Lumières fut celui d'une expansion inédite, porteuse de tensions et de ruptures. Il fut aussi surtout, peut-être, le siècle d'une croyance optimiste et créatrice, essentiellement partagée par les élites, dans les vertus du progrès : progrès des sciences, progrès des techniques, mais aussi, selon le titre de la dernière œuvre de Condorcet, « progrès de l'Esprit humain ». « Il arrivera donc, ce moment où le soleil n'éclairera plus sur la terre que des hommes libres, ne reconnaissant d'autres maîtres que leur raison » (Condorcet, Esquisse d'un tableau historique des progrès de l'Esprit humain, *1793).*

La Révolution de 1789 ne peut se comprendre sans ces révolutions silencieuses, matérielles et intellectuelles qui, d'une certaine manière, l'ont rendu pensable et donc possible.

UNE CROISSANCE DÉMOGRAPHIQUE SANS RÉVOLUTION AGRICOLE ?

Voici, dans le royaume de France et dans une majorité des territoires de l'Europe, la croissance du nombre des hommes, la revanche de la vie sur la mort.

De 22 à 28 millions d'hommes

❑ ***Une croissance de 30%.*** 22 millions d'hommes, environ, peuplaient le royaume à la fin du règne de Louis XIV. Ils furent 24 millions (environ) vers 1725, de 27 à 28 millions au temps de Louis XVI. Pourtant, cette croissance globale de 30 % (environ), moins forte que dans la plupart des autres États européens (souvent plus de 40 %), n'a été ni régulière ni générale. En particulier, la fin des années 1730 et le début de la décennie 1740 furent marqués par des accidents météorologiques : saisons froides, pluies diluviennes emportant des terres et ravinant le sol. « Depuis la fâcheuse année 1740, écrit le curé de Crantenoix, dans le bailliage de Vézelise, le sol estant refroidi, a moins produit que précédemment. » La baisse des récoltes provoqua une disette qui affecta une partie du Bassin parisien, la Touraine, l'Anjou. En septembre 1740, Barbier, l'avocat parisien dont nous avons souvent sollicité le témoignage, notait dans son *Journal* : « On a été obligé de mettre des gardes de soldats aux gardes dans les marchés, pour empêcher que les boulangers ne fussent pillés ; et les cuisinières se font escorter par un laquais et quelques hommes pour aller chercher du pain. » Dans plusieurs provinces, des épizooties frappèrent le cheptel bovin et ovin entre 1743 et 1745.

C'est donc surtout à partir de 1745 que l'on peut parler d'un « beau XVIIIe siècle » en matière de démographie. Il se poursuivit, non sans quelques heurts (à la fin des années 1740, par exemple), au moins jusqu'au milieu de la décennie 1770. Mais comme toujours, pour évaluer cette augmentation du nombre des hommes, il convient d'insister sur les fortes inégalités régionales : la croissance fut accélérée dans certaines provinces (le Nord, l'Alsace, la Lorraine regagnaient les pertes provoquées par les multiples conflits militaires du siècle précédent ; dans une moindre mesure le Languedoc) ; elle fut plus modérée dans d'autres, et même parfois nulle.

La Bretagne, par exemple, stagna autour de 2,2 millions d'habitants tout au long du siècle : la pénétration brutale de l'État, à partir de 1675 (révolte du papier timbré), avait contribué à provoquer un coup d'arrêt à l'expansion. Et la province fut victime d'une série de maladies épidémiques (variole, typhus, dysenterie), comme en 1741, et surtout à partir des années 1770. Ainsi, les courbes dressées d'après les registres paroissiaux permettent-elles de repérer trois grandes vagues épidémiques : en 1772-1773 (la Bretagne intérieure fut particulièrement touchée), en 1779, en 1787. La Bretagne aurait perdu 3,5 % de sa population (80 000 personnes), tandis que, au même moment, le royaume progressait de 6 %.

❑ ***La vision erronée des contemporains : la population baisse !*** De manière paradoxale, pour la majorité des contemporains, au moins jusqu'à la fin du règne de Louis XV, il ne faisait aucun doute que le royaume se dépeuplait.

Ce fut l'opinion de Montesquieu. Il l'exprima, dès 1721, dans ses *Lettres persanes* (lettre 113) ou dans les livres IX et XXIII de *L'Esprit des lois* (1748) : « Vers le milieu du règne de Louis XIV, la France fut au plus haut point de sa grandeur relative. » L'auteur était convaincu que, depuis Vauban, la population avait baissé jusqu'à quatorze ou quinze millions d'habitants, « soit six millions de moins qu'autrefois », précisait-il même dans ses *Pensées*, une œuvre restée inédite au XVIIIe siècle. A sa suite, Buffon, les physiocrates (articles « Fermiers » et « Grains » de Quesnay dans l'*Encyclopédie*), et beaucoup d'autres, comme Denis Diderot (article « Célibat »), Louis de Jaucourt (articles « France », « Taille »), Étienne-Noël Damilaville (article « Population »), ont soutenu des arguments voisins, ainsi que Mirabeau, en 1756, dans l'*Ami des hommes ou traité de la population.*

Les parlementaires transformèrent ce problème d'une dépopulation supposée en arme politique dans le cadre de leurs incessantes remontrances au pouvoir royal ; ils dressèrent un tableau catastrophique de la situation économique et sociale du royaume pour justifier leurs revendications : « La dépopulation et la désertion se manifestent dans les villes et dans les campagnes », proclamait, en 1760, le parlement de Rouen.

❑ ***Une erreur intellectuellement féconde.*** Cette erreur générale d'appréciation – seul Voltaire s'opposait à l'idée de dépopulation – se révéla pourtant intellectuellement féconde, car elle contribua à faire rebondir le débat, elle suscita des analyses théoriques plus aiguës, elle provoqua la multiplication de critiques radicales et contradictoires du système socio-politique (Rousseau, Linguet...). Finalement, la statistique démographique releva le défi et elle prouva la croissance de la population, démontrant ainsi qu'« il n'est pas rare qu'une hypothèse erronée posée sur un problème pertinent engendre ultérieurement des effets scientifiques intéressants. Ce fut le cas » (Jean-Claude Perrot).

Dans les années 1760, en effet, le *Dictionnaire géographique* de l'abbé Jean-Joseph d'Expilly mettait en valeur, pour la première fois, l'augmentation de la population à partir de la comparaison du nombre des mariages et des baptêmes de deux périodes de douze années : 1690-1701 d'une part, 1752-1763 d'autre part (annexes des tomes III – tableaux récapitulatifs pour 9 497 paroisses – et IV – tableaux récapitulatifs pour 5 689 paroisses).

Une vie mieux maîtrisée : les conditions de la croissance

Avec la fin des grandes crises de mortalité, le temps des Lumières fut donc d'abord celui de la vie un peu mieux maîtrisée. A la différence du XVIIe siècle, il ne fallait plus « deux enfants pour faire un homme » (Pierre Goubert). Cette révolution silencieuse a été rendue possible par des changements le plus souvent menus, un faisceau de petites causes additionnées mais qui, à la longue, ont formé boule de neige.

❑ ***Les conditions politiques ont contribué à un mieux-être général.*** La guerre fut plus rare, repoussée hors des frontières : guerre de Succession de Pologne, guerre de Succession d'Autriche, guerre de Sept Ans. L'État intervenait plus souvent et surtout plus efficacement, en cas d'épidémies, par l'envoi de médecins en cas de disettes ; il faisait aussi parvenir du blé depuis les provinces non touchées par la crise. La pression des impôts fut moins forte, ou mieux acceptée après l'électrochoc provoqué par le tour de vis fiscal du siècle précédent : pendant le siècle des Lumières, l'État royal pesa d'un poids fiscal bien moindre qu'au temps de Louis XIII ou de Louis XIV. Ainsi a-t-on pu évaluer les prélèvements du fisc royal au temps de Fleury à 9 ou 10 livres tournois par personne, soit environ l'équivalent de dix journées de travail d'un artisan.

Par ailleurs, quand les besoins financiers étaient importants, l'État royal préférait à l'augmentation autoritaire des impôts le recours à l'emprunt : à partir de 1742, Orry, le Contrôleur général, emprunta des sommes importantes par l'intermédiaire des États provinciaux, notamment ceux du Languedoc. Ces derniers fonctionnèrent comme une sorte de banque régionale.

❑ ***Le recul des grandes épidémies.*** Les grandes épidémies, en particulier la peste, qui avaient marqué les siècles précédents, reculèrent progressivement.

En 1720-1721, apportée par un navire marchand, le *Grand Saint-Antoine*, qui accosta à Marseille en provenance de Smyrne, la peste de Provence fut sans doute la dernière épidémie de grande ampleur, avant les terribles crises de choléra du XIXe siècle. A Marseille, 50 personnes périrent chaque jour, en août 1720, au paroxysme de la maladie. A cette date, toutes les institutions sanitaires et hospitalières de la ville étaient débordées, et les rues étaient jonchées de cadavres ou d'agonisants. Il fallut promettre aux forçats des galères la liberté pour qu'ils acceptent la sinistre besogne du transport des corps des pestiférés, et l'on vit Monseigneur de Belsunce (1671-1755), évêque de Marseille, s'activer près des malades. Dans l'intérieur de la Provence, 13 localités sur 76 perdirent plus de la moitié de leur population, et 26 plus du tiers. On estime le total des décès à 120 000. Pourtant, le fléau resta circonscrit géographiquement, grâce aux efforts conjugués de l'administration et de l'armée, qui constituèrent des barrages protecteurs dans l'arrière-pays pour éviter la propagation dans le royaume.

Si d'autres graves maladies épidémiques subsistèrent (typhoïde, dysenterie, variole : la Bretagne, nous l'avons noté, fut particulièrement affectée dans les années 1770), l'état sanitaire du royaume s'améliora peu à peu. Les progrès de la médecine furent sensibles, par exemple en chirurgie, une discipline vivement encouragée par Louis XV, intéressé par toutes les innovations scientifiques de son temps. On note aussi une amélioration de l'hygiène et d'incontestables succès médicaux, comme les expériences d'inoculation, encore marginales, contre la petite vérole (variole), une maladie particulièrement meurtrière ; Louis XV lui-même en mourut le 10 mai 1774. La première inoculation en France fut effectuée par Tenon en 1755.

❑ ***Un changement vis-à-vis de l'enfant ?*** Dans les années 1970, des historiens et des sociologues ont insisté sur un changement de l'attitude vis-à-vis des nouveau-nés et des jeunes enfants, perceptible, selon eux, à partir de témoignages littéraires et artistiques ; les soins auraient été plus importants et attentifs, et l'usage du berceau se serait peu à peu répandu. Un certain « rousseauisme » aurait été à l'œuvre dans la seconde moitié du siècle (à la suite de la parution en 1762 de l'*Émile* de Jean-Jacques Rousseau, qui prônait une éducation selon la « nature »), et cela, semble-t-il, pas seulement dans les familles appartenant aux groupes privilégiés.

Pourtant, il ne faut pas imaginer les parents des siècles précédents dépourvus de sentiments vis-à-vis de leur descendance, ni, inversement, ceux des Lumières idolâtrant leur progéniture : de sa liaison avec Thérèse Levasseur, Jean-Jacques Rousseau eut trois enfants ; tous trois furent déposés à l'hospice des Enfants-Trouvés (en 1746, en 1748, en 1751). Et nous savons l'importance de la mise en nourrice à la campagne des nouveau-nés de la ville, et ses conséquences souvent meurtrières. Au XVIIIe siècle, le nourrissage mercenaire s'amplifia encore ; une manière de record fut atteint dans la région de Mantes, aux portes de la Normandie, vers 1785 : en quatorze mois, de juillet 1784 à 1785, 31 enfants moururent chez une nourrice âgée de trente ans, habitante du petit village de Rolleboise. Tous ces nouveau-nés venaient de l'hôpital des Enfants-Trouvés, et aucun n'avait plus de six semaines au moment de son décès...

Cependant, ne généralisons pas : il demeure incontestable que des progrès notables furent enregistrés, en particulier au moment de la naissance. On note ainsi le passage progressif de l'accouchement traditionnel, souvent violent, monopolisé par des matrones empiriques, à un accouchement médicalisé et plus sûr, grâce à l'usage de techniques et d'instruments appropriés. On remarque aussi l'apparition de sages-femmes, mieux instruites, mieux formées, à l'exemple de Mme du Coudray, qui obtint, en 1756, un brevet royal l'autorisant à enseigner l'art des accouchements en province. Cette dernière parcourut donc bourgs, villages et hameaux pour proposer aux futures mères des leçons pratiques, à l'aide d'une machine qui « représentait le bassin d'une femme, la matrice, son orifice, ses ligaments, le conduit appelé vagin, et l'intestin rectum. J'y joignis un modèle d'enfant de grandeur naturelle, dont je rendis les jointures flexibles pour pouvoir les mettre dans les positions différentes, un arrière-faix avec les membranes, le cordon ombilical » (Mme du Coudray). De nombreuses « machines » obstétriques étaient vendues après chacun de ses passages. Et les accoucheurs professionnels ont été plus nombreux, comme Mauquest de La Motte, un accoucheur-chirurgien de la petite ville de Valognes dans le Cotentin, qui exerça de 1683 à 1720. Il fit paraître, dès 1715, un *Traité des accouchements naturels et contre nature, expliqué dans un grand nombre d'Observations et de Réflexions, sur l'art d'accoucher*, qui fut réédité, et augmenté, en 1765.

Il s'agissait là d'autant de conquêtes décisives : la mortalité des mères et des nouveau-nés recula dans la France des Lumières, provoquant une conscience nouvelle de la vie, du prix de la vie.

❑ ***Résistances aux changements.*** Pourtant, comme toujours, ces progrès ne touchèrent pas toutes les provinces, ni toutes les couches sociales. Surtout, ils se heurtèrent un peu partout au barrage des habitudes, des préjugés, des traditions.

A la fin du règne de Louis XIV, Jean-Baptiste Thiers (1636-1703), curé de Vibraye dans le diocèse du Mans, avait dressé dans son *Traité des superstitions* un catalogue de croyances et de pratiques largement partagées. Un tel catalogue aurait pu être établi dans nombre de villages du XVIIIe siècle : bien des habitants accordaient foi à un magisme diffus, à des conceptions bien éloignées de celles des clercs ou des hommes acquis aux idéaux des Lumières. Ainsi, par exemple, acceptait-on encore, dans la nef de la basilique de Saint-Denis, les bestiaux amenés par les paysans en quête d'une bénédiction, car il ne faisait aucune doute pour eux qu'elle protégeait leur cheptel contre la rage. Dans la région parisienne, chaque année, le 12 juillet, les paralytiques se rendaient en foule à saint Prix, près de Montmorency, et, le 14 août, les sourds venaient se faire toucher l'oreille par le doigt de saint Ouen...

❑ ***Les conditions matérielles de la vie.*** Dans la vie de chaque jour, un mieux-être est aussi perceptible au cours du XVIIIe siècle. En effet, la nourriture a été plus diversifiée par l'apport de légumes et de fruits. La construction de l'habitat a peu à peu évolué : le chaume a souvent été remplacé par des tuiles, la cheminée a été améliorée, les fenêtres ont été agrandies et multipliées, et le carton huilé qui protégeait souvent les ouvertures dans les maisons de village a été de plus en plus souvent remplacé par des carreaux de verre. Dans bien des fermes, le fumier a été éloigné du puits : cette néfaste proximité était à l'origine de nombreuses contaminations mortelles...

Mais comme toujours, il convient de nuancer : les progrès se heurtèrent au poids des routines et des habitudes. En 1786, le chirurgien breton Dubois écrivait : « Je suis persuadé qu'il périt dix individus par an dans chaque paroisse par l'ignorance des matrones, sur quinze cents paroisses qu'il y a en Bretagne, ce qui fait le nombre de quinze mille personnes par an [...]. » Il subsistait aussi bien des inégalités et des poches de misère noire, comme dans le Massif central, par exemple, où, suivant un témoignage de l'intendant en 1728, on ne se nourrissait « que d'avoine avec des mauvais grains et des légumes ». Lorsqu'il visita le Finistère, en 1794, Cambry décrivait les maisons paysannes comme des « cahutes sans jour, pleines de fumée [...]. Une claie légère les partage : le maître de ménage, sa femme, ses enfants et ses petits-enfants occupent une des parties ; l'autre contient les bœufs, les vaches, tous les animaux de la ferme [...]. »

De même, à Sennely-en-Sologne, un « village immobile » de 110 feux (environ 600 habitants), composé d'obscures maisons de bois torchées de boue et couvertes de paille de chaume, le siècle des Lumières ne fut pas marqué par le changement : la mortalité infantile resta forte tout au long du siècle (près des deux tiers des nouveau-nés ne parvenaient pas à l'âge adulte !), et les enfants, comme les adultes, portaient, pour la plupart, les signes spécifiques de la malnutrition : gros ventre, langueur, troubles de la dentition, retards de croissance... En 1793, dans ce « méchant et pauvre pays », comme le décrivaient les contemporains, sur les 11 conscrits de Vouzon, un village proche de Sennely, 9 furent réformés en raison de leur inaptitude physique.

Pourtant, malgré ce noir tableau à propos de la Sologne, il est peu contestable que dans nombre de provinces, la baisse de l'effroyable mortalité des jeunes enfants fut importante, en particulier au moment de la naissance, dans les premiers instants de la vie ou lors du sevrage, périodes de plus hauts risques pour la vie. Cette chute de la mortalité de jeunes enfants permit à nombre de familles de prévoir, de penser le futur, c'est-à-dire de maîtriser un devenir familial et social inscrit dans la perspective d'un bonheur bien terrestre et matériel qui tendait à relativiser le rôle et l'influence des impératifs religieux.

❑ ***Les « funestes secrets ».*** Tous ces changements touchèrent d'abord les milieux urbains. Si, comme dit le proverbe, « l'air de la ville rend libre », le démographe y observe, en effet, un taux plus important de célibat, d'illégitimité et de conceptions prénuptiales. Il remarque aussi la croissance de la limitation des naissances, ces « funestes secrets » qu'évoque avec horreur Jean-Baptiste Moheau (1745-1794), un démographe des Lumières. Ce dernier, secrétaire personnel de Montyon, intendant d'Auvergne, publia en 1778, le premier traité de démographie en français, *Recherches et considérations sur la population de la France*. Il s'y assignait pour but d'exposer méthodiquement et de tenter de résoudre les principaux problèmes relatifs à la population. Il s'indignait que « le libertinage pénètre dans les mariages » : les femmes riches, expliquait-il, « pour qui le plaisir est le plus grand intérêt et l'unique occupation, ne sont pas les seules qui regardent la propagation de l'espèce comme une duperie du vieux temps ; déjà ces funestes secrets inconnus à tout animal autre que l'homme, ces secrets ont pénétré dans les campagnes ; on trompe la nature jusques dans les villages. »

On le voit, tous ces signaux additionnés signalent un ordre familial nouveau qui s'exprima par une permissivité, une autonomie – faut-il écrire une liberté ? – plus grande des comportements. Autant de changements qui touchèrent d'abord les élites aristocratiques, puis bourgeoises des villes des Lumières.

Croissance démographique, fragilité économique

❑ ***Les faux-semblants d'une « révolution agricole ».*** Ces mutations démographiques ont accru la fragilité de l'économie, car la révolution du nombre des hommes ne s'est pas accompagnée d'une révolution économique ou technologique de même ampleur. En effet, malgré les efforts de nombre d'exploitants et de propriétaires, la productivité et les rendements étaient toujours globalement les mêmes, depuis plusieurs siècles : pour un grain semé, 4, 5, 6 récoltés... Il fallait donc toujours autant de travailleurs de la terre pour nourrir un citadin. Cela supposait plus d'hommes pour les sarclages, plus d'hommes pour les fauchaisons et pour les moissons, autant d'opérations vitales, pratiquées sans l'aide d'une machine ou d'un animal : un bon ouvrier, indiquait Jean Meuvret, historien du monde rural, ne parvenait à fauciller qu'une vingtaine d'ares dans sa journée et il fallait deux mois à un travailleur de la terre pour scier à la faucille la surface qu'il avait emblavée. Les défrichements, quand ils furent possibles, n'offraient pas de grands secours, car les meilleures terres étaient, dans la plupart des cas, exploitées depuis longtemps déjà.

Comme l'a montré Michel Morineau dans une étude discutée mais qui eut le mérite d'inciter à une révision des idées jusqu'alors communément admises, nous savons aujourd'hui que la « révolution agricole » fut un leurre, sauf rares exceptions comme dans les grandes unités de production de l'Ile-de-France : « Il faut s'habituer à concevoir une somme de petites acquisitions techniques, une somme de petites trouvailles, une succession d'essais obscurs, persévérés, abandonnés, repris, triomphants ou piteux, l'existence de solutions à portée de la main au grand problème des subsistances et dont l'application ne s'opère pas de longtemps, en bref, une démarche empirique, capricieuse, irrationnelle et qui ne débouche nullement sur une révolution agricole dans la productivité avant le XIXe siècle » (Michel Morineau, *Les Faux-Semblants d'un démarrage économique : agriculture et démographie en France*, 1971).

Sans doute, à partir de 1750, dans quelques fermes seigneuriales, les propriétaires furent-ils séduits par les idées sur la rentabilité du sol développées par les physiocrates à la suite de François Quesnay, l'auteur du *Tableau économique* (1758). Ça et là, des prairies artificielles et des cultures fourragères de luzerne, de trèfle et de sainfoin, facilitèrent la suppression de la jachère : ainsi, par exemple, une étude menée dans le pays de Caux a-t-elle démontré que la sole en jachère avait beaucoup diminué au XVIIIe siècle. Dans ce cas précis, les capacités d'entretien du bétail ont doublé, provoquant un accroissement des troupeaux : « Les récoltes en blé s'en ressentent en bien », constatait avec satisfaction le Contrôleur général des finances en 1768.

Voici d'autres indices de progrès : dans les grandes exploitations du Bassin parisien, un troisième cheval, attelé à la charrue, permit de pratiquer des labours plus profonds et d'améliorer ainsi les rendements. Dans la grande ferme du Plessis-Gassot, tout près de Gonesse, à 25 km au nord-est de Paris, tenue pendant cinq siècles (de 1414 à 1957) par la même famille, les Chartier, François Chartier eut coutume, à partir de 1730, de porter à Paris, ou à Versailles, chez une clientèle choisie, de la paille, de l'avoine, du foin, et il rapportait par charrettes entières du précieux fumier de cheval qui lui permettait d'enrichir ses terres. Vendre de la paille contre du fumier, voilà un exemple des innovations inventées par des laboureurs du siècle des Lumières. Autre exemple : dans les campagnes du Maine, l'assolement triennal se développa, outre, là aussi, l'emploi du fumier et parfois des cendres. Le curé de Ruillé-le-Gravelais annonça un rendement de son blé, qu'il chiffrait, non sans exagération sans doute, à 13 pour 1 en 1779, une manière de record !

Mais nous pourrions aussi proposer des témoignages contradictoires, bien plus nombreux encore. Voici, par exemple, en Bretagne, celui du préfet de l'Ille-et-Vilaine, en 1802 : « On ne connaît point la pratique des jachères proprement dites : dans les meilleurs cantons qui n'ont ni landes, ni pâtures, on laisse alternativement pendant quelques années le tiers des terres en friche tant pour servir de pacage que pour se refaire par le repos. Dans les autres parties, les terres en culture n'ont jamais de trêve. » Dans la majorité des provinces, dans la plupart des villages, la routine l'emporta sur l'audace agronomique. Et comment un paysan, rappelle Michel Morineau, qui supportait la lourde charge de nourrir une famille souvent nombreuse, aurait-il pu endosser, sans humeur de suicide, la responsabilité de « rater » une récolte, pour expérimenter une aléatoire nouveauté ? Nous savons la résistance que rencontrèrent ceux qui tentèrent d'implanter la culture de la pomme de terre dans le royaume : seuls quelques territoires, comme le Nord, l'Alsace, la Lorraine, le Dauphiné, le Limousin (à l'initiative de Turgot) accueillirent le nouveau tubercule dont le rendement permettait pourtant de nourrir jusqu'à cinq fois plus de personnes qu'avec les blés. Mais partout, ou presque, le régime alimentaire continua à accorder au pain, et donc aux céréales, une part dominante.

❑ ***Un exemple de propriétaire « améliorateur » : Lavoisier.*** Si « révolution agricole » il y eut, elle fut donc presque toujours marginale, due à l'initiative individuelle de propriétaires et de seigneurs éclairés, souvent membres fidèles de la quarantaine de sociétés d'agriculture qui se formèrent dans le royaume à partir des années 1760, lecteurs assidus de l'abondante littérature consacrée à l'agriculture et à l'agronomie : on a dénombré 26 ouvrages à caractère agronomique édités au XVe siècle, 108 au XVIe siècle, 130 au XVIIe siècle et... 1 214 au XVIIIe siècle, la plupart après 1750. Mais, comme l'écrivait Voltaire, « tout le monde les lut, excepté les laboureurs ». Aussi, les exemples, qui ne manquent pas, de propriétaires « améliorateurs » ne peuvent-ils, en aucun cas, être généralisés.

En voici, pourtant, une belle illustration : Antoine Laurent Lavoisier, né en 1743, célèbre chimiste, académicien et fermier général. Il était l'héritier d'une riche famille de robe qui possédait, depuis longtemps, une grande ferme au Bourget, une ferme exploitée par le maître de poste de la paroisse, lui-même très ouvert aux innovations agronomiques de son temps. De 1778 à 1784, Lavoisier s'établit dans le pays de Blois, dans le domaine de Fréchines, qu'il agrandit peu à peu. Chaque année, il y faisait en moyenne trois séjours de deux semaines, lors des semailles d'automne, de printemps et à la moisson. Il multipliait les visites à ses fermiers, il tenait une comptabilité précise des investissements (120 000 livres en quatorze ans), et il rédigeait des comptes rendus scrupuleux des activités nouvelles destinées à rentabiliser la terre. Il créa ainsi des prairies artificielles sur 240 arpents, il établit le parcage des moutons, il supprima la jachère, il introduisit la culture des pommes de terre. En 1787, Lavoisier déclarait à la Société d'agriculture de Paris : « Ce n'est pas seulement dans les cabinets qu'il faut étudier l'économie politique [...]. C'est par une étude réfléchie d'une grande exploitation territoriale, par des calculs suivis pendant un grand nombre d'années sur la distribution des richesses renaissantes. »

De tels bouleversements furent marginaux : en 1840, la statistique agricole indiquait que la jachère représentait encore 27 % de la surface cultivée en France. Pourtant, certains progrès qualitatifs furent sensibles, comme l'attestent la poursuite du développement du maïs aux forts rendements dans le Sud-Ouest (du Languedoc humide au Périgord), la diversification des productions, ou une spécialisation régionale accrue : productions maraîchères et fruitières autour de Paris, élevage spéculatif en Normandie, embouche dans le Charolais, viticulture en Provence, vignobles spéculatifs en Champagne, Bordelais, Bourgogne...

❑ ***Croissance et contrastes sociaux.*** On comprendra que la révolution du nombre des hommes, non accompagnée d'une révolution agricole, ait contribué à tendre les relations sociales, car le déclin de la mortalité infantile et juvénile, en multipliant les hommes, contraignit bien souvent à la division des domaines et des exploitations.

Parallèlement, la croissance démographique jeta sur le marché de l'emploi et du travail des classes pleines qui trouvèrent difficilement leur place, alors que la hausse des salaires ne suivait pas celle des prix, stimulés par une forte demande. Ernest Labrousse a calculé que, par rapport à une période de base 1726-1741, le coût de la vie augmenta de 45 % au cours des années 1771-1789, et de 62 % au cours des années 1785-1789, soit bien plus que les salaires. Pour mesurer l'importance de tels chiffres, il suffit de rappeler que la part de l'alimentation représentait environ les deux tiers des dépenses totales pour une famille appartenant aux métiers de l'artisanat.

Dans tous les cas, les plus démunis se trouvaient donc à la merci des donneurs d'ouvrage et des stockeurs de blés, maîtres du marché et des prix. A la ville, voici un exemple parmi bien d'autres. La veuve Ango, décédée en 1779, était fileuse de coton, et elle habitait dans la rue Saint-Hilaire, à Rouen. L'inventaire de ses meubles fut vite dressé : dans l'unique pièce, au rez-de-chaussée de la cour-débarras où elle vivait, on trouva un nécessaire à feu composé d'une crémaillère, de chenets, de pincettes, d'une pelle ; on enregistra aussi « une vieille couche basse, garnie d'une paillasse, trois rideaux de serge, une vieille tenture de tapisserie, une marmite de fer et son couvercle, un vieil écumoir de cuivre, six bonnets piqués et six frisés, une paire de bas, une paire de chaussons de laine, deux vieilles chemises, un vieux tablier de rouge des Indes » ; deux autres tabliers étaient qualifiés de « vieux ». Ajoutons un mouchoir et « une vieille armoire » contenant de la vaisselle de terre, « un vieux coffre et quatre vieilles chaises », plus « un vieux rouet à filer la laine ». Pas une seule pièce de monnaie, pas un seul livre. Voilà donc toute la fortune d'une ouvrière condamnée à filer le coton, non pour gagner sa vie, mais tout simplement pour survivre : elle était payée 5 sols par jour.

Déplaçons-nous, à présent, à la campagne : à Baqueville, dans le pays de Caux, en 1775, l'année de la « guerre des farines », un fermier aurait répondu à des indigents qui lui demandaient l'aumône, « qu'ils n'avaient qu'à aller paître dans une pièce de trèfle ». S'inquiétant du développement de la mendicité dans les villages, un noble de la région de Dieppe notait, en 1784, que les attroupements nocturnes « ne respectent pas plus les châteaux et la noblesse que les laboureurs ». Et, le 26 août 1788, le subdélégué de Ploërmel, écrivait à l'intendant : « Tous les greniers des gens aisés sont pleins de blés de l'année dernière et même de deux ans ; c'est un grand mal dans notre constitution actuelle que le riche soit trop riche et le pauvre trop pauvre, et les soubresauts dans le prix des grains l'augmentent encore ; le pauvre paysan, Monseigneur, vend nécessairement son superflu chaque année parce qu'il faut payer ses rentes et sa part des impôts, et parce qu'il n'y a pas de greniers pour ses réserves ; le riche attend pour vendre le moment de la plus grande cherté. Ainsi, chaque disette rompt un degré de l'échelle de communication entre les citoyens [...]. »

On le voit, l'incontestable prospérité du siècle des Lumières ne doit pas masquer la violence des contrastes sociaux qu'elle a aggravés : à Paris, Daniel Roche indique que 83 % des salariés et 80 % des domestiques étaient endettés à la veille de la Révolution.

LA RÉVOLUTION DE L'ESPACE-TEMPS

La corvée ne fut pas seulement un impôt archaïque, dénoncé avec vigueur par les philosophes, les économistes et certains ministres réformateurs. Elle fut, jusqu'en 1786 (à cette date, elle a été remplacée par une prestation en argent), l'instrument d'une politique cohérente, entreprise à partir de 1738 par Orry, le Contrôleur général des finances qui avait été intendant à Soissons de 1722 à 1727. Il avait déjà pourvu par le moyen de la corvée aux réparations des routes de sa généralité. Orry fut aidé par Daniel Trudaine, qui obtint, en 1743, la direction des Ponts et Chaussées. Ce dernier bénéficia des conseils et de l'activité de Jean-Rodolphe Perronnet, ingénieur, directeur de l'école des Ponts et Chaussées, et constructeur de nombreux ouvrages, en particulier de ponts.

La politique des « chemins pavés »

❑ ***La circulaire de juin 1738.*** Par la remise à neuf des routes existantes, mais aussi par l'ouverture de voies nouvelles, il s'agissait d'équiper le royaume d'un réseau routier qui lui faisait jusque-là cruellement défaut : lors des crises de subsistances du « sombre XVIIe siècle », de nombreuses lettres témoignaient de l'impuissance d'intendants et de subdélégués de généralités confrontés à la disette, en attente d'un convoi de blé embourbé dans des chemins de terre défoncés et impraticables.

Ainsi, suivant la circulaire du 13 juin 1738, adressée à tous les intendants, les paysans demeurant à portée des grands chemins (une dizaine de kilomètres environ) étaient-ils requis de fournir leurs voitures, leurs bœufs et leurs chevaux, six jours par an, en deux fois, au printemps et à l'automne, pour assurer les remblais et les déblais, le transport des matériaux, etc. Une main-d'œuvre plus spécialisée s'acquittait des opérations plus complexes.

❑ ***30 000 kilomètres de routes empierrées.*** A la suite d'un demi-siècle de travaux acharnés menés sous la direction du corps des ingénieurs des Ponts et Chaussées (ils étaient 300 en 1781), des cartographes désormais maîtres de la représentation graphique du territoire, des architectes de ponts et de tunnels, à la veille de la Révolution, l'allure moyenne des voitures avait été doublée. Et le royaume se trouvait équipé de près de 30 000 km de routes ouvertes, empierrées, pavées, entretenues.

Sans doute, une fois encore, l'équipement se révélait-il très inégal. Une carte montre un fin écheveau de routes centré sur Paris (et, dans une bien moindre mesure, sur Lyon), au-delà d'une ligne qui unirait Saint-Malo à Genève, frontière imaginaire séparant plus que jamais deux France : La France du Nord-Est était celle de tous les « plus » (plus d'hommes, plus d'alphabétisés, plus de villes, plus de richesses...). La France des moindres développements, des isolats et des archaïsmes le plus souvent maintenus était celle du Sud et surtout de l'Ouest, malgré quelques brillantes exceptions : les États provinciaux du Languedoc, par exemple, œuvrèrent pour une sensible amélioration du réseau routier.

Il nous faut mesurer les conséquences de cette nouvelle infrastructure pour tout ce qui, dans le royaume, marchait, courait, roulait, mais aussi contrôlait, administrait, jugeait.

Effets et conséquences du désenclavement

❑ ***Centralisation renforcée, échanges stimulés.*** La carte du réseau routier met en valeur l'importance de la centralisation. Paris apparaissait, plus que jamais, le cœur d'un territoire en voie d'unification, d'une grande toile d'araignée tissée jusqu'aux confins du royaume.

La route contribua à rapprocher les villes, les territoires, les hommes, alors que les cités étaient de plus en plus ouvertes (les remparts des villes encloses des siècles précédents commençaient à être transformés, on y reviendra, en promenades ou en boulevards). Les grands centres urbains ont alors étendu leur sphère d'influence économique, démographique, culturelle, mais aussi justicière. Les économies régionales devenaient moins étanches et moins enclavées, susceptibles d'une spécialisation accrue. Les crises de subsistances se révélaient moins dramatiques : grâce à la route de pierre, une région excédentaire pouvait désormais plus facilement approvisionner une région manquant de grains. Ainsi, lors de la crise frumentaire de 1740, conséquence d'une série de mois pluvieux et froids, le bassin parisien a-t-il pu être ravitaillé par des régions non affectées par la crise.

Toutes les grandes villes étaient désormais à moins de douze jours de Paris, même si tout déplacement en diligence demeurait encore un luxe inaccessible pour le plus grand nombre. La vitesse était réservée aux riches : un voyage de Paris à Bordeaux, en six jours, dans une « turgotine », une des diligences les plus rapides du temps, coûtait 125 livres en 1789, soit le quart du salaire annuel d'un artisan. Et pour un voyage en fourgon (mais en quinze jours), il fallait payer, pour la même distance, la somme de 50 livres, l'équivalent de cinquante journées de travail d'un artisan.

❑ ***Désenclavement des villages, ouverture des villes.*** La route, qui permettait une fluidité plus grande des hommes et des marchandises, a aussi renforcé le désenclavement et l'isolement de bien des villages. Nombre de « horsains » (étrangers) sont venus s'y installer ou ont acheté des terres et des fermes. Inversement, bien des fils et des filles les ont quittés, en quête d'un travail rémunérateur à la ville.

De plus en plus ouverte, la cité devenait en même temps un peu moins contrôlable par les autorités civiles et religieuses. Les exclus pouvaient y accourir plus facilement, à la recherche de travail ou de pain. Ces marginaux, à la limite de l'errance, formaient parfois une masse prompte à l'émeute et à la rébellion, particulièrement inquiétante pour les nantis. L'accroissement des « sans feu, sans lieu, sans aveu » lors de la crise de l'été 1789 fut le principal aliment de la Grande Peur.

Ainsi, en brisant quelques-unes des solidarités qui fondaient la cohésion des groupes, l'amélioration du réseau de communication a-t-il contribué à renforcer l'instabilité sociale en même temps que le besoin d'un recours à une justice publique, seule capable bien souvent de résoudre des conflits qui jusqu'alors se réglaient, on y reviendra, entre soi.

❑ ***L'ordre royal et le pamphlet.*** Mais cette révolution de l'espace-temps était aussi un avantage pour le roi, dont les ordres, depuis les bureaux situés dans les deux ailes des ministres du château de Versailles ou depuis Paris, étaient mieux et plus diligemment transmis et exécutés par les intendants et leurs subdélégués : d'après les horaires de la poste royale (environ 90 km par jour), il fallait cinq jours pour gagner Lyon, mais un seul pour se rendre à Reims. Certaines provinces étaient cependant beaucoup plus mal desservies : la Bretagne, l'Alsace, la Provence, le Périgord, le Béarn.

La route se révélait utile aussi pour ceux qui voulaient diffuser à grande échelle d'autres vérités que celles énoncées par le pouvoir. Désormais, grâce au réseau postal, les nouvelles par lettres, par journaux, par pamphlets pouvaient aller toujours plus vite et plus sûrement : 1 320 relais de poste fonctionnaient en 1789, établis tous les 10 ou 12 km environ.

Cette géographie toute neuve des « chemins pavés » a contribué, par ailleurs, à faciliter les échanges, et donc à stimuler une économie emportée par une croissance inédite.

CROISSANCES

Le phénomène majeur du siècle des Lumières fut, en effet, la croissance économique, une croissance nettement perceptible à partir du milieu des années 1720. Cette croissance et ses conséquences, la richesse affichée par quelques-uns, frappa les contemporains, comme en témoigne le débat sur le luxe qui divisa les élites, la société des salons et l'Église : dans une société chrétienne, la richesse qui expose aux passions est-elle compatible avec le Salut ?

Cette expansion matérielle est mesurable grâce à de nombreuses sources susceptibles d'un traitement statistique : les archives de la Balance du commerce, basées sur les déclarations des marchands, nous offrent des séries continues depuis 1716, à la seule exception des années 1781-1786. Nous possédons aussi des séries de trafics portuaires exprimées en tonnage (les entrées, les sorties), des archives de foires, des registres de péage et d'octroi, des mercuriales (elles enregistraient les prix des marchandises vendues sur les marchés), des bilans d'entreprises, des comptabilités et des correspondances de fabricants et de négociants, des enquêtes et des mémoires d'intendants et de subdélégués, etc. Au total, malgré une large part d'imprécisions et d'erreurs dans l'enregistrement des données, ces multiples indices permettent de dresser un tableau cohérent de l'élan économique qui caractérisa le XVIIIe siècle.

De nombreux facteurs, déjà en partie évoqués, expliquent cette poussée : facteurs monétaires (de la stabilisation de la livre, en 1726, au renouveau de l'exploitation des mines américaines, de l'or brésilien à l'argent mexicain, en passant par l'enrichissement d'une partie de la population), facteurs démographiques (la multiplication des hommes, donc des producteurs et des consommateurs), facteurs économiques (de l'amélioration limitée de la productivité au processus d'unification du marché), facteurs politiques (la paix préservée à l'intérieur du royaume), facteurs d'ordre psychologique (les changements dans les goûts et dans les modes, la « culture des apparences » étudiée par Daniel Roche).

Indicateurs et physionomie de la croissance

❑ ***Hausse des prix, hausse de la production.*** A la fois révélateur et stimulant de la croissance économique, la hausse générale des prix fut manifeste à partir des années 1730. Elle fut plus forte pour les produits agricoles que pour les produits industriels : comparant le cycle 1726-1741 au cycle 1771-1789, Ernest Labrousse a évalué, en effet, la hausse du prix du froment à 56 %, celle de la viande à 55 %, celle des étoffes de laine à 22 %, des toiles de lin à 36 %, du fer à 30 %.

La hausse des prix s'accompagna d'une hausse des quantités produites : malgré l'absence, ou presque, de révolution technique, la progression du produit agricole peut se chiffrer au minimum à 25 %, au maximum à 40 %. Le produit de l'industrie et de l'artisanat tripla en volume en quatre-vingts ans : à la veille de la Révolution, le produit industriel apparaissait équivalent au produit agricole. Pendant tout le XVIIIe siècle, la croissance du produit industriel peut être évaluée à 1 % par an (contre 1,17 % en Angleterre). Dans le détail, on observe, de 1733 à 1764, un essor assez lent, suivi d'une accélération du mouvement après la guerre de Sept Ans et d'une croissance exceptionnelle à la fin des années 1760.

Il convient de souligner l'importance relative des différents secteurs industriels : dans les années 1780, la valeur du textile approchait les 1 100 millions de livres; les métaux atteignaient 88 millions de livres; les combustibles minéraux (la houille) 10 millions de livres.

Moteur de l'industrie d'Ancien Régime, la croissance du textile, des textiles plutôt, a été vigoureuse. Mais il convient de nuancer, suivant les provinces, suivant les secteurs, suivant les conjonctures.

❑ ***Croissance modérée, stagnation ou crise du textile traditionnel.*** Les industries anciennes, draperie, toilerie, connurent une croissance modérée : 0,6 à 1 % par an pour la draperie, 1,5 % pour les toileries traditionnelles. Dans le détail, la toile bretonne, qui avait assuré la prospérité de la province au XVIIe siècle, se signale par un net déclin à partir des années 1770 : dans le Léon, par exemple, la production de toiles de lin fines se chiffrait à 46 000 pièces en 1742, elle tomba à 20 000 pièces dans les années 1780. Dans l'industrie lainière, la chute est manifeste en Limousin (– 18 % de 1692 à 1789), en Saintonge (– 44 %), en Bourgogne (– 28 %), en Provence (– 36 %), en Bretagne (– 15 %).

A Caen, la draperie – tant la draperie de luxe (draps et ratines) que la production des étoffes courantes, comme les serges –, enregistra, elle aussi, une baisse importante. Mais dans ce dernier exemple, la chute fut compensée par la croissance de la fabrique de dentelles : inexistantes au milieu du siècle, les dentellières formaient en 1792 une masse compacte de 1 635 salariées, produisant 84 % de tout le textile caennais.

A l'inverse de Caen, la draperie de Sedan vit, au contraire, son chiffre d'affaire quintupler entre 1732 et 1788, et les toileries de Valenciennes et de Cambrai connurent un taux de croissance de 3 % par an de 1746 à 1788. A Voiron, la toilerie accusa une augmentation remarquable : 81 % de 1730 à 1767, 212 % entre 1730 et 1789.

La soierie, implantée depuis le XVIe siècle à la suite d'une incitation de l'État royal, se distingue par des évolutions contrastées : le centre tourangeau périclita; au contraire, Nîmes vit ses métiers s'accroître de 3,7 % par an, de 1730 à la Révolution. A Lyon, l'augmentation fut un peu moins forte : de l'ordre de 1,6 %.

Bénéficiant d'une demande sociale et d'un effet de mode inédit par son ampleur et sa durée, des industries textiles neuves enregistrèrent, quant à elles, des progressions remarquables, accompagnées d'innovations techniques, avec le développement de manufactures concentrées de tissage, puis, à partir des années 1760, d'indiennage. Ces unités de production, que Serge Chassagne propose d'appeler des « proto-fabriques », échappèrent d'emblée à l'organisation traditionnelle des métiers jurés.

❑ ***L'avènement du « roi coton » : l'exemple de Rouen.*** Sans doute introduite à Rouen à l'époque de Colbert, la fabrication des toiles de coton se diffusa dans le royaume, surtout après 1730, car deux articles nouveaux bénéficièrent alors d'un grand succès : les rideaux (installés aux fenêtres ou autour des lits) et les mouchoirs, qui traduisaient, on le verra, une autre révolution silencieuse, celle des comportements et des modes de vie.

L'expansion du coton fut particulièrement vigoureuse, d'abord dans la région de Rouen : l'état de visite des inspecteurs des toileries, en mars 1732, recensait, à Rouen même, 299 maîtres toiliers et 149 maîtres passementiers, faisant battre respectivement 1 556 et 762 métiers, et dans la banlieue de la ville, 281 maîtres et 1 310 métiers, soit 3 628 métiers urbains, plus 1 206 dans la campagne. Les campagnes proches de Rouen assuraient surtout la première étape de la fabrication : la préparation des fils. Au total, les métiers, occupaient environ 60 000 personnes, dont le salaire était d'environ une livre par jour. Indice du vif succès de la production normande, la quantité de mouchoirs de Rouen vendue à la foire de Beaucaire, en Provence, dans les années 1740, était six à huit fois supérieure à celle des mouchoirs importés des Indes. Au siècle des Lumières, Rouen était bien, « sans conteste, le cœur et le cerveau d'un système proto-industriel » centré sur le « coton roi » (Serge Chassagne).

Concrètement, comment se déroulait la fabrication ? La première étape était le filage de la matière brute : la production de filés était essentiellement réalisée par des petits entrepreneurs à façon, propriétaires de quelques rouets. Un marchand leur remettait une quantité de coton, fixée par avance. Ces petits entrepreneurs se chargeaient alors de le faire filer, à domicile, le plus souvent par de pauvres femmes ou de jeunes enfants, misérablement payés (environ un quart de livre, soit 5 sols par jour). La deuxième étape était celle du tissage. Les ouvriers tisserands (ils étaient une dizaine, le plus souvent) travaillaient, en général, « en boutique », au domicile du maître. Chaque marchand-fabricant ne possédait que quelques métiers. Dix métiers représentait un capital fixe inférieur à 1 500 livres. La journée de travail était longue : elle commençait avant sept heures le matin, et elle se poursuivait souvent le soir, à la chandelle.

A partir du milieu du siècle, on observe une tendance à la concentration : plusieurs entrepreneurs, étrangers au milieu et aux habitudes des maîtres fabricants, rassemblèrent, en effet, les tisserands dans de grands ateliers de plusieurs dizaines d'ouvriers, annonciateurs d'une évolution qui s'amplifiera au siècle suivant.

Un révélateur de la croissance de l'industrie du coton en France : détail des importations de cotons bruts et de cotons filés en provenance du Levant (en quintaux)

Moy. ann.	1700-1702	1727-1724	1736-1740	1750-1754	1786-1789
Filés	16 946	15 607	14 889	13 853	10 805
Bruts	4 316 (20%)	18 954 (54%)	30 789 (67%)	52 550 (79%)	95 979 (90%)
Total	21 262	34 561	45 678	66 403	106 784

❑ ***La « révolution » des indiennes : nouveaux textiles, nouveaux patrons.*** Les fabriques d'indiennes (soies et toiles de coton imprimées de différents motifs colorés) connurent un essor fulgurant à partir des années 1760, quand le pouvoir royal leva l'interdiction, datant de 1686, d'importer, de fabriquer, de vendre et de porter « des toiles de coton peintes aux Indes, ou contrefaites dans le royaume » (voir chap. 4). Ces toiles peintes bénéficiaient d'un tel succès qu'aucune mesure gouvernementale n'avait réussi à les freiner. Le « cycle de l'indienne », ouvert en France en 1759, apparaît comme l'un des plus puissants générateurs d'entreprises et d'entrepreneurs au siècle des

Lumières : une quarantaine d'indienneries furent créées dès les deux premières années qui suivirent la levée de l'interdit, et le nombre total d'entreprises spécialisées dans cette production dépassa 170 à la veille de la Révolution.

Serge Chassagne a reconstitué le profil de cette nouvelle génération de patrons : beaucoup étaient de jeunes entrepreneurs (trente ans environ), souvent étrangers (30 %), et plus particulièrement allemands ou suisses, luthériens ou calvinistes, et donc élevés dans une morale austère, faite de rigueur et de discipline, d'effort et de travail, « une morale parfaitement appropriée à l'entreprise industrielle et à l'exercice du pouvoir économique [...]. L'essor de l'indiennage français se fonde donc sur un transfert important de savoir-faire (*know-how*) à partir des pays voisins, non soumis à la prohibition de ces techniques ». Ces jeunes étrangers se montrèrent particulièrement ardents dans la conquête de marchés nouveaux : « Vous êtes étrangers au pays, et vous n'avez rien à risquer », déclarait le père Oberkampf à ses fils, en 1760.

43 % de ces jeunes patrons étaient d'anciens ouvriers déjà qualifiés dans l'indiennage ; beaucoup étaient issus du négoce ou de la proto-industrie, donc déjà promus à un rang patronal avant de se retrouver à la tête d'une fabrique (43 %). Le reste était composé, pour 13 %, de commis rompus à la pratique du commerce ou de la tenue de livres de comptabilité à partie double (recettes, dépenses). Il y avait aussi 1 % d'avocats. Serge Chassagne conclut que « la liberté d'impression sur tissus a bien provoqué un important mouvement d'ascension sociale intergénérationnelle, du moins pour les plus habiles à tirer parti de la forte demande du marché, et à trouver les partenaires indispensables à la formation de leur entreprise ».

A Rouen, le nombre des établissements de toile peinte augmenta de 1 800 % entre 1763 et 1785 ; de 800 % à Bolbec. A Mulhouse, le nombre des pièces imprimées passa de 30 000 par an à 120 000 par an entre les années 1750 et les années 1780. D'autres villes développèrent l'indiennage, comme Marseille (dès 1733, on y comptait 24 ateliers d'indiennage), Lyon, Angers, Nantes. Dans ce dernier exemple, les manufactures d'indiennes connurent un essor particulier lié à la traite : à la veille de la Révolution, en effet, les indiennes constituaient l'un des produits indispensables pour le trafic négrier dans le cadre du commerce triangulaire, car en Afrique, les chefs locaux, qui pourvoyaient les capitaines négriers en esclaves enlevés dans les villages de l'intérieur, se montraient particulièrement friands des pièces de textile colorées et illustrées de motifs, qu'ils transformaient en pagne. On comptait ainsi, près de Nantes, entre les bras de la Loire, une dizaine de fabriques d'indiennes, employant 4 500 ouvriers. Elles produisaient près de 150 000 pièces par an.

Toiles peintes
Production, par généralités (1786-1789)

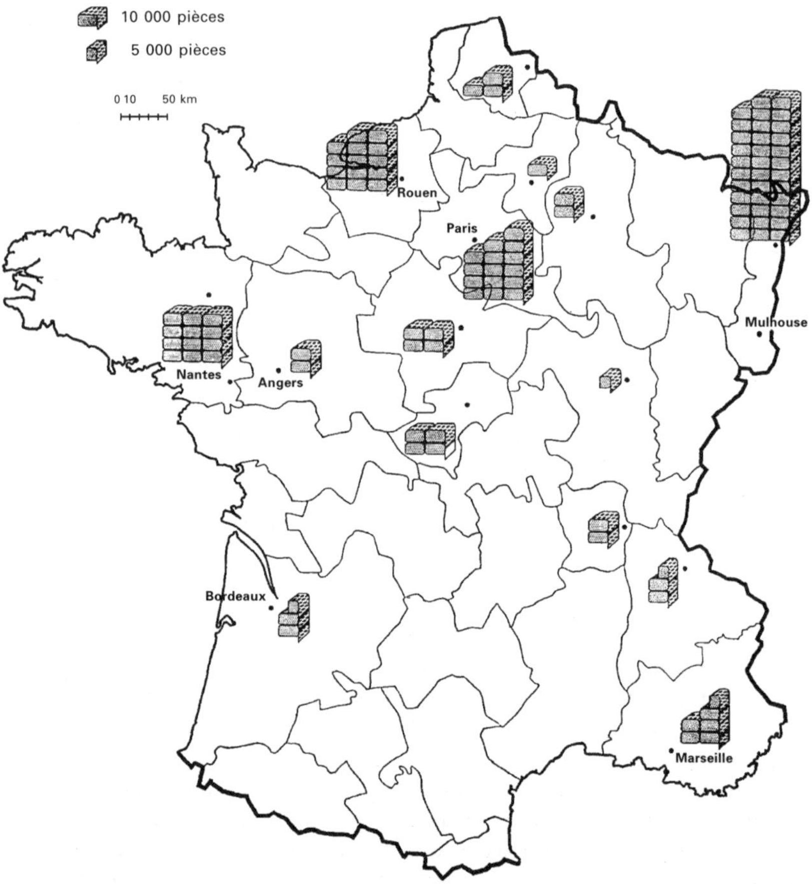

In Ernest Labrousse, Pierre Léon (éds.),
Histoire économique et sociale de la France, t. II, PUF, 1970, p. 244.

❑ ***L'exemple de la fabrique Oberkampf.*** La fabrique de Christophe-Philippe Oberkampf (1738-1815), à Jouy-en-Josas, près de Versailles, témoigne du caractère exceptionnel de cette croissance des indiennes.

En avril 1760, ce jeune homme entreprenant de vingt et un ans, descendant d'une famille de teinturiers wurtembergeois, s'installa dans la maison dite du Pont-de-Pierre. Il disposait de trois salles basses et d'une chambre avec cabinet à l'étage, où travaillaient trois imprimeurs, dont lui-même qui maîtrisait déjà toutes les opérations successives de l'impression, autant de « secrets » jalousement préservés : dessin du modèle, gravure de la planche, préparation des couleurs, c'est-à-dire des mordants métalliques, application sur la toile, montage des cuves destinées à la teinture, lavage, bousage, étendage, séchage et apprêt final des toiles peintes, prêtes alors à la vente.

En 1762, son capital social se montait déjà à 50 000 livres. Il éleva alors, en 1764-1765, un bâtiment beaucoup plus considérable, à deux étages, avec combles, clos de murs. Cette innovation était lourde de conséquences pour l'avenir : comme le couvent ou la caserne, la fabrique ne communiquait plus désormais avec le monde que par une porte, gardée par un portier. Oberkampf se levait chaque jour à l'aube pour assurer lui-même la surveillance de l'entrée de ses ouvriers. En 1780, 900 personnes étaient employées à la fabrique. En 1784 – à cette date, son entreprise était « manufacture royale » depuis un an –, le capital de l'entreprise se montait à 2 640 000 livres. Et la hausse annuelle du chiffre d'affaires fut de 6,7 % à partir de 1764.

En 1792-1793, Oberkampf inaugura un immense bâtiment de plus de 100 m de long, alors unique en Europe, destiné à regrouper l'essentiel des opérations de fabrication : l'impression en bois et en cuivre au rez-de-chaussée, les ateliers de dessin et de la gravure au premier étage, le pinceautage et le magasin des toiles blanches au second étage.

❑ ***Travail, discipline, répression.*** A l'intérieur de la fabrique Oberkampf, la division du travail, l'autorité et la discipline quasi militaires imposées aux ouvriers annonçaient les terribles conditions de travail que la Révolution industrielle généralisa au XIXe siècle. Cette évolution étaient d'autant plus marquée que les manufactures échappaient, on l'a déjà noté, à l'organisation traditionnelle des métiers jurés, avec leurs communautés réglées et leur mode de formation graduelle, de l'apprentissage à la maîtrise. Les patrons des fabriques de coton et d'indiennes étaient, le plus souvent, maîtres souverains dans leurs ateliers. En 1766, le fabricant bâlois Ryhiner écrivait dans son *Traité sur la fabrication des toiles peintes* : « On ne peut se passer dans toutes les fabriques d'une personne intelligente et au fait de la théorie, et qui par conséquent puisse diriger et corriger les ouvriers, et prévenir largement les inconvénients que leur ignorance, leur paresse et leur mauvaise volonté peuvent occasionner. Cette personne remplit les fonctions d'un général d'armée. » Et, de son côté,

Oberkampf répondit à des imprimeurs mécontents, en 1796 : « Il est juste, et même pour l'intérêt de tous que je sois le maître chez moi et de mettre chacun à l'ouvrage qui me convient. »

Témoignage de la dureté du travail et des tensions à l'intérieur des fabriques, sur les 258 conflits de travail dans l'indiennage jugés par la justice échevinale de Rouen, entre 1765 et 1791, 73 concernaient des problèmes de discipline industrielle : abandon de travail, volonté de l'ouvrier d'obtenir son congé. De plus en plus souvent, les patrons assignaient leurs ouvriers en justice pour empêcher toute manifestation de solidarité, briser toute action concertée des travailleurs à l'intérieur de la fabrique. En juin 1778, par exemple, un maître de manufacture poursuivit un ouvrier graveur « pour avoir détourné les autres ouvriers de commencer la journée à cinq heures du matin ». Le tribunal condamna l'ouvrier graveur Legrix, au besoin par contrainte par corps, « à travailler assidûment et sans discontinuer » suivant les horaires habituels de la fabrique, donc dès cinq heures du matin.

❑ ***De la houille aux « bouches à feu » de la sidérurgie.*** Plus forte encore que celle du textile, la production houillère enregistra un accroissement global de 700 à 800 %. Dans le Nord, la compagnie des mines d'Anzin, dont l'exploitation débuta en 1736, employait près de 4 000 ouvriers à la veille de la Révolution. Elle progressa de 681 % entre 1744 et 1789 (elle produisait alors 300 000 t de charbon), ce qui représentait un triplement de sa production. La hausse fut de 487 % à Littry, en Normandie, au cours de la période 1748-1792. Mais, dans ce secteur, les chiffres initiaux étaient très bas, aussi ne devons-nous pas être abusé outre mesure par l'ampleur apparente de cette croissance.

Dans l'industrie métallurgique – « les bouches à feu » comme on disait alors –, la production de fonte serait passée de 40 000 t environ en 1740 à 130 000 t environ à la veille de la Révolution, celle de fer de 30 000 à plus de 60 000 t. A titre de comparaison, la Grande-Bretagne produisait aux alentours de 63 000 t de fonte à la fin des années 1780. Tout au long du siècle, la France importa de plus en plus de fer (de Suède, en particulier), sous forme brute ou élaborée : il s'agit là d'un signe supplémentaire d'une croissance rapide de la demande.

Les grandes régions métallurgiques étaient alors la Basse-Alsace (vallées vosgiennes), la Champagne, la Franche-Comté, la Lorraine, la Bourgogne, le Morvan.

❑ ***La sidérurgie : une affaire d'État.*** Dans la France des Lumières, la sidérurgie présentait une double caractéristique : elle tendait à devenir une affaire d'État ; elle était, en majorité, placée sous le contrôle de représentants des ordres privilégiés.

Fabriquant un métal indispensable à la vie de chacun (du soc d'une charrue à la lame d'un couteau), mais assurant aussi des productions stratégiques

Principaux maîtres de forges dans l'aristocratie

- **Comte d'Artois** : Clavières, Vierzon (Châteauroux), Dampierre, Senonches (Alençon).
- **Duc d'Orléans** : Allichamps, Charmes, Châlons.
- **Duc de Penthièvre** : Gurgy, Châteauvillain, Marmesse, La Ferté, Aubepierre, Arc, Cour-l'Évêque (Châlons).
- **Condé** : Moisdon, La Hunaudière, Gravotel, Martigné, Coat-Nos (Rennes), Montblainville (Châlons), Larrey (Dijon).
- **Béthune-Charost** : Meillant, Mareuil (Bourges), Riaillé (Rennes).
- **Comte d'Orsay** : Achey, Autrey, Échalonge, Loeuilley, Vauconcourt, Vy-le-Ferroux (Besançon), Vy-lès-Rupt (Besançon).
- **Duc de Rohan-Chabot** : Salles, Lanouée (Rennes).
- **Duchesse de Mazarin** : Châtenois, Belfort, Bethonvillier (Strasbourg).
- **Duc de Valentinois** : Vendresse (Valenciennes), Chailland (Tours).
- **Prince de Beauffremont** : Bezouotte (Châlons), Clairvaux, Bruères.
- **Marquis de Listenois** : Scez-sur-Saône (Besançon).
- **Duchesse de Châtillon** : Montreuil-le-Chétif, Château-la-Vallière.

Poids des ordres privilégiés dans la sidérurgie

Généralités	Total usines	Prop. du clergé	Noblesse	Total privilégiés (%)
Valenciennes	23	4	5	39
Châlons	107	21	54	70
Metz Nancy	70	3	33	51
Strasbourg	25	3	13	64
Besançon	90	5	45	55
Dijon	61	12	34	75
Grenoble	60	4	17	35
Montpellier	18	2	7	50
Perpignan	20		9	45
Auch, Pau	60	1	26	45
Bordeaux, Limoges	101	1	52	52
Orléans, Bourges				
Moulins	107	7	35	39
Tours, Poitiers	26	1	18	73
Rennes	12		10	83
Alençon, Caen	40	1	33	85
Totaux	**820**	**65**	**391**	**56**

(Recherches de Denis Woronoff).

(des baïonnettes, des lames de sabre, des platines de fusil pour l'armée, par exemple), la sidérurgie était avant tout une affaire d'État : en effet, l'ordonnance du 9 août 1723 subordonnait la création d'une usine à l'octroi de lettres patentes après une enquête de l'administration des Eaux-et-Forêts. A plusieurs reprises, au cours du siècle, l'État royal passa de la position de client à celle de propriétaire de fonderie. Ainsi, par exemple, la fonderie de Ruelle (près d'Angoulême) fut-elle acquise par le roi en 1776 après que Machault d'Arnouville eut imposé la régie en 1756 à la suite de retards de fabrication et de dettes du propriétaire envers le roi, le marquis de Montalembert. De même, la fonderie d'Indret fut construite en 1777, à l'initiative de Sartine, le ministre de la Marine, et elle resta sous contrôle de l'État. Et, dans tous les cas, la monarchie n'hésitait pas à prendre le relais d'une entreprise privée défaillante si les commandes militaires se trouvaient menacées.

La forêt et les cours d'eau, la terre à mine, bases de l'activité sidérurgique étaient, pour l'essentiel, aux mains des propriétaires privilégiés. Et la fonte du minerai ou l'affinage de la fonte n'entraînaient pas la dérogeance, contrairement à d'autres activités. Dans les années 1780, une trentaine d'abbayes (cisterciens, chartreux, bénédictins), une dizaine d'évêchés (Châlons-sur-Marne, Langres, Dijon, Nevers...) et de chapitres possédaient environ soixante-dix établissements sidérurgiques, essentiellement dans la France de l'Est (généralités de Dijon, Châlons, Besançon). Nombre d'aristocrates, d'épée et de robe, étaient également propriétaires de hauts fourneaux et de forges. Ainsi, les usines bretonnes du prince de Condé assuraient-elles plus du tiers de la fabrication sidérurgique de la province, et celles de Penthièvre produisaient-elles 3 millions de livres de fonte et 2 millions et demi de fer. Avec Belfort (deux hauts fourneaux, quatre feux de forge), la duchesse de Mazarin possédait, à la veille de la Révolution, les plus puissantes usines de Haute-Alsace. La noblesse parlementaire participait, elle aussi, pleinement à cette activité, comme dans les sidérurgies dijonnaises (Le Gouz de Saint-Seine, Mairetet de Thoiry), normandes (le président de Bethouars, par exemple), ou dauphinoises (Barral). Au total, en 1772, sur 603 maîtres de forge, plus de la moitié (304) appartenaient à l'aristocratie.

Dans tous les cas, le statut de maître de forge n'était nullement contradictoire avec la nécessité de « vivre noblement », tout au contraire.

Peut-on parler de « révolution industrielle » ?

❑ ***Dans la métallurgie.*** Le Creusot se distingua par une série d'innovations financières et technologiques.

Il s'agissait d'une société par actions (4 000 actions de 2 500 livres), fondée en 1782 avec l'appui du pouvoir royal, qui finança une partie de son développement. Un technicien anglais, William Wilkinson, dota l'usine d'un matériel nouveau et performant. La ville fêta, au milieu des années 1780, la construction d'une grande usine à l'outillage perfectionné, employant 600 ouvriers : hauts fourneaux et fonte au coke en 1785, fours à réverbère, marteaux, premières machines à vapeur appelées « machines à feu » pour actionner les souffleries, rails en bois qui permettaient à des chevaux de traîner une charge cinq fois plus lourde.

Déjà, en 1777, Wilkinson avait installé près de Nantes, à Indret, une fonderie moderne de canons qui utilisait exclusivement le charbon de terre (coke). Et en 1769, François-Ignace de Wendel, issu d'une famille de militaires d'origine flamande reconvertis dans l'industrie, avait réalisé la première coulée de fonte au coke, à Hayange, en Lorraine. Il s'agissait là d'exceptions, au même titre que les entreprises de De Dietrich, le roi du fer de l'époque. Jean de Dietrich était, en effet, le plus grand industriel d'Alsace : à la veille de la Révolution, ses usines de Niederbronn groupaient près de 1 500 ouvriers qui produisaient 700 t de poteries de fonte, 2 500 t de fers forgés, en barres ou laminés.

Mais presque partout ailleurs, les fourneaux demeuraient de faible capacité, alimentés au charbon de bois, comme dans le Périgord ou le Nivernais. La main-d'œuvre qualifiée était rare, et la dispersion des petites unités de production toujours la règle dans un marché encore étroit. Quant à l'extraction du fer, « exploité à fleur de terre à faible profondeur, le plus souvent, le minerai relevait d'une économie de cueillette ou d'un artisanat en marge de la sidérurgie » (Denis Woronoff).

❑ ***Dans le textile.*** En matière textile, les productions nouvelles de coton et d'indiennes bénéficièrent d'innovations technologiques d'importance, imitées des inventions anglaises : ainsi pour le travail du coton, par exemple, les efforts de mécanisation commencèrent-ils à apparaître vers le milieu du siècle. Dès 1738, John Wyatt avait construit une machine destinée à remplacer la quenouille et le rouet traditionnel; en 1733, la « navette volante » de John Kay, permit d'accroître considérablement la largeur des tissus fabriqués. Inventée par James Hargreaves en 1765, la *spinning jenny*, une machine à seize broches, actionnée à l'aide d'une manivelle, qui permettait d'améliorer la productivité (de 1 à 20) par rapport au rouet, fut introduite à la manufacture de Sens, par Holker fils, en 1772-1773, à Rouen, dans le quartier Saint-Sever, en 1776. Dans les années 1780, apparurent des filatures hydrauliques, des métiers à tisser, « mus par l'eau », sur le modèle mis au point, vers 1770, par Richard Arkwright, un ancien barbier. Ils permettaient à un seul ouvrier de fabriquer jusqu'à cent vingt fils à la fois. Il semblerait que la première de ces machines ait été mise en place à Louviers, en 1784. De telles machines incitaient à embaucher une main-d'œuvre enfantine, quasi gratuite, et elles généraient des marges de profit considérables.

Mais ne confondons pas l'exception avec la règle : en France, à la veille de la Révolution, on dénombrait environ 900 *jennies*, contre 20 000 en Angleterre. Surtout, de multiples obstacles s'opposèrent à la diffusion des machines dans les fabriques. D'abord, des obstacles financiers, quand on sait qu'un établissement complet, disposant de machines à moteur hydraulique, coûtait 200 000 livres. Il faut tenir compte aussi de la force d'inertie opposée par les obstacles routiniers, humains, institutionnels : ainsi, le 11 novembre 1788, les femmes de Falaise se rendirent-elles chez le procureur du roi pour lui dire qu'elles étaient prêtes à brûler les machines qu'on voulait leur imposer. Ce qu'elle firent effectivement. Et pour empêcher que de tels événements ne puissent se reproduire, le procureur proposa d'interdire l'usage des mécaniques à filer le coton.

Au total, à la veille de la Révolution, malgré d'incontestables, mais marginales innovations techniques, dans la métallurgie ou le textile, l'économie française n'était pas, dans ses structures et son fonctionnement, fondamentalement différente de ce qu'elle avait été au temps de Louis XIV. Simplement, elle produisait beaucoup plus, et les prémices de la révolution industrielle furent bientôt masqués par les événements de la Révolution et de l'Empire.

Pourtant, indice d'une autre révolution silencieuse, à venir, la carte d'une nouvelle géographie industrielle s'ébauchait peu à peu : nous avons observé, en effet, une stagnation ou un déclin dans l'ouest textile (le Maine, la Normandie, la Bretagne) et, au contraire, un dynamisme de la toile peinte et de la métallurgie dans les généralités du Nord-Est, un développement des charbonnages dans la Nord. On peut remarquer aussi la vigueur d'un Sud-Est centré sur Lyon, Saint-Étienne, Grenoble, où la soie et la toilerie voisinaient avec la houille et la métallurgie, en nette croissance.

L'essor du commerce extérieur et intérieur

Conséquence du dynamisme de la production et de la consommation, l'essor du grand commerce se distingue, lui aussi, par son importance et sa vitalité : de 1715 à 1789, le chiffre total du commerce extérieur quintupla (215 millions de livres en 1716-1720, 1 062 millions de livres en 1784-1788). La part du commerce colonial passa du quart de l'ensemble du commerce extérieur français en 1716, à plus de la moitié à la veille de la Révolution ; plus précisément, le commerce avec les pays européens s'accrut de 412 %, le trafic colonial de 1 310 %.

On remarque particulièrement la rapide progression de la Compagnie des Indes, qui survécut à l'échec du système de Law : le bénéfice des trafics avec la Guinée tripla entre 1730 et 1745 ; le commerce avec la Chine et l'Inde s'amplifia, non sans inquiéter les Anglais (ce fut une des causes de la guerre de Sept Ans), et Lorient vit sa population augmenter fortement. Nantes dut une grande part de sa prospérité, on l'a vu, au commerce des esclaves du Sénégal.

Plus que tout autre, surtout dans la seconde moitié du siècle, le commerce avec les Antilles sucrières (Saint-Domingue était française depuis le traité de Ryswick en 1697) se développa de manière fulgurante, assurant la fortune et l'expansion de Bordeaux, qui réexpédiait dans toute l'Europe une grande part des importations exotiques : la croissance commerciale du premier port du royaume, dont on reparlera en détail (voir chap. 7), se chiffra à 4 % par an. Deux villes, Bordeaux et Marseille (pour cette dernière, grâce au commerce du Levant), assuraient en 1789 la moitié de la valeur totale du commerce extérieur français.

Le marché intérieur enregistrait, au même moment, une progression inégale suivant les provinces, mais incontestable, ainsi que l'attestent les archives étudiées de quelques grandes foires comme Beaucaire, Guibray (près de Falaise), Caen, ou les registres de péage du prince de Monaco, à Vienne et à Valence. La foire de Beaucaire, par exemple, qui s'ouvrait le 22 juillet, alimentait une consommation nationale et internationale. Elle enregistra une croissance annuelle de 3,1 % dans la période 1728-1749, puis, après un tassement entre 1750 et 1779, une montée en flèche à partir de 1780 : en 1787, le chiffre d'affaires atteignait 42 millions de livres. A Valence, les recettes tirées du trafic fluvial augmentèrent de 77,6 % entre 1726 et 1788. Le trafic terrestre témoigne, lui aussi, d'une croissance importante : il passait, par exemple, 1 628 voitures à Vienne en 1739, 7 378 en 1759, la moyenne journalière s'élevant de 4,4 à 20,2.

L'enrichissement de la « classe propriétaire »

❑ ***Les bénéficiaires de la croissance.*** Cette vigoureuse expansion économique, agricole et industrielle, à multiples facettes, explique l'importance de l'enrichissement de ceux qui furent les principaux bénéficiaires de la croissance, essentiellement la « classe propriétaire » définie par François Quesnay dans son *Tableau économique*, bien que ce dernier ait sous-estimé la place des négociants et des entrepreneurs d'industrie dont la métallurgie porte témoignage : en 1768, Véron de Forbonnais montra combien était défectueuse l'expression de « classe stérile » appliquée à l'industrie par Quesnay. Le chef de file des physiocrates expliquait, en effet, que « la classe des propriétaires [qu'il opposait à la « classe productive » et à la « classe stérile »] comprend le souverain, les possesseurs de terres et les décimateurs. Cette classe subsiste par le revenu ou produit net de la culture, qui est payé annuellement par la classe productive, après que celle-ci a prélevé, sur la reproduction qu'elle fait renaître annuellement, les richesses nécessaires pour se rembourser de ses avances annuelles et pour entretenir ses richesses d'exploitation » (Quesnay, *Tableau économique*, 1758).

Cette « classe propriétaire », à laquelle il convient donc d'ajouter les entrepreneurs d'industrie et les négociants, représentait de 5 à 8 % de la population du royaume. Elle se composait de l'aristocratie d'épée et de robe, de membres du haut clergé, de la bourgeoisie des villes et des campagnes, propriétaire de domaines roturiers ou non. La division traditionnelle de la société en ordres (le clergé, l'aristocratie, le tiers état) importe moins ici que le rapport avec la rentabilité économique et symbolique (on pourrait presque dire mystique) du sol. Car, comme toujours, tout commençait et, d'une certaine manière, finissait par la terre. La terre, en effet, apportait d'abord la richesse, car la hausse des prix a été favorable à ceux qui percevaient leurs revenus en nature, ou pouvaient stocker et vendre leurs récoltes. La terre apportait aussi le prestige et la puissance : l'achat par la bourgeoisie d'une charge de secrétaire du roi (la « savonnette à vilains ») et de terres seigneuriales, les archives notariales l'attestent, et ce jusqu'en 1789, prouve que l'image sociale dominante était toujours celle de l'aristocratie. Son appartenance était authentifiée par la possession d'une seigneurie et, sommet de la réussite, d'un fief de dignité : marquisat, duché, comté. Par ses valeurs, par ses comportements, par son genre de vie, la noblesse constituait bien un modèle de référence, imité par la frange supérieure de la société constituée, et encore à la veille de la Révolution, par une majorité de « bourgeois gentilshommes ».

❑ ***Quand un fils de tonnelier devient « secrétaire du roi » : les Lacombe de Gaillac.*** A Gaillac, un petite ville des bords du Tarn, voici François Lacombe (1725-1794), dont le père, Jean-Pierre Lacombe (1700-1764), était un simple tonnelier « ne sçachant signer » comme le mentionnent les notaires chez lesquels il venait enregistrer des contrats.

A force d'obstination et de travail, François Lacombe a franchi une à une toutes les étapes du cursus de la fortune et des honneurs de la notabilité provinciale : tonnellerie – « maître tonnelier » indiquent les notaires –, acquisition de parcelles de vigne, commerce du vin avec Bordeaux, prêts à des particuliers et au consulat, participation au système fiscal (il fut receveur particulier des domaines du roi), élection à l'Hôtel de ville (il devint second consul de la ville en 1771), et enfin, en 1784, achat de la charge anoblissante de secrétaire du roi à la chancellerie. « Je suis charmé que vous soyez décidé à acheter la charge de grand secrétaire, lui écrit son fils Benoît Lacombe, établi commissionnaire à Bordeaux, plusieurs l'ont écrit icy et il paraît que nous ne manquerons pas de jaloux. » Désormais, en effet, les notaires gratifient le fils du tonnelier analphabète, bourgeois enrichi par le commerce, le prêt d'argent frais et l'achat de parcelles de vigne, de « Messire François de Lacombe, Secrétaire du Roy, maison et Couronne de France ».

L'exemple des Lacombe illustre bien l'interpénétration des valeurs (terriennes, bourgeoises, aristocratiques) et des activités économiques (de la terre au commerce en passant par l'artisanat), sans nulle contradiction apparente entre les statuts parallèles ou successifs d'artisan, de « propriétaire », de « négociant », de « consul », de « secrétaire du roi » et, finalement, d'apprenti gentilhomme. Pourtant, cette dernière métamorphose a surpris nombre de Gaillacois, et jamais sans doute les Lacombe ne sont parvenus à convaincre de leur nouvelle identité sociale : « Dieu nous préserve de faire rire les envieux », écrivait Benoît Lacombe à son père après l'achat de sa charge anoblissante. Car, malgré sa confortable fortune, « François de Lacombe » ne réussit pas à acquérir les manières d'être et de paraître, cette science du monde, du beau langage et de la culture dont la véritable aristocratie, celle qui se disait « immémoriale », s'estimait la seule dépositaire (Joël Cornette, *Un révolutionnaire ordinaire. Benoît Lacombe, négociant. 1759-1819*, Champ Vallon, 1986).

A la « classe propriétaire » des rentiers du sol (moins de 10 % de la population) revenait plus de 50 % du capital foncier et la presque totalité des fermages, des métayages, des dîmes, des droits seigneuriaux de toute nature : le « beau XVIIIe siècle » fut aussi, et peut-être surtout, celui de la rente foncière. Autant de bénéfices qui pouvaient être réinvestis dans le commerce, dans des activités d'artisanat et d'industrie ou dans l'achat d'une « savonnette à vilain » : Guy Chaussinand Nogaret estime à 6 500 le nombre des familles qui, comme les Lacombe de Gaillac, se sont agrégées à la noblesse par l'acquisition d'une charge de secrétaire du roi.

❑ ***L'exemple du Dauphiné.*** Comme de nombreuses provinces du royaume, le Dauphiné vit le développement de bourgeois des champs qui étaient aussi souvent des auxiliaires attentifs de la seigneurie (fermier, procureur fiscal, juge, greffier de justice), tous dévoués à la cause féodale ou seigneuriale au point, dans les années 1780, de devenir les maîtres d'œuvre particulièrement zélés de la réaction seigneuriale. Cette réaction seigneuriale se caractérisa, on y reviendra, par le renforcement autoritaire du pouvoir des possesseurs du sol, par l'augmentation des droits seigneuriaux, par la remise en vigueur d'anciens droits, ou encore par l'interdiction des usages collectifs comme ceux de la vaine pâture.

Presque toujours leaders enviés et détestés de la communauté paysanne, ces bourgeois des campagnes préfiguraient les futurs notables de la France des propriétaires, par leur activité économique néo ou proto-capitaliste : ils rationalisaient l'exploitation rurale, ils se montraient de farouches ennemis des droits d'usage que défendaient avec acharnement la communauté villageoise, ils étaient les maîtres d'œuvre d'une politique obstinée de clôtures, les animateurs des marchés. En même temps, ils spéculaient et multipliaient les rentes constituées (prêts gagés le plus souvent sur une terre ou un bâtiment).

❑ ***Une réussite exceptionnelle : Claude Périer.*** Tout au sommet de la hiérarchie de la réussite en terre dauphinoise, voici Claude Périer, le prototype d'une classe sociale à multiples visages : bourgeois conquérant, bénéficiaire des nombreux secteurs touchés par la croissance du « beau XVIIIe siècle », il résume à lui seul quelques-unes des principales évolutions et métamorphoses économiques du siècle des Lumières.

Claude Périer participait d'abord activement au grand commerce international : son frère Augustin était installé à Lorient, d'où il commerçait avec l'Extrême-Orient, et il contribua, en 1785, à la création de la troisième Compagnie des Indes dont il fut un administrateur. Claude Périer, quant à lui, commandita une société marseillaise spécialisée dans le grand commerce atlantique. Il acheta aussi une plantation de canne à sucre à Saint-Domingue, et il maniait l'argent des lettres de change à très grande échelle. Il se tenait informé de toutes les innovations du temps, en particulier techniques, car sa principale activité était consacrée à l'industrie.

En effet, dans les années 1760-1770, la mode était, nous le savons, aux cotonnades imprimées d'origine indienne. Aussi, mettant à profit les relations nouées avec l'Extrême-Orient, Claude Périer installa-t-il, en 1777, une fabrique de papiers peints, bientôt transformée en manufacture d'indiennes, dans le château de Vizille. Pour la mise en place des ateliers, il fit appel aux meilleurs spécialistes (un Hollandais pour les techniques d'impression sur toile, un Anglais pour les machines), et il voulut transformer son usine en une vitrine technologique des Lumières. Aux environs de 1789, 400 ouvriers produisaient de 15 000 à 20 000 pièces de toiles peintes par an.

Parallèlement, ce grand bourgeois capitaliste et éclairé, lecteur passionné de l'*Encyclopédie*, était obsédé par le modèle aristocratique, et il s'appliquait à bien faire pour entrer, par la grande porte, dans la bonne noblesse et « jouer au seigneur ». On retrouve ici de nouveau la terre et l'office, les deux faces, indissociables, de la « savonnette à vilain ». Ainsi acheta-t-il, le 21 juin 1779, la charge anoblissante de conseiller secrétaire du roi puis, le 5 juin 1780, le château et les terres seigneuriales de Vizille pour la somme, considérable, d'un million quatre-vingt mille livres (dont 224 000 payées comptant en pièces de monnaie d'or et d'argent). Il s'agissait d'un domaine abondamment pourvu de « toute justice haute, moyenne et basse », autrefois la propriété de l'illustre François de Bonne, le connétable de Lesdiguières (1543-1627).

Ainsi, à travers les siècles, Claude Périer, le descendant d'un petit marchand de Saint-Baudille, en Trièves, qui avait édifié sa fortune grâce au commerce des toiles de chanvre de Voiron, prenait-il, en quelque sorte, la succession du prestigieux connétable, qui fut, au début du XVIIe siècle, une manière de vice-roi en Dauphiné par sa puissance, ses pouvoirs et sa gloire.

A la veille de la Révolution, de tels exemples, celui qui se faisait appeler « Noble Claude Périer, seigneur de Vizille, Secrétaire du Roy Maison et Couronne de France », le plus grand seigneur de la province, « homme lige et vassal de sa Majesté », et également, dans une moindre mesure, les

Lacombe de Gaillac, illustrent assez bien les activités, les aspirations mais aussi les contradictions de ce que faute de mieux nous qualifierons de l'« élite » ou de la « classe propriétaire » pour reprendre la terminologie proposée par Quesnay. Le 21 juillet 1788, quelques semaines après la « journée des tuiles » à Grenoble (la population soutint le Parlement contre les troupes du roi), Claude Périer accueillit très solennellement les représentants des trois ordres dans la salle du jeu de paume de son vieux château. Le premier étage, vidé de ses armures et de ses arquebuses, vestiges d'un autre temps, avait été transformé en salle de machines pour les peintres, les imprimeurs, les tireurs de sa bien-aimée manufacture d'indiennes...

DOCUMENTS

■ Mouvements de longue durée comparés de l'indice des prix français et anglais du froment (1737-1784)

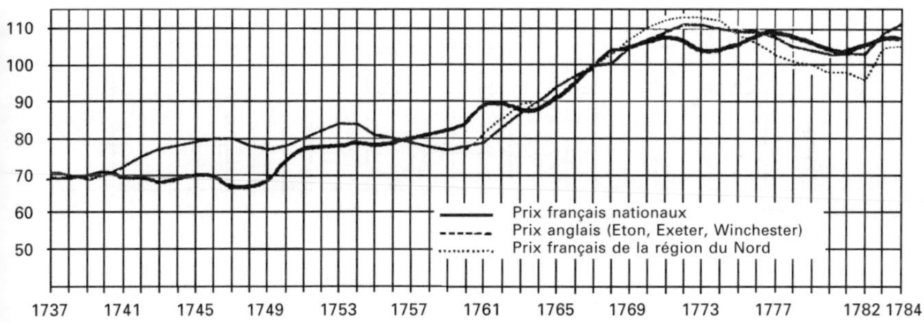

Base 1760-1779 = 100

■ Trois exemples de profits industriels

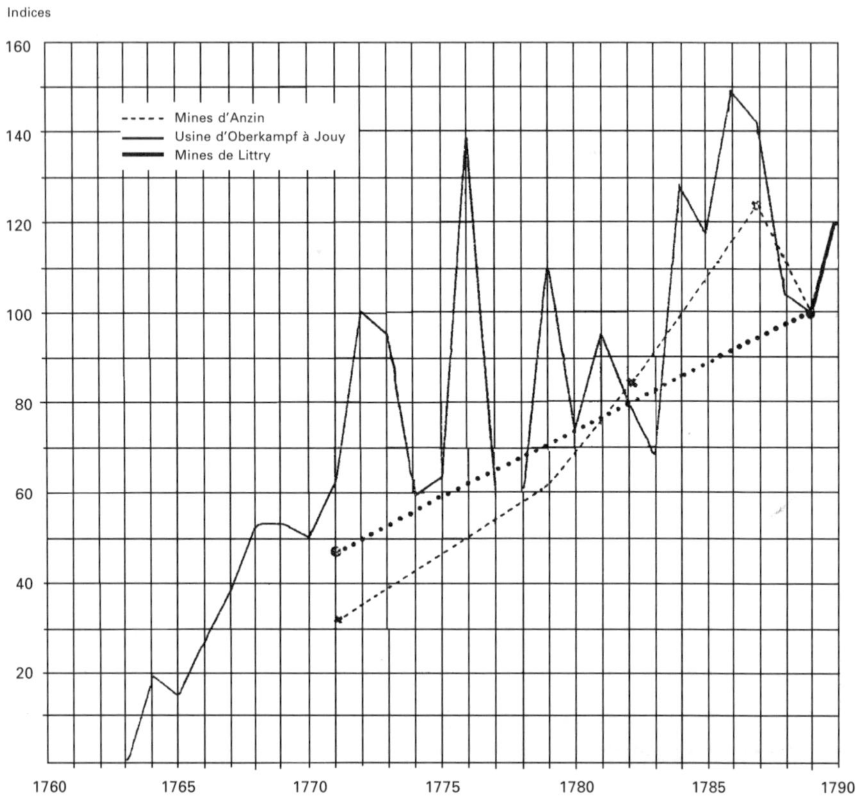

Base de l'indice : 1789 = 100

In Ernest Labrousse, Pierre Léon, *Histoire économique et sociale de la France*, t. II, PUF, 1970, pp. 389, 354.

7
Les Lumières de la ville

Les villes, qui regroupaient moins de 20% de la population du royaume, furent les plus précocement et les plus profondément touchées par les transformations du siècle : progrès, croissance, enrichissements, embellissements. Les dictionnaires témoignent de l'importance de ces changements. Au temps des « bonnes villes » de la Renaissance, en effet, la cité enclose était avant tout définie par ses remparts, par ses privilèges politiques et judiciaires, par ses immunités fiscales, par le prestige et l'ancienneté de son passé. Désormais, la ville est reconnue par l'importance de sa population, la vigueur de son économie, la puissance de son intégration dans un ensemble cohérent d'activités et de fonctions animées par le commerce et l'industrie.

Peu à peu débarrassées de leurs remparts souvent transformés en promenades ou en jardins, les cités ouvertes furent aussi un moteur intellectuel, le laboratoire des expériences, des idées et des comportements nouveaux : sociabilité de la « classe propriétaire », multiplication des sociétés de pensée matérialisant la culture des élites, naissance, affirmation et triomphe de l'« opinion ».

Mais les cités des Lumières furent aussi marquées par de forts contrastes sociaux opposant la minorité des bénéficiaires de la croissance à la majorité des laissés-pour-compte de l'expansion. Ces contrastes provoquèrent des débats sur l'aménagement de l'espace urbain, le contrôle des délinquants et des marginaux (hôpitaux, maisons de mendicité, prisons...). A partir des années 1770, le rejet des cimetières hors des limites de la cité fut un autre signe des nouvelles hiérarchies et des valeurs neuves dont la ville et ses classes dirigeantes se voulaient les dépositaires. Car les « vapeurs fétides » issues de la terre des morts passaient alors pour corrompre l'air nécessairement pur de la « bonne ville » des Lumières, une ville « belle, grande, industrieuse et bien peuplée », résolument engagée, sous la vigoureuse direction de ses élites éclairées, dans la voie du « Progrès de l'esprit humain ».

LES VILLES, MATRICES DU CHANGEMENT

De la ville close à la cité ouverte

❑ ***Évolutions contrastées.*** Les économistes et les démographes du siècle des Lumières ont adopté des critères de taille pour définir la ville. Ainsi Moheau, en 1778, considérait-il qu'une ville était une agglomération comportant au moins 2 500 habitants. Mais il existait de gros bourgs plus peuplés et, inversement, des sièges d'institutions administratives ou judiciaires comportant moins de 2 000 habitants : les subdélégations, par exemple, étaient 800 environ à la veille de la Révolution, et les sièges de bailliages et de sénéchaussées environ 400, dont certains très faiblement peuplés. Si

La population des quinze premières villes françaises au XVIIIe siècle de plus de 10 000 habitants

Rang	vers 1700		vers 1750		vers 1780	
1	Paris	510	Paris	576	Paris	604
2	Lyon	97	Lyon	114	Lyon	152
3	Marseille	75	Marseille	68	Marseille	85
4	Rouen	64	Rouen	67	Bordeaux	83
5	Lille	55	Bordeaux	67	Rouen	75
6	Bordeaux	50	Lille	63	Lille	69
7	Nantes	42	Nantes	57	Nantes	59
8	Toulouse	38	Toulouse	45	Toulouse	54
9	Amiens	30	Strasbourg	40	Nîmes	49
10	Orléans	30	Orléans	37	Strasbourg	45
11	Rennes	30	Montpellier	35	Versailles	45
12	Strasbourg	30	Caen	35	Amiens	45
13	Tours	30	Amiens	33	Metz	44
14	Aix	28	Nîmes	30	Orléans	39
15	Caen	27	Reims	30	Rennes	36

In Bernard Lepetit, *Les Villes dans la France moderne (1740-1840)*, Albin Michel, 1988, pp. 450, 451.

nous considérons ce chiffre, 2 000 habitants, comme un seuil susceptible de définir une ville, et malgré une large part d'imprécision (les recensements étaient rares et les municipalités toujours réticentes face à la moindre tentative de dénombrement), on constate que, vers 1600, les agglomérations peuplées de plus de 2 000 habitants regroupaient environ 14 % de la population du royaume, mais 17 % en 1700 et 20 % en 1789.

La croissance urbaine fut donc limitée mais incontestable, et dans le détail, très inégale, animée de dynamismes contrastés : Caen, par exemple, cessa de grandir après 1775, stagnant autour de 35 000 à 40 000 habitants après une assez forte progression dans la première moitié du siècle. De même Aurillac, Poitiers, Angers, Chartres, demeurèrent stables. Saint-Malo, Le Mans ou la petite ville d'Ussel (2 000 à 3 000 habitants), dans le Limousin, virent leur population décroître, pendant que Bordeaux enregistrait une hausse exceptionnelle due à la brillante conjoncture des trafics coloniaux. Tous ces indices attestent de la diversité des modèles de comportements urbains. Chaque ville et son « pays » ont leur propre histoire, qui interdit toute généralisation : le pays d'Ussel, par exemple, étudié par Nicole Lemaitre, « tend à devenir, avant la Révolution, un pôle de répulsion. La stagnation de l'économie et l'isolement stérilisent tout espoir d'expansion. Ce pays vit sur lui-même au XVIIIe siècle, hors des grands courants d'échanges et d'idées ».

❑ ***Une croissance urbaine par immigration.*** Somme toute modérée (80 % de la population était encore paysanne à la veille de la Révolution), la croissance urbaine des Lumières ne s'explique pas par un exode rural, le terme serait bien trop fort, mais avant tout par une immigration continue, souvent discrète – une autre « révolution silencieuse » –, venue des campagnes, ou des petites villes vers les cités plus considérables.

Cette immigration compensait une natalité urbaine souvent déficitaire, d'autant que la fréquente mise en nourrice des nouveau-nés de nombre de citadins provoquait, nous l'avons noté, une importante mortalité infantile. On a calculé, par exemple, que les trois quarts des enfants de la paroisse Saint-Nizier à Lyon étaient placés en nourrice. Et tous les chiffres des historiens concordent : en raison du nourrissage mercenaire, il y avait entre 50 et 80 % de morts pour les nourrissons de 0 à 1 an. La mortalité augmentait en fonction de l'éloignement géographique et de la somme versée à la nourrice.

Paris, une ville exceptionnelle par son poids démographique, comptait peut-être 300 000 habitants au début du XVIIe siècle, 400 000 à 500 000 pendant le règne de Louis XIV, plus de 600 000 à la veille de la Révolution. Entre 1750 et 1790, les migrants arrivaient dans la capitale au rythme de 7 000 à 14 000 par an. Sur les 40 000 domestiques (environ) que comptait Paris en 1764, 90 % étaient des provinciaux, recrutés dans un rayon de 50 à 60 km autour de la ville.

❑ ***Les conséquences du déracinement.*** Ce déracinement, qui concernait en priorité une population jeune, était particulièrement propice à la pauvreté (à Paris, de 1762 à 1776, les trois quarts des 2 000 malades hospitalisés à la Charité étaient des migrants), à la délinquance (les trois quarts des voleurs d'aliments recensés dans la série Y des archives du Châtelet de Paris, entre 1750 et 1790, étaient nés hors de la ville) et à l'illégitimité. Concernant le nombre d'enfants illégitimes à Paris, Pierre Chaunu a proposé des chiffres éloquents : ils auraient été 7 % en 1680, 10 % en 1710, 20 % en 1772, 30 % en 1789.

Ce déclin de la chasteté préconjugale à la ville traduisait une véritable révolution souterraine, marquée par une émancipation vis-à-vis de l'Église (les tabous et les interdits tombaient plus facilement à la ville) et vis-à-vis des parents : l'autorité du père cessait de jouer avec la même vigueur. Le départ à la ville, souvent contraint et forcé, par exemple dans le cas d'une grossesse illégitime, était aussi synonyme de liberté conquise, même si cette liberté se payait d'un prix particulièrement lourd : les deux tiers des 20 000 filles de joie dans le Paris des Lumières étaient des migrantes qui provenaient, pour la plupart, de villes et de bourgs situés au nord d'une ligne qui irait de Saint-Malo à Genève.

Pourtant, le déracinement n'entraînait pas nécessairement l'isolement et la déculturation, tout au contraire : des communautés de métiers reconstituaient dans la ville les solidarités territoriales traditionnelles, avec leurs règles, leurs usages, leur police. Ainsi, à Paris, les Limousins, dont beaucoup étaient spécialisés dans le bâtiment, se retrouvaient-ils rue Saint-Jacques et place Maubert, les Bourguignons rue Saint-Victor et rue d'Orléans, et Louis-Sébastien Mercier évoque ainsi les Savoyards dans son *Tableau de Paris* (chap. LVII) : « Ils sont ramoneurs, commissionnaires, et ils forment dans Paris une espèce de confédération qui a ses lois. Les plus âgés ont droit d'inspection sur les plus jeunes : il y a des punitions contre ceux qui se dérangent : on les a vus faire justice de l'un d'entre eux qui avait volé ; ils lui firent son procès et le pendirent. »

❑ ***La ville, le commerce, l'argent.*** Au moment de la Révolution, 4 % de la population vivaient dans des villes de plus de 50 000 habitants, et 7,5 % dans des villes de 20 000 habitants et plus. On observe en même temps que de plus en plus d'hommes entraient régulièrement dans les circuits de la consommation et de la production par le marché. Cela signifie que le réseau urbain commençait à couvrir la totalité du territoire du royaume et qu'il étendait ses ramifications économiques et monétaires jusqu'au fond des campagnes. La multiplication des foires et des marchés locaux est un signe de la substitution d'échanges commerciaux fréquents, continus, permanents, aux rencontres épisodiques de vendeurs et d'acheteurs dont témoignaient autrefois les grandes foires : il existait 4 264 lieux de foires et 2 446 lieux de marchés en 1789, et 2 104 villes ou bourgs possédaient l'un et l'autre.

Par ailleurs, la ville était la principale bénéficiaire des croissances du siècle : les profits fonciers, les profits métallurgiques, les profits miniers, les profits coloniaux, affluaient en ses murs. Grâce à ce capital accumulé, la cité transformait certaines régions rurales en un espace de travail artisanal dont les bénéfices étaient entièrement drainés par les groupes dirigeants.

❑ ***L'exemple de Cholet.*** Cholet était dans les années 1780 le centre d'un véritable empire textile de 10 000 métiers répartis dans une multitude de foyers ruraux disséminés dans des dizaines de paroisses : les « fabriques de Cholet » produisaient presque exclusivement des toiles, en grande partie revendues sous forme de mouchoirs. Les marchands choletais étaient à la fois les donneurs d'ouvrage dans les campagnes et les contrôleurs du marché. Ils fixaient les prix, le rythme de la production, et ils entretenaient des relations commerciales étroites avec Nantes, qui assurait la redistribution des produits fabriqués.

Face aux marchands donneurs d'ouvrage, les familles de paysans-artisans, totalement inorganisées, se retrouvaient à la merci du moindre incident conjoncturel : ces familles furent dramatiquement frappées par la crise des années 1786-1788, conséquence directe d'un accord de libre échange signé avec l'Angleterre (1786). Un rapport rédigé en 1788 témoigne de la situation dans le village de Saint-Laurent de la Plaine, entièrement soumis à la ville de Cholet, et victime du « silence des métiers » : « La plus nombreuse portion des habitants sont employés à la manufacture de Cholet, de là naissent une foule de pauvres qui dans l'hyver mendient au dehors plus qu'au dedans faute de trouver des secours suffisans dans l'intérieur de la paroisse [...]. Quand le bled n'est pas cher, les enfants seuls mendient. »

❑ ***Une nouvelle représentation de la ville.*** Au cours du XVIIIe siècle, une nouvelle représentation de la ville émergea : elle mettait en valeur avant tout son ouverture, son dynamisme conquérant, la vigueur de son activité économique. Les géographies de la France, comme les guides et les plans de Paris, abandonnaient l'ancienne représentation de la ville, fière de son passé glorieux et de sa richesse monumentale, enserrée dans ses murailles, définie par ses droits de justice, de finances, et sa garde de citoyens armés. Ils privilégiaient désormais ses fonctions, par l'inclusion de l'économie dans la constitution du phénomène urbain jusqu'alors pensé comme primordialement politique et juridique, en particulier au temps des « bonnes villes » du XVIe siècle.

Ce nouvel imaginaire urbain accordait une large place aux industries, aux activités de circulation et de services, placées au centre d'un réseau sans cesse plus complexe de richesses et de biens. Richard Cantillon illustre bien cette définition moderne de la ville, fécondée par les échanges, dans son *Essai sur la nature du commerce en général*, un livre rédigé dans les années 1720, paru en 1756 (voir texte en fin de chapitre).

Une des conséquences les plus manifestes de ce processus d'enrichissement urbain fut la transformation du cadre de vie des citadins. Bordeaux en offre peut-être l'exemple le plus frappant, non seulement en raison de sa croissance, exceptionnelle, mais aussi parce qu'elle fut un laboratoire des nouvelles formes d'urbanisme du siècle des Lumières.

Bordeaux, ville du grand commerce atlantique, ville des Lumières

❑ ***Une croissance démographique et économique exceptionnelle.*** Voici donc l'une des expansions les plus remarquables du siècle : Bordeaux comptait 55 000 habitants à la fin du règne de Louis XIV, 60 000 habitants en 1747, 110 000 habitants au début de la Révolution, au terme d'une progression extrêmement rapide, surtout dans la seconde moitié du siècle, cause et conséquence du grand commerce, en particulier avec les « isles sous le vent » (Saint-Domingue). Ce commerce, basé aussi sur le vin, fit la prospérité de la ville et de ses négociants : en 1789, la cité assurait, on l'a vu, le quart du commerce extérieur du royaume.

Jean-Pierre Poussou a analysé en détail la croissance démographique bordelaise : le mouvement naturel fut excédentaire, surtout après 1750, reflétant le recul de la mort. Mais l'envolée démographique s'explique essentiellement, ici comme ailleurs, par l'importance de l'immigration. Excepté Paris, il semble que l'immigration n'ait été nulle part aussi forte que dans la ville atlantique : de 1782 à 1786, sur un total de 8 110 mariés, 2 935 (36 %) ne sont pas nés à Bordeaux, et il paraît vraisemblable qu'à la fin du siècle, 50 % des mariés bordelais aient été des immigrants. Ces nouveaux venus provenaient des paroisses les plus proches (pour 40 % d'entre eux) ; un tiers étaient originaires de territoires situés entre 40 et 150 km ; un quart de régions plus lointaines. Au total, le bassin démographique de Bordeaux couvrait le quart sud-ouest du royaume.

Qui étaient-ils ? Les émigrants lointains étaient en majorité des hommes, la plupart artisans, mais aussi, pour beaucoup, de jeunes et ambitieux commissionnaires ou négociants venus à Bordeaux pourvus d'un capital déjà constitué et de solides relations commerciales et familiales tissées dans l'arrière-pays, à l'exemple de Benoît Lacombe, un jeune Gaillacois de vingt-trois ans. Ce dernier fut chargé, en 1783, par sa famille de petits notables récemment enrichis par le commerce du vin, de continuer dans la ville atlantique une réussite sociale poursuivie pendant plusieurs générations à partir d'un patient investissement du sol et du marché local.

Au contraire, les émigrants bordelais proches appartenaient le plus souvent à des groupes sociaux bien plus modestes. Il s'agissait en majorité de jeunes femmes, originaires de la campagne voisine. La plupart des émigrées descendaient de vignerons : elles venaient se placer comme servantes chez un négociant ou un officier pour se constituer et amasser un pécule, environ 500 livres, avant de retourner dans leur village pour se marier.

❑ ***La traduction architecturale de la réussite des négociants bordelais.*** La réussite du négoce bordelais vit sa transposition dans l'architecture de la ville, plus que jamais devenue espace de richesses et de luxe affiché, à l'image des hôtels particuliers construits par les négociants, à la mode néo-classique des temples à l'antique. « Le luxe est énorme en tout », écrivait en 1783 François de La Rochefoucauld, un visiteur admiratif. La richesse des hommes de marchandises était, en effet, considérable : en 1782-1784, plus de 20 % des contrats de mariage de négociants étaient supérieurs à 100 000 livres d'apports globaux (à titre de comparaison, le salaire d'un manœuvre bordelais se situait aux environs de 200 livres par an).

La transformation urbaine fut facilitée par l'administration de l'État royal. Malgré l'hostilité de la municipalité, l'intendant de Guyenne, Tourny (1743-1757), remodela une partie du paysage urbain. Il relia le faubourg (là où se trouvait le quartier des Chartrons, au bord du fleuve, réservé aux négociants étrangers), à la ville, en contournant la forteresse du château Trompette : ce furent les allées de Tourny, et le cours Saint-André. Entre le vieux quartier de

Saint-Seurin et le faubourg, un nouveau jardin devint un lieu de promenade ; le centre de gravité de Bordeaux se déplaçait ainsi en direction du quartier des négociants étrangers. Tourny s'intéressa aussi à la façade de la Garonne : il établit un plan d'alignement suivant lequel les négociants construisirent désormais leurs maisons, la plupart bâties d'après un plan uniforme ; elles comportaient le plus souvent trois niveaux surmontés d'une fausse galerie. Places, larges avenues, théâtres (le grand théâtre de Bordeaux, construit dans les années 1770, terminé en 1780, émerveilla Arthur Young, un voyageur et agronome anglais), promenades, jardins, complétaient le remodelage de la ville. Bordeaux se singularisait par l'abondance des hôtels particuliers des riches négociants, mais aussi des officiers et parlementaires, ainsi que des propriétaires de vignobles, l'autre aristocratie de la cité commerçante.

❑ ***François Bonnafé, exemple et symbole de la réussite de Bordeaux.*** Le plus célèbre de ces hôtels particuliers, conçu sur un modèle néo-classique, est l'îlot de l'armateur François Bonnafé (1740-1809), un protestant du Lot dont l'ascension sociale fut fulgurante.

Son activité principale, comme celle de la plupart des négociants, consistait à rassembler puis à expédier des vins et des farines de l'arrière-pays bordelais vers les Antilles. Ensuite, il redistribuait, en France et dans toute l'Europe, du sucre, du café et de l'indigo, autant de produits à haute plus-value en provenance des « îles sous le vent ». En 1789, il se trouvait à la tête d'une fortune de 15 millions de livres. La famille Bonnafé était alliée, par le mariage d'une fille, à la famille du négociant Paul Nairac, dont le salon bordelais et la maison de campagne de Lormont devinrent le centre principal de la vie intellectuelle locale.

L'îlot Bonnafé fut conçu par l'architecte Étienne Laclotte (1734-1812). Il faisait pendant au Grand Théâtre, de l'autre côté du cours du Chapeau-Rouge. Constitué d'un bloc monumental de quatre étages couronnés de balustres, coupé au rez-de-chaussée de très hautes arcatures, rehaussé au premier étage d'un balcon ininterrompu, l'îlot Bonnafé est représentatif de la nouvelle architecture des Lumières. Cette architecture nouvelle allait de pair avec de nouveaux comportements dans le cadre d'une vie familiale qui privilégiait l'intimité à l'ostentation de la sociabilité aristocratique.

Les transformations du cadre de vie

Conséquence de la croissance économique et d'un mieux-être vécu au quotidien, le cadre de vie des citadins fut marqué par d'importantes modifications au cours du XVIIIe siècle. Plusieurs enquêtes, initiées par Daniel Roche, ont été menées à partir du très riche fonds des archives notariales parisiennes. Elles nous permettent de prendre la mesure de ces transformations du cadre urbain, non seulement extérieur, mais aussi intérieur, autorisant l'analyse des modifications de la vie familiale et intime.

❑ ***L'exemple de Paris.*** Une étude a été réalisée à partir du regroupement de 51 monographies (une thèse et 50 maîtrises). Elle repose sur 2 783 inventaires après décès dépouillés pour une période de deux siècles, entre 1600 et 1790, soit un corpus de 50 000 pages d'archives notariales (110 officines sur 122), représentant la visite d'une maison sur dix. Paris comptait 25 000 maisons environ à la veille de la Révolution.

Le tableau ci-contre résume les principales transformations du cadre de la vie « privée » (Joël Cornette, « La révolution des objets. Le Paris des inventaires après décès (XVIIe-XVIIIe siècles) », *Revue d'histoire moderne et contemporaine,* juillet-septembre 1989, pp. 483-485).

Bien entendu, un tel tableau est réducteur, car les changements ne se sont pas produits partout, ni au même rythme. Les indices sont nombreux de progrès matériels incontestables, mais nous savons déjà que le siècle des Lumières, s'il fut celui de la prospérité pour une minorité, fut aussi celui de la misère pour beaucoup. Pour ces derniers, le souci de chaque jour, bien éloigné des contraintes et des plaisirs de la mode et du goût, était celui de se nourrir. Si la « révolution des objets » (nombre, qualité, fonction), toucha une part de plus en plus en plus grande de la population, d'abord dans les villes, et parfois dans les villages, les changements concernèrent d'abord et surtout les milieux privilégiés de l'aristocratie, de la robe, du négoce, des finances, et à la campagne, les familles les plus aisées.

❑ ***Modèle urbain, imitation villageoise.*** Pourtant, à la campagne aussi, la ville imposa son modèle de comportement et de consommation : une étude, menée à partir de 78 inventaires après décès, dans une paroisse rurale du plateau céréalier du Vexin français, Genainville, a permis de repérer quelques-uns des changements limités, mais incontestables, qui se produisirent, dans l'ordre du quotidien, à partir des années 1770 : la faïence voisina désormais avec la vaisselle d'étain ; le café commença à apparaître ; la « grosse toile commune », qui habillait chacun, fut peu à peu remplacée par des vêtements plus colorés (du bleu, du rouge, du blanc, plus rarement du vert et du jaune) alors que triomphait la rayure et le carreau ; la literie se diversifia, et avec elle, le confort augmenta (oreillers, matelas, « courtepointe » d'indienne, bassinoire) ; les armoires et les buffets garnis de portes, de tiroirs et de tablettes, remplacèrent les huches, les coffres et les bahuts : la femme désormais rangeait debout et non plus accroupie.

La pénétration progressive de toutes ces nouveautés obéissait à une stricte logique économique et sociale, car elle était rigoureusement calquée sur le statut social et les ressources : le seigneur se situait à l'avant-garde du progrès et du goût, suivi des fermiers-receveurs de la seigneurie, puis du curé et des laboureurs. Enfin, l'élite des artisans (le menuisier, le charpentier, le charron), puis, timidement et tardivement, quelques manouvriers.

L'intérieur de la maison : l'affirmation de la vie privée

LE « SOMBRE XVIIe SIÈCLE »	LE SIÈCLE DE LA LUMIÈRE
– Petits carreaux, châssis de toile, papier huilé aux fenêtres = lumière opaque, pénombre permanente, accentuée par l'étroitesse des rues et des cours.	– Élargissement des ouvertures. – Développement du verre blanc et des panneaux vitrés. – Augmentation des luminaires et des éléments d'éclairage fixes et portatifs. – Vogue et vulgarisation des glaces murales (lié à l'essor de la manufacture royale de Saint-Gobain et à l'imitation de Versailles).
DISTRIBUTION ET ORGANISATION DE L'ESPACE – Pièces non spécialisées (un paravent ou une cloison de bois ménage un début d'intimité). – Espace travail/espace logement souvent confondus, en particulier dans les milieux populaires. – *La chambre* est le cœur de l'espace habitable en même temps que lieu de sociabilité (*cf.* la ruelle ; importance du nombre de chaises mentionnées dans les chambres). – *La cuisine*, espace essentiel et multifonctionnel (repas, veillées, travail, « pièce à vivre »).	– Multiplication et spécialisation des pièces parallèles au cloisonnement des tâches et des lieux. – Le terme de « chambre à coucher » se développe. Devient un espace d'intimité réservé à la vie privée. – La « salle à manger » apparaît dans les milieux de l'aristocratie à l'imitation de la Cour. – Multiplication des annexes, refuges d'intimité : salons, salles, cabinets, bibliothèques… – Apparition d'un espace féminin : boudoir (« pour bouder sans témoin » – Trévoux). – Cabinet de toilette dans quelques foyers privilégiés. Baignoire, apanage d'une élite aristocratique. La multiplication des annexes et leur tendance à la spécialisation, à l'ère des Lumières, contribuent ainsi aux progrès de l'intimité. Dans les strates supérieures de la société parisienne, les gestes quotidiens les plus élémentaires s'inscrivent dorénavant dans un espace de plus en plus précis et cloisonné.
LE RANGEMENT – Coffre, bahut, coffre-bahut… Le tout facilement transportable. – Linge et vaisselle empilés. Symbole de l'errance et du déplacement, rappelant une époque où la Cour était itinérante. Le coffre, meuble traditionnel, d'origine paysanne. hérité d'un grand-père ou d'un arrière-grand-père, est un objet auquel on reste attaché, principalement dans les milieux modestes.	Armoires à battants, buffets, commodes, chiffonniers, secrétaires, bureaux… Fonction ornementale autant qu'utilitaire. Le remplacement du coffre par l'armoire représente une mutation analogue (à la cuisine debout) : du rangement à terre, à quatre pattes, on passe au rangement à hauteur d'homme. Ces transformations du mode de rangement représentent une économie de gestes, un gain de confort, un souci de rationalisation.
LES OBJETS – Abondance des armes. – Le lit. Élément le plus coûteux, souvent clos de rideaux. Véritable maison dans la maison. Peut atteindre la moitié ou plus des biens inventoriés. – *La cheminée* pôle de la maison. Multiplicité des objets liés à l'âtre. Omniprésence de la « marmite de cuivre rouge avec son couvercle ». Le foyer impose à la maîtresse de maison la cuisine agenouillée, accroupie ou assise sur une chaise basse devant l'âtre. – Bancs, tabourets, chaises (avec ou sans bras), escabeaux, escabelles… – Ustensiles en fer dans la cuisine. – Écuelles. – Étain. – On mange la viande avec les doigts. – Peu de jeux. Activités de loisirs peu développées, même semble-t-il dans les milieux privilégiés par le rang et la fortune. Une permanence de deux siècles : L'importance dans tous les milieux sociaux, du gagne denier à l'aristocrate, des objets de dévotion ; images, peintures (dans les milieux aisés), gravures (dans les milieux populaires), christ d'ivoire, reliquaires…	**« LA RÉVOLUTION DES OBJETS »** – Disparition des armes (sauf armes de parade). – Progression du lit individuel, de la chambre individuelle. – Multiplication des cheminées à foyers multiples. – Le trépied remplace la crémaillère. – Apparition du réchaud, du fourneau. Permet de cuisiner debout. – Le poêle permet d'ôter un vêtement en pénétrant dans une pièce (= révolution du geste et du rapport au corps). – Extension du fauteuil et du canapé sous de multiples formes et variantes (bergères, cabriolets, sofas, ottomanes…). – Ustensiles en cuivre. – Assiettes. – Faïence (porcelaine pour les plus riches). – Développement d'un art de la table imité de la Cour. Fourchettes dans les milieux aisés (peu de couteaux). – Verres laissés sur la table. – Abondance des jeux, des couches moyennes aux milieux aisés (table à jouer, tric-trac, billard, échecs…). – Intérêt pour les sciences, curiosité intellectuelle (concerne l'élite éclairée fréquentant salons et académies). – Multiplication des bibelots, des horloges. – Engouement pour les couleurs (tapisserie, papier peint). Le vert, puis le bleu et le gris prédominent.

Dans le grand processus de « civilisation des mœurs », qui, dans la longue durée, transforma peu à peu les gestes, les pensées, les comportements, donc les manières de vivre, le XVIIIe siècle fut, on le voit, un siècle décisif : multiplicateur d'objets et d'espaces à l'intérieur de la maison, séparateur de fonctions par un cloisonnement de plus en plus net des activités professionnelles et privées, publiques et intimes (le boudoir, « pour bouder sans témoin », comme l'indique le *Dictionnaire* de Trévoux). Ce cloisonnement contribua à isoler les différents territoires dévolus à des usages et des gestes quotidiens précis et spécialisés. Parallèlement, la vulgarisation de comportements jusqu'alors réservés à une élite étroite, directement dépendante de la cour, bousculait l'ordre apparent de la société.

Il s'agissait là d'une véritable révolution : le primat de la représentation cédait peu à peu le pas devant celui du confort et du refuge voulu dans l'espace de l'intimité ; la hiérarchie du prestige, du luxe et des honneurs qui présidait à l'aménagement extérieur et intérieur de la maison était peu à peu bouleversée, obligeant, bien avant la Révolution, à reconsidérer une part des critères, des marques et des contraintes qui fondaient l'échelle des statuts et des rangs.

ORDRE ET DÉSORDRE : LE RÉVÉLATEUR DE LA JUSTICE

Encadrant des périodes de fortes tensions, le « beau XVIIIe siècle » passe pour celui de la prospérité tranquille, de la douceur de vivre, du libertinage. Ce bien-être galant et libertin pourrait être illustré, par exemple au temps de la Régence, par les tableaux de Watteau (*L'Embarquement pour Cythère*, en 1717), puis de Boucher, Nattier ou Fragonard. Le « beau XVIIIe siècle » est aussi celui des intendants zélés, gestionnaires de leurs généralités, administrateurs souvent efficaces, préoccupés avant tout par la bonne organisation de l'économie, soucieux d'inscrire, jusque dans la pierre de leur cité, le témoignage tangible de leur compétence éclairée, comme d'Étigny qui administra la généralité d'Auch de 1751 à 1767. Quoique révocables et déplaçables, les intendants furent maintenus souvent longtemps dans une même circonscription. Ils bénéficièrent ainsi des avantages de la durée pour mener à bien leur politique, utilement secondés dans leurs entreprises de grands travaux par le corps des ingénieurs des Ponts et Chaussées, trop souvent passés sous silence. Ainsi, Turgot assura-t-il, pendant treize ans, de 1761 à 1774, la gestion de la généralité de Limoges ; Sénac de Meilhan, en vingt-cinq années, passa dans trois intendances : La Rochelle de 1766 à 1773, Aix-en-Provence de 1773 à 1775, Valenciennes de 1775 à 1790.

Pourtant, le calme apparent du siècle des Lumières ne doit pas masquer le feu couvant sous la cendre : si les grandes révoltes paysannes ne réapparaîtront qu'à la fin des années 1780, de temps à autre, mais bien plus souvent qu'on ne l'a parfois écrit, éclatèrent de brèves et violentes séditions.

La violence ordinaire

Des dépouillements opérés dans différents dépôts d'archives communales, judiciaires, ont permis de relever, pour la période 1715-1788, 74 mouvements insurrectionnels survenus dans la seule Provence. Dans cette province, comme ailleurs, ces « émotions » étaient, le plus souvent, provoquées par des exigences fiscales (celles des consuls des villes provençales voulant établir une taxe locale, par exemple), le « silence des métiers », l'intransigeance de patrons de fabriques, les abus de seigneurs contre la communauté paysanne, la cherté des blés et du pain dans les périodes de disette.

Parmi cette liste, non exhaustive, des cibles visées par les émeutiers, il convient de mettre en valeur tout particulièrement l'importance des émotions provoquées par les fluctuations du prix du grain.

❑ ***Les émotions du siècle des Lumières : d'abord le prix du pain.*** En juillet 1725, Barbier rapporte dans son *Journal* une émeute qui éclata dans le faubourg Saint-Antoine, à Paris. Le faubourg Saint-Antoine était une enclave privilégiée, qui n'était pas intégrée dans le système judiciaire parisien. Il s'agissait d'un territoire libre, échappant en grande partie à la surveillance de la police et au cadre contraignant des obligations des corps de métiers. L'émeute fut provoquée par la décision d'un boulanger qui augmenta le prix du pain de trente à trente-quatre sous. Alors, écrit Barbier, « le peuple s'assembla en fureur contre les boulangers. Ils furent bientôt au nombre de dix-huit cents, pillèrent toutes les maisons de boulangers du faubourg depuis le bas jusqu'en haut, et ils jetèrent pâte et farine dans le ruisseau. Quelques-uns prirent aussi de là occasion de voler argent et argenterie ». Finalement, le guet à cheval, l'épée brandie, tira quelques coups de feu et réussit à disperser la foule en colère. Mais, en septembre 1740, Barbier note à nouveau que les soldats « sabrèrent et tirèrent » sur des émeutiers parisiens s'insurgeant, une fois encore, contre le prix du pain. Cette année-là, comme en 1725, quelques manifestants furent pendus, pour l'exemple. « Il est triste, commente Barbier, de faire périr des hommes qui demandent du pain ; mais cependant, on est forcé de faire des exemples. Un homme pendu en contient dix mille. »

À partir de 1760, on vit renaître des actions violentes, limitées toutefois dans le temps et dans l'espace : des bris de clôtures, des attaques de convois de grains, des agressions contre des agents seigneuriaux... Si les grandes révoltes antifiscales du « sombre XVIIe siècle » n'étaient plus de saison, le problème principal demeurait bien le prix des grains : c'est lui qui déclenchait les principales séditions populaires. Ainsi, par exemple, des « émotions » éclatèrent-elles, à Rouen, en 1724, en 1725, en 1738, en 1739, en 1752, en 1768, en 1775, en 1784... Dans tous les cas, il s'agissait d'obtenir de force la vente du grain à bas prix ; il s'agissait aussi de rechercher des stocks spéculatifs, en invoquant le « pacte de famine ». L'intendant de Rouen déplorait, en 1759, le « malheureux préjugé qui fait toujours regarder aux peuples les bleds que le roi fait revenir pour leur soulagement et dont ils croient avoir payé la juste valeur en les consommant, comme un commerce illégitime dont le gouvernement abuse dans le temps de la cherté ».

Au cours des années 1780, on constate un déplacement de la cible sociale visée par les émeutiers dans plusieurs villages du pays de Caux, mais aussi dans d'autres provinces. Des seigneurs, en effet, furent accusés de pratiquer l'accaparement des grains. Un témoin explique, à propos d'événements de ce type qui se déroulèrent à Doudeville en 1784, que « la démence du peuple est poussée jusqu'au point d'imputer aux seigneurs d'amasser les bleds, d'en remplir leur château et les faire embarquer la nuit ».

❑ ***Émeutes au quotidien.*** Parallèlement à ces émotions frumentaires, récurrentes tout au long du siècle, dont la guerre des farines fut, en 1775, l'un des épisodes les plus spectaculaires, les archives judiciaires dévoilent des émeutes qu'on pourrait qualifier d'ordinaires.

Dans l'espace ouvert, difficilement contrôlable de la ville, ces émeutes, le plus souvent provoquées par des hommes jeunes qui n'étaient pas des marginaux, éclataient lors d'un conflit dans un atelier, d'une rivalité entre corps de métiers (les merciers contre les tapissiers, par exemple, dans le faubourg Saint-Antoine à Paris), d'une altercation dans un cabaret à la suite d'une chaude discussion le soir d'un « saint lundi » (souvent chômé) ou de la paye hebdomadaire, prétexte à un défi aux autorités. Le plus souvent, de telles « émotions » s'apaisaient aussi vite qu'elles avaient débuté. Elles se vivaient « comme un état normal, voire légitime » (Arlette Farge). Peut-être parce qu'elles exprimaient avant tout un ordre et une raison régulatrice, adaptée aux formes et aux besoins de la sociabilité urbaine ? Il s'agissait d'incidents de rue qui naissaient au hasard d'un fait divers ou d'une rumeur colportée de bouche à oreille. Ces incidents provoquaient des attroupements, des chahuts et des troubles ; ils étaient vite apaisés par la garde et le guet convoqués en renfort.

Arlette Farge explique que « de partout peut surgir l'esprit de révolte : des ateliers, des cabarets toujours prompts aux bagarres, des prisons maintes fois troublées pendant le siècle, des assemblées de libertins se tenant dans les faubourgs, des barrières où s'organisent des trafics et où se font agresser les employés des fermes, etc. Autonome ou presque, l'émeute va de soi, parce qu'elle correspond soudain à l'urgence d'une situation [...]. Ce qu'il y a sans doute de plus frappant dans ces révoltes sporadiques urbaines du XVIIIe siècle, c'est leur détermination en même temps que la soudaineté et la façon dont elles se vivent comme un état normal, voire légitime. »

De la violence au vol ?

❑ ***Violence et civilité.*** Enquêtant sur la criminalité, et observant une mutation des délits marquée, en particulier, par une baisse des crimes de sang, des juristes et des historiens, à la suite de Pierre Chaunu, ont avancé la théorie « de la violence au vol ». Dans le royaume de France pacifié du siècle des Lumières, la délinquance se serait métamorphosée, la violence individuelle et collective, impulsive, serait devenue surtout une atteinte à la propriété, une atteinte aux choses plus qu'aux personnes. Cette évolution « bourgeoise », marquée par une baisse de l'insécurité, s'inscrirait dans la perspective proposée par Norbert Elias d'un progrès de la « civilisation des mœurs » : l'homme prétendu brutal et violent du Moyen Age aurait fait place à un homme plus policé, plus civilisé, plus moderne...

Il convient bien sûr de nuancer, et de ne pas être victime, à notre tour, de l'utopie condorcéenne du « progrès de l'esprit humain ». Car d'autres enquêtes, menées en Suède ou en Angleterre, notamment, semblent infirmer cette théorie. Et s'il y a eu changement dans la nature des délits, la mutation semble plus affecter les villes que les campagnes. Étudiant le Languedoc, Nicole Castan note que le vol y représentait 60 à 65 % de la grande criminalité. Il était le délit urbain type, et populaire de surcroît : 90 % des voleurs écroués dans les prisons du Parlement appartenaient aux classes démunies. Les registres de l'inspecteur Poussot, affecté au quartier des Halles, à Paris, contiennent des renseignements précis sur 2 692 personnes arrêtées entre 1738 et 1754. Sur cet ensemble, on ne retrouve que 54 actes de violence, rébellion, assassinats et tentatives d'assassinat, soit à peine 1,5 % du total. Mais la seule rubrique « vol » concerne 963 personnes, devançant le « libertinage » et la « mendicité ». Le vol serait-il donc devenu plus courant au XVIIIe siècle ?

❑ ***D'une justice autogérée à une justice institutionnalisée.*** En fait, la fréquence des vols dans les villes des Lumières témoigne plutôt de l'efficacité plus grande de la répression. Surtout, cette punition croissante du larcin signale le passage d'une justice autogérée par la communauté à une justice de plus en plus institutionnalisée.

Car ce ne sont pas nécessairement les hommes et la nature des délits qui se sont transformés, c'est bien plutôt le fonctionnement et l'économie même de la justice, sa pénétration dans le corps social. En effet, malgré la répugnance de beaucoup à recourir aux juges (un procès coûtait cher, les accusés pouvaient un jour ou l'autre se venger...), les tribunaux de l'État, ceux de la prévôté, du présidial, du Parlement, tendaient à se substituer progressivement à la vengeance privée ou aux médiateurs traditionnels des communautés qui, jusqu'alors, traitaient le plus souvent elles-mêmes des conflits qui échappaient auparavant à toute mémoire écrite. Ce qui passait désormais dans les archives, et donc de ce fait dans les statistiques dressées par les historiens, concernaient les affaires qui étaient résolues autrefois à la taverne ou sous le porche de l'église par l'arbitrage bienveillant du curé, du seigneur, du gros propriétaire ou du notaire : querelles de bornage, vols de bétail, pâturages abusifs, injures et coups...

Ces progrès de l'appareil judiciaire, indice particulièrement parlant du processus souterrain d'étatisation, doivent cependant être fortement nuancés : si, par exemple, les appels criminels à la tournelle de Toulouse, la chambre criminelle du Parlement, progressèrent au cours du siècle d'une à deux centaines par an, le rapport à la population demeurait particulièrement faible, toujours inférieur à 1 pour 10 000 habitants. Surtout, bien des régions étaient toujours sous-administrées. Ainsi, l'énorme sénéchaussée de Nîmes qui recouvrait le Gévaudan, les Cévennes, le Vivarais, comportait-elle, suivant un mémoire de 1768, 634 484 habitants. Or, pour un espace qui était aussi vaste que celui du ressort de Grenoble, l'administration ne disposait en tout et pour tout que de 298 officiers. Et que pouvaient faire les magistrats du présidial de Nîmes quand on sait que pour le seul Vivarais, à la veille de la Révolution, 346 justices seigneuriales relevaient de lui en appel ? En 1781, le comte de Rochefort, commandant dans les Cévennes, écrivait : « C'est un mal assez général à la province, dans les contrées dépourvues de main forte, il n'y guère de semaine que je n'en reçoive avis [...]. Des bandes armées jusqu'aux dents commettent toutes sortes d'excès dans le Haut-Languedoc, près des Pyrénées ; on ne sait encore si ce sont des voleurs ou des contrebandiers ; ils ont décapité un employé des fermes et en ont fusillé deux autres. »

Plus globalement, pour l'ensemble du royaume, il est possible de chiffrer à 3 300 seulement les effectifs de la maréchaussée à la fin de l'Ancien Régime pour un total, rappelons-le, de 28 millions d'habitants.

LE RÉSEAU DES LUMIÈRES : GÉOGRAPHIE ET SOCIOLOGIE DE L'« OPINION »

Le doute et la raison

Voici peut-être la plus importante des « révolutions silencieuses » qui marquèrent le siècle des Lumières. Elle toucha, elle aussi, en priorité une fraction de la société urbaine : la vulgarisation, relative cependant, de la révolution scientifique des années 1620-1660, et son extension à d'autres domaines que celui des sciences exactes. Suivant une belle formule de Marcel Gauchet, le « désenchantement du monde » qui marqua les Lumières fut une conséquence directe de ce primat du doute méthodique, joint à la conviction de l'existence d'un monde naturel tout entier « écrit en langage mathématique » (Galilée, 1623).

❑ ***Les leçons de Descartes.*** Au XVIIIe siècle, on a surtout retenu de René Descartes le primat du doute méthodique et donc, à terme, la remise en question de toute autorité. C'est Descartes, écrit Fontenelle, « à ce qu'il me semble, qui a amené cette nouvelle méthode de raisonner, beaucoup plus estimable que la philosophie même, dont une bonne partie se trouve fausse ou fort incertaine, selon les propres règles qu'il nous a apprises ». Furetière dans son *Dictionnaire* écrivait, en 1690 : « Les académiciens tenaient qu'il ne faut rien affirmer et que nous ne savons qu'une chose c'est que nous ne savons rien. Au reste, en apprenant à ses disciples à douter de tout, c'était moins pour les laisser flottants et toujours suspendus entre l'erreur et la vérité que pour s'opposer aux décisions précipitées de jeunes esprits et pour les mettre dans une disposition plus propre à se garantir de l'erreur en examinant sans préjugé. »

Les Lumières furent un moment décisif dans l'histoire des idées et du processus de notre modernité. « La raison est à l'égard du philosophe, ce que la grâce est à l'égard du chrétien », peut-on lire dans l'article « Philosophe » dans l'*Encyclopédie*. La raison fut, en effet, promue en impératif suprême, comme la matrice et le moteur d'une transformation optimiste du monde, capable de casser le cycle des violences individuelles et collectives, capable aussi d'assurer tout à la fois le progrès, la régénération et le bonheur du genre humain. Car de la raison dans les sciences, on passa naturellement à la raison dans l'ordre économique, l'ordre politique, l'ordre social... « La méthode géométrique est certainement la seule qui soit propre à former des démonstrations inébranlables en Politique et en Morale », proclamait l'abbé de Saint-Pierre au début du XVIIIe siècle.

❑ ***Le progrès et le bonheur du genre humain.*** Le siècle des Lumières fut aussi marqué par un changement du statut de l'écrivain, de l'homme de lettres, du philosophe : le désir d'instruire et de vulgariser remplaça celui de plaire ou de servir les intérêts d'un grand ou du roi. Voici donc le philosophe engagé hardiment dans la vie publique, avec l'intention d'améliorer le sort de tous, pour « éclairer le peuple », assurer le « bonheur du plus grand nombre des hommes », comme le proclamait Necker (*Sur la législation et le commerce des grains*, Paris, 1775). En 1750, le jeune Turgot prononça un discours en Sorbonne « Sur les progrès successifs de l'esprit humain ». Une génération plus tard, lors de la fondation de l'Académie d'Orléans, en 1786, Beauvais de Préau, son secrétaire, déclarait : « Il s'est formé à Orléans depuis quelques mois une société de personnes zélées pour le progrès des sciences physiques considérées sous leur rapport avec l'utilité publique et surtout avec l'avancement de la province. »

L'éloignement des guerres, la fin des grandes crises démographiques, une réelle amélioration des conditions de vie pour une partie non négligeable de la population ont contribué à justifier cette conviction par beaucoup partagée : « Le fanatisme, l'erreur et les préjugés ont régné longtemps sur la terre, écrivait Isnard en 1781 dans son *Traité sur les richesses* ; puisse le règne de l'instruction et les principes de philosophie, de morale et de politique, éteindre les guerres nationales et les divisions intestines, régler les devoirs et les droits des souverains et des citoyens, et ramener le calme, la paix et le bonheur dans le cœur des hommes et dans leurs foyers. » Un académicien marseillais décrivait ainsi les académies qui se formèrent dans les principales villes du royaume : « Leur fonction la plus noble est d'éclairer le peuple au milieu duquel elles sont établies, d'encourager l'industrie et les talens, d'exciter la vertu [...]. Le peuple, placé dans ce tourbillon participe au mouvement général, se familiarise avec les objets qui le frappent, reçoit et retient beaucoup d'idées sans remonter à leurs principes [...]. Les académies de province devraient donc se considérer comme spécialement destinées à l'éclairer sur l'emploi de ses forces. »

La naissance d'une opinion

Si le siècle des Lumières érigea ainsi l'utilité sociale en maître souverain de toutes les réformes discutées et proposées, la nouveauté fut aussi l'ampleur et la nature d'une protestation qui n'empruntait plus nécessairement le chemin de la révolte et du « malcontentement » pour se faire entendre. Surtout, les idéaux proclamés par ceux qu'il convient d'appeler « les philosophes », se diffusèrent au-delà d'un cercle étroit d'initiés (ils étaient quelques centaines d'hommes tout au plus au XVIIe siècle dans toute l'Europe). Ces idéaux se diffusèrent, en effet, dans nombre de villes du royaume, par le canal de multiples sociétés de pensée : pendant que les intendants du roi, aidés de techniciens et d'ingénieurs, tentaient de gérer le moins mal possible l'ordre du quotidien de leurs généralités, voici que se créa, se diffusa, proliféra, dans des réseaux spécifiques et autonomes, que le pouvoir ne parvenait pas à contrôler, une « opinion ».

❑ ***Les réseaux de l'opinion à Paris.*** Cette opinion peut se définir d'abord par les espaces nouveaux qui lui permettaient de s'exprimer.

– **Les clubs**, selon la tradition anglaise, étaient réservés aux hommes. Le club de l'Entresol s'était ouvert en 1720. Des réunions hebdomadaires rassemblaient des hommes d'épée, de robe et de plume (d'Argenson, l'abbé de Saint-Pierre, Pallu, intendant de Lyon...). Chacun y choisissait son domaine de spécialité ; des exposés, suivis de discussions, étaient proposés, sur la diplomatie, sur le droit public, sur l'économie. « Nous avions toujours un grand atlas sur la table », précise le marquis d'Argenson. Le Club fut particulièrement actif entre 1724 et 1731. Mais il fut fermé à la demande du cardinal Fleury et du garde des Sceaux Chauvelin, car le ministère rapprochait son activité de l'opposition du Parlement, particulièrement violente à cette date, comme on l'a vu.

Les clubs « à la manière anglaise », comme on disait alors, réapparurent vers 1780. Bien moins aristocratiques que celui de l'Entresol, ils jouèrent un rôle important dans le débat politique à la veille de la Révolution.

– **Les cafés** se développèrent à la fin du XVIIe siècle, à la suite du goût nouveau, diffusé par la Cour, pour les boissons apportées d'outre-mer (thé, café, chocolat).

Le café Procope fut fondé en 1686, et le café de la Régence bénéficia d'un vif succès : on y buvait, on y jouait aux échecs, on y lisait les gazettes, et on les commentait, malgré la présence de ceux qu'on appelait des « mouches », les espions de la police. Un de ces mouchards déclarait en 1729 : « Il y a à Paris, de prétendus beaux-esprits qui parlent dans les cafés et ailleurs de la religion comme d'une chimère. Entre autres, M. Boindoin s'est signalé plus d'une fois dans le café de Conti, au coin de la rue Dauphine, et si l'on n'y met ordre, le nombre des athées ou des déistes augmentera, et bien des gens se feront une religion à leur mode, comme en Angleterre. »

Au café Procope, en juin 1749, au lendemain du traité d'Aix-la-Chapelle, Mairobert critiquait la diplomatie de la Cour, affirmant qu'elle « n'a d'autre plaisir qu'à dévorer le peuple et à commettre des injustices ». On reprochait également au roi « de s'être laissé conduire par ses ministres ignorants et sans capacité, et d'avoir fait une paix honteuse et déshonorante ».

– **Les salons**, souvent tenus par des femmes de la haute aristocratie, ont joué un grand rôle après la mort de Louis XIV, comme le salon de la duchesse du Maine (1676-1753), petite-fille du Grand Condé, qui reçut nombre d'écrivains dans son château de Sceaux : Voltaire y écrivit son *Zadig*. La marquise de Lambert reçut à Paris, dans son hôtel de Nevers, dès la fin du règne de Louis XIV, tous les mardis, jusqu'à sa mort, en 1733 : « A un petit nombre d'exceptions près, c'était la seule, écrivait d'elle Fontenelle, qui se fut préservée de la maladie épidémique du jeu, la seule où l'on se trouvât pour se parler raisonnablement les uns les autres et même avec esprit, selon l'occasion. »

Ensuite, les plus célèbres salons furent ceux de Mme de Tencin, rue Saint-Honoré (Montesquieu, l'abbé de Saint-Pierre, l'abbé Prévost, Marivaux, Fontenelle, Marmontel le fréquentaient), de Mme du Deffand, rue Saint-Dominique (Fontenelle, Montesquieu, Voltaire, d'Alembert s'y retrouvaient), de Mme Geoffrin, rue Saint-Honoré. Mme Geoffrin recevait le lundi les artistes (Boucher, Vernet, Greuze...), le mercredi les écrivains et les visiteurs étrangers comme Horace Walpole ou le prince Stanislas Poniatowski.

Dans la seconde moitié du siècle, les salons de l'ancienne lectrice de Mme du Deffand, Mlle Julie de Lespinasse, rue Saint-Dominique, de Mme Helvétius, du baron d'Holbach furent particulièrement fréquentés. Dans le « club holbachique », comme on appela ce dernier salon, les participants n'hésitaient pas à critiquer l'autorité royale, le « fanatisme » de l'Église, la « tyrannie » de l'aristocratie. Certains salons étaient plus spécialisés, tel celui de la duchesse de La Rochefoucauld, qui apparaissait comme le salon physiocratique (on y retrouvait Quesnay, Mirabeau, Dupont de Nemours...). Dans les années 1780, outre celui du baron d'Holbach, le salon de Mme Necker, qui y associa sa fille, la future Mme de Staël, apparaissait comme le plus engagé.

❑ ***Les réseaux de l'opinion en province.*** Les villes de province suivirent le mouvement initié par Paris. Les conditions y étaient particulièrement favorables : le XVIIIe siècle fut marqué par le reflux d'une partie de la noblesse de cour vers ses terres, mouvement amorcé dès la fin du règne de Louis XIV. Nombre d'entre eux ont voulu améliorer leurs seigneuries (ce fut un élément moteur des sociétés d'agriculture), et beaucoup éprouvèrent un besoin de vie mondaine. Le développement économique avait renforcé la richesse des notables dans les villes et surtout dans les ports, à Bordeaux, par exemple. Par ailleurs, la bourgeoisie locale, ayant perdu une part de ses fonctions municipales, se tourna elle aussi vers l'activité mondaine et intellectuelle.

Aussi des associations diverses se multiplièrent-elles, souvent à partir de la création d'une bibliothèque ouverte au public éclairé. Elles prenaient diverses formes : des sociétés de lecture ; des académies, à l'imitation de Paris (trente-deux) ; des loges maçonniques (plus de quatre cents ateliers fonctionnaient en 1789, dont beaucoup se transformèrent en 1790-1791 en « Sociétés des amis de la Constitution ») ; des musées (chambres de lectures et clubs artistiques et musicaux) ; des sociétés d'agriculture...

❑ ***Un exemple de création : les sociétés d'agriculture.*** Les sociétés d'agriculture avaient été vivement encouragées par le gouvernement. Bertin, Contrôleur général des finances, joua un rôle important dans leur création au début des années 1760.

En effet, les États de Bretagne avaient fondé, à Rennes, en 1757, sur le rapport de Gournay et sur la proposition du duc d'Aiguillon, une société d'agriculture qui avait été approuvée par le roi. Le 22 avril 1760, Bertin adressa aux intendants une circulaire pour les inviter à établir des sociétés sur un même modèle. En même temps, il leur communiquait les travaux de la société d'agriculture de Bretagne. Un Mémoire élaboré au Contrôle général, sans doute rédigé entre 1769 et 1774, indique que « le plan que l'administration se proposa fut, en premier lieu, d'encourager les propriétaires de terres et les fermiers à faire des efforts pour augmenter leurs travaux et les produits des biens-fonds, soit en répandant plus d'engrais sur les terres par la multiplication des bestiaux, soit en défrichant les terres incultes dont l'étendue formait alors des déserts dans les plus belles provinces du royaume [...] ».

Ainsi, dès l'année 1761, dix-huit sociétés d'agriculture se formèrent-elles. Elles étaient une quarantaine à la veille de la Révolution. Si les sociétés d'agriculture se spécialisaient dans la discussion des problèmes économiques et l'expérimentation de méthodes culturales nouvelles, leurs membres pouvaient faire partie d'autres sociétés de pensée : une académie, par exemple, ou une loge maçonnique.

Qu'est-ce qu'une société de pensée ?

❑ ***L'exemple de Millau.*** En 1769, *la France littéraire* informait ainsi ses lecteurs de la création d'une nouvelle société de pensée : « A Millau, la Société tient ses séances tous les jours, sauf le dimanche et les fêtes ; les journaux en fournissent la matière. Quand ils sont épuisés, on a recours aux meilleurs ouvrages du temps. Chaque académicien prend, en entrant dans la salle, le livre qu'il trouve à propos. Si dans le cours de sa lecture, il trouve quelque sujet qui soit digne d'être observé, il en fait part à ses confrères. Les lectures particulières se tournent aussitôt en conversation générale. Les réflexions de l'académicien discutées à fond, on se remet à lire, jusqu'à ce que d'autres observations attirent de nouveau l'attention de l'assemblée. C'est ainsi que se passent les conférences que la nuit termine ordinairement. »

❑ ***Sociétés de pensée et démocratie.*** On a mis en valeur la modernité dont ces sociétés de pensée furent les porteuses : pour y tenir un rôle, leurs membres devaient, en effet, se dépouiller de toute spécificité, de leur identité sociale : le clerc se retrouvait à égalité avec le parlementaire, le parlementaire avec le négociant... C'est dire que la société de pensée était le contraire de ce qu'on appelait sous l'Ancien Régime les corps, définis par une communauté d'intérêts professionnels ou sociaux vécus comme tels. François Furet explique que « la société de pensée était caractérisée pour chacun de ses membres par le seul rapport aux idées et c'est en quoi elle préfigure le fonctionnement de la démocratie [...]. Car le but de la société de pensée n'était ni d'agir, ni de déléguer, ni de représenter, le but était d'opiner, c'est-à-dire de dégager d'entre ses membres et de la discussion, une opinion commune, un consensus, qui sera exprimé, proposé, défendu [...]. L'originalité de ce qui se passe dans la seconde moitié du XVIIIe siècle tient à ce que ce consensus des sociétés de pensée, qu'on appelle la "philosophie", tend à gagner l'ensemble du tissu social [....]. La société de pensée de type philosophique constitua, au XVIIIe siècle, la matrice d'un nouveau rapport politique qui sera la caractéristique, l'innovation principale de la Révolution [...]. Les sociétés de pensée dressent un modèle de démocratie pure, et non pas représentative : c'est la volonté de la collectivité qui a tout instant fait la loi » (François Furet, *Penser la Révolution française*, Paris, 1978).

Matrice de modernité et de démocratie, la société de pensée ne concernait cependant pas la population dans son ensemble, loin de là. Aussi convient-il d'insister sur les limites de cette « opinion », des limites sociales lourdes d'implications politiques, comme on le mesurera à partir de 1789.

L'extraordinaire vitalité des Lumières reposa sur des petits nombres

❑ ***Qui composait la « classe culturelle » ?*** Une majorité des villes de quelque importance furent touchées par l'éclosion, puis par la multiplication de ces cellules nouvelles de sociabilité et de débats. Pourtant ces débats ne concernèrent, à l'origine du moins, qu'une minorité d'hommes : une véritable « classe culturelle » qui plaçait sur le même plan clercs, érudits, professions médicales, nobles d'épée et de robe, hommes de loi, voire (mais dans une moindre mesure) négociants et manufacturiers. Daniel Roche a calculé que les trente-deux académies provinciales étaient, en moyenne, composées de 20 % de gens d'Église, de 37 % de nobles, de 43 % de roturiers. Ces derniers étaient surtout des notables de l'administration et de la justice, des représentants des professions culturelles et de santé. Les « talens » comptaient avant tout, bien plus que la division traditionnelle de la société en ordres.

Mais du « quatrième ordre », il n'en était pas question. Il s'agissait bien là de l'élite urbaine, et d'elle seule, dont était exclue la totalité du salariat, des artisans, des boutiquiers. Par ailleurs, le monde des négociants et des fabricants était sous-représenté : à peine 4 % des académiciens. Mais ils furent bien plus nombreux dans les loges maçonniques dont le développement fut, dès l'origine, lié à l'activité commerçante et à l'armée : une franc-maçonnerie militaire se développa, en effet, en particulier dans les régiments de la Maison du roi.

❑ ***Société de pensée et exclusion sociale.*** L'ouverture sociale apparente de la franc-maçonnerie ne doit pas faire illusion, car si cette dernière intégrait toutes les classes dominantes nouvelles enrichies par le commerce et l'industrie, elle excluait toutes les autres. Ainsi, le 23 mars 1785, la loge « Amitié » de Bordeaux envoyait-elle le rapport suivant au Grand Orient, à la suite d'une demande d'adhésion de gens de métier : « Ce sont des ouvriers, la plupart aux gages des négociants. Ce serait avilir l'art royal que d'admettre pareils sujets dans la maçonnerie. Le privilège de l'égalité serait un abus bien dangereux si, sous ce prétexte, on admettait tous les états. Beaucoup de maçons se dégoûteraient de leur profession si ces ouvriers obtenaient la légitimité qu'ils demandent, parce qu'ils ne pourraient jamais voir avec indifférence les ouvriers et serviteurs aller maçonniquement de pair avec eux. »

Daniel Roche a évalué à environ 2 500 personnes le public choisi des 32 académies de province, à 30 000 le nombre des francs-maçons, et à 100 000 personnes l'ensemble de ceux qui faisaient partie des classes dirigeantes en 1789. Tous ces chiffres doivent être comparés et rapportés aux 28 millions d'habitants qui peuplaient alors le royaume.

❑ ***L'exemple de la diffusion de l'*Encyclopédie.** L'*Encyclopédie* fut l'entreprise éditoriale la plus considérable du siècle des Lumières : de l'auteur au typographe, 1 500 personnes y travaillèrent, pour une « Somme » de 25 000 pages *in folio* contenant 70 000 articles. Parmi les auteurs, qui se renouvelèrent constamment tout au long de la publication, on rencontre des écrivains et des savants célèbres (Buffon, Marmontel, Jean-Jacques Rousseau, Voltaire), mais aussi des techniciens et des ingénieurs, des administrateurs (intendants, subdélégués), des représentants du monde de la médecine, des hommes de métier, comme Ferdinand Berthoud, horloger mécanicien de la marine (article « Horloger »), Étienne-Jean Bouchu, maître de forge, directeur des forges appartenant au duc de Penthièvre (article « Maître de forge »)...

Pour ses promoteurs, l'*Encyclopédie* se voulait le fidèle reflet des idées nouvelles, doublé d'un esprit optimiste, d'une foi inébranlable dans les vertus du progrès des hommes et des techniques : une grande importance fut accordée aux planches illustrées qui mettaient en valeur les innovations scientifiques du siècle. Dans le prospectus publicitaire annonçant l'ouvrage, Diderot, le maître d'œuvre avec d'Alembert (qui était responsable de la partie mathématique et physique), écrivait : « Le but d'une encyclopédie est de rassembler les connaissances éparses sur la surface de la terre, d'en exposer le système général aux hommes avec qui nous vivons [...], afin que nos neveux, devenant plus instruits, deviennent en même temps plus vertueux et plus heureux, et que nous ne mourions pas sans avoir bien mérité du genre humain. »

Les riches archives de la société typographique de Neuchâtel qui assura l'une des rééditions, permettent de savoir qu'il y eut entre 25 000 et 30 000 exemplaires vendus de l'*Encyclopédie*, dans toute l'Europe, toutes éditions confondues. La première souscription, dont la moitié seulement, et peut-être même le quart, furent vendus en France, intéressa plus de 4 000 personnes. Au total, on peut estimer qu'il existait en France entre 11 000 et 15 000 exemplaires de l'*Encyclopédie* en 1789.

Dans le détail de la diffusion de cette œuvre phare des Lumières, il convient de nuancer géographiquement : tout est affaire de composition sociale, d'activité économique, d'environnement culturel. Ainsi à Grenoble, une ville de 20 000 habitants environ, peuplée d'une forte élite de magistrats, 228 exemplaires de l'*Encyclopédie* furent vendus. De même à Besançon, et pour les mêmes raisons, 338 exemplaires trouvèrent preneur. Mais à Lille, au moins deux fois plus peuplée, seules 28 collections furent achetées. Il y eut donc une *Encyclopédie* pour 18 familles à Besançon, une pour 400 à Lille...

❑ ***Quelques autres exemples de tirages : le philosophe, le conteur et le théologien.*** En 1735, Voltaire écrivait à un de ses correspondants : « Le siècle est philosophe ; on n'a pourtant pas vendu deux cents exemplaires du petit livre de M. de Maupertuis, où il est question de l'attraction. » (*Commentaires sur les principes de Newton*, 1732). *La Vie de Marianne* de Marivaux fut tirée à 1 000 exemplaires, comme la première édition de *Charles XII* de Voltaire, *Le Paysan parvenu* à 2 950 exemplaires, alors que le *Mercure de France*, souvent lu par l'aristocratie, comptait moins de 1 000 abonnés. Pourtant, ne généralisons pas : l'*Histoire philosophique et politique des établissements et du commerce des Européens dans les deux Indes* de l'abbé Raynal (1770) bénéficia de 54 éditions et, nous l'avons déjà noté, *De l'administration des finances de la France* de Necker, publié en 1784, obtint un succès considérable : 80 000 exemplaires en furent écoulés. Mais dans ce dernier exemple, le succès s'explique essentiellement pour des raisons de curiosité politique.

Pourtant, dans tous les cas, ces succès se révèlent bien inférieurs à ceux obtenus par la littérature « populaire » des almanachs et des « livres bleus » véhiculant toujours un imaginaire peuplé de chevaliers, de brigands, de monstres et de magiciens.

Le livre bleu était une formule éditoriale mise au point au début du XVIIe siècle par Nicolas Oudot, un libraire troyen particulièrement avisé qui diffusa, en partie pour lutter contre le monopole parisien, des livrets peu coûteux, vendus quelques sols, généralement courts et brochés, fabriqués à l'aide d'un papier médiocre à couverture bleue. Le succès fut immense et dans toutes les catégories sociales : il se mesure en millions d'exemplaires. On retrouva, à la veille de la Révolution, 400 000 à 600 000 livrets bleus chez le seul imprimeur troyen Garnier. Les textes édités dans la « bibliothèque bleue », et colportés dans les moindres villages, appartenaient à tous les genres, de l'abécédaire jusqu'à Pierre Corneille, en passant par les contes de fée de Mme d'Aulnoy ou de Charles Perrault. Ainsi Valentin Jamerey-Duval, un petit paysan né en 1695 dans l'élection de Tonnerre, avait-il appris à lire en déchiffrant des livres de colportage dont il rappelait le titre dans ses *Mémoires* : *Richard sans peur*, *Robert le diable*, *Valentin et Ourson*, *Les Quatre Fils Aymon*, *Pierre de Provence*, *Mélusine*. Le merveilleux, on le voit, a la part belle dans cet apprentissage de la matière imprimée.

La « bibliothèque bleue » éditait aussi un fort pourcentage de livres de dévotion et d'ouvrages de piété. Car on oublie parfois aussi qu'au siècle des Lumières, les grands classiques religieux représentaient toujours, et de loin, les plus forts tirages, en particulier dans les villes et les bourgs de province. En août 1777, un arrêt limita le privilège des libraires à dix ans. Cette mesure faisait tomber de nombreux ouvrages dans le domaine public, incitant les libraires-imprimeurs à relancer la production. Or, c'est le livre religieux qui bénéficia en priorité de cette possibilité légale de réédition : 600 000 ouvrages liturgiques populaires, 400 000 manuels d'ascétisme, 300 000 livres d'heures furent ainsi réédités entre 1778 et 1789. Et le plus grand succès éditorial, toutes catégories, à la veille de la Révolution, était toujours *L'Ange conducteur dans la dévotion chrétienne ou pratique pieuse en faveur des âmes dévotes* du père Jacques Coret, un jésuite : édité pour la première fois à Liège en 1683, il fut réédité 51 fois entre 1779 et 1789, ce qui représente plus de 100 000 exemplaires.

Ainsi, bien loin des philosophes à la mode et de leurs vulgarisateurs ou épigones moins célèbres, que Robert Darnton appelle les « Rousseau des ruisseaux », une large majorité de la population semblait toujours se conformer à la vision du monde et aux lignes morales proposées par l'*Imitation de Jésus Christ* (25 000 exemplaires de cette œuvre, datant du XVe siècle, furent imprimés à Paris entre 1780 et 1789) et par les moralistes du « Siècle des saints ». D'autant, ne l'oublions pas, que dans la majorité des cas, ce sont des hommes d'Église qui initièrent à la lecture les enfants des classes populaires. Louis Simon, un étaminier du Maine, par exemple, apprit à lire dans la bibliothèque du presbytère de son village ; il explique qu'il passait son temps à dévorer tout ce qui lui tombait sous la main : « Surtout les histoires anciennes, les guerres, la géographie, la vie des saints, l'Ancien et le Nouveau Testament et autres livres saints et profanes. » De même, en Bretagne, Jean Conan, un fils de tisserand de la paroisse Sainte-Croix, près de Guingamp, apprit à lire à l'âge de douze ans, en 1777, quand il fut engagé comme domestique par les chanoines réguliers de Beauport, une abbaye dressée face à la mer, près de Saint-Brieuc. « Nuit et jour, écrit-il dans les *Mémoires* en vers breton qu'il rédigea plus tard [il les intitula *Avanturio ar citoien Jean Conan*], on me trouvait occupé à lire des histoires [...]. Je lus l'Ancien Testament et le Nouveau [...]. L'Apocalypse, les Actes des Apôtres, les Épîtres de Saint-Paul [...]. »

Des études quantitatives convergentes, menées à partir des fonds de bibliothèques, ont certes montré une lente érosion des ouvrages de théologie ; elles révèlent une véritable crise du livre religieux à partir des années 1770. Mais de telles analyses concernent presque toujours le milieu des élites urbaines, c'est-à-dire justement de ceux qui furent les consommateurs de la nouvelle littérature des Lumières.

Ne concluons cependant pas trop vite à l'étanchéité des univers culturels : les notables pouvaient, eux aussi, se montrer friands de la « bibliothèque bleue » et inversement, parfois de singulières rencontres intellectuelles eurent lieu du côté des fils du peuple : ainsi, celles que fit Jacques-Louis Ménétra, un vitrier parisien né en 1738. Il nous a laissé, lui aussi, des *Mémoires*, et il évoque les six titres qui marquèrent particulièrement son enfance, puis son adolescence : la *Bible*, le *Missel des paroisses*, le *Petit Albert,* le *Contrat Social*, l'*Héloïse* [il s'agit de *La Nouvelle Héloïse* de Jean-Jacques Rousseau] et l'*Émile*. Malgré ce bel exemple de syncrétisme culturel et de diffusion populaire du rousseauisme, il convient tout de même d'insister sur la grande distorsion qui séparait le monde des philosophes et des élites urbaines de celui d'un paysan ou d'un artisan ordinaires : « Dans les institutions urbaines, écrit Daniel Roche, l'académie apparaît comme la fine pointe du développement culturel, d'une capitalisation intellectuelle antérieure. Elle plane au-dessus des réalités quotidiennes, elle ignore les conditions difficiles qui caractérisent la vie du plus grand nombre et qui font des villes des tombeaux des classes populaires. Elle ne concerne que les classes dirigeantes, noyau social qui accède aux pouvoirs, à la richesse et à la culture. »

Si l'extraordinaire vitalité intellectuelle du siècle des Lumières reposa sur des petits nombres, ces mêmes hommes étaient aussi, le plus souvent, ceux qui étaient proches du pouvoir, ceux qui occupaient les postes clés dans les villes (parlements, intendances, présidiaux, bailliages, subdélégations, municipalités...). Pouvoir et savoir se confondaient pour créer des espaces d'innovation culturelle et politique propres à concevoir l'ordre neuf d'une société gouvernée par la raison.

Une vision laïque, scientiste, utilitaire, politisée du monde

❑ ***La « République des lettres ».*** Car, plus que le nombre, ce qui compte ici, on le voit, c'est la nature des discussions, des discours, des débats, des « opinions », du réseau ramifié de sociabilité que tous ces cercles ont contribué à créer, en marge des autorités publiques, ainsi qu'en témoigne la densité du réseau de correspondance entretenu par ces « républicains des lettres ». Ce réseau couvrait l'ensemble du royaume, et un certain Robespierre fut un temps le zélé secrétaire de l'académie d'Arras, entretenant une correspondance très suivie avec toutes les autres académies. « Je m'étais mis en relation avec toutes les académies du royaume, écrivait Marmontel en 1760 [il était alors directeur du *Mercure de France*] [...]. Sans compter leurs productions, le seul programme de leur prix était intéressant, par les vues saines et profondes qu'annonçaient les questions à résoudre [...]. Je m'étonnais quelquefois moi-même de la lumineuse étendue de ces questions qui de tous côtés nous venaient du fond des provinces. Rien, selon moi ne marquait mieux la direction, les tendances, les progrès de l'esprit public. »

Les académies diffusaient une vision laïque, scientiste, utilitaire, politisée du monde, tout en vulgarisant le discours des savants, des philosophes et des physiocrates. On y chantait, à la suite de John Locke et de Jean-Jacques Rousseau, les louanges du droit naturel mais aussi d'un État royal éclairé. Par la critique des conditions de détention (surpopulation, saleté, air « vicié » corrupteur des mœurs) et de jugement, on appelait à une réforme de la justice dont les affaires Calas (1762) Sirven (1764) et La Barre paraissaient justifier l'urgence.

❑ ***L'effet Beccaria.*** Calas et Sirven furent condamnés à mort pour des parricides qu'ils n'avaient pas commis. L'un fut roué vif, le second échappa de justesse au châtiment. Voltaire s'impliqua avec passion dans ces deux affaires. Quant au chevalier François-Jean Lefebvre de La Barre, âgé de dix-neuf ans, il avait été condamné le 28 février 1766 par le tribunal d'Abbeville à avoir le poing coupé, la langue arrachée et à être brûlé vif pour être passé près d'une procession de capucins sans ôter son chapeau. On l'accusa aussi, sans preuves, d'avoir mutilé un crucifix. Le jeune condamné fit appel devant le Parlement de Paris. Ce dernier lui accorda – une manière d'indulgence –, d'être décapité avant d'être jeté sur le bûcher. La terrible sentence fut exécutée le 1er juillet 1766.

L'affaire La Barre provoqua un grand scandale dans les salons et les sociétés de pensée, d'autant que cette année-là paraissait la traduction par l'abbé Morellet d'un court opuscule d'un jeune Italien de vingt-huit ans, Beccaria (1738-1794), paru à Livourne en 1764, *Traité des délits et des peines*. Il dénonçait les vices et les sévices d'une justice « féodale » et arbitraire : « C'est ce code informe, qui n'est qu'une monstrueuse production des siècles les plus barbares, écrivait-il, que j'ai voulu examiner dans cet ouvrage. » En six mois, six éditions furent épuisées.

Les thèmes développés par Beccaria bénéficièrent d'un tel succès parce qu'ils traduisaient et synthétisaient avec simplicité et concision ce que les esprits éclairés du temps ne cessaient de dire et d'écrire : les sources du droit pénal sont un inextricable maquis de textes obscurs et dépassés, il faut que des ordonnances simples, claires, déterminent les peines en fonction de la nature des délits. Les juges se doivent d'être impartiaux. Il faut abroger les infractions en matière religieuse, il faut modérer les peines et supprimer la torture, « le plus sûr moyen d'absoudre des scélérats robustes et de condamner des innocents faibles ». Surtout, il faut que tous, clercs, aristocrates, marchands ou simples travailleurs de la terre, soient rigoureusement égaux devant la justice, et il faut que la peine ne touche que celui qui a commis le délit, et non, comme cela arrive trop souvent, toute sa famille. Beccaria et ses commentateurs eurent aussi le mérite d'attirer l'attention sur les causes sociales et économiques des délits. Plutôt que de réprimer, ne convenait-il pas de prévenir, en s'attachant avant tout aux racines de la délinquance ? « On ne peut appeler précisément juste ou nécessaire (ce qui est la même chose) la punition d'un délit tant que les loix n'auront pas adopté les moyens les plus efficaces possibles de les prévenir, eu égard aux circonstances particulières dans lesquelles se trouve une nation. » (Beccaria)

Certaines idées de Beccaria furent retenues par le pouvoir royal qui réforma la procédure pénale : en août 1780, la question préparatoire (torture pendant le déroulement d'un procès) fut abolie, de même que la question préalable (torture infligée à un condamné à mort), en mai 1788.

❑ ***Des sciences de la nature...*** L'élite des Lumières voua un véritable culte à la science et à ses applications techniques, fruits d'expériences multipliées dans des laboratoires de physique ou des cabinets d'astronomie encombrés d'instruments, que beaucoup de notables éclairés avaient installés dans leurs hôtels particuliers. Louis XV lui-même était passionné d'astronomie : ainsi, par exemple, le 1er mars 1737, abandonnant la chasse, son activité favorite, procéda-t-il à Versailles, avec Cassini, à l'observation d'une éclipse du Soleil.

Il s'agissait de découvrir des lois et des constantes applicables à de multiples domaines de la pratique, du savoir et de la science dont les progrès semblaient illimités. Les astronomes déterminèrent la distance de la Terre à la Lune ; les Cassini menèrent, de 1733 à 1744, les travaux de triangulation de la *Description géométrique du royaume.* Au même moment eurent lieu des expéditions scientifiques de plein vent, comme celle de Pierre-Louis Moreau de Maupertuis en Laponie pendant seize mois, de 1736 à 1737 : il chercha à vérifier les formes exactes de la Terre, aplatie aux pôles et renflée à l'équateur comme l'avaient décrite Huygens et Newton, ce dernier dans ses *Philosophiae naturalis principia mathematica* (1687). Maupertuis publia les résultats de ses recherches dans *La Figure de la Terre déterminée par les observations de Messieurs de Maupertuis, Clairaut, Camus, Le Monnier et M. l'abbé Outhier* [...] *accompagnés par M. Celsius, professeur d'astronomie à Upsal, faites par ordres du Roi au Cercle Polaire*, Paris, 1738.

Des physiciens inventèrent le thermomètre à mercure et ils étudièrent les phénomènes électriques : un Hollandais réalisa, sous le nom de « bouteille de Leyde », le premier condensateur. Louis XV se passionna pour cette découverte : sur son ordre, 180 gardes françaises, se tenant la main, formèrent dans la galerie des Glaces à Versailles une chaîne humaine reliée à chaque extrémité à l'un des pôles de la « bouteille de Leyde » ; on provoqua une décharge, et tous les gardes sautèrent en l'air en même temps (sans trop de dommage !). L'Américain Benjamin Franklin prouva l'identité de l'étincelle électrique et de la foudre ; Louis XV lut avec un grand intérêt ses *Expériences sur l'électricité* qui furent traduites en 1756.

Une génération plus tard, les frères Montgolfier, Étienne, ingénieur, et Joseph-Michel, entrepreneur de papeterie à Annonay, construisirent les premiers aérostats, des ballons de soie remplis par l'air chaud que dégageait la combustion d'un mélange de paille mouillée et de laine hachée : une expérience fut couronnée de succès à Annonay le 4 juin 1783 à l'occasion de la réunion des États du Vivarais. En septembre, un nouveau vol fut organisé à Versailles, en présence de Louis XVI : il vit partir un coq, un canard et un mouton qui atterrirent sans dommage dans les bois de Saint-Cloud. Désormais, un vol humain était concevable d'autant que l'espace apparaissait de mieux en mieux connu : les perfectionnements du télescope permirent à l'Allemand Herschel de découvrir en 1781 une planète nouvelle, Uranus, puis deux satellites de cette planète (1787), et de nouveaux satellites de Saturne (1789).

Comme en témoignent avec éloquence les planches de l'*Encyclopédie*, la méthode expérimentale des Lumières procédait avant tout par l'observation, l'analyse, la comparaison, le calcul, la classification : dans les années 1730, Linné, un naturaliste suédois, conçut un système de classification des plantes, fondée sur les caractères tirés du nombre et de la disposition des étamines ; dans son *Histoire naturelle*, dont les trois premiers volumes parurent en 1749, Buffon proposa un tableau de toutes les connaissances de son temps en zoologie, en botanique, en géologie. Une telle méthode présupposait que toute réalité observable était susceptible de dissection. Lavoisier, dont le nom reste attaché à la fondation de la chimie scientifique et qui étudia, en particulier, la composition de l'air et de l'eau, a bien résumé la démarche intellectuelle des Lumières : « L'art de conclure d'après des expériences et des observations consiste à estimer des probabilités et à estimer si elles sont assez grandes ou assez multipliées pour constituer des preuves. Ce genre de calcul est plus compliqué et plus difficile qu'on ne pense ; il demande une grande capacité et il est en général au-dessus des forces du commun des hommes. » A la fin du siècle, des grands systèmes théoriques de classification et d'explication virent le jour : le *Traité élémentaire de chimie* de Lavoisier en 1789, l'*Exposition du système du monde* de Laplace en 1796. Ce dernier développa l'idée d'une nébuleuse primitive qui serait à l'origine de tout le système solaire actuel.

❑ ***... Aux sciences de l'homme.*** Surtout, les Lumières étendirent le territoire susceptible d'être soumis à la connaissance scientifique. On passa ainsi sans difficultés du monde des sciences exactes à la comptabilité économique et sociale, à l'arithmétique politique, à la gestion de l'État, à partir d'une méthode dont les mathématiques étaient à la fois la matrice, le modèle, l'instrument. Dans l'avertissement du premier numéro des *Éphémérides du citoyen*, en 1769, Dupond de Nemours posait les fondements d'une science appliquée aux sociétés :

> On commence à reconnaître qu'il ne peut rien y avoir d'arbitraire dans les règles qui doivent guider la conduite réciproque des hommes et même celle des sociétés [...]. Les moyens qui peuvent assurer notre bonheur et celui de notre espèce renferment un enchaînement de causes et d'effets, nécessairement déterminés par des lois également irrésistibles et invariables qui se fondent sur notre nature et sur celle des autres êtres dont nous sommes environnés.

Le but poursuivi était toujours le même : progrès et bonheur promis au plus grand nombre. Dans l'*Encyclopédie méthodique*, Condorcet rédigea en 1784 l'article « Arithmétique politique ». Il y proclamait : « On conçoit aisément que ces découvertes [...], étant acquises par des calculs fondés [...], un ministre habile en tirerait une foule de conséquences pour la perfection de l'agriculture, pour le commerce [...], pour les colonies, pour les cours et l'emploi de l'argent. » Finalement, dans son *Esquisse d'un tableau historique des progrès de l'esprit humain* (1793), Condorcet établit une véritable science de l'homme placée au service d'une pensée d'utilité publique, pratique et gestionnaire, pour le bien de la collectivité.

Pourtant, dès 1786, dans sa *Vie de Turgot*, le même Condorcet avait perçu les limites de l'application des lois mathématiques à la gestion économique et à la société. Il expliquait ainsi l'échec du ministre réformateur dix ans plus tôt : « Lui [Turgot], et les hommes qui partageaient ses principes, y étaient peints comme des gens occupés de chimères systématiques, voulant gouverner du fond de leur cabinet d'après des principes spéculatifs et sacrifiant le peuple à des expériences qu'ils voulaient faire pour prouver la vérité de leurs systèmes. » En 1775 déjà, dans son traité *Sur la législation et le commerce des grains*, Necker avait expliqué que les hommes n'étaient pas « comme des x en algèbre ».

❑ ***Les sujets proposés aux concours académiques.*** L'analyse des sujets proposés aux concours dans les académies provinciales confirme ce constat d'une mutation intellectuelle majeure parcourant le siècle.

2 000 sujets, en effet, ont été mis au concours entre 1700 et 1790. Ces sujets intéressaient un public de jeunes (et de moins jeunes) intellectuels placés aux marges de la culture savante et avides de notoriété : Marat participa ainsi à de nombreux concours dans les années 1780 (à Rouen en 1783 sur l'électricité, à Bordeaux et à Lyon en 1785, à Montpellier en 1786 sur la lumière, à Rouen en 1786 sur la chaleur). Dans ce corpus des sujets proposés, les sciences et les arts représentent 60 %, les belles lettres 30 %, l'histoire 10 %.

Cette répartition fait apparaître avant tout un ordre profane du monde. L'absence de la sphère religieuse est aussi un indice du retournement des hiérarchies traditionnelles. Plus encore : on observe dans les 618 épreuves proposées de 1780 à 1789 une nette progression de la catégorie « sciences et arts ». Les préoccupations étaient alors devenues avant tout économiques, politiques et réformatrices, elles accordaient la part belle aux problèmes concrets du temps. Parallèlement, on observe l'assimilation lente des thèmes des philosophes. Dès 1760, on retrouve traités par des jeunes hommes, souvent à peine sortis du collège, les grands sujets développés par Montesquieu, par Voltaire, par les physiocrates : liberté de commerce, idéal agrarien, dénonciation du luxe responsable de la ruine des mœurs et des États, louange de l'absolutisme éclairé, importance et primat de la science et de ses applications techniques en agronomie, en économie, en médecine, en physique....

❑ ***Vers un espace politique autonome ?*** Ainsi, on assista peu à peu à la constitution d'un espace qui matérialisait la culture des élites, et cela indépendamment du contrôle de l'autorité politique.

La chronologie de cette constitution d'un espace nouveau est importante, car d'abord, on l'a vu, il s'agissait des salons, des cafés, des académies dans la première moitié du siècle. Ensuite, la seconde moitié du siècle vit le développement massif des loges maçonniques, inspirées du modèle anglais : elles

Répartition des loges maçonniques
dans la seconde moitié du XVIIIe siècle

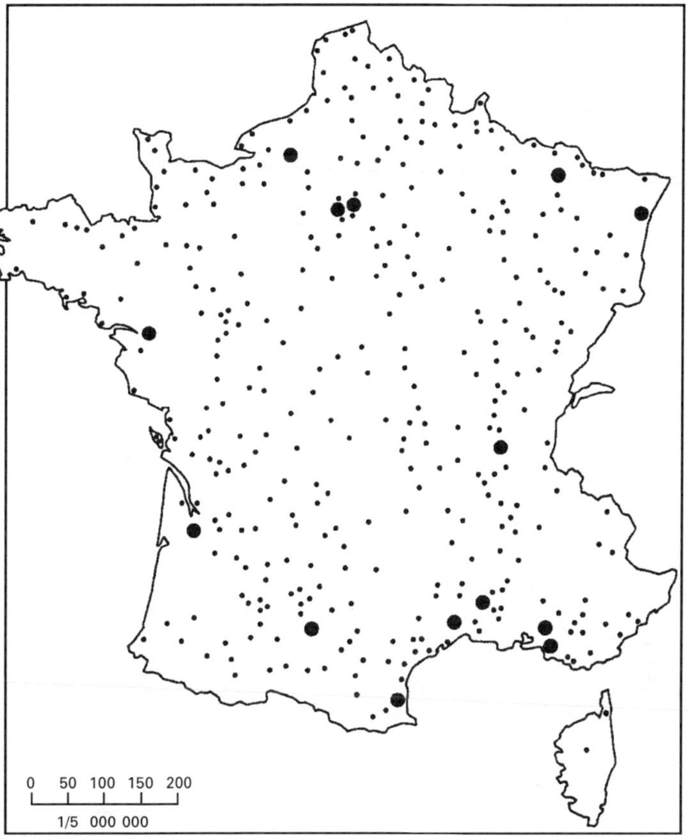

● Villes où plus de 10 loges furent en activité au cours du XVIIIe siècle

In : *La Franc-Maçonnerie française*,
présentée par Gérard Gayot, Archives, 1980.

étaient 50 avant 1750, elles furent 300 en 1777 et plus de 400 à la veille de la Révolution. La diffusion se faisait toujours des grandes villes vers les petites. La seconde moitié du siècle vit aussi l'augmentation du nombre des sociétés d'agriculture et des cercles privés, en dehors de tout contrôle de l'autorité. En multipliant les possibilités de discussions et de rencontres, toutes ces créations traduisaient la montée des besoins culturels, mais aussi des besoins politiques de la notabilité provinciale.

« Dans les cités académiques, le commerce social l'a emporté sur la mondanité, et son discours est devenu pour partie conquête de pouvoir [...]. Or, il est important de voir que la diffusion plus générale du goût pour les activités intellectuelles collectives coïncide avec un projet culturel dont l'essentiel en dernier ressort est politique et vise à l'intégration centralisatrice des provinces. » (Daniel Roche) Du discours des Lumières au discours sur l'État, il n'y avait, en effet, qu'un pas, d'autant plus simple à franchir que la monarchie était aux prises avec une crise politique de grande ampleur qui mettait en jeu et en discussion, et justement sur la place publique, son fonctionnement et les principes mêmes de sa légitimité.

DOCUMENTS

■ Formation et fonctions de la ville d'après Richard Cantillon

Les propriétaires qui ont plusieurs grandes terres ont le moyen d'aller résider loin de leurs terres, pour jouir d'une agréable société, avec d'autres propriétaires et seigneurs de même espèce.

Si un prince ou un seigneur, qui a reçu de grandes concessions de terres lors de la conquête ou découverte d'un pays, fixe sa demeure dans quelque lieu agréable, et si plusieurs seigneurs y viennent faire leur résidence pour être à portée de se voir souvent, et jouir d'une société agréable, ce lieu deviendra une ville : on y bâtira de grandes maisons pour la demeure des seigneurs en question ; on en bâtira une infinité d'autres pour les marchands, les artisans, et gens de toutes sortes de professions, que la résidence de ces seigneurs attirera dans ce lieu. Il faudra pour le service de ses seigneurs, des boulangers, des bouchers, des brasseurs, des marchands de vin, des fabricants de toutes espèces : ces entrepreneurs bâtiront des maisons dans le lieu en question, ou loueront des maisons bâties par d'autres entrepreneurs. Il n'y a pas de grand seigneur dont la dépense pour sa maison, son train et ses domestiques, n'entretienne des marchands et artisans de toute espèce [...]. La ville en question s'agrandira encore, si le roi ou le gouvernement y établit des cours de justice, auxquelles les habitants des bourgs et villages de la province doivent avoir recours. Il faudra une augmentation d'entrepreneurs et d'artisans de toutes sortes, pour l'entretien des gens de justice et des plaideurs.

Si l'on établit dans cette même ville des ouvrages et des manufactures au delà de la consommation intérieure, pour les transporter et vendre chez l'étranger, elle sera grande à proportion des ouvriers et artisans qui y subsistent aux dépens de l'étranger.

Richard Cantillon, *Essai sur la nature du commerce en général*, 1755, chap. 5.

Les éditions de l'*Encyclopédie*

La publication, dont le premier volume parut en 1751, fut contrariée par de nombreux démêlés avec l'autorité : le lundi 7 février 1752, Barbier note que « M. de Lamoignon de Malesherbes, premier président de la cour des Aides, qui a la direction de la librairie, a arrêté les dictionnaires de l'Encyclopédie, en sorte qu'on ne délivre plus le second tome aux souscripteurs [...]. M. de Malesherbes, qui est un homme d'esprit et de lettres, aurait donné cet ordre aux libraires avec regret [...]. Tout cet orage contre ce beau dictionnaire est venu par le canal des Jésuites et par l'ordre de M. de Mirepoix, qui a un grand crédit ecclésiastique sur l'esprit du roi. »

La publication fut finalement interdite en France, ce qui explique la succession des éditions italiennes et suisses. Le 6 février 1759, l'*Encyclopédie* était condamnée par le Parlement de Paris, toutes chambres réunies, sur les conclusions du procureur général Omer de Fleury dont le réquisitoire fut une véritable déclaration de guerre antiphilosophique.

On notera dans ce tableau qu'au fur et à mesure que l'*Encyclopédie* progressait d'édition en édition, son format diminuait. Elle contenait de moins en moins de planches, son papier était de moins bonne qualité et son prix s'abaissait, permettant à des publics plus nombreux d'acquérir la collection.

Édition	***Format***	***Prix***	***Tirage***
Paris (1751-1772)	*in folio*	980 livres	4 225
Lucques (1758)	*in folio*	700 livres	3 200
Livourne (1768)	*in folio*	574 livres	1 500
Genève (1771-1776)	*in folio*	794 livres	2 150
Société typographique de Neuchâtel (1779-1781)	*in quarto*	384 livres	8 011
Yverdon (Suisse)	*in quarto*	500 livres	5 000
Berne et Lausanne (1779-1782)	*in octavo*	225 livres	5 825

Conclusion : une crise générale de l'Ancien Régime ?

Le règne de Louis XV, et plus encore celui de Louis XVI, furent marqués par une série de déstabilisations qui expliquent, en partie, la crise générale qui accompagna la fin de ce que les révolutionnaires de 1789 baptisèrent « l'Ancien Régime ». Cette crise générale, idéologique autant qu'économique, rendit pensable et donc possible la critique et la transgression des ordres établis. A terme, elle permit le changement politique, même si, bien entendu, personne n'a préparé, ni même prévu la Révolution qui n'est ni « la faute à Rousseau » ni la « faute à Voltaire »...

L'ÉROSION DE L'AUTORITÉ

❑ ***Déchristianisation, désacralisation.*** L'érosion de l'autorité du roi, à l'œuvre tout au long des crises du siècle (nous l'avons noté, par exemple, à propos de l'affaire des enlèvements d'enfants à Paris en 1750), mais aussi un lent processus de déchristianisation, participèrent à ce travail souterrain de désacralisation et de « désenchantement » du monde.

De nombreux indices convergents permettent, en effet, de repérer, voire de quantifier, le processus de déchristianisation, particulièrement apparent dans la seconde moitié du siècle, surtout à partir des années 1770. Il y a d'abord l'offensive philosophique et les « grandes machines » anticléricales, de Voltaire à Helvétius, en passant par d'Holbach et l'*Encyclopédie* (l'article « Prêtres », par exemple). Ensuite, il faut tenir compte des témoignages individuels, comme ceux des *Mémoires* de Mme Roland, qui évoque « le peuple imbécile venu sans réflexion saluer un morceau de pain », ou les relations de curés et d'évêques s'inquiétant d'une moindre assiduité à la messe : les non pascalisants – ceux qui ne font pas leurs Pâques –, étaient, à Bordeaux plus de 50 %, dès 1772 ; mais nous ne pouvons, bien évidemment généraliser un tel exemple. Alors que Diderot, dans *La Religieuse* (un ouvrage rédigé en 1760, mais publié en 1796), dénonçait des pratiques forcées d'enfermement dans les couvents, le recul des vocations était manifeste : il toucha le clergé séculier (le chiffre de 20 % a été proposé) comme le clergé régulier (de 26 000 membres en 1770, on passa à 16 200 en 1789). Il faut tenir compte aussi des critiques multipliées contre les moines, en particulier les mendiants (récollets, cordeliers, capucins...), jugés « inutiles », par rapport aux curés de paroisse, lesquels étaient considérés comme « utiles » en raison de leur travail pastoral et charitable sur le terrain. Nous avons déjà noté aussi le déclin des livres de piété dans les bibliothèques : il reflète une laïcisation culturelle des élites de la fortune et du savoir. En Provence, Maurice Agulhon a observé, également, une nette laïcisation des confréries (groupements de laïcs dont l'inspiration et le rôle étaient essentiellement religieux), surtout dans les grandes villes dans la seconde moitié du siècle : des loges de francs-maçons ont souvent partiellement remplacé les confréries de pénitents, en particulier parmi les groupes dirigeants. Enfin, les gestes et les rituels entourant le moment du trépas ont été transformés.

Ce dernier indice est peut-être l'un des plus éloquents. En étudiant plusieurs milliers de testaments provençaux, Michel Vovelle a montré que le monde des notables, en particulier dans la bourgeoisie des villes (à Marseille, à Aix, à Salon-de-Provence...), s'est détaché plus tôt du geste des demandes de messes. Au début du siècle, plus de 80 % des négociants marseillais demandaient une célébration de messes, en quantité considérable (5 000 à 20 000), pour le repos de leur âme ; or, dans les années 1780, moins de la moitié (45 %) se conformaient encore à ce geste. Parallèlement, la mutation des cérémonials de la mort signale le déclin des pompes baroques (enterrement ostentatoire et spectaculaire, fondation de messes perpétuelles, legs pieux multiples...) au profit d'une plus grande simplicité et une individualisation des attitudes et des sensibilités collectives face à l'au-delà. Cet au-delà apparaît étrangement dépeuplé au fil de la lecture d'invocations de plus en plus laconiques, « jusqu'au silence total » (Michel Vovelle). Cette étude est nuancée : Nice, par exemple, qui n'était pas alors française, ou la Haute-Provence alpine, révèlent un grand conservatisme dont témoigne la courbe d'invocations et de demandes de messes, qui continue à croître au XVIIIe siècle.

Une telle analyse tend à confirmer le rôle moteur joué par les élites (robins, professions libérales, bourgeoisie des « talents », négociants) dans la modélisation de la société et la naissance d'attitudes nouvelles face au sacré, auquel le pouvoir royal participait pleinement. Malgré une part d'incertitude (toute la population ne teste pas ; le notaire a pu se conformer à un modèle stéréotypé pour rédiger le testament), ce repérage d'attitudes nouvelles « ruine sans appel l'apparence de discontinuité que la crise révolutionnaire plaçait entre un Ancien Régime chrétien et un siècle en voie de déchristianisation » (Michel Vovelle).

La mise en valeur de cette mutation des testaments a permis de constater que les milieux les plus alphabétisés se sont aussi révélés les plus ouverts aux changements. En insistant sur la définition proposée par Kant de l'opinion, « un espace où les personnes privées font un usage public de leur raison », Roger Chartier a montré que l'extension de cet usage public de la raison s'explique en partie par la rencontre entre la dernière des « révolutions silencieuses » qui marqua le siècle des Lumières et la diffusion massive de l'imprimé. Mais l'élément essentiel fut sans doute moins la progression globale du pourcentage des alphabétisés que la plus forte présence de l'imprimé dans les milieux sociaux, des milieux sociaux qui, auparavant, n'étaient guère possesseurs de livres. Nous avons déjà évoqué Jacques-Louis Ménétra, le vitrier parisien, lecteur de Jean-Jacques Rousseau dans les années 1770-1780. Dans *Mes Inscriptions*, publié en 1786, Restif de La Bretonne semble confirmer cette mutation. Et il s'en inquiète, en notant que « depuis quelque temps, les ouvriers de la capitale sont devenus intraitables, parce qu'ils ont lu dans nos livres une vérité trop forte pour eux : que l'ouvrier est un homme précieux. »

❑ ***De l'enseignement à la contestation.*** Concernant l'alphabétisation, il convient de nuancer : une fois encore, d'après des cartes dressées à partir des signatures portées sur les registres paroissiaux au moment du mariage, le nord de la ligne Saint-Malo-Genève se distingue, et plus particulièrement le Nord-Est du royaume. Les villes, abondamment pourvues d'écoles et de collèges, étaient largement en avance sur les campagnes ; les élites étaient totalement alphabétisées ; les hommes maîtrisaient plus que les femmes la pratique de la lecture et de l'écriture : 71 % pour les hommes, 44 % pour les femmes dans la France du Nord et du Nord-Est, à la veille de la Révolution, contre 27 % et 12 % dans la France du Midi.

A Caen, par exemple, il y avait 10 maîtres dans les « petites écoles » en 1666, 46 en 1792. A la veille de la Révolution, la ville normande, qui comptait environ 40 000 habitants, disposait d'un instituteur pour 800 habitants. La densité pédagogique dépassait alors le seuil de 3 maîtres pour 10 000 habitants, un rapport que les spécialistes de la croissance économique considèrent aujourd'hui comme le seuil permettant l'enclenchement du progrès. Autres indices : dans la même ville normande, on observe une multiplication des offres imprimées d'emploi de domestique, signe que de plus en plus de servantes savaient lire à la veille de la Révolution. On remarque, en même temps, un recul des images peintes et dessinées sur les enseignes ou dans les billets publicitaires.

Les écoles de charité que dirigeaient les Frères des Écoles chrétiennes fondées par Jean-Baptiste de La Salle (1651-1719) avaient contribué à cet essor de l'alphabétisation dans les milieux populaires : ils accueillaient d'abord les fils d'artisans. En 1779, 699 Frères travaillaient dans 116 maisons qui comportaient plus de 410 classes composées de 32 000 élèves : on a calculé que les Frères scolarisaient près de 40 % des garçons dans les villes de moins de 10 000 habitants où ils étaient implantés. Notons toutefois que ce que nous nommons alphabétisation s'arrêtait le plus souvent à quelques rudiments de lecture, d'écriture et de calcul, des rudiments enseignés par le curé du village ou l'instituteur, sans aucun prolongement technique et avec un fort contenu religieux et moral : il s'agissait de respecter ses parents, d'obéir à ses maîtres, d'avoir de bonnes mœurs, de fuir le mal...

Par contraste avec la progression de l'enseignement primaire au siècle des Lumières, le nombre de collégiens fréquentant l'enseignement secondaire, le plus souvent fils de notables et futurs notables eux-mêmes, se distingue par sa stabilité, et cela depuis l'expansion des collèges qui marqua le milieu du XVIe siècle. Cet enseignement secondaire, essentiellement dispensé par les jésuites, jusqu'en 1764, les oratoriens et les doctrinaires, ne concernait environ qu'une cinquantaine de milliers de jeunes du XVIIe au XVIIIe siècle, soit environ un garçon sur 50 ou 60. Et sur un peu plus de cent collèges jésuites en 1750, une quinzaine seulement étaient des créations postérieures à 1650.

Il faut cependant insister sur l'importance de la création des grandes écoles, synonymes d'avant-garde et d'innovations scientifiques et techniques : dans les années 1740-1760 furent ainsi fondées l'école des Ponts et Chaussées, l'école des Mines et de la Marine, les écoles vétérinaires de Lyon et d'Alfort, l'école royale du Génie de Mézières. Dans cette dernière institution, par exemple, créée en 1748 et destinée à la formation des ingénieurs militaires, l'accent était placé sur les mathématiques, la géométrie, la trigonométrie, la mécanique, l'hydraulique. Gaspard Monge y fut répétiteur de mathématiques, de 1769 à 1784 ; il initia ses élèves à de multiples expérimentations issues des découvertes scientifiques nouvelles. Le concours d'entrée de Mézières, creuset de la science des Lumières, était de niveau particulièrement élevé : la plupart des candidats n'y furent reçus qu'après plusieurs échecs, tel « le grand Carnot », entré à sa troisième tentative. Mais un tel enseignement n'était réservé, bien sûr, qu'à un petit nombre : 542 élèves bénéficièrent de la formation de Mézières entre 1748 et 1792, année de la disparition de l'école.

Au niveau élémentaire de l'enseignement proposé aux enfants des travailleurs de la terre et des artisans, les leçons du prêtre au village, celles des maîtres des petites écoles à la ville, ont permis l'accès plus massif à la chose imprimée. Un tel phénomène était lourd de conséquences et de potentialités. Car le contrôle social, à commencer par celui du curé de chaque paroisse (du catéchisme à la confession), ne pouvait que s'exercer avec plus de difficultés. Face à la pluralité et à la concurrence des sources d'information et de savoir, un plus grand nombre d'hommes était désormais capable d'accéder au privilège d'une lecture libre et autonome, d'une réflexion accompagnée par un texte qui, par sa nature même d'objet typographique, faisait figure d'autorité. D'autant qu'il existait, pour ceux qui ne savaient pas lire, de multiples possibilités d'approcher et de connaître la matière écrite : lectures collectives et discussions animées à la taverne, au cabaret ou sur la place publique ; commentaires d'affiches, d'occasionnels, d'images et d'estampes légendées qui se multipliaient au moment des crises politiques (de l'expulsion des jésuites à la guerre des farines) ; chansons sur l'actualité qui reprenaient, à l'usage d'un public populaire, les thèmes développés dans les pamphlets.

Le journal et le pamphlet

Les années 1780 furent marquées par un développement journalistique, mais aussi pamphlétaire, inédit par son ampleur. La censure se montra impuissante à le contrôler.

❑ ***Le premier quotidien : le* Journal de Paris *(1777).*** En janvier 1777, parut le premier quotidien français, le *Journal de Paris*. Le prospectus qui l'annonçait justifiait ainsi l'entreprise : « Si la scène des événemens varie chaque jour, n'est-ce point satisfaire utilement la curiosité publique que de la reproduire chaque jour à ses yeux ? Tel est l'objet du *Journal de Paris*. Il sera donc la correspondance familière et journalière des Citoyens d'une même ville. »

Dès la première année, 2 500 personnes s'abonnèrent ; en 1782, ils étaient peut-être 5 000. Le *Journal*, pourtant très favorable au gouvernement, fut interdit trois semaines après sa parution, en raison d'un article fustigeant les moines-quêteurs. Mais la publication reparut aussitôt, témoignant du besoin d'un quotidien, vivement ressenti par l'opinion. En juin 1777, le journal cherchait sa voix, son ton : un abondant courrier avec les lecteurs fut échangé, et l'on convint de le transformer en un équivalent du *Spectateur*, un journal anglais qui faisait alors figure de référence en la matière.

Dans les années 1780, le *Journal* consacrait l'essentiel de ses rubriques à l'actualité commerciale, industrielle, scientifique. Ce premier quotidien attestait d'un désir partagé de savoir, de comprendre, de juger ; il participait, à sa manière, à l'effervescence intellectuelle et politique qui précéda la Révolution. Car, tout en soutenant la monarchie, il prit position, et bien avant 1789, contre la noblesse et les privilèges, se montrant un ardent défenseur du tiers état. Et, à partir de 1788, les articles, et surtout les lettres, furent de plus en plus libres et critiques.

❑ ***Le pouvoir, cible de l'opinion.*** Le public du *Journal de Paris* était essentiellement celui des notables éclairés des villes. Mais, dans les années 1780, la croissance quantitative de l'imprimé permit d'atteindre d'autres lecteurs, jusqu'aux bourgs et parfois jusqu'aux villages, avec l'aide intéressée des colporteurs, zélés « aboyeurs » de nouvelles, crieurs des titres alléchants et dramatisés des canards, des libelles, des « Nouvelles à la main » qu'ils transportaient dans leur hotte. Car, comme au temps des troubles de Religion dans la seconde moitié du XVIe siècle et comme au temps de la Fronde lors de la minorité de Louis XIV, l'urgence du débat politique et polémique était aussi une promesse de bonnes affaires pour les libraires-imprimeurs.

Dans cette abondante matière imprimée, il convient de remarquer la place particulière occupée par une « infra-littérature » politico-érotique, apparue dès l'époque de la Régence : elle s'attaquait avec délice, par le texte et par l'image, aux perversités supposées des hommes et des femmes proches du pouvoir, les maîtresses du roi au temps de Louis XV (Mme de Pompadour, par exemple), puis la reine Marie-Antoinette : en 1781, lors de la naissance d'un Dauphin depuis longtemps attendu, des chansons populaires mirent en doute la paternité du roi, et un libelle circula, plus infamant encore, intitulé *La Vie d'Antoinette*. Cette « infra-littérature » contribua aussi, à sa manière, au processus de désacralisation de l'autorité politique, en dénouant les liens d'amour et de respect qui liaient le roi à ses sujets. Lors du Salon de 1787, quand un tableau de madame Vigée Lebrun représentant la reine en compagnie de ses enfants fut exposé au Louvre, un visiteur y épingla un morceau de papier sur lequel étaient inscrits les mots : « Madame Déficit ». Les pamphlets et les libelles s'étaient multipliés depuis l'affaire du collier. L'« Autrichienne » était accusée de ruiner le royaume par ses extravagances ; elle était encore la comploteuse, la « reine scélérate », la « bête puante et féroce » ; elle était aussi décrite comme la souveraine d'un « bordel royal », entièrement soumise au plaisir et aux « fureurs utérines » propres à son sexe.

Le renversement de la conjoncture : vers la crise finale de l'Ancien Régime

Les libelles et les placards « abominables et séditieux » dénonçant les scandales supposés de la Cour, en particulier les folles dépenses de Marie-Antoinette, avaient d'autant plus de chance d'être lus, écoutés, commentés, que le royaume traversait alors depuis plusieurs années une crise économique qui aggrava, dans certaines provinces, les tensions sociales, à la ville comme à la campagne. Cette crise accrut les déséquilibres, exacerba les mécontentements, éveilla les consciences. Les difficultés économiques furent d'autant plus mal ressenties qu'elles se combinaient à une crise politique de grande ampleur, et qu'elles intervenaient après plusieurs décennies de relative prospérité et un mieux-être dont nous avons repéré quelques-unes des manifestations et des effets. Pourtant, cette crise fut d'inégale intensité : les régions littorales furent généralement épargnées, et le commerce colonial, à Marseille, à Bordeaux, à Nantes, continua de croître, jusqu'en 1792.

Dans une étude devenue classique, l'historien Ernest Labrousse a mis en valeur la chronologie du dérèglement de nombreux indices économiques à partir de 1778. En fait, dès les années 1760, les chroniques nous renseignent sur des désordres météorologiques qui affectèrent une grande partie de l'Europe : à partir de 1764, de mauvaises récoltes se répétèrent dans le midi ; une disette affecta plusieurs provinces en 1768 ; dans les années 1774-1776, les récoltes furent déficitaires dans le Nord : les grains furent plus rares, et donc le blé plus cher. Ce fut, dans ce dernier cas, on l'a vu, la « guerre de farines » du printemps de l'année 1775. Par contraste, de 1778 à 1781, une série de récoltes excédentaires, en particulier dans le vignoble, provoqua une chute des prix du vin. Ceux-ci tombèrent de moitié, et ils restèrent à un bas niveau jusqu'en 1788. Or, il faut savoir que la vente du vin constituait souvent le principal revenu monétaire de nombre de petits producteurs, propriétaires de leur vignoble : dans le bassin parisien, par exemple, aux alentours d'Argenteuil, la plupart des vignerons possédaient un demi-hectare ou un hectare de vignes. Ils furent particulièrement affectés par la baisse des prix, car leur petite aisance, fragile, n'était en rien comparable avec celle d'un laboureur : le plus souvent, leur richesse consistait, en effet, dans la possession d'un cheval, d'un âne, d'une vache, parfois d'un porc, de quelques pièces de volaille, de quelques boisseaux de fèves, de lentilles, de pois secs, de haricots, de quelques dizaines de bottes de seigle... Dans de nombreuses provinces de la France du Nord, les revenus du vignoble constituaient le principal apport d'argent frais. Or les contrats de fermage, signés pour plusieurs années (neuf ans, le plus souvent), étaient calculés en prévision d'une hausse des prix comparable à celle des années qui avaient précédé la crise. On comprendra que la distorsion entre des baux à la hausse et des revenus monétaires souvent en déclin ait pu provoquer une érosion sensible du niveau de vie. En même temps, le prix du grain recula, lui aussi, jusqu'en 1780 ; puis il se maintint, mais à des niveaux peu élevés, jusqu'en 1787.

Au même moment, pour accroître leurs revenus et compenser les effets des baisses des prix, nombre de propriétaires nobles tendaient à augmenter le taux des redevances féodales et seigneuriales, en exhumant des droits anciens : ainsi, des feudistes (spécialistes du droit féodal), comme François-Noël Babeuf en Picardie, furent chargés d'étudier les terriers, les registres contenant le détail des redevances dues au seigneurs, afin de revivifier des redevances oubliées, ou des charges tombées en désuétude, comme le droit de four banal qui tendait à disparaître au XVIIIe siècle. Dans le pays de Caux, par exemple, on constate une augmentation du personnel administratif et des gardes forestiers sur les seigneuries placées en régie. L'exploitation des forêts, l'un des principaux revenus seigneuriaux, fut intensifiée : on dressa des plans de bois, on multiplia les adjudications de parcelles de forêts à couper pour bénéficier de la conjoncture à la hausse du prix du bois. Et, dans de nombreuses provinces, les communaux et les droits d'usage furent l'objet de multiples empiétements et de restrictions de la part des seigneurs, ce qui provoqua un vif mécontentement de la communauté paysanne.

On comprendra que le ressentiment anti-seigneurial, modéré depuis plusieurs décennies, ait pu redevenir intense, en particulier là où les structures féodales étaient vigoureuses, ou mal vécues. Ainsi, par exemple, à Beignon, une « paroisse de mille à douze cents communiants », sise dans la sénéchaussée de Ploërmel, en Bretagne, les travailleurs de terre se plaignirent-ils, au printemps de l'année 1789, dans leur cahier de doléances, des multiples usurpations pratiquées par leur seigneur depuis dix ans.

> Notre seigneur a afféagé nos communs [...]. Il en reçoit les droits d'entrée [...]. Notre seigneur a fait abattre 160 pieds d'arbres dans nos communs, disant que c'était votre ordre [...]. La maîtrise les a fait vendre et se sont chargés de l'argent qui se montait à 32 000 deniers. Nous devions avoir l'argent, puisqu'ils nous appartenaient comme biens propres et nous n'avons jamais reçu aucun argent, et même nous ne pouvons en avoir.
> Le procureur d'office de notre paroisse est le seigneur. Bientôt, il fait tout à sa tête ; nous n'avons qu'une seule fontaine dans notre bourg qui soit à la commodité des habitants de notre dit bourg de Beignon ; le dit procureur d'office a acheté la servitude de la dite fontaine et il nous a fermé le passage, il nous a mis à y aller par un chemin où il n'est pas parfait d'y passer, dans le temps de l'hiver, il nous faut aller à une demie lieue. Nous demandons que nous aurions notre passage ordinaire [...].

En 1785, à la suite d'une sécheresse et d'une disette fourragère, une partie du cheptel fut décimée par une grave épizootie. Or, le bétail constituait souvent le seul capital des paysans, l'ultime sécurité en cas de crise.

La crise agricole, à multiples facettes, on le voit, se répercuta sur le marché de l'emploi, en raison de la baisse de la demande de produits artisanaux et manufacturés, le textile en particulier. La sidérurgie fut, elle aussi, affectée par les conséquences du traité de Versailles signé en 1783, qui annulait des marchés importants liés à la guerre. La paix laissait les maîtres de forges face à leurs emprunts : la crise fut particulièrement ressentie en Franche-Comté, qui fournissait de nombreuses commandes de la Marine. Dans l'industrie textile, le « silence des métiers » fut aggravé par le traité de libre-échange, signé avec l'Angleterre en 1786, un traité qui ouvrait les frontières aux produits manufacturiers, vendus à un bien meilleur prix en raison de l'avance technologique des fabricants d'outre-Manche. Et, à partir de 1787, les indicateurs de prix, en particulier celui des céréales, recommencèrent à monter...

Ainsi, dans les années 1780, les conditions d'une crise générale se trouvaient-elles réunies. On comprend mieux, en même temps, pourquoi le roi libéra une parole et une action revendicatives depuis longtemps endiguées lorsqu'il demanda, en juillet 1788, dans un contexte de grave tension politique, financière, économique et sociale, à ses « bons et loyaux sujets », leurs avis et leurs conseils pour la convocation prochaine et inévitable des états généraux, le seul moyen désormais de résoudre les problèmes posés par le déficit chronique des finances, un déficit aggravé par l'intervention française dans la guerre d'indépendance américaine.

A l'exemple des 140 journaux de toute nature qui virent le jour à Paris en 1789, la Révolution, née de la coalition imprévue des « Lumières » et des fureurs populaires, fut aussi le « sacre de l'opinion », ce « tribunal indépendant de toutes les puissances » évoqué par Malesherbes dans le discours qu'il prononça à l'Académie française le 16 février 1775.

Glossaire

Abbaye : accueille des moines (ou moniales), des chanoines (ou chanoinesses), sous l'autorité d'un abbé (ou d'une abbesse). Elle se distingue du couvent, de la maison religieuse, du prieuré, du monastère (les Chartreux sont des moines, mais leurs monastères ne sont pas des abbayes). On dit qu'une abbaye est exempte lorsqu'elle est soustraite à la juridiction de l'évêque.

Absolutisme : le néologisme « absolutisme » n'est entré dans la langue française que tardivement, vers la fin de la Révolution, très précisément en 1797, alors qu'on ne le trouve utilisé en anglais qu'un peu plus tard (en 1830). Le mot n'est apparu qu'après la fin du phénomène qu'il était censé définir, de manière péjorative. Pourtant, le mot « absolu » était couramment utilisé par les contemporains pour qualifier le roi de France.

Académie : société de personnes qui s'occupent de littérature, de sciences et de beaux-arts, érigée par lettres patentes du roi, à partir du règne de Louis XIV. La première est l'Académie française, fondée par Richelieu (1635). Le royaume compte 32 académies au XVIIIe siècle, créées dans les principales villes.

Acapte : droit de succession payé au seigneur direct par le tenancier dans le Midi. Il représente deux fois la rente annuelle en général. En Languedoc, désigne aussi le bail à cens perpétuel, et il donne une quasi-propriété au preneur.

Affrèrement : contrat qui règle l'organisation d'une famille complexe (frérèche), dans laquelle plusieurs couples vivent à même pot et feu, sous l'autorité d'un patriarche. Il est utilisé pour assurer l'exploitation de domaines étendus, surtout à la fin du Moyen Age, mais subsiste jusqu'au XXe siècle dans le Massif central.

Aides : impôt ancien (XIVe siècle), levé sur la consommation et la circulation des denrées. Les boissons, en particulier le vin, étaient les plus imposées.

Alleu ou franc alleu : territoire franc ou libre de tous droits et de tous devoirs seigneuriaux, à la différence des fiefs et des censives. Par un édit d'août 1692, Louis XIV se déclara seigneur de tous les alleux du royaume, mais il les confirma dans leurs franchises moyennant finances.

Apanage : biens assignés à un cadet pour sa subsistance. Le roi a ainsi confié des parties du domaine royal à ses fils, les princes du sang. Mais l'apanagiste n'a que l'usufruit du bien ; il ne peut l'aliéner.

Appel comme d'abus : appel de la décision d'un juge ecclésiastique, adressé au Parlement.

Araire : instrument de labour qui ouvre la terre. Le plus souvent léger (il est fabriqué en bois avec une reille de fer), il est utilisé depuis l'Antiquité et il convient aux sols minces, pierreux et pentus des régions méridionales.

Archidiacre : dignitaire d'un chapitre, qui a généralement sous sa responsabilité un groupe de paroisses.

N. B. : ce glossaire a été réalisé en collaboration avec Nicole Lemaitre.

Assemblée des notables : assemblée convoquée par le roi, dont les membres sont désignés par le roi. Il y en a eu 8 entre 1506 et 1627. Elles sont ensuite tombées en désuétude, jusqu'à l'assemblée réunie à Versailles, le 22 février 1787.
Assemblée du clergé : depuis 1561, réunion des députés du clergé, le seul ordre à disposer d'une organisation. Sa périodicité est quinquennale après 1625, mais elle désigne deux agents généraux du clergé, qui occupent une fonction permanente, et des assemblées extraordinaires peuvent être convoquées (11 au XVIIIe siècle). L'Assemblée a à l'origine un rôle financier (« don gratuit »), puis elle s'occupe de toute question concernant l'Église et la religion.
Assolement : alternance des cultures sur un ensemble de terres. Distribution des terres d'un village en plusieurs soles, soumises à une même succession de cultures, avec ou sans jachère. Son rythme dépend de la qualité des terres et du climat. Il varie donc fortement.
Aveu : description de tout ce qui compose le fief (domaines, cens, rentes, servitudes, droits...).
Bailliage-sénéchaussée : circonscriptions royales créées depuis la fin du XIIe siècle. Les bailliages sont surtout situés dans le Nord, les sénéchaussées dans le Sud. On en compte plusieurs centaines au XVIIIe (430 à la veille de la Révolution). Leur fonction est d'abord judiciaire (justice royale de première instance et appel des justices seigneuriales). Ils diffusent aussi les ordonnances et ont des pouvoirs de police qui tombent peu à peu en désuétude. C'est dans leur cadre qu'ont lieu les élections de 1789. Leur étendue est très inégale suivant les provinces.
Banalités : droit coutumier, issu du pouvoir de commandement du seigneur, qui impose à ses sujets, moyennant une redevance, le four, le moulin, le pressoir...
Bans : annonce publique (obligatoire) d'un mariage, trois dimanches de suite, pour éviter la bigamie, la consanguinité... (sinon, le mariage est licite mais clandestin).
Baptême : sacrement qui fait entrer dans la communauté des chrétiens, donné dans les trois jours qui suivent la naissance. En cas de danger, peut être donné par n'importe quel chrétien (ondoiement). Sert de base à « l'état civil » depuis 1539 (Villers-Cotterêts).
Bénéfice : revenu attaché à une charge ecclésiastique, attribué par un collateur. Est souvent considéré par les familles comme un bien patrimonial.
Blés : les bleds ou gros grains sont les céréales semées à l'automne (froment, seigle, épeautre, méteil, maïs, sarrazin, millet...). Ne pas confondre avec les mars ou petits blés, qu'on sème au printemps : l'avoine, l'orge...
Bourgeois : à l'origine, habitant d'une localité qui possède des privilèges. Le droit de bourgeoisie est acquis au bout d'un certain temps de résidence. Sous l'Ancien Régime, devenir bourgeois sanctionne un certain niveau de richesse et d'honorabilité, un mode de vie et une sociabilité. Mais le groupe est de plus en plus composite socialement. A Paris, le droit de bourgeoisie était acquis après un jour et un an, mais il fallait dix ans de résidence à Lyon et à Marseille.
Capitation : impôt direct, établi en 1695, en raison de la détresse financière. C'est le premier impôt levé en théorie sur chacun, tous ordres confondus. Les privilégiés parvinrent, par abonnement, à échapper, pour l'essentiel, à cet impôt. Supprimé en 1698, il fut rétabli en 1701.
Carême : période de quarante jours de pénitence, précédant Pâques. Les fidèles doivent respecter le jeune – en particulier le vendredi – (interdiction de manger toute nourriture carnée et, en principe, les œufs, le beurre et le fromage), l'abstinence (interdiction théorique des rapports conjugaux). Les mariages sont reportés.

Casuel : offrande versée aux curés et aux fabriques à l'occasion de certaines fêtes, des pèlerinages et des baptêmes, mariages, sépultures. En principe, laissées à l'appréciation des fidèles, sous peine de simonie, en fait, fixé par un tarif. Le casuel pouvait parfois doubler les revenus d'un curé (voir **Portion congrue**).

Cens : redevance quérable ou portable, en nature ou en argent, prélevée par le seigneur direct sur un bien-fonds (censive).

Chambres des comptes : cour souveraine établie pour connaître et juger en dernier ressort tous les comptes des deniers du roi et la conservation du domaine de la Couronne (sauf le « comptant », ordonnance royale d'un paiement échappant à tout contrôle de la Chambre des comptes). Il y avait onze chambres des comptes en France au XVIIIe siècle. Chaque chambre des comptes comportait un président, des maîtres correcteurs, des auditeurs, un avocat et un procureur général.

Chambre de justice : juridiction d'exception destinée à juger les malversations des financiers et partisans. Un moyen pour le roi de les taxer rapidement. L'une des plus célèbres est la chambre de justice réunie en 1661 à la suite de l'arrestation de Fouquet.

Champart : dans de nombreuses provinces, il s'agit du principal des droits seigneuriaux. Il représente souvent une lourde redevance en nature, d'un tiers à un vingtième de la récolte, prélevée en général sur place. Tend depuis le XVe siècle à être remplacé par un cens en argent. Cette redevance est aussi appelée terrage, gerbage.

Chancelier : premier officier de la Couronne. Il représentait, après le monarque, la royauté. Il était le chef de la justice et « la voix du prince », selon Cardin le Bret (1632). Il préparait les divers actes royaux en y apposant le sceau de France. Le chancelier était aussi le maître de la librairie, le chef des universités, des collèges, des académies, des imprimeurs et des libraires. Il préside le conseil en l'absence du roi. Il ne peut être révoqué, mais peut être contraint de laisser les sceaux royaux au garde des Sceaux.

Chanoine : clerc membre d'un chapitre séculier, attaché à une cathédrale ou à une collégiale, ou membre d'une abbaye de chanoines réguliers. Il suit la règle de saint Augustin. Il reçoit une prébende, c'est-à-dire une partie des revenus communs, et est un spécialiste de la liturgie et de la prière des heures.

Chapitre : il existe des chapitres réguliers et des chapitres séculiers. Dans ces derniers, la vie commune est réduite aux distributions et à la liturgie. Si le chapitre se trouve dans une cathédrale, c'est un chapitre cathédral. Sinon, il porte le nom de chapitre collégial et son église est une collégiale. A la tête du chapitre se trouve un doyen ou un prévôt.

Charivari : chahut organisé par les jeunes d'un village lorsqu'un mariage est mal assorti.

Cheptel (bail à) : contrat par lequel le propriétaire d'animaux laisse à un éleveur le soin et la jouissance de ses bêtes en échange de la moitié du croît et de la laine.

Clerc : celui qui a reçu au moins la tonsure, première étape vers le sacrement de l'ordre. Cet état permet d'obtenir certains bénéfices et n'est pas incompatible avec le mariage, jusqu'au sous-diaconat. Ses privilèges judiciaires sont moins importants qu'au Moyen Age. A partir de la fin du XVIIe siècle, la plupart deviennent prêtres. Il y avait 150 000 clercs environ en 1789.

Clergé de France : depuis 1561, organisation permanente de l'Église de France.

Clergé régulier : celui qui vit sous une règle. Comprend les moines (bénédic-

tins, cisterciens...), les religieux (franciscains, dominicains, jésuites, mercédaires...), les membres des sociétés de prêtres (oratoriens, sulpiciens, lazaristes...).
Clergé séculier : celui qui vit dans le siècle, au contact de la population, par opposition au clergé régulier.
Collecteurs : habitants (3 à 7) d'une paroisse (collecte), chargés à tour de rôle de la répartition (assiette) et du recouvrement de l'impôt royal (taille). Ils sont responsables sur leurs biens de la levée de la somme.
Commissaire : personne qui détient une lettre de commission royale, qui lui donne des pouvoirs parfois très importants mais révocables à tout moment à la différence de ceux des officiers. Les plus importants sont les intendants.
Communauté : réunion de plusieurs personnes faisant corps.
Communauté d'habitants : organisation des exploitants et résidents d'un village. L'organe essentiel est l'assemblée des chefs de famille, qui peut agir en tant que personne morale (par l'intermédiaire d'un syndic ou d'un procureur) en matière rurale, fiscale, judiciaire.
Compoix : matrice cadastrale en pays de taille réelle (Midi).
Concile : assemblée d'Église destinée à régler des problèmes de dogme ou de discipline. Est plus large qu'un synode.
Confession : sacrement de pénitence (catholiques seuls), appelé aussi confession auriculaire (de bouche à oreille) des péchés au curé de sa paroisse, au moins une fois l'an. Depuis le XVIe siècle, chez protestants et catholiques, résumé de la foi.
Confrérie : association de chrétiens pour l'entraide et le perfectionnement mutuels. Il faut distinguer les confréries de métiers, les confréries paroissiales et les confréries de dévotion. Ces dernières deviennent plus nombreuses après Trente.
Conseil du roi : organisme le plus important du gouvernement, inséparable du roi, divisé en sections spécialisées. Les règlements de 1670 et 1673 ont fixé son fonctionnement (dans ses grandes lignes) jusqu'à la fin de l'Ancien Régime.
Consistoire : sénat de l'Église locale chez les réformés (calvinistes). Il comprend les anciens et les diacres (cooptés), sous la présidence du pasteur. A le pouvoir de discipline de la foi et des mœurs.
Contraception ou « funestes secrets » : les préservatifs, les drogues, le coït interrompu sont utilisés depuis longtemps, mais de façon marginale. Leur diffusion tend à toucher tous les milieux à partir du XVIIIe siècle.
Contrôleur général des finances : depuis 1665 (Colbert) surtout, est à la tête de l'administration financière et de l'économie du pays. Prend la direction de l'administration, au détriment du chancelier.
Corvée : journées de travail dues au seigneur par ses tenanciers. La corvée royale est l'obligation d'effectuer gratuitement des travaux pour construire les routes et ponts du royaume.
Cour des monnaies : cour souveraine qui jugeait sans appel en fait de monnaies par tout le royaume : faux monnayage, enregistrement des ordonnances sur les monnaies, contrôle des ateliers monétaires et des professions utilisant le métal précieux.
Cours des aides : cours souveraines (4 en 1789), chargées du contentieux des impôts, sauf capitation et vingtième. Elles s'occupent donc, essentiellement, des tailles, des aides, des gabelles, des fermes.
Cours souveraines : juridictions statuant souverainement, en dernier ressort : Conseil du roi, chambre des comptes, cours des aides, cours des monnaies, parlements. Mais dans tous les cas, le Conseil du roi constitue l'ultime appel.

Coutume : usage consacré par un groupe, à la suite d'une longue pratique, appliqué par les juges.

Crise : période cyclique de brusque flambée de mortalité quand les sépultures dépassent les baptêmes du double ; elle peut durer de six à dix-huit mois. Elle est liée à des problèmes d'alimentation, à des épidémies ou à des calamités.

Curé : prêtre qui a charge d'âmes (*cura animarum*), qui est responsable de la paroisse.

Décimateur : celui qui perçoit l'impôt de l'Église. Le curé n'est pas toujours gros décimateur, c'est-à-dire qu'il partage la dîme avec un autre bénéficiaire (communautés régulières, hôpitaux, collèges...).

Décimes : impôt d'un dixième du revenu annuel d'un bénéfice. Prélevé à l'origine par le pape pour la croisade, cédé au roi de France depuis le concordat de Bologne (1516) et prélevé par le clergé de France depuis 1561 pour fournir le don gratuit au roi. Les décimes sont modulés selon la richesse des bénéficiers et des diocèses (de 2 % pour les plus pauvres à 25 % pour les plus riches).

Déclaration royale : acte royal modifiant, complétant ou interprétant une ordonnance publiée antérieurement. Concerne aussi une mesure provisoire : la déclaration portait un sceau de cire jaune (la cire verte indique au contraire la perpétuité de la décision).

Dénombrement : comptage des habitants d'un lieu, ancêtre des recensements. Toujours mal perçu, car synonyme de fiscalité.

Dîme : impôt prélevé par l'Église (catholiques et protestants) en principe sur tous les produits, en fait sur ceux de la terre et de l'élevage, partout et sur tous, sauf les terres de quelques ordres religieux. Le taux varie beaucoup ; en règle générale, il se situe autour du treizième. La dîme est un impôt quérable (pris sur place par son propriétaire). Cet impôt était très mal perçu par les paysans car il n'alimentait pas les budgets des paroisses rurales, et les curés n'en recevaient que des bribes.

Dixième : impôt créé en 1710. Il pesait en théorie sur tous les revenus : mobiliers, immobiliers, « industrie », offices. Aboli en 1717, il fut restauré en 1733.

Domaine royal : notion complexe englobant l'ensemble des propriétés et des droits appartenant en propre au roi en tant que propriétaire et seigneur direct. On distinguait le **domaine corporel** (terres : comprend surtout des bois et des forêts) et le **domaine incorporel** (droits et redevances attachées aux formalités civiles : insinuation, droit de contrôle des actes, droits de formule et de timbre, droits de greffe et d'hypothèque, centime denier). Dans le premier cas, le monarque était considéré comme un seigneur, dans le second, comme un souverain. Le domaine royal était inaliénable et imprescriptible, mais pouvait être engagé au profit de créanciers. Les recettes domaniales ont augmenté au XVIIIe siècle, jusqu'à représenter, dans les années 1780, 10 % des revenus ordinaires.

Don gratuit : contribution financière accordée au roi par l'assemblée du clergé ou les États provinciaux. Sous une apparence de liberté, sont en fait fixés par le roi. A partir de 1670, le « don gratuit » devient régulier : tous les cinq ans, l'assemblée du clergé en fixait le montant. Il se monta à 268 millions de livres pour la période de 1715 à 1789.

Dot : biens apportés lors du mariage par l'homme et surtout par la femme.

Douaire : jouissance accordée à une veuve d'une partie des biens de son mari.

Droit canon (ou **droit canonique**) : désigne le droit qui concerne l'Église.

Droit romain : le droit romain, tel qu'il fut redécouvert, à la charnière du XIe et du XIIe siècle, se présente sous la forme des compilations rédigées sous le règne de Justinien, empereur romain d'Orient au VIe siècle. Le Moyen Age leur donna le nom de *Corpus Juris Civilis*. Elles comprenaient quatre grands ensembles : le *Digeste* encore appelé *Pandectes* (vaste recueil de textes extraits des jurisconsultes classiques), le *Code* (constitutions impériales), les *Institutes* (manuel composé à l'usage des étudiants), les *Novelles* (rédigé vers 556, ce recueil réunit les constitutions édictées par les empereurs depuis le Code). Le tout se transmettait en une version du droit romain, devenue traditionnelle depuis le début du XVIe siècle, réalisée à Bologne aux XIe et XIIe siècles. Le corps du droit romain fut alors divisé en plusieurs volumes (*Digestum vetus*, *Infortiatum*, *Digestum novum*, *Codex* – livres 1 à 9 du Code –, *Volumen* – comprenant les trois premiers livres du Code, les *Tres Libri*, les *Institutes* et l'*Authenticum* regroupant les Novelles).

Droits seigneuriaux : droits prélevés par les seigneurs sur leurs paysans (tenanciers). Ils étaient de toute nature (cens, champart, lods et ventes, banalités, corvée...). Ils pesaient très inégalement suivant les provinces.

Échevins, échevinage : nom souvent donné aux officiers municipaux qui, avec le maire (ou mayeur), composaient le corps de ville. Les noms étaient très divers : à Toulouse, par exemple, il s'agissait des capitouls.

Édit : acte rendu par le roi, sur un sujet précis, à la différence de l'ordonnance.

Élection : circonscription financière placée sous l'autorité des élus, qui sont des officiers royaux, qui répartissent la taille entre les paroisses et jugent en cas de difficulté. Les pays d'élections dépendent des généralités et relèvent donc directement de l'administration fiscale royale, ils s'opposent aux pays d'États, qui s'occupent eux-mêmes de la levée de l'impôt. Le pouvoir tend à les multiplier au détriment des États.

Emphythéose : bien baillé pour un temps très long (souvent, quatre-vingt-dix-neuf ans) ou à perpétuité, en échange d'une redevance.

Endogamie : mariage entre personnes issues d'un même lieu ou d'un même milieu.

Épices : outre le sens commun, désigne les cadeaux faits au juge, devenu une rétribution (tarifée) des juges.

États : assemblées des trois ordres, au niveau national (généraux) ou provincial (provinciaux). La désignation des députés se fait selon des procédures variées. Mais le bas clergé, les paysans, le petit peuple des villes ne sont jamais représentés. De 15 au début du XVIe siècle, elles tombent à 4 au XVIIIe siècle. Elles sont toujours convoquées par le roi et contrôlées par l'intendant.

Évêque : le prêtre ayant charge d'âmes et l'autorité religieuse la plus élevée du diocèse. Il a autorité sur les paroisses (visites pastorales) et sur le clergé séculier (synodes). Depuis 1516, il est nommé conjointement par le roi (investiture temporelle) et par le pape (investiture spirituelle). Il accède à la charge à la suite d'un sacre et est obligé à résidence. Il a d'excellents revenus, sauf dans les très petits diocèses du Midi. Il est presque toujours de noblesse ancienne au XVIIIe siècle.

Excommunication : exclusion de la communauté des croyants par l'interdiction de participer à la communion de Pâques, ce qui équivaut encore à une exclusion sociale.

Fabrique : biens et revenus inaliénables d'une paroisse ; organisation qui construit, gère et entretient les lieux de culte, placée sous l'autorité du curé depuis le concile de Trente. Voir **marguilliers**, **paroisse**.

Famille achevée : famille dont l'un des conjoints disparaît avant la fin de la fécondité de la femme. **Famille complète** : famille dont les événements démographiques sont connus au moins jusqu'à la fin de la fécondité de la femme. **Famille complexe** : famille comprenant plusieurs couples vivant à pot et à feu. **Famille conjugale** (nucléaire) : famille limitée aux parents et aux enfants mineurs. **Famille souche** : famille très répandue dans le Midi, dans laquelle cohabitent le couple des parents et ses enfants célibataires et le couple héritier du domaine.

Ferme générale : l'adjudicataire de la Ferme générale avance l'argent des impôts avec des associés et se charge de les récupérer avec de gros bénéfices. Née sous Colbert, en 1681, elle groupe la ferme des aides, des gabelles, des domaines, des traites et entrées, puis les poudres et tabacs au XVIIIe siècle (jusqu'à Turgot). Elle est formée en 1774 de 87 financiers capables de prêter de très grosses sommes ou de se porter caution pour le trésor. De 1726 à 1788, le poids de la Ferme générale a oscillé entre 45 et 49 % des recettes ordinaires de l'État.

Fermier : paysan qui exploite des terres en échange d'un loyer fixe (souvent signé pour une période de trois, six ou neuf ans).

Feu : a le sens d'une maison (= maisonnée), d'un ménage, d'une famille, c'est-à-dire l'ensemble des gens vivant autour d'un même foyer.

Fief : droit ou domaine tenu par un vassal d'un seigneur.

Finances extraordinaires : désigne l'ensemble des recettes de l'État royal (y compris la taille), excepté le domaine. Au XVIIIe siècle, de nombreux prélèvements, comme la taille, tendent à entrer dans la catégorie des finances dites ordinaires.

Finances ordinaires : désigne tout ce qui concernait le domaine du roi.

Foi et hommage : acte par lequel le vassal prête serment de fidélité à son suzerain.

Franc-fief : droit exigé d'un roturier qui faisait l'acquisition d'un héritage noble ou féodal. Ce droit était payé au roi .

Gabelle : impôt sur le sel, mais aussi sur d'autres marchandises. Le bail des gabelles appartient à la Ferme générale. Le taux de l'impôt sur le sel varie de façon considérable d'une province à l'autre, selon qu'elle se trouve exemptée, pays de production, rédimée (ayant racheté l'impôt), pays de petite gabelle et de grande gabelle (dans l'ordre croissant).

Gallicanisme : le mot a été forgé au XIXe siècle (de « gaulois »). Signifie une certaine autonomie de l'Église de France à l'égard de Rome. Le gallicanisme, qui s'est développé parallèlement à la construction de l'État royal, a été justifié par la faculté de théologie de Paris, la Sorbonne, le Parlement. Il a été réaffirmé avec force par la déclaration des Quatre Articles en 1682. Il convient de distinguer un gallicanisme ecclésiastique (il limite le pouvoir du pape au profit des évêques et des conciles) et un gallicanisme politique (il défend l'indépendance du pouvoir temporel par rapport au pape).

Garde des Sceaux : personne affectée à la garde des Sceaux de France, au scellement des édits et des lettres royales, lorsque le chancelier était éloigné de la Cour ou placé dans l'impossibilité de remplir son office.

Généralités : circonscriptions financières apparues au XVe siècle et qui prennent le nom des receveurs généraux qui sont mis à leur tête en 1542. A partir de 1637, à la tête de chaque généralité se trouve un intendant de justice, police et finances, qui détient, par commission du roi, un pouvoir considérable.

Glandée : droit d'envoyer des porcs rechercher glands (chênes) et faînes (hêtres) dans les forêts, pendant l'hiver. Est tantôt un usage, tantôt soumis à redevance.

Gouvernement : circonscription militaire, placée sous l'autorité d'un gouverneur, représentant le roi, issu de la plus haute noblesse. Après 1560, ceux-ci, désireux d'accroître leurs pouvoirs, s'opposent sporadiquement à la monarchie. Face aux intendants, ils sont réduits à l'impuissance, après la Fronde. Leur charge devient honorifique après 1661. Mais il y eut souvent, contrairement à ce qui est parfois écrit, collaboration étroite entre le gouverneur et l'intendant. L'ordonnance de 1776 réorganisa l'institution : dix-huit gouvernements, dits de première classe, étaient réservés aux princes de sang et aux maréchaux de France, avec gages de 60 000 livres ; vingt et un gouvernements de seconde classe étaient réservés aux lieutenants généraux d'armée avec gages de 30 000 livres. Cent quatorze gouvernements de moindre importance étaient attachés à des gages se montant à 12 000, 10 000 et 8 000 livres.

Grenier à sel : dépôt où se débite le sel du roi en pays de gabelle et en même temps tribunal qui juge les délits sur la circulation, la vente et la consommation du sel.

Illégitimité : enfants nés d'une liaison stable (concubinage) ou passagère, en dehors du mariage. Les taux d'illégitimité sont très faibles à la campagne.

Indult : privilège ou faveur accordés par le pape.

Intendant : l'« intendant de justice, police, finance, commissaire départi » est un commissaire royal affecté à une généralité. Souvent choisi dans le corps des maîtres des requêtes, qui sont des officiers. Ses missions sont temporaires et limitées jusqu'à la généralisation de l'institution, entre 1635 et 1648. D'abord très mobiles, ils sont de plus en plus souvent nommés pour un temps long après 1680.

Intervalle intergénésique : période entre deux accouchements. Le calcul du rythme moyen des naissances dans une population permet d'étudier des variations de comportement (mise en nourrice, contraception...).

Jachère : état d'une terre laissée en repos entre deux cultures (le plus souvent, un an sur deux, ou un an sur trois).

Journalier : ouvrier qui travaille à la journée. On dit aussi brassier, manouvrier.

Judicature : désigne la profession de ceux qui rendent la justice. A propos des offices de greffiers, de procureurs ou autres, on parle d'**offices de judicature**.

Jurande : corps des jurés exerçant l'autorité supérieure dans les corporations.

Lèse-majesté : « C'est-à-dire Majesté offensée. Il se dit en général du crime contre le souverain. » (*Dictionnaire* de Trévoux). Il s'agit du pire des crimes dans la hiérarchie des délits. On parlait en général de « crime de lèse-majesté humaine et divine ».

Lettre de cachet : par opposition à la lettre patente, ouverte, est une lettre close, scellée du cachet personnel du roi, qui contient un ordre à exécuter sans publicité.

Lettres patentes : lettres ouvertes, scellées du grand sceau, portant une décision royale ; doivent être enregistrées en Parlement pour pouvoir être publiées.

Lieutenants généraux : charges établies pour suppléer un gouverneur de province. Il s'agissait aussi, pour le pouvoir royal, d'amoindrir l'autorité de ce dernier.

Lit de justice : séance solennelle du Parlement de Paris, lorsque le roi vient en personne, avec son Conseil, pour faire enregistrer un édit refusé par le Parlement (voir **Parlement**, **Remontrances**).

Lods et ventes : droit perçu par le seigneur lors de la vente d'un bien tenu en censive (1/12e environ de la valeur du bien).

Lois fondamentales : il s'agit d'un ensemble vague, jamais formalisé, de règles destinées à limiter le pouvoir absolu du souverain : essentiellement la loi salique et l'inaliénabilité du domaine. Les parlements y ajoutaient le libre enregistrement des édits par les cours, et, à la veille de la Révolution (1788), le maintien des coutumes et des capitulations des provinces, le vote de l'impôt par les États généraux.

Loi salique : cette loi tire son nom des Francs saliens. Au terme d'une histoire très complexe, mêlant l'histoire et le mythe, cette loi établissait l'exclusion absolue des femmes dans la responsabilité de l'État. Au XVe siècle, l'idée était acquise que « le royaume ne peut tomber de lance en quenouille ».

Mainmorte : droit pour un seigneur de prendre les biens de son tenancier lors de sa mort. En déclin à l'époque moderne, sauf en Bourgogne. Les biens de mainmorte désignent les possessions de personnes juridiques échappant à toute succession (Église, confréries, hôpitaux, communautés...).

Maîtres des requêtes : les maîtres des requêtes de l'Hôtel du roi étaient issus des clercs « poursuivant le roi ». Au XIVe siècle, leur nombre atteint une vingtaine. Peu à peu, ils furent chargés par le roi de missions judiciaires, financières, diplomatiques ou militaires. Ces « chevauchées », attribuées par une commission, leur étaient confiées à titre individuel ou collectif. Les maîtres des requêtes furent à l'origine du corps des « commissaires départis », puis des intendants, que les souverains développèrent à partir de Henri II (voir **intendant**).

Maréchaussée : troupe chargée du maintien de l'ordre (4 000 hommes en 1789), placée sous l'autorité des maréchaux et prévôts des maréchaux, qui jugent sans appel les délits commis sur les grands chemins. Depuis 1720, chaque généralité a un tribunal et une compagnie, présidée par un prévôt.

Marguilliers : laïcs élus par l'assemblée des chefs de famille pour un an, pour s'occuper de la fabrique, organisme chargé de l'entretien et de la bonne marche des lieux et objets de culte et de leurs annexes (cimetière, presbytère...).

Mariage : il est un sacrement (catholiques) mais aussi et surtout un contrat. L'âge légal est de douze ans pour les filles, quatorze pour les garçons, mais l'âge réel est bien supérieur et augmente sans cesse (vingt-sept - vingt-huit ans pour les garçons, vingt-cinq - vingt-six ans pour les filles à la fin du XVIIIe siècle, sauf dans les pays de familles complexes).

Ménage : groupe de personnes vivant à même pot et feu, sous l'autorité d'un chef de famille.

Mercuriales : discours devant les chambres assemblées d'un Parlement, les premiers mercredis après l'ouverture des audiences de la Saint-Martin et de Pâques, où le procureur général ou le premier avocat général rappelait à la compagnie ses devoirs et les écueils qu'elle avait à éviter. Ce terme désigne aussi les registres où les officiers municipaux constataient les prix des grains et autres denrées dans les marchés.

Métayer : paysan qui exploite une terre à mi-fruits, en reversant le plus souvent au propriétaire la moitié de toutes les récoltes. Le métayage est le mode de tenure le plus fréquent dans l'ouest, le centre, le sud du royaume.

Méteil : voir **Blés**.

Métropolitain : évêque qui se trouve à la tête d'une province ecclésiastique (archevêque). N'a pratiquement plus de pouvoir sur les évêques de sa province.

Milice : service militaire. Depuis 1688, chaque paroisse doit fournir un soldat pour six ans, tiré au sort parmi les miliciables (jeunes célibataires de plus de 1,62 m). Les privilèges et l'argent permettent d'y échapper.

Mission : activité d'évangélisation, dans laquelle plusieurs ordres nouveaux sont spécialisés (jésuites, capucins...). La mission lointaine consiste à convertir des païens, la mission intérieure à catéchiser et à provoquer une conversion intérieure des chrétiens, par la prédication et la confession.

Moine : religieux qui a prononcé des vœux solennels et qui vit dans un monastère.

Monitoire : injonction lue en chaire par le curé à la demande des autorités de l'État royal, de révéler tout ce que l'on sait sur un crime, sous peine d'excommunication.

Mortalité infantile : mortalité des enfants de moins de un an.

Mortalité juvénile : mortalité des enfants de un à quinze ans.

Noblesse : « Vient de *nobilis*, ou du vieux mot latin *noscibilis*, qui signifie "celui qui se fait connaître", et les juristes la définissent comme "le second ordre des trois États de France". » (Claude-Joseph de Ferriere) Mais sa définition est très complexe, mêlant les titres (**écuyer**, **chevalier**), la possession d'un **fief de dignité** (duché, marquisat, comté), la « profession » (la guerre : la noblesse est l'ordre des *bellatores*), un certain nombre de valeurs (l'honneur, la vertu, le mérite, le courage...), la durée (la noblesse est « immémoriale »), la volonté du roi (on pouvait être noble par lettres patentes, dites lettres de noblesse, ou l'exercice de certaines charges comme celle de « Secrétaire du roi, Maison et Couronne de France », particulièrement recherchée au XVIIIe siècle). 300 000 personnes, environ, appartenaient à la noblesse à la veille de la Révolution.

Nonce : représentant diplomatique du pape auprès du roi.

Noviciat : temps de préparation à l'entrée définitive dans un ordre religieux (au moins un an). S'achève par la prestation des trois vœux de pauvreté, chasteté, obéissance, pas avant dix-huit ans pour les femmes et vingt-cinq ans pour les hommes (1561).

Octroi : droit qui se lève sur le vin et sur les denrées qui entrent ou sortent des villes. La plupart de ces droits d'octroi étaient affermés.

Office : « dignité ordinaire », comme participation au pouvoir royal et « fonction dans l'État », comme service du roi (C. Loyseau). Depuis 1522, tend à devenir une propriété privée, qui s'achète, se vend (vénalité des offices) et se transmet par héritage (voir **Paulette**). Désigne aussi bien une charge avec grand pouvoir (président de cour couveraine) ou tout à fait fictive, née des besoins financiers de la monarchie.

Officialité : tribunal de l'évêque, dont la compétence est pratiquement réduite par les tribunaux royaux aux questions concernant la foi et les sacrements (mariage surtout).

Ordonnance : texte de loi venant du roi, qui statue sur un grand nombre de sujets, jusqu'au XVIIe siècle, puis sur un seul sujet, pour l'ensemble du royaume.

Ordre religieux : organisation centralisée de communautés régulières, sous l'autorité d'un abbé ou d'un supérieur général.

Pairs : le sommet (en honneur, non en pouvoir) de la noblesse et donc de la hiérarchie sociale, choisis par le roi. Il y a six puis sept pairs ecclésiastiques. Le nombre des ducs et pairs (laïcs) passe de 30 en 1505 à 64 en 1661 et 76 en 1723.

Pape : évêque de Rome et chef de la chrétienté catholique. Son pouvoir est limité en France par les « libertés de l'Église gallicane », ensemble de privilèges d'autonomie dont l'extension dépend de l'entente du roi et du pape.

Parlement : « Compagnie souveraine établie par le roi pour juger en dernier ressort les différends des particuliers et prononcer sur les appels des sentences rendues par les juges inférieurs. » (Claude-Joseph de Ferrière, *op. cit.*). Le Parlement estimait aussi avoir des compétences d'ordre politique (voir **Remontrances**). Le Roussillon, l'Artois, l'Alsace, la Corse (à la fin du XVIIIe siècle) n'avaient pas de parlements, mais des conseils souverains qui avaient même autorité et pouvoir. Chaque parlement comportait plusieurs chambres : la **grande chambre**, une ou plusieurs **chambres des enquêtes**, une ou plusieurs **chambres des requêtes**, une **tournelle criminelle,** et pour certains d'entre eux une **chambre de l'édit** jusqu'en 1685 (disposition de l'édit de Nantes prévoyant une chambre mi-parties pour juger les protestants). Les parlements étaient ceux de Paris (sédentaire à partir du début du XIVe siècle, sa juridiction était la plus étendue : Ile-de-France, Beauce, Sologne, Berry, Auvergne, Lyonnais, Forez, Beaujolais, Nivernais, Bourbonnais, Mâconnais, Anjou, Angoumois, Picardie, Champagne, Brie, Maine, Perche, Touraine, Poitou, Aunis, Rochelais), Toulouse (1303), Grenoble (1453), Bordeaux (1462), Dijon (1476), Rouen (1499), Aix (1502), Rennes (1553), Pau (1620), Metz (1633), Douai (1686), Dôle puis Besançon (1676), Nancy (1775).

Paroisse : territoire placé sous l'autorité d'un curé, qui sert de base à l'organisation ecclésiastique et à l'administration royale. Son administration interne est assurée par la fabrique, sous la présidence du curé. Il y avait environ 40 000 paroisses à la veille de la Révolution.

Parties casuelles : désigne tout ce qui concerne l'administration des offices (création, droit annuel, résignation...).

Partisan-traitant : financier qui a conclu avec le roi un parti ou traité, dans lequel il obtient, contre le versement d'une somme, le droit de lever l'impôt ou de vendre des bénéfices à son profit. Grand développement après 1635. voir **Chambre de justice**.

Paulette : depuis 1604, droit annuel (1/60e de la charge) payé par le propriétaire d'un office, pour avoir le droit de la transmettre.

Pays de droit écrit, pays de droit coutumier : « Dans les pays de droit écrit, on juge selon le droit romain s'il n'y a quelque coutume qui lui soit contraire. Au pays coutumier, on juge pour l'ordinaire, suivant la disposition de la coutume du lieu. » (Claude-Joseph de Ferrière, *op. cit.*) Les pays de droit écrit (romain) sont la Guyenne, la Provence, le Dauphiné, provinces relevant des parlements de Toulouse, de Bordeaux, d'Aix et de Pau, avec, en outre, quelques provinces relevant du Parlement de Paris : Lyonnais, Forez, Beaujolais, une partie de l'Auvergne.

Pèlerinage : manifestation de dévotion qui consiste à se déplacer pour demander l'aide d'un saint ou de la Vierge ou pour les remercier. Les pèlerinages lointains sont moins fréquents qu'à l'époque médiévale.

Physiocrate, physiocratie : le mot physiocratie se trouve, pour la première fois, en tête d'un recueil d'œuvres de François Quesnay, publié par Du Pont de Nemours en 1767. Il était expliqué ainsi : *Physiocratie ou Constitution naturelle du gouvernement le plus avantageux au genre humain.* L'auteur de la physiocratie (du grec *fusis* et *cratos* : pouvoir de la nature) voulait constituer un gouvernement fondé non sur l'arbitraire, la réglementation et la contrainte de l'homme, mais sur la nature, d'où dérivaient le droit, l'ordre, les lois véritables. Les physiocrates soutenaient aussi que la terre était la source principale, voire unique, des richesses.

Police : « Vient du mot grec *polis*, qui signifie une cité, d'où dérive *politia*, qui signifie le règlement, gouvernement et bon ordre d'une cité [...]. Ce bon ordre consiste : 1. A entretenir la netteté et la sûreté dans une ville, l'abondance des denrées nécessaires à la vie, l'observation des statuts des marchands et des artisans. 2. A réformer les abus qui se peuvent commettre dans le commerce. 3. A empêcher le scandale public. 4. A retrancher des villes le luxe, les lieux de débauche et les jeux défendus, qui sont comme on le sait la ruine des familles. Toutes ces choses sont comprises sous le nom de police. » (Claude-Joseph de Ferrière, *op. cit.*).

Ponts et Chaussées : administration royale chargée de la construction et de l'entretien des grands chemins, constituée à partir de 1599, mais organisée vraiment qu'à partir de 1712 et surtout de 1743, quand Trudaine en devient le premier intendant.

Portion congrue : revenu versé par le gros décimateur au curé et au vicaire de la paroisse dans laquelle il perçoit la dîme. Elle est fixée à un minimum (pour un curé : 500 en 1764, 700 en 1786). Contrairement à une idée reçue, ce revenu permettait le plus souvent de vivre correctement car le curé percevait aussi le **casuel** (voir ce mot), mais il pouvait lui sembler très faible par rapport à ceux de certains curés décimateurs voisins ou à ce qui était prélevé sur la paroisse par le décimateur (voir **Dime**).

Pouillé : liste des bénéfices d'un diocèse.

Prébende : part de revenu d'un chapitre cathédral ou d'une collégiale, attribuée à un chanoine, et parfois à la maîtrise, à une école, à un collège, à une aumône... Sa valeur dépend des revenus du chapitre.

Présidiaux : tribunaux intermédiaires entre les bailliages et les parlements, fondés en 1552.

Prévôté : justice et ressort criminels dont le chef était un prévôt, juge inférieur et premier juge royal (il juge les affaires en première instance entre roturiers). On peut les appeler aussi suivant les régions châtellenies, vicomtés (en Normandie), vigueries (en Languedoc et Provence).

Prieuré : monastère dépendant d'une abbaye, sous l'autorité d'un prieur. Une paroisse fondée par un ordre régulier ou tenue par des réguliers (chanoines) est encore appelée prieuré-cure. On donne aussi ce nom à un bénéfice simple, tenu par un clerc, qui en perçoit les revenus. Ces derniers, très nombreux, ont été en général démembrés d'autres bénéfices pour assurer la subsistance d'un clerc étudiant, d'un maître d'école, d'un collège...

Prince du sang : prince issu de la famille royale par les mâles. Ont une prééminence sur tous les autres aristocrates. Ne sont plus que 8 en 1789 (le duc d'Orléans et ses trois fils, le prince de Condé et ses deux fils, le prince de Conti).

Privilèges : franchises et immunités données par le roi à des hommes ou à des groupes. Inséparables de l'Ancien Régime, ils en fondent la plupart des inégalités.

Procureur : officier chargé de guider les parties en justice et de suivre les procédures.

Quiétisme, quiétistes : forme de spiritualité illustrée dans les années 1680 par Mme Guyon et Fénelon : les quiétistes jugeaient que l'âme pouvait parvenir à la contemplation mystique de Dieu sans passer auparavant par l'apprentissage de l'ascétisme. Il était possible de s'abandonner, passivement, à la volonté divine pour parvenir à un état d'amour désintéressé. Bossuet s'opposa vigoureusement à cette conception. La condamnation des *Maximes des saints*, l'ouvrage de Fénelon, censuré par le pape Innocent XII en 1699, marque le coup d'arrêt de ce courant de mysticisme.

Receveur des finances : officier chargé du maniement des fonds de l'État. Au nombre de 4 au début du XVIe siècle, ils passent à 16 et ils sont établis dans les généralités en 1542. Ils sont 48 au XVIIIe siècle.

Registres paroissiaux : registres dans lesquels les desservants des cultes notaient les baptêmes, mariages, sépultures ; sont les ancêtres de l'état civil (1792). Ils s'améliorent peu à peu, après plusieurs ordonnances (1539, 1573, 1579, 1667, 1714). Constituent la source de base de la démographie historique.
Relief-rachat : droit dû au seigneur lorsqu'un fief est transmis à un collatéral.
Religieux : désigne un clerc régulier qui n'est pas moine. S'applique surtout aux ordres mendiants.
Remontrance : droit revendiqué par le Parlement de discuter une ordonnance ou un édit avant qu'il ne soit enregistré. Le roi pouvait répliquer au Parlement par une lettre de jussion lui ordonnant de procéder à l'enregistrement. En cas de renouvellement des remontrances, le souverain imposait sa décision en se rendant, en personne au Parlement (voir **Lit de justice**). Au terme d'un long conflit d'autorité, une déclaration royale du 24 février 1673 imposait aux parlements d'enregistrer un édit avant de remontrer. La déclaration du 15 septembre 1715 redonnait aux parlements la liberté de présenter des remontrances.
Rente : droit de percevoir tous les ans une redevance sur un bien, de façon régulière.
Réserve : partie d'une seigneurie exploitée par le seigneur ; s'oppose aux tenures, exploitées par les tenanciers moyennant le paiement du cens.
Sacre : cérémonie qui exprime l'origine divine du pouvoir des rois, des évêques. Elle a lieu, traditionnellement, à Reims.
Seigneurie : forme de propriété. L'ancien droit distinguait : 1. Le domaine proche ou réserve seigneuriale. 2. La directe seigneuriale : elle comprenait les fiefs concédés à un vassal et les tenures concédées en rotures appelées censives et soumises à de multiples redevances (le champart était la plus lourde, dans certaines régions). Il y avait environ 80 000 seigneuries, de toutes dimensions, au XVIIIe siècle.
Seigneur : propriétaire d'un fief. Peut ne pas être noble.
Séminaire : lieu de formation des prêtres. Le concile de Trente en avait demandé un par diocèse. Mais, pour des raisons économiques, ils n'ont pu se mettre en place que dans la seconde moitié du XVIIe siècle. C'est seulement au XVIIIe siècle que le clergé est formé de façon homogène.
Soudure : période qui précède la récolte des céréales (donc du printemps au début de l'été). Correspond à un moment de grandes tensions des prix, d'autant que les propriétaires détenteurs de réserves de grains ont tendance à stocker en espérant une montée des prix.
Subdélégué : à partir de la fin du XVIIe siècle, assistant nommé et payé par l'intendant pour une partie de la généralité. Dans les provinces non divisées en élections, mais pourvues d'États provinciaux, les intendants créèrent des circonscriptions nouvelles, qu'ils baptisèrent également subdélégations. A la veille de la Révolution, les 33 intendances étaient divisées en 702 subdélégations.
Synode : chez les calvinistes, assemblée provinciale ou nationale de délégués d'Églises locales. Chez les catholiques, assemblée annuelle des curés et représentants des chapitres, convoquée par un évêque.
Taille : jusqu'en 1695 (voir **Capitation**), il s'agissait du seul impôt « direct ». La taille, bien que qualifiée d'« extraordinaire » jusqu'au XVIIIe siècle, est devenue un impôt permanent à partir de 1439 (en même temps que la mise en place d'une armée permanente). Il faut distinguer les **pays de taille réelle** (dans la France du Sud : elle pesait sur les biens roturiers même s'ils appartenaient à des

privilégiés) et les **pays de taille personnelle** (dans la France du Nord : elle pesait sur les facultés personnelles des taillables). Il faut distinguer aussi les **pays d'États** (le prélèvement royal devait passer par un accord des représentants des États de la province) et les **pays d'élections** (le prélèvement était organisé par des **élus**, officiers et juges en matière de finances, chargés de lever une somme sur l'étendue de leur élection). Dans les pays d'élections, chaque année les élus s'assemblaient et établissaient un **rôle** de taille qui indiquait la répartition du prélèvement suivant les villes et les paroisses de l'élection. Ces villes et ces paroisses élisaient tous les ans des **asséeurs** chargés d'établir les rôles, et des **collecteurs** chargés de récolter l'impôt, responsables sur leurs propres deniers.

Tenancier : celui qui tient un bien. Terme pratiquement réservé à celui qui dépend d'un seigneur.

Tenure : la façon dont on possède un bien. En franc alleu est une possession libre, en censive est une possession sous l'autorité d'un seigneur.

Terrier : registre qui renferme les lois et usages d'une seigneurie, les déclarations des censitaires, les baux à cens, les dénombrements de tous les droits dus au seigneur.

Tiers État : rassemble tous ceux qui n'appartiennent ni au clergé ni à la noblesse. N'a d'existence politique qu'au sein des États provinciaux ou généraux.

Timbre : droit de marque établi sur les papiers et parchemins nécessaires aux actes officiels. A l'origine de plusieurs révoltes, en particulier en 1674-1675.

Traites : douanes. Imposition apparue assez tardivement (fin XVIe siècle), sous la forme de taxes à l'entrée ou à la sortie du royaume mais aussi à l'entrée et à la sortie d'une province ou d'un groupe de provinces. Le royaume était divisé en trois secteurs : **cinq grosses fermes**, pourvues d'un tarif unique en 1664 (bassin parisien, Poitou, Aunis), les **pays d'étranger effectif** (provinces récemment acquises), les **pays réputés étrangers** (provinces anciennement annexées, mais en dehors des cinq grosses fermes).

Transsubstantiation : désigne le changement radical de la substance du pain et du vin pendant la messe, au moment de la consécration. Terme technique créé pour lutter contre une interprétation symbolique de la consécration au Moyen Age et utilisé par le concile de Trente (1551) pour lutter contre les interprétations protestantes qui limitaient ou niaient la présence réelle du Christ dans les espèces eucharistiques.

Trésorier : le trésorier de l'Épargne reçoit les revenus du domaine et des impôts, contrôle recettes et dépenses. Les trésoriers généraux, créés en 1552, siègent au bureau des finances de chaque généralité, dont ils possèdent l'administration financière, au moins jusqu'à la nomination des intendants. Dans les pays d'États, les trésoriers généraux sont désignés par les États.

Triage : depuis 1669, droit pour le seigneur de prendre le tiers des biens communaux provenant d'une concession ancienne et gratuite.

Usage : droit de passage, de cueillette (bois...) et de pâturage sur les landes, bois et forêts tenues par des propriétaires. voir **Glandée**, **Vaine pâture**.

Vaine pâture : droit pour tout habitant d'un village d'envoyer gratuitement ses bêtes sur les chemins, les friches, les bois de haute futaie, les terres débarrassées des cultures.

Vassal : propriétaire d'un fief, pour lequel il doit la foi et hommage au seigneur suzerain.

Vénalité des offices : voir **Office**, **Paulette**).

Vicaire : prêtre ayant charge d'âmes, qui aide le curé, généralement choisi et salarié par le curé, mais approuvé par l'évêque. Est beaucoup plus rare sous l'Ancien Régime qu'au XIXe siècle. Le vicaire général ou grand vicaire est un prêtre, homme de confiance, qui aide l'évêque dans sa charge.

Ville : les définitions des XVIe et XVIIe siècles évoquent des « maisons assemblées à l'intérieur d'une clôture de murs et fossés ». La ville est aussi définie comme un « grand amas de maison contiguës, dont les habitants ont droit de bourgeoisie et composent une communauté ». La « bonne ville » était une ville dont les privilèges étaient reconnus et protégés par le roi au début du XVIe siècle. Le droit d'avoir des murailles la distingue alors du plat pays, au moins jusqu'au XVIIe siècle. Ses privilèges fiscaux et sa richesse, qui entraînent une mainmise sur les ressources agricoles, provoquent de plus en plus souvent l'hostilité des campagnes alentour. A la fin du règne de Louis XIV, Furetière, dans son *Dictionnaire* (1690), suivi de Trévoux (début du XVIIIe siècle), introduisent un élément nouveau qui implique une mentalité nouvelle, pré-statistique : le nombre des habitants. Une ville devient « l'habitation d'un peuple nombreux ».

Vingtième : impôt qui remplace le dixième en 1750. Il porte sur tous les revenus, privilégiés ou non, à partir de déclarations vérifiées. N'a jamais pu être levé correctement, à cause de l'opposition des privilégiés.

Visite pastorale : visite des paroisses par les évêques, archidiacres, archiprêtres. Elle comprend une visite des lieux et des objets de culte, une enquête auprès des paroissiens sur le clergé et auprès du clergé sur les paroissiens. Les procès verbaux de visites constituent une source importante de la sociologie religieuse.

Bibliographie sommaire

Seule une bibliographie très sélective peut être proposée. Aussi avons-nous choisi quelques titres qui se distinguent par leur intérêt ou leur commodité d'utilisation. Ils renvoient, pour la plupart, à des bibliographies plus spécialisées qu'on trouvera par ailleurs, pour l'essentiel, dans Robert MANDROU, *La France aux XVIIe et XVIIIe siècles*, cinquième édition augmentée par Monique Cottret, Paris, 1993, Nouvelle Clio, PUF.

■ Ouvrages généraux

• *Sur la France*

Les éditions du Seuil publient une « Nouvelle histoire de la France moderne ». Nourrie des recherches et des problématiques les plus récentes, elle permet un premier approfondissement de chaque période.

BERCÉ, Yves-Marie, *La Naissance dramatique de l'absolutisme (1598-1661)*, Paris, 1992.

Pour son acuité critique et sa richesse problématique, on recommande particulièrement :

RICHET, Denis, *La France moderne : l'esprit des institutions*, Paris, 1973, Flammarion.

On accompagnera cette lecture de FOGEL Michèle, *L'État dans la France moderne, de la fin du XVe au milieu du XVIIIe siècle*, Carré Histoire, Hachette Supérieur, 1992.

On pourra également consulter une synthèse originale, centrée sur l'histoire de l'État royal :

LE ROY LADURIE, Emmanuel, *L'Ancien Régime, 1610-1770*, Paris, 1991, Hachette.

Ces histoires renouvelées ne dispensent pas de consulter le travail monumental réalisé, au début de ce siècle, sous la direction d'Ernest Lavisse, par un collectif d'historiens. Dans cette *Histoire de France* en 17 volumes, les volumes VII 1, VII 2, VIII 1 (Louis XIV), VIII 2 (Louis XV), IX 1 (Louis XVI), concernent notre période. On s'y reportera, en particulier pour le détail très précis des événements de politique intérieure et extérieure. Ernest Lavisse a lui-même écrit les chapitres consacrés à Louis XIV (histoire intérieure).

Pour replacer l'histoire de France dans le jeu des structures démographiques, économiques, sociales, politiques, intellectuelles :

GOUBERT, Pierre, *L'Ancien Régime* : tome 1er, *La Société*, Paris, 1969 ; tome 2, *Les Pouvoirs*, Paris, 1973, éd. Armand Colin. Cette étude a été réactualisée et réécrite en collaboration avec ROCHE, Daniel, *Les Français et l'Ancien Régime* : tome 1er, *La Société et l'État*; tome 2, *Culture et Société*, Paris, 1984, éd. Armand Colin.

MÉTHIVIER, Hubert, *L'Ancien Régime, XVIe, XVIIe, XVIIIe siècles*, Paris, 1981, PUF.

• *La France et le monde*

Pour recadrer l'histoire de France dans un ensemble plus vaste, européen ou mondial :

MANDROU, Robert, *L'Europe « absolutiste », Raison et raison d'État, 1649-1775*, Paris, 1977, Fayard.

VENARD, Marc, *Le Monde et son histoire*, tomes V et VI, Paris, Bordas-Laffont, 1968 ; réédition dans la collection « Bouquins », Laffont, 1985.

CHAUNU, Pierre, *La Civilisation de l'Europe classique*, Paris, 1966, Arthaud ; *La Civilisation de l'Europe des Lumières*, Paris, 1971, Arthaud.

■ Quelques instruments de travail

MARION, Marcel, *Dictionnaire des institutions de la France*, Paris, 1923, éd. Picard ; nombreuses rééditions.

CABOURDIN, Guy, et VIARD, Georges, Lexique historique de la France d'Ancien Régime, Paris, 1978. Armand Colin.

MOUSNIER Roland, *Les Institutions de la France sous la monarchie absolue* : tome 1, *Société et État*, Paris, 1974 ; tome 2, *Les Organes de l'État et de la société*, Paris, 1980, PUF.

Dictionnaire du Grand Siècle, sous la direction de BLUCHE, François, Paris, 1990, Fayard.

Pour des définitions contemporaines de la période étudiée, en particulier en matière institutionnelle, on pourra recourir aux grands *Dictionnaires* de vocabulaire de la fin du XVIIe siècle : RICHELET (Genève, 1680), FURETIERE (La Haye, 1690), *Dictionnaire de l'Académie* (Paris, 1694), suivis du *Dictionnaire de Trévoux* (multiples éditions au XVIIIe siècle). On pourra utiliser aussi l'*Encyclopédie* de Diderot.

Pour des recherches plus précises, on consultera des dictionnaires spécialisés :

Dictionnaire de droit et de pratique contenant l'explication des termes de droit, d'ordonnances, de coutumes et de pratique, de FERRIERE (de), Claude-Joseph, Paris, 1740, 2 vol.

Dictionnaire universel du commerce, de SAVARY DES BRUSLONS, 1re édition, 2 vol., 1723 ; supplément, 1730.

Dictionnaire raisonné universel des Arts et Métiers, de JAUBERT, Pierre, 1775, 4 vol.

Dictionnaire des Gaules et de la France, publié par l'abbé Expilly de 1762 à 1770.

Quelques études thématiques

Démographie, économie, société

Les principaux acquis des recherches des historiens ont été synthétisés dans l'*Histoire de la France rurale*, sous la direction de DUBY, Georges. T. 2, *L'Age classique des paysans, 1340-1789*, Paris, 1975, éd. du Seuil ; et dans l'*Histoire de la France urbaine*, sous la direction de DUBY, Georges. T. 3, *La Ville classique. De la Renaissance aux Lumières*, Paris, 1981, éd. du Seuil. On se reportera aussi à BRAUDEL, Fernand, et LABROUSSE, Ernest (dir.), *Histoire économique et sociale de la France*, Paris, PUF. T. 1er : *De 1450 à 1660*, 1976 ; t. 2 : *De 1660 à 1789*, 1970.

Une récente et commode mise au point :

BAYARD, Françoise, et GUIGNET, Philippe, *L'Économie française aux XVIe, XVIIe et XVIIIe siècles*, Paris, 1991, Ophrys.

Champ culturel, religieux, politique

Les principaux acquis de ces recherches, en particulier touchant le domaine politique, ont été synthétisés dans les quatre volumes de l'*Histoire de France*, sous la direction de BURGUIERE, André, et de REVEL, Jacques. Voir surtout *L'État et les Pouvoirs*, volume dirigé par LE GOFF, Jacques, Paris, 1989, et *L'État et les Conflits*, volume dirigé par JULLIARD, Jacques, Paris, 1990, éd. du Seuil. Pour les mêmes raisons, on consultera aussi le t. 2 de l'*Histoire de la France religieuse : du christianisme flamboyant à l'aube des Lumières*, volume dirigé par LEBRUN, François, Paris, 1988, éd. du Seuil.
On consultera aussi MUCHEMBLED Robert, *Société et mentalités dans la France moderne, XVIe-XVIIIe siècle*, Paris, 1990, Armand Colin.

Table

Table des documents

Collection CARRÉ HISTOIRE

- Benoît GARNOT, *Société, cultures et genres de vie dans la France moderne, XVIe-XVIIIe siècle.*
- Gérard CHOLVY, *La Religion en France de la fin du XVIIIe à nos jours.*
- Pascal GRISET, *Les Révolutions de la communication. XIXe-XXe siècle.*
- Jean-Philippe GENET, *Le Monde au Moyen Age.*
- Jean LEDUC, *Histoire de la France : l'Enracinement de la République : 1879-1918.*
- Guy PERVILLÉ, *De l'Empire français à la décolonisation.*
- Hubert NÉANT, *La Politique en France. XIXe-XXe siècle.*
- Pierre ALBERTINI, *L'École en France, XIXe-XXe siècle.*
- Jean-Luc PINOL, *Le Monde des villes au XXe siècle.*
- Danièle ZÉRAFFA-DRAY, *Histoire de la France, d'une République à l'autre : 1918-1958.*
- André GUESLIN, *L'État, l'économie et la société française, XIXe-XXe siècle.*
- Jacques MAURICE, Carlos SERRANO, *L'Espagne au XXe siècle.*
- Raphaël CARRASCO, *L'Espagne classique, 1474-1814.*
- Michèle FOGEL, *L'État dans la France moderne.*
- Jean-Marie BERTRAND, *Cités et royaume du monde grec : espace et politique.*
- Gérard NOIRIEL, *Population, immigration et identité nationale en France. XIXe-XXe siècle.*
- Serge BERSTEIN, *Démocraties, régimes autoritaires et totalitarismes au XXe siècle.*
- Françoise HILDESHEIMER, *Fléaux et société : de la Grande Peste au choléra, XIVe-XIXe siècle.*
- Jean-Picrre JESSENNE, *Histoire de la France : Révolution et Empire, 1783-1815.*
- Marc MICHEL, *Décolonisations et émergence du tiers monde.*
- Joël CORNETTE, *Histoire de la France : l'affirmation de l'État absolu : 1515-1652.*
- Jean-Louis DUFOUR, Maurice VAÏSSE, *La Guerre au XXe siècle.*

Imprimé en France par I.M.E. - 25110 Baume-les-Dames
Dépôt légal n° 9318-12/1996
Collection n° 80 - Edition n° 05
14/4883/6